Monika Czernin

Jenes herrliche Gefühl der Freiheit

Monika Czernin

»Jenes herrliche Gefühl der Freiheit«

Frieda von Bülow und die Sehnsucht nach Afrika

Für Gabriele

Monika Czernin

17. 4. 2010

List

List ist ein Verlag
der Ullstein Buchverlage GmbH

ISBN: 978-3-471-77279-9

Gesetzt aus Stone Serif
Satz: hanseatenSatz-bremen, Bremen
Druck und Bindearbeiten: Bercker, Kevelaer
Printed in Germany

Für Vera

Inhalt

Prolog

Im Raume lesen wir die Zeit
Friedrich Ratzel

In Afrika waren Sie? In Tansania? Dann interessieren Sie sich bestimmt für Frieda von Bülow, sagt die Stimme am anderen Ende der Leitung.

Frieda von Bülow?

Ja, die Kolonialschriftstellerin.

Die Kolonialschriftstellerin? Wie kommen Sie darauf?

Nun ... weil Sie doch aus Afrika zurück sind. Die war doch auch in Afrika. Damals – der Anrufer macht eine kleine, dramaturgisch wohlbedachte Pause – hieß es noch Deutsch-Ostafrika.

Ich kann mir das Gesicht zur Stimme ganz gut ausmalen. Freundlich, dicke Brillengläser, leicht abstehende Ohren, hager, belesen, um die achtzig. Seine Familie, beginnt er abzuschweifen, sei ebenso alt, wenn auch weniger zahlreich als der Bülow-Clan. Politiker, Diplomaten, starke Frauen fänden sich hier wie dort. Wieder so einer, der an der Hand seiner Vorfahren durch die Geschichte Europas wandeln kann, denke ich, während er einen kurzen Bogen vom Dreißigjährigen Krieg bis zur Russischen Revolution spannt. Angerufen hatte er eigentlich wegen eines anderen Buches von mir, über Rilke und die *Duineser Elegien*, aber dann, als ich von Afrika zu erzählen begann, war Rilke wie weggeblasen. Das heißt nicht ganz, denn Rilke, so meinte er, spiele auch in dieser Geschichte eine gewisse Rolle.

Immer diese Zufälle! Ich weiß, man muss hellhörig sein, denn es gibt Geschichten, die erzählt werden wollen und die einen Geburtshelfer brauchen. Mein unbestimmter Wunsch, doch wieder einmal über ein afrikanisches Thema schreiben zu dürfen, geträumt in den arabischen, später von den deutschen Kolonialbeamten genützten Ruinen auf der Insel Mafia südlich von Sansibar, hat, wie es scheint, ausgereicht, um das Spiel in Gang zu setzen. Wenn sich der Hinweis des freundlichen Anrufers als »für mich bestimmt« entpuppen sollte, dann werden sich weitere seltsame Zufälle einstellen, dann wird die Geschichte selbst zu arbeiten anfangen, dann werde ich zu ihrem Helfer, ihrem Handlanger auf dem Weg aus einer anderen Zeit in das Hier und Jetzt.

Sie müssen wissen, unterbricht der Anrufer meine Gedanken, der Vater meiner Frau war Thankmar von Münchhausen.

Ach ja, sage ich vorsichtig und überlege, wer Thankmar von Münchhausen gewesen sein mag.

Und dessen Vater Thankmar war der Bruder von Friedas Mutter Clotilde.

Jetzt verstehe ich, lüge ich und lasse meine Gedanken abschweifen. Stammbäume! Gott schütze mich vor ihnen. Sie sind fehleranfällig und rätselhaft wie ein mathematisches Paradoxon.

Sie wissen das natürlich alles gar nicht, spricht der alte Herr weiter. Wie sollten Sie auch, sind ja noch viel zu jung. Also noch einmal. Frieda ... ach ..., unterbricht sich die Stimme, und ich bin dankbar für das Ende der genealogischen Nachhilfestunde, ich schicke Ihnen einfach alles, was ich habe.

Am Abend schon lässt mir diese Frieda keine Ruhe mehr. Ich google. Sie wurde am zwölften Oktober 1857 in Berlin geboren, schrieb Kolonial- und Frauenromane und starb am zwölften März 1909 viel zu jung an einem Krebsleiden. Außerdem war sie, so steht da, die Geliebte von Carl Peters und folgte ihm 1886 nach Sansibar und an die ostafrikanische Küste.

Ostafrika? Carl Peters? Das war doch dieser Kerl, der in den

1880er Jahren halb Ostafrika eroberte und es dem jungen Deutschen Reich zu Füßen legte. Ein Abenteurer der Sonderklasse, gefeierter Nationalheld und größenwahnsinniger Visionär der imperialistischen Epoche. Ein Machtmensch und Verbrecher, der seine schwarze Konkubine und ihren Liebhaber aufhängen ließ. Ein Rassist, dessen Machenschaften 1896 den Reichstag erschütterten und als sogenannter »Peters-Skandal« in die Geschichte eingingen. Ein Mann schließlich, der von den Nationalsozialisten wiederentdeckt und zum Prototypen des deutschen Herrenmenschen hochstilisiert wurde. Und dessen Geliebte, weiße Konkubine, Mitstreiterin vielleicht! Verteidigerin womöglich!! sollte mich interessieren?

Peters. So etwas gibt es nur einmal im Leben, wenn überhaupt … Ich nehme das soeben eingetroffene Fax in die Hand und entziffere ungläubig Friedas Handschrift.

Bestimmt haben Sie mittlerweile herausgefunden, dass Frieda die Geliebte von Carl Peters war, steht, offenbar mit Bleistift, fein säuberlich daneben. Der Brief ist an Lou Andreas-Salomé gerichtet, Rilkes Lebensliebe. Deshalb also spielt der Dichter auch in dieser Geschichte eine Rolle. Und Lou Andreas-Salomé? Diese schöne, freigeistige, männerliebende Muse, jemand, den unsere politisch korrekte Moral ohne mit der Wimper zu zucken auf der Seite der »Guten« einordnet? Frieda und Lou, Frieda und Carl – Carl Peters. Carl klingt zu vertraut bei jemandem, dessen Name im deutschen Pantheon des Bösen verewigt ist wie Hitler und seine Handlanger. Frieda von Bülow, die Geliebte von Carl Peters! Eine Geschichte voller Abgründe tut sich auf.

Auf den wenigen Fotos wirkt Frieda von Bülow herb, zielbewusst, eine Frau der Tat. Sie hat einen Lockenkopf, einen trotzigen Mund und männliche Gesichtszüge. Das bekannteste Foto zeigt sie im Kreis um Rainer Maria Rilke und Lou

Andreas-Salomé in Lous Wolfratshausener Gartenlaube. Man schreibt das Jahr 1897. Frieda sitzt und hält ein Hundebaby auf dem Arm. Langes Kleid und Matrosenkäppi, sie ist die Älteste auf dem Bild, die »Tante« in der jugendlichen Runde. Man hat ihr einen Liegestuhl zur Gartenlaube getragen. Vielleicht war ihr nicht wohl? Krank seit ihrem Leben in Afrika? Rilke, Lou. Was die beiden wohl an Frieda von Bülow geschätzt haben? Hugo von Hofmannsthal, Ricarda Huch, Arthur Schnitzler. Frieda kannte sie alle, und alle verehrten sie als Literaturkritikerin – mehr jedoch noch als *die Afrikanerin.*

Was für eine Geschichte! Kolonialismus und Frauenbewegung, Liebe und Verbrechen. Ein ungleiches Paar und seine Leidenschaften am Anfang von Deutschlands kurzer imperialer Größe in der Welt? Heute scheint all dies so abwegig, so unverständlich, so fragwürdig und war doch damals, im ausgehenden 19. Jahrhundert, der fortschrittliche Zeitgeist einer ehrgeizigen Epoche.

Wer war diese Frieda von Bülow? Wer war die »Afrikanerin«, die Frau hinter der Schriftstellerin und Publizistin? Wie konnte sie gleichzeitig Peters' und Lous beste Freundin sein? Wie konnte sie einerseits das deutsche Kolonialfieber und andererseits die Emanzipation der Frau angetrieben haben? Und was bedeutete ihr das Schreiben? Und Afrika? Ostafrika, dieser Garten Eden mit all seinen Schönheiten und Schrecknissen. Wurde auch sie Afrika nicht mehr los, wie so viele, die diesen Kontinent einmal betreten und nie mehr aus ihrem Bewusstsein verloren haben? Und was habe ich, ein Jahrhundert nach Frieda auf die Welt gekommen, mit ihr zu tun?

Ich ahne, dass dies eine jener Geschichten wird, bei der die Linie zwischen dem, was wir als »gut« und »böse« in unserem Gedächtnis verankert haben, ins Wanken gerät, eine Geschichte, die mehr Fragen aufwirft als Antworten bereithält, die aus heutiger Sicht einen so anderen Klang produziert, als wenn man ihr durch die Berichte der Zeitzeugen und mit den Ohren von damals lauscht, eine Geschichte nicht zuletzt, die das Potenzial hat, unsere Selbstgewissheit zu stören.

Erster Teil

Kindheitsliebe

Es kommt doch alles über uns, wie es bestimmt ist, und die Frage: wie, wenn es anders gekommen wäre? ist eine der müßigsten. [...] Aber wen Gott recht lieb hat, den nimmt er frühe zu sich!

Frieda von Bülow: Die Schwestern

1

Ein Leben, in ein Paket verschnürt. Mein Name in schöner, altmodischer Schrift, Briefmarken aus der Serie »Hauptstadt Berlin«. Der Absender links oben, klein und ordentlich. Der Anrufer hat sein Versprechen gehalten. Nichts scheint er dem Zufall überlassen zu haben, die Sendung war ihm sehr wichtig.

Es ist ein kühler Herbstmorgen, die graue Nebelschicht wird sich erst im Laufe des Vormittags auflösen und einem goldenen Herbsttag weichen. Ich übernehme das Paket aus der Hand des frierenden Postboten, male einen unleserlichen Kringel auf das Display seines kleinen Terminals und ziehe mich in mein Arbeitszimmer zurück, das Geschenk in den Händen wiegend. Schon die Verpackung erzählt eine Geschichte. Der doppelte Klebstreifen. Hat der Absender die Reißfestigkeit des Kuverts bezweifelt? Der schwarze Filzstift, er wird wohl nur für größere Postsendungen verwendet. Das Ruhe erfordernde Aufkleben der kleinen Briefmarken und die zittrigen Finger des alten Herrn ... Seine Frau – womöglich krank – im Nebenzimmer.

Ich zerreiße das Packpapier, öffne das Paket und durchstöbere den Inhalt. Ein paar Briefe, lose Blätter mit Tagebuchaufzeichnungen, Zeitungsausschnitte, ein Kondolenzschreiben. *Sie war,* steht da, *ein selten begnadeter Mensch und ich meine, jeder, der ihr begegnete, musste in den Bann dieser reichen und starken Persönlichkeit gezogen werden. Mit vollen Händen teilte sie ihre Schätze aus, und es wurden ihrer immer mehr. […] Jeder nahm etwas Wundervolles von ihr mit: Den Glauben an das Beste im Leben.* Sorgfältig falte ich den Brief wieder zusammen, er ist an Friedas Schwester Sophie gerichtet, immer noch entströmt ihm ein Hauch von Trauer, von Abschied, von Verlust. Ein Foto kommt darunter zum Vorschein. »Frieda von Bülow« steht in eckiger deutscher Schreibschrift auf der Rückseite. Eine lebensvolle, starke Frau, eine deutsche Tania Blixen vielleicht? Auch Frieda hatte eine Farm in Afrika, auch sie führte sie allein, und so wie die dänische Schriftstellerin begeisterte Frieda eine halbe Generation zuvor die Leser mit ihren Beschreibungen einer exotischen, fernen Welt. Doch während Blixen zur Ikone eines ganz bestimmten, bis heute lebendigen Afrikabildes geworden ist, kennt man Frieda von Bülow nicht mehr. Warum wohl? frage ich mich und blättere im mitgesandten Buch, einer Biografie über Frieda aus dem Jahr 1910. Die Verfasserin, Sophie Hoechstetter, hat es persönlich *Anna Freifrau v. Münchhausen geb. v. Keudell und Thankmar Freiherrn v. Münchhausen dankbarst und in Ergebenheit* zuerkannt. Schon wieder Thankmar!

Ich lese mich fest, höre die Tür nicht, spüre keinen Hunger, keine Kälte, bin ganz ins Leben der anderen geschlüpft, der Kolonialschriftstellerin. Bin fasziniert und zugleich abgestoßen, von jedem dritten Satz wie elektrisiert. Ich habe mir angewöhnt, eine Skala der Neugier anzulegen, die mich bei der Beschäftigung mit meinen Protagonisten überfällt. Ich trage darin den Namen und die Heftigkeit ein, mit der die historische Persönlichkeit meine Gedanken gefangen hält. *Frieda von Bülow, 5, irritierend.* Was hält mich? Das Afrika-Abenteuer? Die Emanzipationsgeschichte? Die Widersprüche ihres Wesens? So viel Leben! So viel Erlittenes! Unabhängigkeit und Unterwerfung, leidenschaftliche Liebe und Einsamkeit, Heimat und Abschied. Ein Leben der großen Verlusterfahrungen, ein Leben voller Sehnsucht und Wagnis. Ich blättere, überfliege Seiten, suche nach Anknüpfungspunkten in den schriftlichen Spuren einer längst verhallten Geschichte. *Im*

Land der Verheißung, Tropenkoller, Der Konsul, Die Schwestern, so lauten Titel ihrer Werke. Wie sie wohl zu lesen sind? Deutet meine Faszination darauf hin, dass das späte 19. Jahrhundert, dessen ruheloses und krisenhaftes Lebensgefühl Frieda von Bülow so sehr geprägt hat, unserer Zeit und ihren Problemen doch so viel näher ist als angenommen?

Wo beginnt Friedas Geschichte? Mit der Geburt in Berlin, der Kindheit und Jugend in der Türkei und in Thüringen, mit dem Aufbruch nach Afrika, mit der Schriftstellerei? Alles wäre denkbar, und doch zieht es mich immer wieder zu einem Schlüsselerlebnis in Friedas Leben. Denn jeder Mensch ist auf einen bestimmten Grundton gestimmt, er führt ihn durchs Leben, er lässt ihn mitschwingen, was auch immer er für eine Melodie gerade anschlägt.

Nachts stoppte mich wieder der Traum mit Grete. Immer dasselbe. Ich erinnere mich alles Geschehenen, und sehe trotzdem Grete vor mir, schrieb Frieda von Bülow, sechsundzwanzig Jahre alt, am 15. Februar 1884 in Neapel in ihr Tagebuch. Immer wieder Grete, Margarethe, die drei Jahre jüngere Schwester. Ich beginne zu ahnen: Margarethe war Friedas zweites Ich. Die Liebe zur Schwester war ungewöhnlich stark, gefährlich in ihrer Einzigartigkeit.

Am 2. Januar jenes Jahres war Margarethe beim Versuch, einem ins Eis eingebrochenen Jungen das Leben zu retten, in Berlin gestorben. Frieda weilte zur Erholung von einer lästigen Grippe in Gardone di Riviera am Ufer des Gardasees, wo Onkel Otto von Münchhausen eine kleine Villa besaß. Die Nachricht von Margarethes Tod muss Frieda aus heiterem Himmel getroffen haben. Nach dem Begräbnis, die Mutter hatte den bodenlosen Schmerz ihrer ältesten Tochter bemerkt, wurde sie abermals nach Italien geschickt. Goethes Vermächtnis, was sonst, sollte die angehende Schriftstellerin von ihrem seelischen Zwilling, ihrem Ein und Alles, loseisen und einem sinnerfüllten Leben zurückgeben. Deshalb Italien. Und so malte sich Friedas verwundetes Herz an diesem südlichen Ort immer wieder das Geschehene aus; sie brannte sich die Bilder der Katastrophe in die Seele, als wäre sie dabei gewesen, als Margarethe starb.

Frieda blickte vom kleinen Sekretär des Hotelzimmers zum Hafen von Neapel hinunter. Die schräg einfallende Wintersonne glitzerte auf den Wellen, weit draußen sah sie einen weißen Dampfer, eines jener technischen Wunderwerke, die allmählich die Segelschiffe im Überseehandel abzulösen begannen. Sie stellte sich einen ebenso gleißend hellen, nur um einiges kälteren Wintertag in Berlin vor. Die spiegelglatte Oberfläche des Rummelsburger Sees, noch nicht zerkratzt von den Kufen der Eisläufer, nicht zugedeckt vom Neuschnee. Eine dunkle, das Licht reflektierende Fläche, darüber ein unwirklich stahlblauer Himmel und eine künstlich grelle Wintersonne.

Ja, so mag es wohl gewesen sein, sagte sie zu sich selbst und sah sich unter den Spaziergängern mit ihren beiden Schwestern gehen. Margarethe und Sophie, junge Damen in knöchellangen Mänteln mit Pelzmuff und Mützen. Sie lachten und schwatzten.

Ich hab dich tanzen sehen, liebe Schwester, liebe Sophie. Hat es dir gefallen? Frieda geriet immer tiefer in ihren Tagtraum.

Gerötete Wangen, ein Kindergesicht noch und doch schon ein erwachsener Blick. Es ging um den Silvesterabend bei Onkel Thankmar und Tante Anna, ein fröhliches Fest, wenn auch von aristokratischer Zurückhaltung. Bestimmt nicht so ausgelassen wie bei den Künstlerfreunden von Tante Anna. Frieda kam das Wort »frivol« in den Sinn, es schlug in ihrer Fantasie Kapriolen. Trunkener Schwindel stellte sich ein. Glücklich waren sie gewesen, alle drei, so hätte es bleiben sollen. Vielleicht, so lockte der Tagtraum, würde die Geschichte diesmal einen glücklichen Ausgang nehmen.

Doch da waren schon wieder die unheilvoll kalte Stimmung, der See und das fröhliche Mädchengeplänkel.

War niemand für dich dabei?, fragte Sophie.

Ach, Sophie, die guten Partien sind schon vergeben, und die anderen will ich nicht, hörte sich Frieda antworten. Sie lächelte abwesend, während der Dampfer mit einem lang gezogenen Hupton in den Hafen von Neapel einfuhr.

Bei Männern, kehrte Frieda zu ihren Gedanken zurück, war sie wirklich wählerisch.

Und dein Tänzer, Frieda? Wie war er? Nun erzähl doch, geliebte Schwester.

Ein Hanswurst.

Und der Cousin von Thankmar?

Der war ähnlich uninteressant.

Frieda, so darfst du nicht sprechen, sonst wirst du nie einen Mann finden.

Ach, liebe Sophie. Alleine lebt es sich ohnedies besser.

Das stimmt, mischte sich nun auch Margarethe ein. Unabhängig wollen wir sein und uns nicht für einen Gatten verbiegen.

Und, sekundierte die Älteste, für die Gleichberechtigung von Männern und Frauen kämpfen.

Aber nicht heute, Frieda! Margarethe!, bat Sophie. Sie verstand die kämpferischen Parolen der Schwestern nicht. Lasst uns fröhlich sein. Sieh nur, Frieda, war dieser Herr dort nicht in der Silvesternacht dabei?

Frieda sah sich nicken und vorauseilen, dem Uniformierten hinterher, in dem sie einen Freund der Familie vermutete. Forsch und jungenhaft sah sie sich ihm auf die Schulter klopfen und ihn begrüßen. Margarethe und Sophie, zurückgelassen am Ufer, zogen ihre Mäntel enger, sie fröstelten.

Plötzlich – an dieser Stelle verstärkte sich der bedrohliche Grundton von Friedas Tagtraum, er schwoll zum Gedröhn an – plötzlich stockte Margarethe, hörte einen Schrei, vom See her, zu Hilfe, zu Hilfe. Ein noch kaum dem Kindesalter entwachsener Junge hatte sich auf das Eis hinausgewagt, die Schwestern sahen ihm nach, verträumt und entzückt über das pastellfarbene Bild. Und kurz darauf der Hilferuf. Zu Hilfe, ich ertrinke, helft mir, schnell, schnell!

Das Eis war gesprungen, mit einem echoschweren Knall, nachbebend und unheilverkündend.

Margarethe tauchte als Erste aus der Erstarrung auf, jäh löste sie sich aus Sophies Blick und trat ebenfalls, wie in Trance, auf das Eis, es knarrte und fauchte wie ein Riese mit Rückenschmerzen.

Margarethe, nicht, bitte, komm zurück!, schrie Sophie. Frieda! Frieda, so hör mich doch!, rief sie nach vorne, wo die Älteste noch immer mit ihrem Verehrer stand. Die Schwester, deine Margarethe! Komm, Frieda, ach, so komm doch und hilf!

Natürlich hätte sie die Schreie bemerkt, wäre gelaufen, in Windeseile zur Stelle gewesen, wenn sie nur da gewesen wäre, dachte die tagträumende Frieda voller Verzweiflung. Wer weiß, vielleicht hätte sie das Unglück verhindern können. Doch so hatte die Katastrophe ihren Lauf genommen, und auch der Tagtraum konnte den unheilvollen Ablauf der Ereignisse nicht mehr umkehren. Auch er näherte sich gnadenlos dem Schrecklichen, das Frieda immer wieder durchleben musste. Sie sah sich am Ufer stehen, händeringend. Margarethe war selbst ins Eis eingebrochen. Sie hatte sich lange ausgestreckt, dem Jungen einen Arm hingereckt. Zu groß war der Abstand zwischen der großen und der kleinen

Hand, darum war sie weitergerobbt, näher an ihn heran, bis zur dünnen Stelle, dorthin, wo auch der Junge zu versinken begann. Eiskaltes Wasser erreichte ihre Brust, ihr Herz, ihren Bauch. Und ihr Herz war schwach, war's immer schon, nur eine kleine Aufregung, und schon schlug es doppelt so schnell, Herzrasen, der Blutdruck stieg bis zum Zerspringen. Am Ufer Tumult, Sophie hatte sich auch aufs Eis gewagt und wurde zurückgehalten, ein Polizist, ein paar Männer. Eine Leiter wurde gebracht, langsam kam die Rettung in Gang – zu langsam. Der Junge entglitt Margarethes Hand, rutschte ohnmächtig geworden unter das Eis. Margarethe lag ausgestreckt, rührte sich nicht, kein Atem ging. Leblos wurde sie von den Männern ans Ufer gezogen.

So hatte man Frieda den Ausgang der Katastrophe tief erschüttert erzählt, und so quälten die Bilder sie immer wieder von Neuem. Ihr war, als würde sie mit einer Axt gespalten, als würde die eine Hälfte von ihr, ja sogar mehr als die Hälfte, zu Margarethe ins Reich der Toten hinübergleiten. Der Knabe war gerettet worden, doch niemand aus der Familie fand je die Kraft, nach seinem Namen zu fragen. Friedas Albträume, die sie selbst bei Tage quälten, wurden immer schlimmer. Auch jetzt wieder, im Hotelzimmer in Neapel, sah sie sich am Ufer stehen, erstarrt, angewurzelt. Wie gelähmt hingen die Arme herab, die Beine taten, als wären sie nicht da, das Gesicht bleich, jede Regung war aus ihm verschwunden. Der Schrei blieb ihr in der Kehle stecken, der Himmel schrie stattdessen, die Sonne strahlte erbarmungslos, und immer wieder brach das Eis und schickte sein Echo über den See, ein aus dem Kälteschlaf erwachtes Ungeheuer. Frieda schwankte und horchte in den Resonanzraum des Unheils hinein. Das marternde Geräusch von Kufen wurde stärker, anklagend zerkratzten die Metallklingen das Eis und dann Friedas Herz, bis sie blutüberströmt dastand, das Eis rot färbte, rot wie die untergehende Sonne. Sie wollte sterben, so sehr schmerzte sie der Verlust. Dann würde sie endlich wieder bei Margarethe sein.

Im Hafen blies der Dampfer in sein Horn, und Frieda kehrte in die Gegenwart zurück. Wieder hatte sie sich hineinziehen lassen in das Unheil. Wie würde ihr Leben weitergehen? Sie stand auf, zog Wintermantel, Pelzmütze und Handschuhe an und verließ das Hotel. Sie wollte hinunter zum Hafen, zum weißen Dampfschiff gehen. Schon von Weitem sah sie schwarze Gesichter in weißen Matrosenanzügen, die Kisten mit rätselhaften Waren entluden, sie wechselten Worte in einer Sprache, die Frieda noch nie gehört hatte, und bewegten sich auf eine Art, die die Einsame sofort gefangen nahm. Die Ablenkung tat ihr gut, der ungewohnte, aufregende Anblick, der Hauch von Ferne. Aus Westafrika, sagte man ihr, sei das Schiff gekommen. Aus einem Land so fern und fremd wie die Fantasien ihrer Kindheit und die Abenteuergeschichten, die sie mit Margarethe so gerne gelesen hatte.

Der Tod Margarethes hatte Frieda von Bülows Leben von Grund auf verändert. Frieda trug Margarethe im Herzen und ließ sie darin weiterleben bis an ihr Lebensende, sie sah Margarethe immer wieder vor sich, das lächelnde Gesicht der Schwester, die winkende Hand, ihr Worte formender Mund, tonlos. Frieda hatte Margarethe im Kopf, in der Seele, im Blut – für immer. Ungewöhnlich, nicht wahr?

Ich habe mir ein großes Packpapier für ein Lebensdiagramm von Frieda besorgt, fast so groß wie der Schreibtisch. Es wird mich begleiten, bis die Geschichte fertig erzählt ist. Margarethes Tod schreibe ich irgendwo in die Mitte. Das Papier wird sich allmählich füllen, eine Landkarte der Seele wird entstehen, ein nur für mich entschlüsselbares Bild von Friedas Leben. Der Tod Margarethes war bereits der zweite große Verlust innerhalb weniger Jahre. Erst starb der Vater, dann die Schwester, doch der Tod der Schwester wog tausendmal schwerer! Wieso? Wie kam es zu dieser ungewöhnlichen Geschwisterliebe? Und wieso so viele Verluste, gleich zu Beginn?

2

Ein Foto fällt aus dem Dokumentenstapel. Seit der ersten Paketsendung ist er schon zu einem stattlichen Turm angewachsen. Der deutsche Friedhof in Smyrna, dem heutigen İzmir. Die Farben sind schon etwas vergilbt. Dennoch ist in der Mitte der Gräber deutlich ein Obelisk von parischem Marmor auszumachen, pompös wie ein Wahrzeichen, als Erinnerung an eine Zeit, in der das Osmanische Reich – wenn auch geschwächt – immer noch ein Imperium, eine der großen Kolonialmächte der Welt war. Orient! Ein ganzes Universum exotischer Bilder, Klänge und Gerüche ersteht vor meinen Augen und ist doch nur der verfremdende, auf Differenz beharrende Blick Europas auf die damalige Welt.

Ich drehe das Foto um und lese: *Auf einer Türkeireise entdeckten wir zufällig das Grabmal des 1869 an Typhus gestorbenen Vaters Hugo Bülow.* Die Marmorstele also, das Foto muss aus den 1960er Jahren sein. Hugos Grab ist zwar 1907 nach Deutschland verlegt worden, aber die Gedenkstätte sieht immer noch gepflegt aus, vielleicht ist sie es heute noch. Wer bringt wohl die frischen Blumen, tauscht das ewige Licht? Vielleicht jemand, der alte Friedhöfe liebt? Jemand, dem die Spuren der deutsch-türkischen Vergangenheit nicht egal sind?

1862 wurde der Preußische Legationsrat Hugo von Bülow ins Konsulat nach Smyrna berufen. Der Vierzigjährige hatte in Berlin und Bonn studiert, sich mit der politischen Abhandlung *Die Aristokratie des Geistes* schon als junger Mann einen Namen gemacht. 1856 hatte er dann Clotilde von Münchhausen geheiratet und mit ihr im Laufe der Jahre fünf Kinder bekommen. Hugo, so entnehme ich dem Bülow'schen Familienbuch, einer segensreichen Einrichtung, wenn man sich erst einmal der Größe dieser Adelsfamilie bewusst wird, entstammte dem Dennewitzer Zweig der Familie. Dieser Stamm, so erklärt mir der Familienarchivar, den ich zur Entwirrung der Verhältnisse trotzdem noch hinzuziehen muss, habe den Bülows den Ruf eines preußischen Offiziersclans eingebracht, obwohl die Familie doch ursprünglich ein mecklenburgisches Junkergeschlecht gewesen sei.

So hört mir zu, geliebte Enkelkinder. Onkel Friedrich Wilhelm war ein angesehener General in den napoleonischen Kriegen. Ein echter Bülow, hitzig und eigensinnig.

Ich stelle mir Caroline Wilhelmine von Bülow, geborene von Enckevort Vogelsang, zierlich und überaus feinsinnig vor. Eine weißhaarige, stets gepflegte alte Dame mit einem Strahlenkranz voller Falten im Gesicht.

Sie verschwand geradezu in ihrem abgewetzten Armsessel, wenn sie mit feierlicher Stimme den traditionellen Erzählabend eröffnete. Frieda war mit Sophie und Albrecht nach Arnstadt gekommen, um die alte Dame zu besuchen. Die Enkelkinder mochten diese Stunden, wenn es draußen kalt war, der Kamin knisterte und Großmama Bülow zu einer der Geschichten über die Heldentaten der Familie anhob. Sie war völlig erblindet, doch von geistiger Frische. Ihren Mann, ebenfalls ein mehrfach ausgezeichneter preußischer Oberst, selbstherrlich und als Ehemann – um es höflich zu sagen – unangenehm, erwähnte sie im Gegensatz zum ruhmreichen General nie.

Onkel Friedrich Wilhelm hat Berlin vor den napoleonischen Truppen bewahrt. Stellt euch nur vor, er handelte völlig eigenmächtig und gegen die Anordnungen seines Befehlshabers Bernadotte. Bernadotte! Dieser treulose, ehrlose Geselle! Die Großmutter echauffierte sich sichtlich.

Wieso war er treulos?, fragte eines der Kinder.

Ach, das ist allzu kompliziert für eure kleinen Kinderköpfchen. Was versteht ihr denn schon von nationaler Größe und Ehre. Onkel Friedrich war ein wahrer Preuße, müsst ihr wissen. Und damals galt es, die deutschen Länder aus der napoleonischen Umklammerung zu befreien. Auch bei Waterloo hat Onkel Friedrich gekämpft und bewiesen, dass wir Deutschen siegen können.

War Napoleon dann tot?, wollte die kleine Sophie wissen.

Nein, er wurde verbannt, so wie es sich für einen geschlagenen Feldherrn gehört.

Die Enkel lauschten ehrfürchtig. Kriegsruhm, schwere Verwundungen, Ordensverleihungen, Geschichten voller Heldenmut und Tapferkeit, rauchender Pulverdampf und donnernde Kanonen, dazwischen immer diese zarte Erzählerin und das Geheimnis um ihren totgeschwiegenen, im biblischen Alter von 91 Jahren in Berlin verstorbenen Mann.

Alle Dennewitzer Bülows mussten Offiziere werden, seufzte sie nun. Nur euer Vater hat wegen seiner starken Kurzsichtigkeit die Familientradition gebrochen. Sie lauschte in sich hinein, einer momentanen Gefühlswallung nachsinnend. Ihr Sohn Hugo war stattdessen in preußische Staatsdienste eingetreten, und der Lauf der Dinge hatte ihn nach Smyrna verschlagen. Zu weit weg für die alte Dame, die ihrem Sohn stets eine gute Mutter gewesen war. Hugos Kinder und deren Mutter Clotilde hatten einige Jahre in Smyrna verbracht, jetzt waren sie zurückgekehrt, alle, bis auf die kleine Margarethe.

Auch mein Hugo, dachte die Großmutter ein wenig besorgt, hat den hitzigen Charakter der Bülows geerbt. Dann entsann sie sich der Enkel, die um sie herumsaßen, spürte ihre gespannten Augen auf ihren Lippen ruhen und begann von Neuem mit dem Erzählen.

Von eurem Ururgroßvater Friedrich Ulrich Arvid hieß es, er habe einen nicht genehmen königlichen Beamten kurzerhand verkehrt herum auf einen Esel gesetzt und ihn, derart zum Gespött gemacht, von seiner Burg verjagt. Ja, ja, so sind die Bülows.

War das nicht der letzte Erbherr auf Falkenberg?, sagte eines der Kinder.

Ihr kennt die Geschichte also, sagte die Großmutter.

Ja, ja, wir kennen sie alle, aber bitte erzähle sie noch einmal. Sie ist so lustig. Die vielen bittenden Kinderstimmen im behaglich und sorgsam eingerichteten Salon der alten Dame waren wie Musik, schufen ein unvergessliches Gefühl der Geborgenheit, ein Bild, das sich jedem Einzelnen von ihnen ins Herz prägte.

Es war vier Jahre zuvor, als Clotilde mit den drei Töchtern – die zwei Söhne sollten noch geboren werden – ihrem Mann nach Smyrna nachgefolgt war. Stolz und voller Neugier hatten sie Berlin verlassen. Die sechsjährige Frieda wollte, ganz und gar große Schwester, auf die dreijährige Margarethe achten, Sophie litt als Einzige an Heimweh. Die Türkei! Das Osmanische Reich! Frieda wiederholte die seltsamen Namen wieder und wieder. In den Stimmen der Erwachsenen lag Erwartung, Aufregung und Sorge, wenn sie davon sprachen, dass die Familie von nun an im Orient leben würde. Dort gebe es Palmen und Moscheen, die Sitten und Gebräuche in diesem Teil der Welt seien höchst exotisch. Und zuerst einmal die Reise über das Meer mit einem Dampfer. Außergewöhnlich!, hatte Großmutter Henriette Münchhausen, die Mutter von Clotilde, ausgerufen, die Kinder auf ihren Schoß genommen und ihnen Bilderbücher vom Orient gezeigt. Wahres Entzücken, vor allem über die Kamelkarawanen, über die verschleierten und mit kostbarem Schmuck behängten Frauen, über die niedlichen Esel, quoll aus den Kindermündern, und ihre Augen glänzten sogar noch spätabends beim Zubettgehen.

Die ganze Strecke von Berlin bis Venedig konnten die Bülow-Damen mit der Bahn zurücklegen, das Schienennetz hatte sich im rasanten Tempo entwickelt, im Gleichschritt mit der boomenden Industrie und dem florierenden Welthandel. Venedig, das Meer, die Kinder jauchzten vor Freude. Frieda hatte das Gefühl, sich im glitzernden Wasser aufzulösen, sie wollte ein Funken sein und auf den Wellen tanzen, sich davontragen lassen bis ans Ende der Welt.

Oh, wie schön ist unser Schiff und das Meer, rief sie, noch immer Margarethe an der Hand.

Pass gut auf deine kleine Schwester auf, Frieda.

Ja, beste Mama, ich hab sie ganz fest.

Clotilde war bange zumute. Was würde sie in der Türkei erwarten? Wie würde das Haus sein, in dem sie wohnen sollten? Was für Krankheiten würde sie vorfinden? Mit so kleinen Kindern! Hätte ihre Mutter Henriette nicht insistiert, sie wäre aus lauter Angst daheim in Ingersleben geblieben.

Mama, mir ist so heiß, stöhnte die kleine Sophie.

Du sollst auch nicht in der prallen Sonne stehen. Komm zu mir in den Schatten, Liebes, dann ist es leichter.

Es war ein ungewöhnlich warmer Oktobertag, der alle Erinnerungen an den vergangenen Sommer noch ein letztes Mal aufleben ließ. Frieda hielt ihr Gesicht in die Sonne.

Um Gottes willen, Frieda! Was machst du denn da für einen Unsinn. Doch nicht in die Sonne, ermahnte die Gouvernante. Komm sofort zu mir in den Schatten oder nimm deinen Sonnenschirm.

Warum denn, Bertha? Die Sonne ist so gut und so warm, und ich mag sie so gern.

Aber sie verdirbt deine Haut, Frieda! Die Sonne macht die Haut ganz braun. Das ist über die Maßen unelegant.

Frieda machte eine wegwerfende Kopfbewegung. Sie stieß den Sonnenhut in den Nacken und lief der entsetzten Bertha davon. Aus der Frieda wird ein brauner Junge, aus der Frieda wird ein brauner Junge, sang sie vor sich hin, aus der Frieda wird ein Funken im Meer …

Ich habe ein Album mit frühen Fotografien aus dem Osmanischen Reich gefunden, ein schönes goldverziertes Album. Ich blase den feinen Staub von der Buchoberkante und blättere. Konstantinopel. Was für eine Stadt. Die Kuppeln und Minarette, die Hagia Sophia. Smyrna, kommerzielles Zentrum und wichtigster Hafen an den Küsten Kleinasiens. Das elegante Frankenviertel, in dem die Europäer lebten, das nicht viel ärmlichere Griechenviertel und schließlich das enge und elende Stadtviertel der Türken, die nach den Griechen nur die zweitgrößte Bevölkerungsgruppe der Stadt ausmachten. Die Griechen, so ist nachzulesen, waren an der türkischen Küste bis Anfang des zwanzigsten Jahrhunderts die tonangebende Schicht, erst 1923, nach dem griechisch-türkischen Krieg, wurden sie von hier vertrieben. Ich suche Fotos vom Türkenviertel. Weiße Häuser, enge Gassen, der Souk, Eselskarren voller Früchte und Gemüse, verschleierte Frauen, scheue Kinder und Männer in langen weißen Gewändern mit bestickten Kopfbedeckungen. Ich blättere weiter. Der Hafen. Da irgendwo müssen die Bülow-Mädchen in ihren weißen Matrosenkostümchen vom Dampfer gestiegen sein. Die Sonnenhüte artig auf dem Kopf, dahinter die Mutter, die Gouvernante, die Kofferträger. Es waren viele Koffer, richtige Reisekisten, die auf einen der Eselskarren verladen werden mussten. Hugo, im hellen Sommeranzug, wartete sehnlichst auf die Ankunft seiner Familie, vor allem auf die drei Mädchen. Er hatte sie sehr vermisst. Schon zu Neujahr hatte er an Clotilde geschrieben, wie jämmerlich ihm unter dem Weihnachtsbaum – ein Orangenbäumchen hatte dafür herhalten müssen – zumute gewesen sei. Die Mädchen blinzelten zuerst in die Sonne, dann umarmten sie ihren Vater, der jede Einzelne von ihnen hoch in die Luft warf. In die herrliche Meeresluft. Sie roch nach Fisch und fremden Gewürzen, nach Sonne und einem Land, das eine große Anziehungskraft auf sie auszuüben begann.

Meine Welt riecht nach altem Papier und an heißen Halogenlampen verbrannten Insekten. Draußen fallen die letzten Blätter zu Boden, am Morgen gibt es schon Bodenfrost. In der Türkei kann man noch schwimmen, verkündet wetter-online. Fernweh packt mich, wie immer, wenn die Zugvögel das erkaltende Europa verlassen. In die Türkei, nach Ägypten, in den Oman vielleicht? Damals wurde das Reisen langsam zu einem Vergnügen für die wohlhabenden Schichten. Frieda war wohl schon als kleines Mädchen infiziert, die Sehnsucht nach der Fremde, nach Aufbruch und Bewegung verließ sie nie mehr. Schon jetzt spüre ich eine ungewöhnliche Rastlosigkeit, wenn ich ihrer Geschichte für eine Weile eine Heimat gebe, wenn ich in ihre Kleider und Rollen schlüpfe, mich im Raum ihrer Kindheit umsehe wie in einer etwas verstaubten Kammer, deren Tür ächzt und deren Möbel, Bilder und all die kleinen Alltagsdinge sich nach Tageslicht sehnen. Nichts geschieht ohne Preis, und von den Verlockungen des Lebens wird man immer hungriger.

Die Fotos von der Türkei um die letzte Jahrhundertwende haben ihren eigenen Reiz. Zwar befand sich das Osmanische Reich im Niedergang, war zum »kranken Mann am Bosporus« geworden, der in immer größere Abhängigkeit zum alten Europa geriet. Aber was für ein Glanz, was für ein Reichtum von diesem Imperium, das einst große Teile Nordafrikas und ganz Südosteuropa beherrschte, noch immer ausging. Eine ganze Generation von Schriftstellern, Künstlern und Gelehrten wurde damals vom Orientfieber erfasst. Und Deutschland, seit 1871 geeint, spielte eine viel wichtigere Rolle im Reich der Sultane, als ich bisher annahm. So wirkte etwa der junge Helmuth von Moltke, später Generalfeldmarschall und militärischer Architekt der Reichseinigung, am Hof in Konstantinopel als Militärinstruktor. Und erste Überlegungen zum Bau der legendären Bagdadbahn wurden angestellt, jenem dann Anfang des 20. Jahrhunderts begonnenen Bau, der den Ruhm von Deutschlands Ingenieuren in der Welt mitbegründete. Ereignisse der deutsch-türkischen Vergangenheit, die heute oft ungenannt bleiben. Den preußischen Konsul Hugo von Bülow stelle ich mir nun weit gewichtiger vor.

Die kleine Frieda liebte Smyrna, diese Stadt der Palmen und des Meeres. Bevor sie mit ihren Schwestern zum Unterricht bei den Kaiserswerther Diakonissen aufbrechen musste, lief sie schon in aller Herrgottsfrühe ans offene Fenster, um die salzige Brise einzuatmen. Am Nachmittag dann lauschte sie dem Widerhall spielender Kinder in den Gassen und den gemessenen, rhythmischen Schritten der Erwachsenen. Der Ruf des Muezzins bestimmte den Rhythmus des Tages, ließ ihn zu einer wogenden Welle werden, er gab den Menschen ein Gefühl des Getragenseins, nahm ihnen die Verantwortung für die dahinfließende Zeit, auch den Nichtgläubigen, die sich bald ebenfalls nach ihm zu richten begannen. Frieda sah auf, wenn seine ruhige Stimme erklang, sie blickte aus ihrem Fenster über die Stadt und das Meer, während sich ihre Gedanken von der Monotonie des Gesangs in immer fernere Welten forttragen ließen.

Die Familie lebte sich ein. Hugo reiste viel durchs Land und schilderte seine Erlebnisse in Artikeln für eine Zeitschrift mit dem bezeichnenden Titel *Globus*. Auch Clotilde hatte ihre innere Ruhe wiedergefunden. Sie entdeckte ihre Liebe zur Archäologie und hatte bald einen Kreis interessanter Persönlichkeiten um sich geschart. Man las gemeinsam die alten Griechen und begab sich auf kulturelle Exkursionen ins Landesinnere. Die evangelische Kirche von Smyrna war Gott sei Dank nicht weit weg vom Bülow'schen Haus, Clotilde flüchtete vor den wiederholten Wutausbrüchen ihres Mannes und anderen, das Leben einsam machenden Erfahrungen dorthin. Die Religion hatte längst den Platz in ihrem Herzen eingenommen, der leer geblieben war, nachdem die erste Verliebtheit und das Erstaunen über das gemeinsame Leben von Mann und Frau aus ihm verschwunden waren. Inzwischen war ein weiteres Kind zur Welt gekommen, ein kleiner Junge, Albrecht, ein wackeres Kerlchen, dem die Sommerhitze genauso wenig auszumachen schien wie Frieda.

Die beiden, dachte Clotilde, sind meine stärksten Kinder. Albrecht hat das Militärische der Bülows im Blut, und Frieda ist wirklich ein kleiner brauner Junge. Die Älteste scherte sich am wenigsten um die Anweisungen der Gouvernanten, und auch die Kaiserswerther Diakonissen, in deren Erziehungsanstalt die kleinen Mädchen auf Französisch unterrichtet wurden, auch diese fähigen Pädagoginnen konnten gegen Friedas Temperament nichts ausrichten. Sophie war süß und unkompliziert und Margarethe ein erstaunlich versonnenes Kind, sprachbegabt und nachdenklich. Sie hatte sich in Windeseile genügend Griechisch sowie einige Brocken Türkisch angeeignet, um der Mutter als Dolmetscherin zu dienen, wenn Gemüse- und Obstverkäufer nach dortiger Sitte ihre Waren ins Haus brachten.

So vergingen zwei glückliche Jahre. Frieda war mittlerweile acht und Margarethe fünf geworden. Zwei reizende Mädchen, schnell wie Katzen, dem Meer verfallene Wasserratten. Es war Hochsommer, und die Hitze staute sich in den Gassen der Stadt. Bei jeder Gelegenheit entwischten sie deshalb in die Wellen, die im seichten Wasser unendlich viele kleine Schaumkronen bildeten. Das Salzwasser lockte sie, sie tranken immer einen Schluck davon, schauderten und lachten. Einen Versöhnungsschluck mit dem Meer, ein Pakt gegen die Angst vor Meeresungeheuern weit draußen und kleinen Krebsen unter ihren Füßen. Sie wussten noch nicht um die Macht des Wassers und ahnten nicht die Katastrophe, die auf sie zukommen sollte. Sie riefen sich griechische Worte zu und gingen immer tiefer hinein, heißa und hopsassa. Sie krempelten die langen weißen Badekleider auf, bis die nackten Oberschenkel zum Vorschein kamen, Schritt für Schritt stieg das Nass an den Beinen hoch und verursachte Gänsehaut auf Armen und Rücken. Welch eine Wonne! Frieda ließ sich fallen, tat so, als hätte sie das Gleichgewicht verloren, und wollte doch nur schwimmen, was sie ein klein wenig konnte. Das salzige Wasser drang durch die Kleider auf ihre Haut, umspielte ihren Körper, vertrieb die Hitze des Sommers. Die nackten Füße stießen sich vom sandigen Untergrund ab, sie traten ins Ungewisse, Weiche. Jeder Schritt ließ sie wohlig schaudern, ein Krebs vielleicht, ein unbekanntes Meerestier, noch ein Schritt, sich wieder fallen, gleiten lassen und wieder das schmeichelnde Wasser um den Körper. Sie wollte ein Funken sein und sich weit weg tragen lassen, weit weg.

Draußen wartete die Gouvernante. Frieda, was tust du, komm sofort ans Ufer zurück, das darfst du nicht.

Jedes Mal das Gezeter und Gezerre, wie die Wogen des Meeres, ein Spiel zwischen den Kräften der Freiheit und der Erziehung.

Doch Frieda blieb die Siegerin, auch am Abend noch, wenn die Familie sich um den Abendbrottisch versammelte. Sie erzählte wortgewandt von ihren Abenteuern, während draußen vor den Fenstern ein heißer Sturm voll rotem Sand die untergehende Sonne verdunkelte.

Das ist der Wind aus Afrika, er bringt den Sand der Sahara, sagte der Vater.

Afrika! Wo ist Afrika? Wir wollen nach Afrika, sekundierten die Kinder und bekamen große, weite und staunende Augen.

Ich stöbere in einer Internetsammlung mit schönen alten Jugendbüchern. Auch Abenteuergeschichten über Afrika gibt es eine ganze Menge, doch sie sind alle erst ab den 1880er Jahren erschienen. Davor war Afrika immer noch Terra incognita, der »dunkle Kontinent«, wie es wegen seines nur von ganz wenigen Europäern betretenen Inneren, seiner undurchdringlichen Wildnis, seiner unberechenbaren Krankheiten und seiner schwarzen Menschen genannt wurde. Welche dieser Geschichten mag Frieda gelesen haben? Welche Bücher waren ihr damals, in der Türkei, lieb geworden? Wunderbare Illustrationen haben sie alle, sie zeugen von einer überbordenden Sehnsucht nach fernen, weiten Welten: Schiffe auf stürmischer See, seltsame Pflanzen und Tiere, eine Überfülle an sinnlichen, ja geradezu fantastischen Inszenierungen der Begegnung mit exotisch anmutenden Menschen. Immer ein leises Kribbeln, ein Hauch von Spannung und eine geradezu märchenhafte Abenteuerlust. Fantasiewelten aus gierig nach der Ferne ausgreifenden Schriftstellergehirnen. Auch ich hätte diese Bücher geliebt, sie gehütet wie einen geheimnisvollen Schatz, ich hätte eine Welt in meinem Unterbewusstsein entstehen lassen, wie sie gleich mehrere Generationen von Heranwachsenden geprägt hat. Schon lange bevor die Deutschen als verspätete Nation am Wettlauf um die letzten weißen Flecken auf dem Planeten Erde teilnahmen, hatten diese Geschichten Kolonialfantasien in ihrem Bewusstsein hinterlassen. Bestimmt auch bei der jungen Frieda von Bülow, die später wahrscheinlich Karl Mays Orientromane und auch die Berichte des Afrikaforschers Gustav Nachtigals gelesen hat. Damals, in der Türkei, war möglicherweise Joachim Heinrich Campes Roman *Robinson der Jüngere* ihr Lieblingsbuch, jene durchschlagend erfolgreiche deutsche *Robinson-Crusoe*-Nachdichtung, die für das Selbstverständnis der Deutschen als die besseren Kolonialherren so wichtig war.

Frieda liebte den Papagei auf dem Bucheinband, der ganz treuherzig neben Robinson unter dem Sonnenschirm aus grünen Blättern saß. Stundenlang konnte sie ihre Augen auf dem Bild ruhen lassen, bis die ganze Geschichte wieder lebendig wurde, bis sie das Meer rauschen und die wilden Tiere schreien hörte, bis sie sich mit wohligem Schauder in Robinson versetzt hatte, der sich auf der fernen Insel mit seinen bloßen Händen langsam ein Zuhause einrichtete. Manchmal lag sie zusammen mit Margarethe im Bett und las der Jüngeren die besten Stellen aus ihrem Lieblingsbuch vor.

Robinson konnte kaum den Tag erwarten; er stand noch eher auf, als die Sonne, und machte sich zu seiner Reise fertig. Er hing die Tasche um; gürtete einen Strick um seinen Leib, steckte sein Beil, statt eines Degens, daran, nahm den Sonnenschirm auf die Schulter und wanderte darauf getrost fort. […]

Zuerst besuchte er seinen Kokosbaum, um eine oder ein Paar Nüsse in seinen Beutel zu stecken; dann lief er auch erst an den Strand, um einige Austern dazu zu suchen; und da er sich mit beiden notdürftig versorgt und einen guten Trunk frisches Wasser aus seiner Quelle zum Frühstück genossen hatte: so marschierte er ab.

Es war ein reizender Morgen. Die Sonne stieg jetzt eben in ihrer ganzen Klarheit, wie aus dem Meere, hervor, und vergoldete die Gipfel der Bäume. Tausend kleine und große Vögel von wunderbaren Farben sangen ihr erstes Morgenlied und freuten sich des neuen Tages. Die Luft war so rein und so erquickend, als wenn sie jetzt eben erst von Gott wäre geschaffen worden, und aus den Kräutern und Blumen duftete der süßeste Wohlgeruch empor.

Was sind Austern?, fragte Margarethe.

Sonderbare Tiere, man kann sie sogar essen, wahrscheinlich sollte man sie braten. Aber ich glaube, sie schmecken scheußlich.

Und Kokosnüsse?

Die sind von den Palmen, erklärte Frieda stolz. Papa hatte es ihr erklärt, auch dass auf den Palmen in Smyrna keine Kokosnüsse wuchsen.

Oh, Frieda, dann gehen wir welche holen, draußen wachsen doch so viele Palmen.

Nein, Grete, auf unseren Palmen wachsen Datteln, keine Kokosnüsse.

Und wo sind dann die Kokosnüsse?

In Afrika, das hat der Papa gesagt. Frieda schaute die kleinere Schwester herausfordernd an. Wollen wir einmal nach Afrika fahren? Nur du und ich und vielleicht der Papa? Dort ist es so heiß wie in einem Backofen und so aufregend wie bei Robinson, und da könnten wir wie er Kokosnüsse essen.

Ob sie wohl süß wie Honig schmecken?

Noch viel süßer, geliebte Grete, sie sind das Süßeste, Beste und Nahrhafteste, was du je gegessen hast.

Woher weißt du all diese Dinge, Frieda?

Ich weiß sie eben, das soll dir genügen.

Friedas Neugier nach all den exotischen Dingen wuchs mit jeder gelesenen Seite. Manchmal schlich sie sich in Vaters Bibliothek und blätterte in den Reise- und Forschungsberichten, die Hugo sammelte. Da gab es auch welche über Afrika, und die fand Frieda am allerspannendsten. Es gab Bilder von Elefanten und Nashörnern, von schwarzen, fast nackten Menschen mit Speeren und komischen Dingen auf dem Kopf. Die Häuser der Einheimischen waren aus Stroh oder Blättern, klein und irgendwie gemütlich, so wie die Lager, die sie und Margarethe sich aus Schilf am Strand von Smyrna gebaut hatten. So gerne hätten sie darin übernachtet, aber alleine waren sie dann doch zu ängstlich gewesen, und die Erwachsenen hätten es ohnedies nicht erlaubt.

Hugo hatte in einem Kolonialwarenladen der Stadt einen Elefantenstoßzahn gekauft.

Er stammt aus dem Inneren Afrikas ..., aus der Hölle, wie

Hugo seinen erschrockenen Töchtern gern sagte. Sie bekamen große Augen und lachten erst erlöst, wenn er ihnen durch sein Grinsen zu verstehen gab, dass er bloß Spaß gemacht hatte.

Wie Triebe der Sehnsucht wuchsen die Kolonialläden überall aus dem Boden und bliesen den Käufern den Duft unbekannter Welten in die Nase. Auch in Berlin gab es mittlerweile solche Läden, doch hier in Smyrna waren die Länder, aus denen die Waren stammten, irgendwie näher. Im Hafen lagen oft Schiffe mit Handelsgütern aus Arabien und Nordafrika, Gebiete, zu denen das Osmanische Reich nach wie vor beste Beziehungen unterhielt.

Der Stoßzahn stand, in Messing gefasst, neben Hugos Lesefauteuil und machte großen Eindruck auf die Kinder.

Wie groß ist ein Elefant?, wollte Sophie wiederholt wissen.

Er würde, glaube ich, gerade eben noch in dieses Zimmer passen.

Nicht größer?, empörte sich die kleine Schwester. Sieh doch, Frieda, wie groß der Zahn ist. Er ist viel größer als du. Dann muss der Elefant aber so groß wie das ganze Haus sein.

Das ist unsinnig, liebe Sophie. Ich hab doch Bilder von Elefanten gesehen.

Hast du nicht.

Doch, hab ich schon. Du kannst gern unseren Papa fragen. Ehrfürchtig strichen die Mädchen die glatte, kühle Oberfläche des Elfenbeines entlang. Wie gut es sich anfühlt, dachte Frieda, ob Elefanten auch so glatt und hart sind?

Hugos Interesse für Reise- und Forschungsberichte, seine Wissbegier für alles, was mit fernen Ländern und den Kolonien der anderen europäischen Großmächte zu tun hatte, färbte auf seine Töchter ab. Besonders die Berichte über Afrika, das zur klingenden Chiffre für alles Abenteuerliche, Ferne und Verlockende geworden war, hatten es ihnen angetan. Seit Chinin als Allheilmittel gegen das böse Tropenfieber galt, verlor Afrika allmählich seinen Schrecken als das *Grab des weißen Mannes*. Die Araber hatten den Handel mit Sklaven, Pfeffer, Elfenbein und Gold immer noch fest in der Hand, sodass die Europäer lange keinen Grund darin sahen, ins fieberverseuchte Hinterland vorzudringen und die Feindschaft der afrikanischen Zwischenhändler herauszufordern. Doch allmählich wuchs die Gier der Kolonialmächte und derer, die es noch werden wollten, auch diesen Kontinent unter sich aufzuteilen. David Livingstons aufrüttelnde Berichte über das grausame Los der Negersklaven entfachten moralische Entrüstung und lieferten einen wichtigen Rechtfertigungsgrund für den Ruf nach christlichen Missionen unter kolonialem Schutz. Ein beispielloser Wettlauf der europäischen Nationen um die Vormachtstellung in Afrika begann.

Wenn Deutschland erst geeint und stark genug ist, dann werden wir die besten Kolonisatoren sein und die vorbildlichsten Kolonien haben, pflegte Hugo zu sagen.

Dieser *scramble for Africa*! Wohl eine der verrücktesten Eroberungsgeschichten überhaupt, denke ich mir. Man muss sich die Situation ins Gedächtnis rufen. 1881 eroberte Frankreich Tunesien und löste damit den Wettlauf um Afrika aus. In Berlin tagte um die Jahreswende 1884/85 dann die Kongo-Konferenz, bei der die Europäer Regeln für die Aufteilung des Kontinents ersannen, in Wirklichkeit aber bloß offiziell zur Unterwerfung Afrikas aufbrachen. Kaum ein Jahrzehnt später war dieser riesige, den Europäern jahrhundertelang als undurchdringlich geltende Kontinent nominell aufgeteilt, unter den Großmächten England, Frankreich, Deutschland, Belgien und Italien, wie ein großer Kuchen, der mit Messern in ungleiche Teile zerschnitten worden war. Meist nahmen die Verantwortlichen einfach die Landkarte Afrikas, zeichneten auf dem Papier die Grenzen der von ihnen beanspruchten Gebiete ein, um sie anschließend – als rechtmäßige Herrscher sozusagen –

zu befrieden, von der Sklaverei zu befreien, dem Segen der europäischen Zivilisation zuzuführen – oder wie auch immer sie die Unterwerfung fremder Völker legitimierten. Das Deutsche Reich formte sich gerade noch rechtzeitig, um am Wettlauf um Afrika teilzunehmen und zur drittwichtigsten Kolonialmacht aufzusteigen.

Doch statt nach Afrika schickte das Schicksal die Bülows wieder zurück nach Deutschland. Die Familie verließ noch im Sommer 1865 Kleinasien, angeblich wegen der schwierigen Lebensumstände, vielleicht auch nur, weil Hugo den nahenden Krieg schon spürte, den Krieg zwischen Preußen und Österreich, der bei Königgrätz entschieden und mit dem der erste Schritt zur deutschen Reichseinigung vollzogen wurde. Hugo meldete sich freiwillig zur Krankenpflege und machte die Schlacht bei Langensalza mit. Als Hannover, das mit Österreich verbündet war, zur Kapitulation gezwungen wurde, stürzte sich der Landdrost von Hildesheim, der damalige Verwaltungsoberste der Stadt, aus lauter Verzweiflung über die Niederlage der Habsburger in den Tod, und Hugo von Bülow übernahm sein Amt. Doch nur für ein Jahr, sein hitziges Gemüt verdarb die Karriere, und so kehrte er wieder nach Smyrna zurück. Dort mochte man den kernigen Kerl, der Posten gab ihm die Freiheit, die sein Charakter benötigte.

Clotilde zog mit den Kindern nach Ingersleben, zur Großmutter Münchhausen, nur eine kurze Reise von der anderen, der Bülow-Großmutter in Arnstadt, entfernt. Hugo wollte seine Familie auch diesmal erst dann nachkommen lassen, wenn er ein geeignetes Zuhause für sie geschaffen hatte. Nur Margarethe, sein Lieblingskind, wurde einer Diakonissin anvertraut und mit ihr nach Smyrna geschickt. Im selben Jahr erkrankte Hugo an einem bösartigen Klimafieber, das bei einem Rückfall im Winter 1868 in Typhus ausartete. Am 26. Januar 1869 erlag er der Krankheit. Nur Margarethe und sein Schwager Thankmar, der ebenfalls im Orient in diplomatischen Diensten stand, waren beim Begräbnis auf dem deutschen Friedhof von Smyrna zugegen.

Der Frühling hatte in all seiner Pracht in Thüringen Einzug gehalten. Bienen summten von Vergissmeinnicht und Margeriten zu den ersten aufgeblühten Rosen. Alles roch nach Leben und Werden, nie sonst im Jahr war die Natur so zukunftsverheißend, so betörend schön, so über jeden Zweifel am Glück allen Lebens erhaben. Frieda war zu einem stillen Mädchen herangewachsen, in sich gekehrt und grüblerisch. Jungmädchenflausen, meinte die Mutter, die zu sehr mit sich beschäftigt war, um sich mit ihren Kindern zu befassen, insbesondere mit Frieda, zu der sie, im Unterschied zu Albrecht und Kuno, keinen rechten Zugang fand.

Frieda tat sich schwer in Ingersleben, ihr fehlte das fröhliche Leben in Smyrna. Sie wusste nicht, wohin mit ihren vielen Fragen, den kleinen Verzweiflungen, der Lebenstrauer, die sie befallen hatte. Wieso hatte man ihr Margarethe weggenommen? Und die Türkei? Und die Sonne und ihr geliebtes Meer? Warum durfte sie nicht auch wieder nach Smyrna? Warum wollte der Papa nur die Grete haben? Immer wieder ging ihr diese Frage durch den Kopf und nagte an ihrem Selbstbewusstsein. Hat Papa die Grete so viel lieber als mich? Viele einsame Nachmittage hatte sie mit Grübeleien verbracht, sich den Vater mit der Schwester an der Hand vorgestellt, wie er sie hoch in die Luft warf und mit seinen starken Armen wieder auffing. Sie hörte Margarethe lachen und sich selbst weinen. Ingersleben war traurig und leer, die Schönheit dieses Teils der Welt hatte Friedas Herz noch nicht erfasst. Solange die Eifersucht auf die Schwester und die Trauer um das türkische Zuhause währten, hatte Ingersleben, das Frieda später lieb und teuer werden würde, keine Chance.

Doch dann kam der Tag des Wiedersehens, dieser betörend schöne Sommermorgen. Friedas Herz pochte heftig, sie wollte ein besonders hübsches Kleid anziehen und sich lange frisieren lassen. Bei jedem Hufschlag, den sie auf der Straße hörte, blickte sie auf und lauschte, ob der Wagen in den Hof einbog. Doch als dann die Kutsche mit Margarethe schließlich vor der Villa hielt und die Neunjährige an der Hand ihrer Lieblingsdiakonissin Mina Grosse ausstieg, liefen der zwölfjährigen Frieda die Tränen wie Bäche über das Mädchengesicht. Tränen der unbändigen Wiedersehensfreude, Tränen, die sie zwei Jahre lang zurückgehalten hatte, Tränen der Einsamkeit und Trauer, des Unverständnisses und der Verzweiflung. Jetzt, wo Margarethe vor ihr stand, war der Groll auf sie wie weggeblasen. Selbst die diffuse Trauer um den Vater, dem sie, wie so viele kleine Mädchen, nicht nahe genug hatte kommen können, um ihn wirklich zu vermissen, war der leidenschaftlichen Liebe zur Schwester gewichen.

Grete, ach, Grete, rief sie und schloss die Schwester in die Arme. Auch Margarethe hatten die Ereignisse mitgenommen, der Schock, als Einzige der Familie den Tod des Vaters mitzuerleben, lastete auf ihrer Seele und machte sie noch zarter, noch nachdenklicher.

Frieda, wie hab ich euch alle vermisst. Sophie, Mama. Wo sind Albrecht und Kuno?

Sie kommen, sind nur mit Onkel Otto im Wald.

Großmama, liebe Großmama! Margarethe stürzte Henriette von Bose in die Arme. Die alte Dame blickte sich besorgt nach Frieda um, die noch immer schniefte und heulte.

Nun denn, ihr beiden, sagte sie besonnen. Frieda, nimm deine Margarethe mit dir und zeige ihr unseren schönen Park. Bis zum Abendessen dauert es noch eine ganze Weile.

Frieda fuhr sich mit dem Handrücken über die tränennassen Wangen und nahm die Hand der Schwester. Komm, Grete, komm mit mir, sagte sie mit immer noch zitternder Stimme.

Dann liefen die beiden Mädchen davon und Sophie hinterher. Fast schon fröhlich wirkte der Anblick, nun wird alles gut werden, dachte die Großmutter, während Frieda ahnte, wie sehr sie Grete brauchte.

3

Karfreitag. Ich habe von Ingersleben geträumt. Es war ein neuer Abschied – Leermachen der lieben Räume – aber ohne Grete. Ich stöhnte und dachte, ist's denn immer noch nicht vorüber. Keines von der ganzen Familie hat Ingersleben nur halb so lieb, wie ich. Wenn der Sommer kommt, dann kommt rettungslos und erbarmungslos das Heimweh, ich mag sein, wo ich will. Ich sitze im Zug nach Erfurt und lese in Friedas Tagebuchnotizen. Draußen zieht eine graubraune, nasse Novemberlandschaft vorbei. Thüringen. Am Bahnhof nehme ich ein Taxi. Nach Ingersleben bitte ..., über Neudietendorf, wenn das möglich ist.

In Ingersleben war das Gut der Münchhausens, auf dem Clotilde und die Kinder nach den glücklichen Jahren an der türkischen Mittelmeerküste eine erste Zuflucht fanden. Heute durchschneiden Autobahnen die hügelige Landschaft und verstellen den Blick auf die Drei Gleichen, drei Kegelberge mit geschichtsträchtigen Burgen, die dem Land seit jeher eine ganz eigene Prägung geben. Gewerbegebiete, der ins Umland ausfransende Stadtrand, eine durch den Eingriff des Menschen vernarbte Landschaft. Dann biegt das Auto ab, und die Gegend wird ursprünglicher. Alte Dörfer. Die Straße schlängelt sich durch Neudietendorf und erreicht schließlich Ingersleben. Kleine Fachwerkhäuser neben noch kleineren grauen Einfamilienheimen aus den realsozialistischen Sechzigerjahren. Keine reiche Gegend, weder früher noch heute.

Von Smyrna nach Ingersleben und Neudietendorf. Ich wiege die beiden Namen, lasse ihren Klang auf der Zunge zergehen. Das muss eine schwierige Umstellung gewesen sein. Kein

Meer, keine Palmen, keine orientalischen Gerüche, kein Sand aus Afrika. Die Witwe stand mit ihren fünf kleinen Kindern – der Jüngste, Kuno, war gerade erst zwei Jahre alt geworden – plötzlich allein. Die Münchhausens waren nicht mehr so wohlhabend wie noch zu Zeiten von Friedas Urgroßvater, das Gut warf gerade genug ab, um die Großmutter und Onkel Otto zu ernähren. Clotilde war feinfühlig und bescheiden genug, um niemandem zur Last fallen zu wollen. Sie wählte darum, nach einer ersten Zeit bei der Mutter, die Herrnhuter Brüdergemeinde von Neudietendorf als Unterschlupf. Ohnedies waren ihr die Tröstungen eines tief religiösen Lebens längst zur eigentlichen Heimat geworden. Sie zog mit den Mädchen in das Haus von Pastor Krüger, ein winziges Heim, wie ein Nähkästchen, Zimmer an Zimmer mit niedrigen Decken und ein handtuchgroßer Vorgarten, der die schönsten alten Rosen beherbergte, die Clotilde jemals gesehen hatte. Diese wenigen Quadratmeter wurden ihr lieb, mit Hingabe schnitt sie die Triebe zurecht und freute sich, wenn die dichten Stauden mehr Knospen hatten als die in den Nachbargärten. Sie versank in ihrem Duft, und wenn sich ihr Wollschal in den Dornen verhedderte, konnte sie nicht umhin, an ihr schmerzliches Dasein zu denken. Sie hatte sich in sich zurückgezogen, dorthin, wo das Leben nicht wehtat, wo ihr nichts mehr zustoßen konnte. Sie strahlte Gleichmut und Milde aus, war in ihrer Innerlichkeit aber für die drei heranwachsenden Mädchen kaum mehr erreichbar.

Das Taxi fährt vor. Ein Fachwerkhaus. Ingerslebens große Attraktion ist das kleine Heimatmuseum in den Resten des Münchhausen'schen Gutes, in Räumen so schief, dass die Teller auf dem bürgerlich eingedeckten Tisch abzurutschen drohen, mit Fensterchen so klein, dass man sich in ein Märchen versetzt glaubt, und Holzböden so abgetreten, dass man die Jahrhunderte spürt, wenn man darüberläuft. Ich lasse mich vom Museumsdirektor durch das Areal führen. In dem alten Fachwerkhaus hat zum Schluss Onkel Otto gelebt, erklärt er, das viel später erbaute, der Großmutter überlassene Herrenhaus gibt es leider nicht mehr. Es wurde zu DDR-Zeiten abgerissen, als in die alten Gemäuer und neuerrichteten Betonbaracken eine LPG einzog.

Dort, nahe der Kirchmauer, sagt er stolz, stand sie, die Villa. Wenn Sie ganz genau hinschauen, können Sie die Umrisse noch in der Wiese erkennen. Und rundherum war alles Park, ein wunderschöner Garten mit einem Teich und vielen Jasminsträuchern und wilden Rosen.

Ich lasse mich von der Begeisterung und dem Detailwissen des freundlichen Mannes mitreißen, lausche seinen Erzählungen und beobachte, wie sich meine Wahrnehmung verändert, wie langsam das heutige Erscheinen des Ortes verblasst und darunter die Bilder von damals auftauchen, bis ich tatsächlich zu sehen glaube, was Frieda und Margarethe in ihren Romanen und Erzählungen immer wieder beschrieben haben.

Lehrer unterrichteten in dieser Schule nicht. Das wäre »unchorplanmäßig« gewesen; denn der »Chorplan« der Gemeinde gebot eine fast klösterlich strenge Sondierung der Geschlechter, beschrieb Frieda von Bülow das Leben in der Mädchenerziehungsanstalt der Herrnhuter Brüdergemeinde. Die drei Schwestern, Frieda, Margarethe und Sophie, kamen in die weit über die Grenzen Thüringens bekannte Schule, während Albrecht ins Internat nach Erfurt und der dreijährige Kuno zur Erziehung ins wohlhabende Elternhaus seines gleichaltrigen Vetters Max von Münchhausen nach Schwöbber bei Hameln kam. Man musste sich schließlich nach der Decke strecken.

Unsere Lehrerinnen waren »ledige« Schwestern, die kein Seminar besucht hatten, aber schlecht und recht taten, was sie konnten, um die sehr mäßigen Schulkenntnisse, die sie selbst besaßen, an uns weiter zu geben. […] Auch an die Mitschülerinnen konnten wir uns nicht anschließen. Wir waren zu tief in unserer Traumwelt eingesponnen, und sie wieder lebten in einer Ideenwelt, die uns ganz fremd war. Nahezu dreißig Jahre hatte Frieda gebraucht, um ihre Kindheit und Jugend in einem Roman zu verarbeiten. *Die Schwestern* erschien kurz nach ihrem Tod, das Buch hat, wie alle ihre Werke, einen stark autobiografischen Charakter. Die Herrnhuter, die Eifersucht auf Margarethe und die Liebe zu ihr, die abwesende Mutter, der herrische Vater. Eine Versöhnung mit dem eigenen Schicksal? Ich wäge das Wort Schicksal ab, denn kein leichtes Schicksal war Frieda beschieden.

»Ich darf in der Schule nicht kippen«, malte Margarethe gewissenhaft in ihr Aufgabenheft. Der Stift kratzte, mit ihren zehn Jahren schrieb sie zwar schon mühelos, aber fünfzig Mal das Gleiche und noch dazu in Schönschrift. So ein Elend. Als ob man dabei etwas lernen würde. Die Hocker eignen sich eben dafür, zum Vertreiben der Langeweile, dachte Margarethe. Und wenn schon gestraft wird, warum kann ich dann nicht einen Aufsatz schreiben, etwa über ein Kind, das vom Hocker fällt und sich alle Knochen bricht.

Frieda, tönte sie jetzt jammernd, bist du schon fertig mit den Hausaufgaben?

Nein, Grete, muss selber noch fünfzig Mal »Ich darf keine Widerworte geben« schreiben.

Wie dumm. Widerworte sind wichtig. Wieso solltest du immer einer Meinung sein mit deiner Lehrerin? Ich habe genau hingehört, als sie dich rügte, und du, Frieda, hast recht gehabt.

Ich weiß. Sie hat sich so über mich geärgert, dass es richtig komisch war.

Ach, Frieda, du jammerst nie. Ich hingegen kann nicht mehr weiter vor lauter Ekel. Könntest du mir nicht helfen?, klagte die Schwester nun theatralisch, denn sie wusste, wie sie das Herz der Älteren erweichen konnte.

Natürlich kann ich dir helfen, du süßer Faulpelz. Warte nur, bis ich fertig bin, du kannst inzwischen mit dem Sophiechen spielen.

Ich gehe mit ihr schnell zu Amalia. Dort lass ich sie dann, damit wir beide getrost zur Großmama gehen können.

Amalia Theile war die Tochter des Neudietendorfer Tischlers. Schon ihr Urgroßvater Conrad hatte zu den Erweckten gehört, er hatte als Steinhauermeister viele der Neudietendorfer Häuser erbaut, auch das Buck-Krüger-Haus, in dem die Bülows wohnten. Die Theiles gehörten zum engsten Kreis der Gemeinde. Amalia war eines der wenigen Kinder, zu denen die Bülows Kontakt hielten, sie war ein sonniges Mädchen und bewunderte die weit gereisten, fantasiebegabten Freundinnen, die so anders waren als der Rest der Welt.

Gut, geht nur, aber komm du bald wieder, sonst wird es dunkel und wir können nichts mehr spielen in Ingersleben. Ich überrede die Mutter.

Margarethe war erleichtert vom Tisch aufgesprungen. Sie gab der großen Schwester einen Kuss. Hör auf, Grete, das kitzelt ja, schimpfte Frieda geschmeichelt, sie zwickte die Davoneilende in die Seite und beendete geschwind beide Strafarbeiten.

Frieda, mittlerweile dreizehn, und Margarethe, zehn, verabscheuten die Herrnhuter, auch wenn ihr Begründer, Graf Zinzendorf, als Entdecker der Kindheit galt. Wohl aber nicht jener Kindlichkeit, die sich die Bülow-Mädchen durch die für ihre Zeit ungewöhnlich freie Erziehung bisher bewahrt hatten. Sie waren gewohnt, ihren Neigungen nachzugehen, und wenige hatten bisher versucht, ihr Denken zu begrenzen. Das Einzige, was sie bei den Herrnhutern liebten, war der Kolonialwarenladen, in dem viele eigenartige Dinge aus den Missionsgebieten der Brüdergemeinde zum Verkauf angeboten wurden.

Schon um fünf Uhr morgens hatten sich die Gemeindemitglieder zum gemeinsamen Gebet einzufinden, praktische Arbeiten wie Hauswirtschaft und Nähen nahmen einen wichtigen Platz in der Erziehung ein, und die gemeinsame Arbeit in der Gärtnerei diente sowohl der eigenen Versorgung wie auch der Philosophie der Gleichheit aller Brüder und Schwestern vor dem Herrn.

Die neuen Losungen sind da, es gibt neue Losungen … Wenn die Mädchen nur diesen Satz hörten, mit dem die neue Zusammenstellung geistiger Sprüche für jeden Tag des Jahres angekündigt wurde, liefen sie schon davon. Meistens war dann auch die Schwester des Missionsladens nicht mehr an ihrem Platz, und die Kinder konnten in aller Ruhe die Dinge studieren, die im Regal standen. Die geflochtenen Körbe und schönen Stoffe, den Silberschmuck und die kostbaren Figuren aus Elfenbein. Sie steckten die Nasen in die Gefäße mit fremdländischen Gewürzen und Kräutern, sie probierten vom Currypulver aus Indien und strichen sich wohlriechende Öle aus Arabien auf die Arme. Manchmal plagte sie das schlechte Gewissen, denn sie hörten ja ständig, dass ihre sündige Seele erst gereinigt werden müsse, damit echte Gottseligkeit einziehen könne. Doch ihre Seligkeit war gerade zwischen all diesen Dingen so groß, dass sie, Gott hin oder her, ihr schlechtes Gewissen bald vergaßen und sich versteckten, wenn die Schwester mit den neuen Losungen zurückkam. Sie blieben dann noch lange sitzen zwischen den Gegenständen einer größeren Welt als jener, in der zu leben sie solche Schwierigkeiten hatten. Dass die Einübung in Disziplin und Gehorsam bei diesen Wildfängen fehlschlug, wussten freilich auch die Schwestern, die trotz aller Ge- und Verbote einen ungewöhnlich liebevollen Umgang mit den Kindern pflegten.

Ich schlendere durch die alte Allee von Ingersleben nach Neudietendorf. Heute ist sie natürlich asphaltiert, Autos rauschen an mir vorbei, die kahlen Äste der Kopfweiden staken in den blauen Novemberhimmel, der modrige Geruch nassen Laubs auf der Uferböschung der Apfelstädt vermischt sich mit dem aus dem Fluss aufsteigenden Nebel. *Man muss im Abendschein durch die Wiesen um Ingersleben gegangen sein, um vielleicht etwas von dem Heimatgefühl zu empfinden, das alle Bülows so stark an diese Scholle band,* rät Friedas Biografin Sophie Hoechstetter. Und, füge ich in Gedanken hinzu, etwas vom Verlust der Heimat verstehen, der noch jedes Fleckchen Erde in ein Idyll verwandelt. Die Landschaft ist herb, doch trotz der Baumärkte und Neubausiedlungen an den ausgefransten Ortsrändern fallen mir Caspar David Friedrichs Landschaften ein und schicken mich wieder fort in meine Tagträume.

Komm, Margarethe, schnell. Sophie! Amalie! Wieso seid ihr hergekommen? Ihr sollt doch spielen.

Wir wollen auch nach Ingersleben.

Nein, ihr dürft nicht mit. Heute nicht. Ein andermal, sagte Frieda. Wir bleiben über Nacht, und ihr würdet in dem großen Haus nur Angst bekommen.

Das stimmt nicht. Ganz bestimmt nicht. Ihr seid gemein.

Und ob ihr Angst bekommt. Ihr habt ja schon beim Versteckenspielen Angst.

Ja, stimmte Margarethe nun ein. Und wir wollen heute Geister spielen und Elfen sein.

Dürfen wir bitte, bitte mit?

Nein, so seid doch vernünftig. In Ingersleben gibt es nämlich wirklich Geister.

Stimmt gar nicht, Margarethe.

Stimmt doch. Die Großmama hat es erzählt. Und jetzt geht bitte nach Hause, sonst nehmen wir euch auch das nächste Mal nicht mit, verstanden, beendete Frieda die Debatte.

Und sagt niemandem, dass wir in Ingersleben sind. Die Schwestern mögen es nicht. Mama weiß Bescheid. Können wir uns auf euch verlassen? Nicht weinen, Sophie. Ein anderes Mal, hörst du?

Wirklich?, schniefte Sophie. Verzweiflung stand ihr in den Augen. Ich will auch zur Großmama, heulte sie, während Amalie ihre Hand nahm und sie wegzog von den anderen. So komm doch, Sophie. Lass sie. Wir gehen in die Tischlerei zum Vater, er wird schon was für uns haben.

Frieda tat die Schwester leid, und doch wollte sie mit Margarethe allein sein. Sie schaute in Sophies verweintes Gesicht, in die enttäuschten Kinderaugen, sie spürte eine Trauer, die über den eigentlichen Anlass hinausreichte. Immer war Sophie diejenige, die zurückstecken musste, die von den beiden anderen ausgeschlossen wurde. Für einen Augenblick sah Frieda ein einsames Mädchen vor sich und schämte sich für ihren Egoismus. Und doch ging sie ohne Sophie, die, obwohl sie die mittlere der drei Schwestern war, doch wie die jüngste und kindlichste von ihnen wirkte.

Komm, Margarethe, schnell, wir sind zu spät, komm, laufen wir, sagte Frieda und ließ Sophie und Amalie endgültig zurück.

Margarethe hielt den Rock hoch, damit er von den Dornen nicht zerrissen wurde. Federleicht sprangen sie durchs hohe Gras, bis sie auf die Landstraße nach Ingersleben trafen. Sie gingen im Schatten der Alleenbäume weiter, nun gemessenen Schrittes, in bester Stimmung. Links dufteten die Getreidefelder, ein warmer Sommernachmittag ruhte über der Landschaft und das Versprechen, bald dort angekommen zu sein, wo dieses Land den beiden Heimat war.

Wir haben es geschafft, Frieda, der Nachmittag und Abend ist unser, nur wir beide, wir wollen der Großmama einen Blumenkranz binden, sieh nur, der Klatschmohn und die Schafgarben, die Lupinen und die vielen Gräser.

Das Gesumme der Bienen, der süße Geruch von Blumen und frischem Heu, ein leichter Wind, der durch die Blusen fuhr und die verschwitzten Mädchenkörper wieder trocknete. Momente tief empfundenen Glücks, die sich einprägten in die Seelen der beiden an der Schwelle zur Jugend stehenden Mädchen.

Ach, wie seid ihr nur abgemagert, sagte die Großmutter missbilligend. Wenn ich eure Mutter wäre, würde ich das nicht zulassen. Sie schüttelte den Kopf, während sie in die Küche eilte, um Kuchen zu holen, selbst gebackenen Himbeerkuchen, dazu Milch mit Honig aus der eigenen Imkerei. Clotilde machte ihr Sorgen, sie kümmerte sich so wenig um die Kinder, hatte immer nur die Gemeinde im Kopf oder sonst etwas, das sie ablenkte. Die Schule erwähnte Henriette nicht, und auch das Leben bei den Herrnhutern sparte sie aus. Es war schließlich ganz und gar nicht ihre Idee gewesen, sie hätte die Tochter gerne aufgenommen mit all den Enkeln, aber die wollte nicht, wollte nicht zur Last fallen, da blieb nur – seufzte sie bekümmert – die Gemeinschaft.

Henriette Freifrau von Münchhausen, geborene von Bose aus Meiningen, war für die Mädchen der Inbegriff einer gütigen Großmutter. Immer warmherzig, voller Interesse für alles, was die Enkel bewegte, großzügig im Verwöhnen und nachlässig in allen erzieherischen Maßnahmen, die sie nach ihrem langen, ereignisreichen Leben als zweitrangig zu betrachten gelernt hatte. Instinktiv wusste sie, dass geliebte Vorbilder das Wichtigste für Kinder waren und dass man sie ihrer Entwicklung überlassen musste, schließlich konnte man auch nicht am Gras ziehen, damit es länger wurde. Sobald sich die Kinder gestärkt hatten, entließ sie sie in den Garten. Sie gab vor, bis zum Abend mit diesem und jenem beschäftigt zu sein, denn sie wusste, was dem Schwesternpaar in Neudietendorf am meisten abging: Freiräume, Augenblicke des bloßen Seins, Zeiten, in denen sich das Wesen der Kinder ungehindert entfalten konnte. Versonnen schaute Henriette den

Enkelinnen vom Fenster ihres Salons nach, wie sie im Unterholz des nachlässig gepflegten Parks verschwanden. Heute Nacht werden sie wieder Elfen spielen, dachte die alte Dame. Dass das Fenster im Speisesaal beim Öffnen einen leisen Klick verursachte, der ausreichte, um den leichten Schlaf der Großmutter zu durchbrechen, ahnten die Mädchen nicht, wenn sie wieder einmal in dünnen Nachthemden und mit offenen Haaren barfuß auf den Kiesweg hüpften und durch das taunasse Gras schwebten.

Ich darf nicht vergessen, ihnen wieder zuzuschauen. Ach, wie liebte Henriette die Kinder, ihre Fantasie, ihre Kraft und Energie, ihre Spiele, die sie ihr eigenes Alter und die Sorgen um die Familie und ihren Niedergang vergessen machten.

Während des Abendessens machte Henriette ein feierliches Gesicht.

Es wird Krieg geben, sagte sie zu den Enkelinnen, die mit erhitzten Gesichtern von draußen hereingelaufen waren. Schnell hatten sie die Haare aus dem Gesicht und die Kleider glatt gestrichen, die Hände an dem im Eingang bereitstehenden Wasserkrug gesäubert und sich artig an den Tisch gesetzt. Onkel Otto schaute gedankenverloren vor sich hin. Er war unverheiratet, durch den Tod seines Schwagers Hugo aber zum Vormund der Mädchen bestimmt worden.

Ja, es wird Krieg geben, sagte Onkel Otto, Großvater wäre bestimmt stolz und glücklich darüber. Denkt nur, wie wichtig ihm Preußens Glorie war.

Im Krieg gegen Frankreich soll Preußen vollenden, was in Königgrätz begonnen wurde, nicht wahr, Otto?, sagte Frieda nicht ohne Stolz. So sagst du es immer.

Wieso braucht es dazu einen Krieg?, wollte Margarethe wissen. Mit ihren zehn Jahren hatte sie noch eine natürliche Abneigung, eine Scheu gegen Kriege und Blutvergießen.

Weil Preußen stark und mächtig werden soll. Ihr wollt doch

einmal stolz sein auf eure Heimat und auf die deutsche Nation? Onkel Otto summte leise das Preußenlied.

Der Krieg wird Napoleon Bonaparte endgültig besiegen, sagte Henriette, die manchmal etwas vergesslich wurde, nun feierlich.

Napoleon ist doch schon längst besiegt, liebe Mutter, mehr als ein halbes Jahrhundert schon. Seht ihr, Großmama hat immer noch Angst vor den Franzosen. Wird das Reich geeint, brauchen wir Frankreich indes nicht mehr zu fürchten.

Frankreich ... Henriette lauschte dem Wort hinterher. Das Land, von dem alle Revolutionen ausgehen, aller Freigeist, aller Umsturz. Gott im Himmel, wir leben in stürmischen Zeiten, hing sie ihren Gedanken nach.

Frieda und Margarethe hörten still und aufmerksam zu. Die große Politik, Geschichte, Philosophie. Alles saugten sie begierig auf, um es in ihrer eigenen Welt der Fantasie, in ihren Spielen und ersten Schreibversuchen wiederzuverwenden.

Und was wird dann aus dir, Onkel Otto?, wollte Frieda wissen. Werden sie dich auch einziehen?

Ich fürchte, ich bin zu alt für den Heeresdienst. Auch hab ich ein wehes Bein. Welch ein Unglück, dem Vaterland würde ich gerne dienen und auf dem Schlachtfeld die Ehre Preußens verteidigen. Aber auch hinter der Front wird ein Beben durch das Land gehen, ein Beben der neuen Stärke und des Aufbruchs.

Mama hat erzählt, dass in Neudietendorf eine Speisung für die durchfahrenden Soldaten eingerichtet wird. Wir alle dürfen mithelfen, erzählte Margarethe.

Wir könnten als Krankenschwestern arbeiten, wenn wir schon älter wären, sagte Frieda, begeisterter als die Schwester.

Henriette blickte in die Runde und lächelte ernst. In was für stürmischen Zeiten wir leben, Kinder! Der Dienst am Vaterland ist ein großes Glück. Dennoch mache ich mir Sorgen. Wenn nur Gott mit uns ist.

Die Münchhausens zählten, wie auch die Bülows, zum alten deutschen Adel. Im ersten Paket über Frieda von Bülow, das so unverhofft bei mir auf dem Schreibtisch landete, fand sich denn auch eine Familienchronik der Münchhausens. Welche alte Familie kommt schon ohne die Beschreibung ihrer Ahnen aus, ohne Anekdoten über illustre Familienmitglieder, ohne all die Helden und ihre ruhmreichen Taten, die eine alte Familie erst zu dem machen, was sie ist? Auch die Münchhausens natürlich nicht, und so entnehme ich dem für den familiären Gebrauch geschriebenen Band, dass Friedas Urgroßvater drei im Herzogtum Sachsen-Gotha liegende Güter rund um das kleine Dorf Ingersleben kaufte und damit den Ingerslebener Zweig der Familie gründete. So weit die Fakten. Doch nun zu einer viel amüsanteren, aber eben auch aufschlussreicheren Anekdote. Sie birgt das Grundmuster der familiären Größe und Tragik. Dieser Adolf Otto Freiherr von Münchhausen war ein kunstsinniger Edelmann, eine gar glänzende Erscheinung des 18. Jahrhunderts. Er liebte das luxuriöse Leben und verschuldete sich und seine Besitzungen ohne Bedauern. Seine Sammlung wertvoller Kunstgegenstände, die später an die Gotha'sche Regierung verkauft wurde, war von derart großer Qualität, dass sie den Grundstein für das dortige Museum bildete. Er bekleidete den Posten eines Kammerjunkers am Hofe des nicht minder kunstsinnigen Herzogs August von Gotha und Altenburg. Eines Tages soll ein Händler dem Höfling eine kostbare Knopfgarnitur angeboten haben. Adolf Otto konnte nicht widerstehen und bezahlte den verlangten hohen Preis. Sodann ließ er die Prunkstücke auf seine Galakleider nähen und erschien damit beim Herzog. »Also, lieber Münchhausen«, rief dieser seinem Kammerjunker zu, »Sie haben die Knöpfe gekauft? Mir waren sie zu teuer!« Die Hofetikette erforderte, dass niemand einen Gegenstand am Hofe tragen durfte, der dem Herzog zu teuer gewesen war. Dem luxusliebenden Baron blieb also nichts anderes übrig, als die Knöpfe wieder abzutrennen und sie seiner Sammlung einzuverleiben, die beständig wuchs, während die Herrschaft Ingersleben verfiel. Den endgültigen Niedergang konnte sein Sohn, Friedas Großvater, nur notdürftig aufhalten. Auf Weisung seines Patenonkels, des Herzogs August, hatte er den seltenen und bis dato in der Familie nicht gebräuchlichen Namen Thankmar erhalten. Die Heirat mit Henriette von Bose, der Pflegetochter des Meininger Ministers Freiherrn von Könitz, brachte keinerlei Vermögen in die Familie, und so musste Thankmar sein – durchaus standesgemäßes – Leben von seinem Gehalt als Hofmarschall des Herzogs von Meiningen bestreiten. Ingersleben, das er von einem Administrator bewirtschaften ließ, konnte er erst durch die Entschädigungszahlungen für die direkt den Besitz durchschneidende Thüringische Eisenbahn von allen Schulden befreien. Obwohl Thankmar kein preußischer Staatsbürger war, wurde er mit zunehmenden Alter ein begeisterter preußischer Patriot. *Er sah, wie viele einsichtige Männer, schon damals in diesem Staate den einzigen Organismus, der sein geliebtes Vaterland wieder in die Höhe zu bringen im Stande wäre,* schrieb sein Sohn Thankmar 1894, noch immer von der nun vollendeten Reichseinigung, von Preußens Stärke angetan, in seinen Erinnerungen.

Familienchroniken! Ganze Romane stecken in diesen Texten. Und ganz nebenher weiß ich nun endlich, woher der Name Thankmar stammt.

Dich fühl ich ganz,
Zu dir verlier' ich mich,
In deiner Schönheit Glanz
Erkenn' ich mich,

dichtete Frieda. Sie war mit Margarethe bei der Großmama. Nun bist du dran, Margarethe, forderte sie die Jüngere auf. Margarethe sprang von der Gartenmauer und stellte sich vor Frieda auf.

Du bist mir mehr als Menschenglück und Leid,
Du bist das tiefste Weh,
Du bist es selbst, die größte Seligkeit,
Du bist es, du,
Die wonn'erfüllte Ruh',
Nimm mich, Unendliche, dass ich in dir vergeh'.

Quel raffinement, wie gut du nur dichten kannst, Grete. Doch genug nun. Komm lass uns hinausgehen und malen.

Gewiss, sagte Frieda ganz in der Rolle der romantischen Künstlerin, nicht nur mit Gedichten wollen wir die Natur ehren, sondern auch mit Pinsel und Farbe. Die Presse schreibt wieder über Krieg und derlei Dinge.

Ach, du denkst an die Schlagzeile von gestern? Bist du deshalb besorgt?

Ist Krieg in Sicht, stand da geschrieben, sagte Frieda kurz. Nein, besorgt bin ich keineswegs, nur interessiert, wie an allem.

Pressegeplapper, wenn du mich fragst, aber es ist gut, wenn wir uns eine Meinung bilden. Onkel Otto wird später beim Abendessen wieder ausschließlich von Frankreich und vom Krieg sprechen.

Es waren wieder einige Jahre vergangen, die Reichseinigung vollzogen, der deutsche Kaiser inthronisiert. Frieda und Margarethe waren zu wachsamen Beobachterinnen ihrer Zeit herangewachsen. Sie interessierten sich für Geschichte, Politik und Literatur, ihre Wissbegier und Lust an der Analyse kannten kaum Grenzen. Während sie bei schönem Wetter mit der Zeichenmappe unter dem Arm die Wiesen und Felder des alten Besitzes durchstreiften, verbrachten sie die Regentage am liebsten in der Ingerslebener Bibliothek, die in fast nichts den Bücherschränken der Herrnhuter glich. Bei Großmama gab es alles, wissenschaftliche Werke, Geschichtsbücher und Romane von deutschen, französischen und englischen Autoren, ja sogar verbotene, auf dem Index stehende Schriftsteller wie Victor Hugo, Alexandre Dumas oder Charles Darwin. Es gab nur eine einzige Regel: Man durfte nicht mehr als vier Bücher gleichzeitig aus den Regalen entnehmen, musste extra dafür vorgesehene Kärtchen in die Lücken stecken und peinlichst darauf achten, dass die Bände nach Beendigung der Lektüre wieder auf ihren Platz zurückkehrten. Großmama verabscheute Unordnung im System, das noch ihr Mann, der Hofmarschall, geschaffen hatte. Dass die Enkelinnen ihre Schätze auf den Dielen ausbreiteten und sich lesend dazulegten, störte sie hingegen nicht. Auch nicht, dass es manchmal so spät darüber wurde, dass der Kammerdiener schon die Petroleumlampen löschen wollte, weil gespart werden musste und ihm die lesenden jungen Damen doch ein höchst ungewöhnlicher Anblick zu sein schienen.

Die Schwestern lasen Shakespeare, Dostojewski, Jean Paul, Goethe – insbesondere den *Faust*. Mehr als alle anderen Dichter verehrten sie aber Turgenjew, ja sie vergötterten den adeligen russischen Dichter, seine Naturbeschreibungen und die aus tiefem psychologischem Verständnis geborenen Charaktere seiner Novellen und Erzählungen. Turgenjew wurde beiden zum Vorbild, es gab kaum ein größeres Kompliment, das sie einander zuerkannten, als der leidenschaftlich ausgerufene Satz, dass dies Turgenjew nahekomme. Sie schrieben mit dem Glücksgefühl und der Leichtigkeit der Jugend, die die vielen Anregungen, Beobachtungen und Gespräche wieder aus ihren Köpfen entlassen musste. Manchmal sprudelte die Fantasie geradezu, wie die Springbrunnen in Sanssouci. Sie dachten sich Figuren aus, mit denen sie endlose Folgen von Geschichten durchspielen konnten. Da gab es zum Beispiel Graf Gotter aus Mohlsdorf, den es im Übrigen wirklich gegeben hatte und der für derbe Komödien gut war. Aus der Rosenkreuzer-Legende, jener Geschichte über den christlichen Geheimbund, ließen sich Heldengeschichten im historischen Gewande fabrizieren. Alte Grabsteine, knorrige Bäume im Park und die Bauern aus der Herrschaft von Ingersleben bevölkerten das Fantasieland der Mädchen, das sie *Rosengarten* nannten. Wenn ein Tag allzu langweilig gewesen war, kam halt ein Stück Rosengarten zur Aufführung, in dem Fakten und Fiktion zu immer neuen Reizen eines noch nicht gelebten Lebens verschmolzen.

Frieda, heute spielst du den Gotter und ich seine Angebetete.

Aber Margarethe, der war doch schon letztes Mal dran.

Bitte, Frieda, dir gelingt er so gut. Und ich brauche mehr Anschauungsmaterial, er soll in mein Buch, samt seinem dicken Bauch, den schwammigen Backen, den tiefen Tränensäcken unter den Augen.

Und vergiss nicht seinen Hund, sagte Frieda, schon ganz entflammt. Ohne seinen ebenso dicken, ebenso behäbigen und dabei ebenso herrschaftlichen Bernhardiner ist Gotter ein Nichts.

Ich bin nicht sicher, ob es ein Bernhardiner sein kann. Nein, eher doch wohl ein alternder deutscher Jagdhund, rachitisch und mit Mundgeruch.

Igitt, ich höre und rieche ihn schon, wie er seinem Herrn nachhechelt.

»Gustav Adolf, mein Liebster«, begann Margarethe in der Rolle der letzten Ehefrau Graf Gotters zu säuseln.

»Mein Täubchen«, grummelte Frieda vergnügt. »Was ist dir?«

»Gustav Adolf«, wiederholte Margarethe nun forschend.

Frieda schürzte beleidigt die Lippen, Margarethe fiel aus der Rolle und lachte, beide wussten schließlich, was nun folgte. Es war ihre Lieblingsstelle, und Onkel Otto hatte für ihre historische Authentizität gebürgt.

»Ach, Liebes«, stöhnte nun Gustav Adolf alias Frieda, »die Natur, das musst du begreifen.«

»Die Natur? Und ich? Bin ich dir nichts?«

»Du bist mir alles.« Frieda legte Gustav Adolfs Stirn in sorgenvolle Falten.

»Man merkt es.« Margarethe spitzte die Lippen der Gattin aufs Äußerste beleidigt. Dann brach sie plötzlich in wilde Tränen aus und warf sich ihrer Schwester an den Hals.

»Gustav Adolf! Wie viele werde ich noch ertragen müssen? Mit wie vielen Bastarden wirst du mir noch die Schamesröte ins Gesicht treiben? Wie viele Mohlsdorfer Mädchen werden noch um Almosen für ihr – Pardon! – dein Kind bei mir« – hier schnappte Margarethe ostentativ nach Luft – »vorsprechen? Wie viel vom alten Silber wird dafür noch zum Wucherer getragen werden müssen?«

»Kunigunde«, schmollte Gustav Adolf. Frieda atmete schwer, tat so, als suchte sie die richtigen Worte, und murmelte schließlich ein wenig überzeugtes »Du übertreibst ja«. Dann aber verschränkte sie die Arme unter dem imaginären Wanst und sprach: »Ich bin eben noch zu jung, um den Ermahnungen unseres lieben, guten Pastors zu gehorchen. Erotische Zügellosigkeit, jawohl, bezichtige mich nur« – Frieda holte theatralisch Luft – »der erotischen Zügellosigkeit. Es gibt im Land wildere Eber als mich, doch sie alle sind meine Vorbilder.«

Frieda lachte sich halb kaputt, während sie aus ihrer Rolle schlüpfte und sich auf einem Baumstumpf niederließ. Margarethe holte ihr Notizheftchen und einen Bleistift aus der Rocktasche und schrieb schnell einige Ideen auf.

Das Ende, Frieda, hat mich schockiert, es war so echt, so Gotter-gleich. Hab richtig Angst vor ihm bekommen.

Aber du musst dich hüten, so darfst du's nicht schreiben.

Warum?

Damit kommst du nicht durch die Zensur.

Das ist wohl wahr.

Aber du bist doch erst vierzehn, kleine Schwester, was kümmerst du dich schon um deinen Ruhm? Er wird ohnedies kommen, das kannst du mir glauben, so wahr ich deine ältere Schwester bin.

Ruhm, Lob und Ehre sind mir einerlei. Ich schwöre es dir, Frieda. Mir geht es nur um die Sache, ums Schreiben, ich muss all das, was in mir ist, nach außen bringen, sonst platze ich. Das Publikum soll klatschen, wenn es will, oder auch nicht.

Ich werde jedenfalls klatschen, sagte die Ältere begeistert. Jede Zeile, jedes Wort will ich dir gegenlesen, für jeden Gedanken, für jede Geschichte dein Spiegel sein.

Aber Frieda, du sollst selber schreiben. Deine Charaktere sind viel besser als meine, sie klingen wie Turgenjew, und ich habe mir schon oft an ihnen Anleihen genommen.

Im Heimatmuseum von Ingersleben finde ich einen Auszug aus dem Konfirmationsverzeichnis der evangelischen Brüdergemeinde zu Neudietendorf vom 19. März 1874. Eine *Emilie von Maltzahn,* eine *Irmgard von Voigt,* eine *Mathilde Elise Fabricius,* Namen, deren Klang allein schon die höhere Töchterschule vermuten lassen. Alles fein säuberlich vermerkt, man vermeint, eine gewisse Befriedigung aus den Zeilen herauslesen zu können. Wieder ist ein fruchtbares Jahr im Dienste des Herrn vergangen, wieder wurden junge Mädchen auf den rechten Weg des Glaubens gebracht. Doch die Schicksale hinter den Namen? Ihr Ach und Weh? Sind sie den Herrnhutern treu geblieben? Hatte ihnen das Wissen und der Glaube, der hier vermittelt wurde, im Leben weitergeholfen?

1874. Das war ein Jahr vor der sogenannten Krieg-in-Sicht-Krise und ein Jahr nach dem Börsenkrach in Wien, der dem überhitzten wirtschaftlichen Aufschwung folgte. Das Deutsche Kaiserreich war nach dem deutsch-französischen Krieg voller Enthusiasmus in eine neue Epoche gestartet. Ich versuche mich in die Stimmung der Zeit zu versetzen. Es war die große Gründerzeit, eine Maschine, die auf zu hohen Touren lief. Freier Markt, gesicherte Exporte, ja sogar hohe Renditen für die Landwirtschaft. Deutschlands neue Größe, die Ideen des Nationalismus, fortschrittliche Sozialgesetze, Bildungspolitik, die deutsche Kultur, zu der ausländische Studenten und Geistesgrößen pilgerten wie die Araber nach Mekka. Vielleicht kann man die Stimmung damals, diesen Glauben an die eigene Überlegenheit und die Unausweichlichkeit des Aufstiegs Deutschlands zur Weltmacht mit Chinas neuem Erwachen heute vergleichen.

Unser Vater hätte bestimmt nicht gewollt, dass wir bei den Herrnhutern eintreten.

Das glaube ich auch. Er liebte es, nach seiner eigenen Fasson zu leben, nicht wahr, Margarethe? Du kanntest ihn doch am besten, sagte Frieda mit Nachdruck und nicht ohne einen kleinen Schmerz zu empfinden, der sie immer noch befiel, wenn die Rede auf ihn und die von ihm so geliebte jüngste Tochter kam.

Er war zu sehr ein Bülow, um sich unterzuordnen.

Außerdem hätte er gewollt, dass wir heiraten.

Das, liebstes Sophiechen, können wir auch, wenn wir in die Gemeinde eintreten, versuchte die siebzehnjährige Frieda die Dinge zurechtzurücken. Nur eben sollte es ein Bruder sein, und habt ihr schon jemals einen gesehen, mit dem ihr auch nur das Tanzbein schwingen würdet?

Die drei Schwestern waren nach Ingersleben ausgebüxt. Diesmal nicht einfach so, aus Lebenslust und Liebe zur Großmutter, oder gar aus Sehnsucht nach dem eigenen Fantasieland, in das sie so oft flüchteten. Diesmal galt es, Unheil abzuwenden. Deswegen marschierten sie so schnell entlang der Apfelstädt, wie sie nur konnten. Sie bemerkten den zarten Frühling nicht und schenkten den kleinen Kätzchen, die durch die dünne Rindenschicht der Weidenruten gebrochen waren, keinerlei Beachtung. Es war noch kalt, aber die Vögel zwitscherten, als ginge sie der nur langsam schwindende Winter nichts mehr an. Am Palmsonntag, der in diesem Jahr auf den 19. März fiel, würden die Bülow-Mädchen konfirmiert werden. Damit waren sie im religiösen Sinne erwachsen, und die gesamte Gemeinde wartete nun darauf, dass sie sich einsegnen ließen. Herrnhuter wären sie dann alle miteinander. Mutter Clotilde hatte fast sieben Jahre versucht, den Mädchen ihre Art des Glaubens näherzubringen, doch stattdessen hatte sie – zumindest was Frieda und Margarethe betraf – nur angehende Atheistinnen erzogen, wie sich die beiden ein wenig später nach der Mode der Zeit zu bezeichnen pflegten.

Ob uns die Großmama verstehen wird?, fragte Sophie.

Ich glaube schon, antwortete Frieda. Sie ist nie eine große Befürworterin der Herrnhuter gewesen.

Ist das tatsächlich wahr?, wollte Margarethe wissen, die der größeren Schwester in der Einschätzung von Menschen und Situationen die Vorreiterrolle überließ.

Sie hat es mir einmal gesagt, als wir alle nach Vaters Tod bei ihr wohnten. Weißt du noch, Margarethe, wie du in Smyrna immer das Gedicht *Das Büblein auf dem Eise* vorgetragen hast?

Ich weiß es noch wie gestern, Frieda. Wie kommst du gerade jetzt wieder darauf zu sprechen?

Ich weiß es nicht, es fiel mir nur so ein.

Will sehen, was ich weiß,

vom Büblein auf dem Eis, begann Margarethe den beiden anderen vorzutragen.

Gefroren hat es heuer
noch gar kein festes Eis.
Das Büblein steht am Weiher
und spricht zu sich ganz leis:
»Ich will es einmal wagen,
das Eis, es muss doch tragen.
Wer weiß!«

Die Schwestern lachten.

Selbst deine Stimme ist noch wie damals, Margarethe. Du

warst ja erst vier oder fünf, aber trotzdem höre ich dich, als wären wir alle noch in Smyrna im großen Salon, wo der Elefantenzahn stand und die vielen guten Bücher in den Regalen verstaubten. Es war Sommer und eine Gluthitze.

Von wem ist das Gedicht?

Von Rückert, denke ich.

Nein, sagte Sophie plötzlich ganz begeistert. Es ist von Friedrich Güll, das weiß ich genau. Und ist das Büblein zum Schluss ertrunken?, wollte sie wissen.

Nein, es wurde gerettet. *Das Büblein hat getropfet,/der Vater hat's geklopfet/zu Haus,* zitierte Margarethe die letzten Verse.

Ach, war das schön in Smyrna, seufzte Frieda. Die Wärme, die Palmen, das Meer. Und bei den Diakonissinnen ist es uns besser gegangen als hier bei den Herrnhutern.

Erinnert ihr euch an Schwester Mina?, fragte nun Margarethe.

Deine Schwester Mina, nicht wahr?, forschte Frieda, und alle schwiegen.

Genau fünf Jahre später. Frieda und Clotilde öffneten einen Brief von Margarethe. Sie weilte für einige Monate in Schwöbber bei der reichen Münchhausen'schen Verwandtschaft. Kuno war gemeinsam mit dem leiblichen Sohn Max von Münchhausen erzogen worden. Clotilde hatte sich dadurch die Kosten für das fünfte Kind und ihm das Wissen um die finanzielle Beengtheit der Familie erspart. Schwöbber war der Inbegriff adeliger Eleganz, Onkel Hilmar hatte bürgerliches Geld geheiratet und seinen Familienzweig dadurch bewahrt vor dem Abstieg, den viele alte Familien in jener Zeit erlebten. Während die ersten großen Industrievermögen und mit ihnen eine neue gesellschaftliche Schicht in Deutschland entstanden, verlor der Adel, allen voran der Landadel in den östlich gelegenen Ländern des Deutschen Reiches, an Bedeutung und Einfluss.

Mama, wieso muss die Margarethe eigentlich in Schwöbber leben?, fragte Frieda.

Wieso sagst du »muss«? Sie hat großes Glück, dass sie dort sein darf, antwortete die Mutter in einem Tonfall, der sich jede Nachfrage verbat.

Aber sie ist doch ganz unglücklich, Mama, insistierte Frieda.

Ach, meine liebe Frieda. Ihr seid schon eigensinnige Geschöpfe, du und deine Schwester. Ihr kann gar nichts Besseres passieren. Dafür, dass sie ein wenig im Haushalt hilft und Tante Lucie mit den Buben zur Hand geht, wird sie auf das Beste in die Gesellschaft eingeführt. Wer das nicht als wahres Glück bezeichnet! Clotildes Stimme bekam etwas Aufgesetztes, so, als müsste sie sich selbst erst von der Richtigkeit ihrer Argumente überzeugen.

Du und Onkel Otto wollt nur, dass wir euch nicht mehr zur Last fallen, indem wir eine gute Partie machen.

Ich und Onkel Otto. Frieda, sieh dich vor, so redet man nicht. Onkel Otto und ich wollen nur euer Bestes, und dazu gehört es nun einmal, den richtigen Mann zu finden.

Frieda schwieg und schaute entnervt vor sich hin. Die Mutter rückte sich das Leselicht zurecht und las den Brief vor. Mit jeder Zeile wurde sie leiser und unsicherer, da Margarethes Worte Friedas Unbehagen zu bestätigen schienen.

Geliebte Mama, Frieda berichtete nichts als Mangel an Taschengeld und einem Zank mit Onkel Otto. Musste das sein, Frieda! Wieso nur belastest du deine Schwester mit derart unnützen Dingen.

Ach, Mama, lies lieber weiter, mich interessiert, wie ehrlich sie dir gegenüber zu antworten wagt.

Im moralischen Sinn sind unsere Anstrengungen, uns nützlich zu machen, doch größere Taten als seine Reisen nach Schweden und so weiter …

Da siehst du es, Mama, Onkel Otto misst mit zweierlei Maß.

Wer sich in unserer Lage befindet, arme Mädchen, die nichts gelernt haben, um sich ihr Brot zu verdienen, der hat doch mehr den Nutzen als die Annehmlichkeiten im Kopf. Bei wohlhabenden Junggesellen mag die Sache anders liegen, doch vergisst er, dass wir das nicht sind, und folglich überlegen müssen ... Clotilde faltete den Brief wieder zusammen, ihre Gesichtszüge bekamen etwas Undurchdringliches. Dass sie als Witwe eines nicht besonders vermögenden preußischen Staatsbeamten samt ihren Kindern dem Wohlwollen ihrer Familie unterlag, war ihr so bewusst wie einerlei. Bescheidenheit und Dankbarkeit waren die entscheidenden Tugenden, die sie einerseits Almosen ohne Bedenken annehmen ließen, andererseits aber auch mit der Tatsache in Einklang brachten, dass sie und ihre Kinder von den Verwandten stets als die »armen Bülows« zu Menschen zweiter Klasse gestempelt wurden.

Zweiter Teil

Verlust

Viele Menschen müssen
klaglos leiden. Die Besten.
Leiden verfeinert und veredelt.
Frieda von Bülow:
Die stilisierte Frau

1

Berlin im Dezember. Staub wirbelt durch die kalten Straßen. Nirgendwo ist es eisiger als zwischen den Hochhausschluchten rund um den Potsdamer Platz, nirgends ist Berlin heimatloser als an der nur langsam heilenden Nahtstelle zwischen Ost und West. Ich bin auf dem Weg in die Staatsbibliothek, Handschriftenabteilung. Zehn Kisten und sechs Bände mit Briefen, Tagebüchern, Manuskripten warten auf mich. Eine kleine Notiz bei Google hat mich aufmerksam gemacht. Der Nachlass von Frieda von Bülow und Alma Karlin ... Ich konnte es kaum fassen, klickte die Datei an. Ein bibliothekswissenschaftliches Seminar, veranstaltet von der Humboldt-Universität und der Staatsbibliothek zu Berlin, eine Übung zum rechten Umgang mit Originalhandschriften. Friedas Nachlass? Meine Hände zitterten, als ich eine E-Mail an den Lehrbeauftragten absandte ...

Wahrscheinlich sind es wieder nur ein paar Briefe, dachte ich damals. Alle persönlichen Aufzeichnungen, die Tagebücher und die Korrespondenz sind in den Wirren der Kriege oder später im Geist des DDR-Sozialismus untergegangen, so haben zumindest alle Autoren geklagt, die über Frieda von Bülow geschrieben haben. Dass es einst persönliche Dokumente gegeben hat, weiß man durch die 1910 erschienene Biografie von Sophie Hoechstetter. Seither aber haben alle vergebens danach gesucht.

Das Telefon klingelt, eine freundliche Männerstimme auf der anderen Seite der Leitung. Es gehe um den Bülow-Nachlass. Er habe eine E-Mail von mir erhalten. Für die Lehrveranstaltung sei der Nachlass einfach zu umfangreich, deshalb habe man ihn wieder zurückgestellt. Man werde nun nur den von Alma Karlin bearbeiten, im Übrigen auch eine interessante weltreisende emanzipierte Schriftstellerin des späten 19. Jahrhunderts.

Zu umfangreich?

Ja, zehn Kisten und sechs Bände, nahezu unbearbeitet. Das ist eine schier unübersichtliche Menge, die armen Studenten.

Zehn Kisten ... Alle glaubten bisher, der Nachlass wäre verloren, alle vermissten die Tagebücher, Briefe, Urmanuskripte. Sogar die Nachkommen wissen nichts davon, glauben an einen unwiederbringlichen Verlust. Haben Sie mal hineingeschaut?

Ja, sagt der Mann am anderen Ende der Leitung und zählt in loser Folge auf, was er bei einer ersten Schnelldurchsicht im Kopf behalten hat. Unglaublich! Es sind wirklich die von mir seit einem Jahr gesuchten Dokumente. Was werden sie mir über Frieda sagen? Was über Margarethe? Über Carl Peters und Lou Andreas-Salomé?

Nun steht die erste Kiste vor mir auf dem Arbeitstisch in der Handschriftenabteilung. Man darf nur Bleistifte verwenden, keine einzelnen Blätter in die Höhe halten, muss die Autographe stets in der richtigen Reihenfolge und achtsam wieder ablegen, darf nicht jubeln, wenn man einen wichtigen Fund gemacht hat, und sein Handy nicht klingeln lassen – eine Todsünde in dieser Welt geistiger Versenkung! Sonst droht unverzüglich Hausverbot. Mönchische Abgeschiedenheit, Konzentration auf das, was sich vor einem entfaltet. Die dunkelgraue Kiste schabt an den Seiten beim Öffnen, eine vergilbte Liste, Handschriften über Handschriften, eine Flut von Stimmen aus einer anderen Zeit breitet sich um mich aus. *Liebster Frieder ... Sehr geehrtes Fräulein von Bülow, der herzliche Wunsch, Ihnen einmal im Leben persönlich zu begegnen, lässt mich diese Zeilen an Sie richten ... Verehrte, liebe Baronin, mit tiefer Betrübnis ...* Der Duft des 19. Jahrhunderts, ein Panoptikum der Beziehungen, Lebenslinien, ein Geflecht aus Buchstaben, sorgfältig oder achtlos, in schöner oder charaktervoller, gut lesbarer oder sich geheimnisvoll entziehender alter deutscher Schreibschrift auf vergilbten Papieren.

Eine andere Kiste. Blaue Hefte, vollgeschrieben mit Tageseinträgen, Romananfängen, Gedichten. Das Tagebuch, das die Schwestern füreinander geschrieben haben. Kaum ein Unterschied in der Handschrift, wenn das Heft von der einen zur anderen wandert, Friedas Handschrift, später so eckig, spitz und forsch, noch rund und unfertig. *Gewidmet dem Licht meines Lebens*, lese ich – was für eine schrankenlose Liebe – und wieder zieht es mich hinein in die Geschichte, die Figuren beginnen zu leben.

Frieda, so lies doch, Frieda, hier, es sind vier ganz passable Seiten geworden.

Margarethe stand im Nachthemd am Bett der Schwester, rüttelte sie wach.

Es ist schon sechs, komm doch bitte und lies, ich hab die ganze Nacht geschrieben. Margarethe mit Schmollmund, die Jüngere und die Begabtere. Das sagten alle, auch Frieda.

Frieda regte sich. Margarethe, so früh? Kannst du mich nicht wenigstens eine Nacht schlafen lassen?

Seit Tagen das Gleiche. Margarethe überarbeitete ihren ersten Roman, sie schrieb nachts, voller Enthusiasmus. Ein Rausch hatte sie erfasst, so glücklich war sie in ihrem Schreiben. Aus dem spielerischen Jungmädchenzeitvertreib um Graf Gotter und die anderen Figuren des Rosengartens war, seitdem sie in Berlin angekommen war, Ernst, Ziel, ja wichtigster Lebensinhalt geworden. Margarethe hatte früh zur Erfüllung ihres Wesens gefunden, erstaunlich früh, ohne Hader und Zweifel. Frieda hingegen war noch auf der Suche. Sie hatte das Lehrerinnenseminar abgeschlossen und unterrichtete nun an der Höheren Mädchenschule, aber das erfüllte sie trotz der beginnenden Freundschaft zu Helene Lange, der Frauenrechtlerin und Schulgründerin, nur oberflächlich.

Sie schaute die Schwester an. Welch ein Aufzug! Zerrauftes Haar, das dünne Nachthemd, darunter die Jungmädchenbrüste.

Du frierst ja, komm unter meine Decke, dann lesen wir's zusammen.

Margarethe schlüpfte zur Schwester. Wohlige Wärme, nächtlich noch, vertraut, heimatlich, beruhigend. Sie lasen, Frieda immer wieder laut, manchmal anerkennend, stets um Wohlwollen bemüht.

Da fehlt etwas, Margarethe. Die Szene ist zu kurz und noch etwas formlos. Und dieser Bohemund Riffelshausen ... Frieda zögerte.

Julian Schmidt mochte die Figur. Sehr lebensnah, meinte er.

So? Frieda schaute die Schwester unwirsch an.

Julian Schmidt. Immer Julian Schmidt. Dann frag nur noch ihn und lass mich ausschlafen.

Seit sich der berühmte Literaturkritiker mit Margarethes *Chronik derer von Riffelshausen* befasste, war Friedas Meinung an die zweite Stelle gerückt.

Ach Frieda, sei doch nicht so. Es ist eben Julians Beruf, Texte zu beurteilen.

Früher genügten wir einander, wichtig war nur, was die andere sagte.

Früher, früher, immer redest du von früher. Mir ist noch immer wichtig, was du sagst, sonst würde ich dich doch nicht in aller Herrgottsfrüh wecken, geliebte Schwester, sagte Margarethe fast belustigt. Sie konnte gar nicht verstehen, warum Frieda plötzlich so übellaunig war. Julian Schmidt! Ach du meine Güte, das war eine ganz andere Leidenschaft, das war etwas völlig Neues, Unausweichliches, eine geradezu magische Anziehung, der sich Margarethe hingab, weil sie eng mit ihrem Drang zu schreiben zusammenhing. Aber was hatte diese platonische Leidenschaft zu einem älteren Herrn mit ihrer großen Liebe für die Schwester zu tun?

Und wie findest du Julien und Mathilde?, lockte sie Frieda zu ihrem Text zurück.

Die Schwestern sind dir geglückt. Komisch, ich finde mich in allen beiden wieder.

Ich auch, sagte Margarethe erleichtert. Siehst du, so schlecht kommst du gar nicht weg, Zwillingsschwester. Ohne dich wär all mein Tun hohler Tand.

Ach, du Schmeichlerin, antwortete Frieda – sie kniff die Schwester in die Seite, ins weiche Fleisch unter dem Nachthemd –, du Paktbrecherin. Wir haben doch vereinbart, einander immer ins Vertrauen zu ziehen, oder?

Aber das tue ich doch, Frieda, du bist immer in meinem Kopf, wenn ich schreibe, immer.

Das Buch hast du aber ohne mich geschrieben.

Ich musste es dieses eine Mal zuerst nur für mich schreiben. Außerdem warst du in England. Jetzt ziehe ich dich und Julian zurate, aber statt dich zu freuen, jammerst und klagst du nur oder willst lieber schlafen.

Nun, Margarethe, lassen wir's gut sein. Aber sag mir etwas anderes. Wer ist dieser Bohemund? Du hast ihm doch Züge von Papa gegeben?

Das stimmt. Papa war ein echter Bülow, jähzornig und hitzig. Du kanntest ihn ja gar nicht wirklich, hattest Angst vor ihm.

Du etwa nicht? Nie fühlte man sich sicher. Immer riskierte man einen Ausbruch. Außerdem hat er dich bevorzugt, Margarethe. Von mir wollte er nie etwas wissen.

Ein alter Schmerz blitzte in Friedas Augen auf. Wieso hatte er nur Margarethe zu sich nach Smyrna kommen lassen? Sie, Frieda, hatte so sehr um die väterliche Anerkennung gerungen, hatte sich – wie tapfer und gescheit für eine Elfjährige! – für Politik und Geschichte interessiert, wollte als Älteste der

Geschwister Gesprächspartnerin sein. Sie bewunderte den hochgewachsenen, herrischen Mann, sonnte sich in seinem Stolz, hielt seine Eitelkeit für Würde und die dunkle Empfindung einer beständig drohenden Gefahr, die seine Zornesausbrüche bei ihr auslösten, verwandelte sich in eine selbstquälerische Sucht. Dann starb er fern der Heimat und fern von ihr, nur die Schwester war nahe, und in Frieda staute sich eine unheilvolle Sehnsucht, wucherte eine nicht mehr gutzumachende Kränkung.

Ach, Margarethe, sagte sie nun und seufzte tief. Komm lass uns noch eine Runde schlafen. Es ist noch nicht einmal Tag, und wir ringen schon um die innersten Dinge. Sie nahm die Jüngere in den Arm. Sie gaben einander Halt. Ingersleben, ihr Zuhause, sollte verkauft werden, die Großmutter war zu ihnen nach Berlin gezogen, die Mutter lebte ein anderes Leben, die Brüder waren wieder einmal bei Verwandten untergekommen, die ihre Ausbildung finanzierten. Auch die Mädchen sollten Berufe erlernen, auf ihre Heiratschancen angesichts der angespannten Vermögenslage der Familie gab man wenig. Margarethe und Frieda wussten überdies ihren Verstand zu nutzen, das machte sie als zukünftige Ehefrauen nicht gerade attraktiver. Also setzte man auf die neue Zeit, die auch den Frauen der Oberschicht erste berufliche Möglichkeiten eröffnete, als Künstlerinnen, das war Margarethe vorbehalten, und als Lehrerinnen, dafür war Frieda auserkoren.

Immer noch sitze ich in der Handschriftenabteilung der Staatsbibliothek. Mein Blick fällt auf eine gelbe Mappe mit der Aufschrift »Koch«. Zeugnisse, ein Kondolenzbrief zu Margarethes Tod vom 11. Januar 1884. Ein von ganzem Herzen verzweifelter junger Mann, Philologe und älterer Freund von Kuno, dem Jüngsten der Bülow-Geschwister. Kaum verhaltene Trauer und ein unverhohlenes Eingeständnis, alles gegeben zu haben, um diese Liebe in ein gemeinsames Leben zu überführen. Margarethe hatte also doch Chancen. Ein Intellektuellenleben, geistig anregend, wenn auch nicht unbedingt standesgemäß, aber mit der Aussicht, als Gattin und Mitstreiterin eines vielversprechenden jungen Gelehrten selbst eine ungewöhnliche Frauenrolle als angesehene Schriftstellerin leben zu dürfen. Und Frieda? Wie reagierte Frieda auf diesen ernsthaften Anwärter auf Margarethes Herz, das doch, abgesehen von der Seelenverwandtschaft zu Julian Schmidt, ganz ihr gehörte?

Du gehst?

Ja, sagte Margarethe leise und biss sich auf die Lippen. Bin eingeladen zu einem Spaziergang an die Spree.

Mit wem?

Doktor Koch, du weißt doch, geliebte Schwester, der Philologe.

Hmm ... Frieda war nicht eingeladen.

Vielleicht kannst du ein anderes Mal mitkommen. Du musst doch zur Schule, nicht wahr?

Ja, aber nur eine Stunde. Nur kurz ein paar Hefte holen, es ist doch Feiertag. Ich könnte ...

Karl, er heißt Karl mit Vornamen, wollte mir anschließend im Bode-Museum die Griechen erklären. Er schreibt einen Aufsatz über Mythologie und Sprache. Du weißt ja, wie sehr ich die Griechen verehre.

Schon gut, Margarethe. Frieda hielt sich zurück, sie wollte die Schwester auf keinen Fall festhalten, an ihr klammern, ein lästiges Anhängsel sein. Geh nur allein, ich komme schon zurecht. Es ist ja der erste September, vielleicht besuche ich die Sedan-Feiern.

Meinst du, Frieda?, sagte Margarethe nun schuldbewusst, willst du nicht doch wenigstens nachkommen?

Ach, Margarethe, gab sich die Ältere schon wieder stark und erwachsen, wir müssen uns daran gewöhnen, dass wir nicht nur einander gehören. Wer weiß, vielleicht ist ja dieser Doktor Koch wirklich etwas für dich? Bist du denn verliebt, kleine Schwester?

Margarethe schaute Frieda offen an. Es fühlt sich so anders an, als wir es uns in unseren Geschichten ausgedacht haben. Viel schwieriger.

Frieda nahm die Schwester in den Arm. Es wird schon, jetzt geh. Margarethe küsste die Zurückbleibende und eilte mit schnellen Schritten die Treppen hinunter dem Ausgang zu. Ein goldener Herbsttag schaute durch die sich öffnende Tür in das Treppenhaus, lau, verschwenderisch in den Farben, mit einem Licht, das direkt aus dem Inneren der Sonne zu kommen schien. Frieda schnitt der Überfluss an Sinnlichkeit ins Herz. Dann atmete sie durch, nahm eine kerzengerade Haltung an und verließ, bepackt mit Heften und Büchern, ebenfalls das Haus. Sie lief die Allee entlang, versuchte den nussigen Duft der Blätter, das Rascheln des Laubes, die Kraft der Sonne einzusaugen. Es tat ihr gut, die Strecke zur Mädchenschule zu Fuß zurückzulegen. Pferdedroschken und elegante Zweispänner, in denen Frauen mit Hüten und Sonnenschirmen saßen, fuhren an ihr vorbei. In einiger Entfernung hörte man die brandneue Straßenbahn quietschen – ach, wie waren die Berliner nur stolz auf sie. Allerorten herrschte eine ausgelassene Stimmung, alles feierte die Schlacht bei Sedan, bei der die Franzosen besiegt worden waren und die deutschen Truppen Napoleon III. gefangen genommen hatten. Der endgültige Triumph über Frankreich war danach nur noch eine Frage der Zeit. Überall in den Straßen hingen Fahnen, patrouillierten Truppenverbände, fanden Umzüge und Aufmärsche statt. Berlin feierte sich im Glanz der Kaisermetropole als geistiges und kulturelles Zentrum einer neuen Epoche, die dem jungen Deutschen Reich eine großartige Zukunft und eine besondere Aufgabe unter den Völkern Europas verkündete. Trotz der großen Wirtschaftskrise, die kaum überstanden war, stieg das Reich in atemberaubendem Tempo zur industriellen Großmacht auf.

Die Bevölkerung explodierte ebenso wie das Kapital, die Produktivkraft, die Exportwirtschaft. Auch die Frauen wurden von der allgemeinen Aufbruchsstimmung und vom Glauben an die große Aufgabe der Nation erfasst. Sie beklagten, bisher nur die unbeteiligten Begleiterinnen des Triumphzuges wirtschaftlich-politischer Macht gewesen zu sein, und stellten die »Frauenfrage«.

Frieda kam am Brandenburger Tor vorbei, das mit grünen Girlanden feierlich geschmückt war. Vereine mit ihren Fahnen, Schulklassen in festlicher Tracht, Musikkapellen und Knabenchöre. Sie ließ sich von der Menge nach vorne treiben und fühlte mit jedem Schritt die Kraft, die von den Menschen auf dem Platz ausging. Es war ein erhebendes Gefühl. Dankbarkeit, ja Glückseligkeit breiteten sich in Friedas Brust aus, und sie vergaß, dass sie noch die Hefte in die Schule zurücktragen und andere hatte holen wollen. Der Knabenchor ganz vorne intonierte die Nationalhymne. Langsam und mit zunehmender Begeisterung fielen die Menschen in den Chor der Stimmen ein, jeder auf seine Art, mit seiner ganz eigenen Liebe fürs Vaterland.

Es lebe das Deutsche Kaiserreich, rief es mit einem Mal irgendwo in der Menge. Es lebe Deutschland.

Erst hier und dort, dann in kleinen Gruppen und immer stärker wurde der Jubel, ja Taumel, dem sich die Masse hingab. Frieda stimmte im Bewusstsein der historischen Stunde in den Jubel ein.

Es lebe das Deutsche Reich, es lebe Deutschland, rief sie mit im Chor, bis sie selbst ihren Gram um Margarethe vergaß.

Am nächsten Tag schlüpfte Frieda leise in die Klasse von Helene Lange. Fünfunddreißig Mädchen saßen auf ihren Stühlen, hatten die Hefte aufgeschlagen, notierten, was die Vortragende sagte. Frieda hatte die Lehrerinnenausbildung am

Lucie-Crain-Institut zwar schon abgeschlossen und unterrichtete selbst an der ebenfalls auf die Reformpädagogin zurückgehenden Höheren Mädchenschule, aber von Zeit zu Zeit zog es sie zurück auf die Schulbank, um sich noch einmal dem magischen Erziehungstalent Helene Langes auszuliefern.

»Ich hoffe, Gunhild, Sie lassen uns diesmal nicht im Stich am Freitag. Sie sind mir immer ein bissel zu lau, Kind. Gerade unser Mütterverein liegt mir jetzt sehr am Herzen. Wenn wir nicht durchgreifen, hätten wir nicht erst anfangen sollen.« Gunhild, Mütterverein ... Während ich Friedas Novelle *Lass mich nun vergessen!* lese, erkenne ich langsam in der Sprecherin, die hier als Irene Schmidt in Erscheinung tritt, Helene Lange. Siebzehn Jahre nach ihrer ersten Begegnung hat Frieda von Bülow dieser zentralen Persönlichkeit der bürgerlichen Frauenbewegung ein kleines Denkmal gesetzt. Mütterlich raumgreifend, unermüdlich für die Sache kämpfend, sozial engagiert und vereinsarbeitsgeschult bis zur Karikaturhaftigkeit beschreibt sie die Weggefährtin. *Irene erklärte mit Propaganda-Eifer: »Es handelt sich um Beaufsichtigung und Pflege von Kindern, deren Mütter tagsüber außerhalb des Hauses auf Arbeit gehen. Wir stellen dazu zuverlässige Frauen und Mädchen an, die in den verlassenen Haushaltungen bis zum Abend die Mütter vertreten.«*

»Man muss da als Vereinsmitglied selbst in die grässlichsten Armeleute-Wohnungen gehen?« fragte Philippine.

»Ja natürlich; wie will man sonst urteilen? Sie sollten ruhig mal in die grässlichen Wohnungen gehen, Frau Welsung. Das könnte Ihren literarischen Arbeiten gar nichts schaden. Die atmen mir zu ausschließlich Salonluft.«

Als Gegenpol zu Lange lässt Frieda in ihrer Geschichte auch die zum radikalen Flügel der Frauenrechtlerinnen gehörende Anwältin Senta Korella, in der ich Anita Augspurg zu erkennen glaube, auftreten. *Senta, im Vormarsch der Radikalen die Fahne absoluter Gleichberechtigung und Freiheit hochhaltend, sah in der einflussreichen, aber gemäßigten und fast konservativ zu nennenden Irene eine ärgerlichere Gegnerin, als in den offenen Bekämpfern der Frauenemanzipation.* Amüsant und knapp hat Frieda das ganze Spektrum der Frauenbewegung in diese kleine Geschichte um Gunhild und ihre unerfüllte Liebe gepackt, so gekonnt, dass mir ihre exakt gezeichneten Charaktere nicht aus dem Kopf gehen. Frieda selbst wird dieser neben dem Nationalismus so wichtigen sozialen Strömung im Laufe ihres Lebens in ihren Büchern eine Stimme geben, als typische Vertreterin dieser Frauengeneration, alleinstehend, berufstätig, intellektuell. Und doch ist da etwas an ihrem Aufbruch, das mich von Anfang an erstaunt, ja befremdet hat. Dieser Gleichklang von Nationalismus und Feminismus, zu dem sich als dritte Ideologie bald auch noch der Kolonialismus gesellen wird. Alle drei Bewegungen waren Frieda wichtig, alle drei bedeuteten für sie einen Glück verheißenden Aufbruch, Mitgestaltung an einer Verbesserung des Lebens, Kampf für das Gute, ja das Beste. Dass wir heute davon nur noch den Feminismus als positive Entwicklung beschreiben und ihn von den anderen Strömungen abtrennen wollen, ist unsere gefärbte Brille, mit deren Hilfe wir das 19. Jahrhundert nach unseren Vorstellungen retuschieren.

Ihr alle, Kinder, werdet einmal eine wichtige Rolle als Frauen und Mütter unserer Nation einzunehmen haben, sagte Helene Lange nun zu den Schülerinnen, die alle graue lange Kleider mit weißen Kragen und streng nach hinten gekämmte Haare trugen. Frieda hatte sich in der hintersten Reihe einen freien Platz gesucht, Helene lächelte ihr kurz und aufmunternd zu.

Als Lehrerinnen werdet ihr die Mädchen nicht nur in Mathematik und Geschichte unterrichten, sondern sie eine Zeit lang auf ihrem Lebensweg begleiten. Und nun frage ich euch: Wie wollt ihr sie, wenn ihr euch eurer Rolle als Frauen nicht bewusst seid, zu Persönlichkeiten erziehen, die um ihre Gleichberechtigung kämpfen und ihren nationalen und sozialen Auftrag wahrnehmen?

Die Mädchen schauten ihre Lehrerin an. »Gleichberechtigung«, »unsere Rolle als Frau«, »nationaler Auftrag« ..., flüsterte es in ihren Köpfen. Wie aufregend waren all diese Ideen. Magische Sätze flossen in die jungen Seelen, prägende Worte senkten sich in das noch formbare Bewusstsein und ließen sich in einem einzigen großen Begriff zusammenfassen: Emanzipation! Noch jungfräulich, aufregend war dieses Wort. Helene Lange, schon früh Vollwaise geworden, war überzeugend. Durch die eigene Lebens- und Leidensgeschichte riss die Kleinbürgertochter eine ganze Generation von Frauen mit sich. Ein anderes Lebensgefühl stellte sich ein, neue Begriffe schwirrten in den Köpfen der Frauen und drängten auf Veränderung. Doch oft blieb es bei überschwänglichen Worten, der steinige Weg von der Abhängigkeit in die Selbstständigkeit war schließlich auch eine ganz persönliche Lebensentwicklung, ein Unabhängigwerden, das es bei Frauen immer schon gegeben hat. Frieda befand sich auf diesem Weg, sie würde weit kommen, und doch würde sie ihr ganzes Leben lang die Ambivalenz zwischen Selbstbestimmung und Unterwerfung, zwischen Macht und Ohnmacht mit sich herumschleppen. Nicht einmal Lou Andreas-Salomé, diese kluge Schülerin Sigmund Freuds, würde die zwei so unterschiedlichen Triebe in Friedas Brust miteinander versöhnen können.

Für Helene Lange war die Mädchenerziehung Ausgangspunkt ihres Kampfes um weibliche Gleichberechtigung, um Bildung und die Verbesserung der sozialen Stellung der Frau. Es ging ihr um nationale Verantwortung, nicht um individuelle Freiheit, die dann erst das Anliegen der Boheme werden würde. Einige Jahre später, 1889 auf der fünfzehnten Generalversammlung des Allgemeinen Deutschen Frauenvereins in Erfurt, beruhigte Helene Lange die Mitstreiterinnen mit einem Blick in die Zukunft. Die Frauenemanzipation werde zwar heute noch geächtet, spätere Jahrhunderte würden sie aber als einen der größten Kulturfortschritte feiern. Helene Lange befand sich damals bereits mitten im Emanzipationskampf. Frieda von Bülow stritt für eine weitere Fortschrittsideologie der Zeit, die Kolonialbewegung. Frauenbewegung und Kolonialismus gingen Hand in Hand, so wie auch Helene Lange und Frieda von Bülow stets gute Freundinnen blieben.

Die Pausenglocke schellte, und die Mädchen stürmten hinaus.

Ein wenig müde begrüßte die Lehrerin Frieda: Wie schön, dass du gekommen bist.

Alle haben dich angehimmelt.

Seit Frieda selbst lehrte, hatte die neun Jahre ältere Helene Lange der Jüngeren das Du angeboten.

Ich fürchte, nichts davon wird hängenbleiben.

Wie kommst du nur darauf? Im Gegenteil …

Bei dir, Frieda, ist es etwas anderes. Du bist unter Frauen aufgewachsen, deine Großmutter hat, wie du mir oft erzählt hast, eine erstaunlich freimütige Haltung, die Jahre bei den Herrnhutern haben euren Widerspruchsgeist gestärkt. Ihr zwei seid stark, Margarethe und du, ihr werdet euer Leben selbst in die Hand nehmen.

Frieda blickte die Ältere stolz an. Glaubst du, Helene? Ich würde es mir so sehr wünschen.

Es tut sich viel in Berlin, fuhr die Frauenrechtlerin fort, wir erleben einen kolossalen gesellschaftlichen Aufbruch. Denk dir, man redet über weitreichende Sozialreformen. Bismarck ist für die Krankenversicherung und für eine Arbeitsschutzgesetzgebung. Damit wird Deutschland das fortschrittlichste Land in Europa. Das wird auch den Frauen helfen.

Ins Gespräch vertieft, gingen Frieda und Helene durch die Straßen Berlins. Der Allgemeine Deutsche Frauenverein zählte

1880 schon über 10 000 Mitglieder, zehn Jahre sollte Helene Lange noch brauchen, um zur geistigen Führerin der Bewegung aufzusteigen. Freiheit und Aufbruch lagen in der Luft wie nie zuvor.

Der alte Kirchhof der Zwölf-Apostel-Gemeinde in Berlin-Schöneberg, aufgelassen vor Jahren, ein Friedhof von künstlerischer und kultureller Bedeutung. Hier lebt das späte 19. und frühe 20. Jahrhundert in marmornen Sarkophagen, über Gräbern wachenden Engelsskulpturen, Portalen und spätklassizistischen Säulen. Viele Künstler ruhen hier, manche haben sich ihren Grabstein sogar selbst erdacht. Ich gehe eine alte Zypressenallee entlang, bin auf der Suche nach Margarethes Grab. Eine mit großblättrigem Efeu überdeckte letzte Ruhestätte, hatte es geheißen, die Trauerweide, einst für die früh Entschlafene gepflanzt, müsste heute ein stattlicher Baum sein. Dort vielleicht? Ein schlichter grauer Grabstein, moosbewachsen und verwittert. Der könnte es sein. Oder dieser dort? *Margarethe Freiin von Bülow, 28. Febr. 1860 – 2. Jan. 1884,* sollte eingemeißelt stehen. Ich kratze Moos und Flechten von Steinen, fahre mit dem Finger über Sätze, Namen, Jahreszahlen. Den Satz, den man Margarethe mit ins Grab gab, finde ich nicht: *Furcht ist nicht in der Liebe.*

Noch, so schrieb Karl Koch zum Tode seiner Auserkorenen an die Mutter, *noch bin ich müde und matt, mir ist zumute wie nach einem schweren Traum, ich habe die Dinge noch nicht klar, die vor mir liegen. […] Eine unbeschreibliche Freude und Beruhigung war es mir, als ich am Tage nach meiner Heimkehr einen Brief von der lieben, armen Frieda erhielt, um die ich so viel Angst ausgestanden. Hoffentlich ist Fräulein Sophie bald wieder so weit hergestellt, dass sie zu ihrer einsamen Schwester reisen kann. Ich sehne mich nach dem Frühling, wo es auch mir wohl vergönnt sein wird, mit ihr zusammenzukommen.* Margarethes Verehrer würde der Toten bald ins Grab folgen, gerade noch den Frühling und das Wiedersehen mit Frieda erleben. Aber auch er spürte, dass Frieda die Haupttrauernde dieses Unglücks war, dass man sich um sie, die nur zur Hälfte noch am Leben war, sorgen musste. Beileidsschreiben kamen von allen Seiten, sogar Kaiserin Augusta schrieb voller Mitgefühl an Clotilde, und die Zeitungen berichteten mit sensationsgierigem Schauer von der Rettung des ins Eis eingebrochenen Jungen. Eine herzzerreißende Geschichte, eine heroische Tat für ein heroisches Zeitalter. Doch wie sollte Frieda ohne Margarethe weiterleben, mit der sie trotz der sich abzeichnenden Trennung der Lebenswege tief verbunden war? Welche offenen Wunden würde dieser größte Verlust ihres Lebens hinterlassen? Verluste bilden die feinen Schicksalslinien von Friedas Leben. Verluste! Was wird aus einer, der immer wieder das Wichtigste genommen wird? Frieda wird, so wird mir beim Lesen ihres Tagebuchs klar, das Erbe der Schwester antreten, der tote Zwilling wird Regie führen. *Diesen ungeheuren Reichtum an Erinnerungen trage ich nun allein mit mir herum, bis auch ich sterbe, und dann zerfällt die ganze bunte, so sehr geliebte Phantasiewelt.*

Berlin im Mai 1884. Fast ein halbes Jahr war Frieda durch Italien gereist, sie hatte versucht, sich durch die Beschäftigung mit der Kunst und den Reizen unbekannter Orte abzulenken, um auf andere Gedanken zu kommen, Margarethe zu vergessen – ohne Erfolg. *Wehe dem, der den Halt außerhalb seiner selbst sucht,* schrieb sie ernüchtert nach ihrer Rückkehr in ihr Tagebuch. Doch sie war eine Kämpferin, eine, die sich letztendlich von keinem Schicksalsschlag unterkriegen lassen würde. Friedas Bruder Albrecht war Leutnant im Königin-Augusta-Garde-Grenadier-Regiment geworden. *Böse Gedanken. Ich weiß nichts, was mir des Leidens und Sterbens wert scheint. Ich hab manchmal Lust, mit allem zu brechen, was mir das Fehlen des Liebsten predigt, mich unter ganz fremde Menschen und in starke Aktion zu begeben. Solange das Leben noch dauert, will ich nicht Sklave sein, sondern Herr.* »Unter fremde Menschen und in starke Aktion« wollte sich Frieda begeben, denn dort begann sie, nach all den trauerstarren Monaten, endlich Heilung zu vermuten. Träumte sie sich weit weg, fern der Heimat, ins Abenteuer hinein, noch ehe sie wusste, welche stürmische Wendung ihr Leben nehmen würde? Berlin war ein geradezu ideales Umfeld für eine sehnsüchtig nach Ablenkung und einer Aufgabe suchenden Seele. In der Kaisermetropole liefen die Fäden des kulturellen und geistigen Lebens Deutschlands zusammen, hier wurden Zukunftsvisionen geboren, von der Presse bejubelt und von den unterschiedlichsten Persönlichkeiten in die Tat umgesetzt. Patriotismus und Nationalstolz, der Drang nach moralischer Geltung, politischer Macht und wirtschaftlichem Einfluss in der Welt waren die Ideen, die durch die Hirne all derer wirbelten, die sich als Speerspitze des gesellschaftlichen Fortschritts verstanden. Frieda hatte Berichte über einen gewissen Carl Peters gelesen, der für das Deutsche Reich durch Afrika gezogen war und allerhand Aufsehen damit erregt hatte. Afrika! Schon in der Türkei hatte sie von diesem geheimnisvollen Kontinent geträumt. Und da war sie wieder, diese Sehnsucht nach dem Sonnenland, diese Glück verheißende Vorstellung von einem Raum ungeahnter Möglichkeiten, dieser Stolz auf die deutsche Kultur und die plötzliche Gewissheit, einen Auftrag in der Welt zu haben.

An einem Sommerabend, ein halbes Jahr, ehe Frieda von ihrem neuen Leben mit einer neuen abenteuerlichen Leidenschaft erfasst wurde, saß sie wie so oft am alten Schreibtisch von Margarethe. Sie musste zu Ende bringen, was Margarethes größte Hoffnung war. Gemeinsam mit Julian Schmidt und Fritz Mauthner, einer weiteren Größe des literarischen Lebens Berlins, edierte sie die Novellen und Erzählungen der Schwester und bereitete die Herausgabe vor. Sie hatte es sich zur Gewohnheit gemacht, in Margarethes Werken zu lesen, in die Welt der verstorbenen Schwester einzutauchen und aus den Erinnerungsfäden, die noch so stark und lebensvoll waren, langsam ihr eigenes Weiterleben zu spinnen. Auf dem Schreibtisch stand seit Langem ein Bild Shakespeares, nie war Friedas Blick darauf gefallen, doch nun nahm sie es hoch, betrachtete es, dachte an Gretes Shakespeare-Schwärmerei. Sie drehte es um und las, zum ersten Mal mit Aufmerksamkeit, das Sonett, das Grete mit Bleistift daraufgeschrieben hatte.

Nicht länger trauer' um mich … – Frieda war, als spräche Grete zu ihr –

Nicht länger trauer' um mich, als dumpf der Ton
Der Glocke, die mein Sterben kündet, schallt,
der Welt zu sagen, dass mein Geist entflohen
Und bei den Toten nun mein Aufenthalt.

Frieda rückte die Kerze näher an das Schriftstück. Wollte etwas zum Ende kommen in ihr? Sollte sich nach einem halben Jahr die Trauer allmählich in tragbares Leid verwandeln, in das Schicksal gar, für sie, die Schwester, weiterzuleben? War dieses Sonett, geliebt und abgeschrieben von Margarethe, eine Ermahnung zum Aufbruch?

Ja, siehst du diese Zeilen, denk' nicht mein,
der sie geschrieben, denn so lieb' ich dich:
Eh'r möcht' ich ganz von dir vergessen sein
Als denken, dass du dich betrübst um mich.

2

Tod und Liebe sind die zwei einzig interessanten Dinge des Lebens. Der Tagebucheintrag stammt vom 25. September 1884. Leo Keudell, der Vater von Anna von Münchhausen, der Frau von Thankmar, war gestorben. Doch der Satz, kommt mir vor, reicht weit über dieses Ereignis hinaus. In wenigen Tagen würde Frieda siebenundzwanzig sein. Sie kannte die Liebe, wenn auch nur in einer Form, die alles übersteigernde, alles umfassende Liebe der Jugend, diese idealisierteste Form des Fühlens, diesen hohen, für das erwachsene Leben ziemlich unbrauchbaren Gesang. Noch dazu war es die Liebe zu einer Frau, einer Freundin, ihrer nur wenig jüngeren Schwester. Von der Liebe zwischen Mann und Frau hingegen wusste Frieda rein gar nichts. Sie hatte bloß die schwierige Liebe ihrer Eltern erlebt, den jähzornigen Vater und die Tränen der Mutter, dann seinen Tod, der Clotilde, anstatt sie aus einer unglücklichen Ehe zu erlösen und dem Leben zurückzugeben, nur noch trauriger gestimmt hatte. Die Liebe zwischen den Geschlechtern empfand Frieda seither als minder. Ein gewisser H. überbrachte ihr seine Schwärmereien, doch sie bemerkte ihn kaum. *Seine Liebe ist eine Episode, meine ist mein alles, durchdringt mein Sein so völlig, dass ich darin und dadurch lebe. Auch ist es nie anders gewesen und das hat mich von jeder anderen, ernsten Neigung stets zurückgehalten.*

Armes Kind! In dieser seelischen Lage wird sie im Frühjahr 1885 auf Carl Peters treffen, den kolonialen Gedanken für sich entdecken und den Beschluss fassen, nach Afrika zu reisen.

Wieder wartet eine neue Kiste mit Briefen und Zeitungsartikeln auf meinem Tisch in der Handschriftenabteilung. Carl Peters – das ergibt eine erste Durchsicht des Nachlasses und der Briefe Friedas an Lou Andreas-Salomé – hat Frieda ihr ganzes restliches Leben beschäftigt, diese Leidenschaft wurde sie, wie auch die Liebe zur toten Schwester, nicht mehr los. In Peters' Schriften und bei den Historikern, die sich mit Deutschlands skandalumwittertem Kolonialhelden befassten, taucht Frieda von Bülow freilich nur als Mitstreiterin, bestenfalls als kurze Liebesaffäre auf. Ihm und somit seinen Biografen war sie kaum eine Fußnote wert. Doch für mich, die ich ihrem innersten Sehnen, ihren Widersprüchen, ihrer bittersten Erfahrung und dem daraus folgenden Wachstum auf der Spur bin, ist die Liebe zu Peters der Kern der Handlung, logischer Anknüpfungspunkt an Friedas bereits erlittene Verluste. Carl Peters! Wie ein Schwelbrand, jederzeit zum Ausbruch bereit, loderte von nun an dieses Feuer in ihr, das er zu schüren und zu besänftigen wusste wie kein anderer.

Und, mein lieber Lange, was bringt Ihre *Tägliche Rundschau* denn für Neuigkeiten über mich? Peters, ein hagerer Mann mit wachen, stechenden Augen saß mit lässig übereinandergeschlagenen Beinen in seinem Lederfauteuil und zog an der Zigarre, die ihm sein Gegenüber, Friedrich Lange, der Chefredakteur der rechtskonservativen *Rundschau* angeboten hatte.

Sie sind der Liebling unserer Leser, lieber Peters. Ihre Reiseberichte werden uns nur so aus der Hand gerissen. Es ist ein unglaubliches Fieber, ein wahrer Aufbruch, den Sie Deutschland beschert haben.

Und ganz gegen Bismarcks Zögern, nicht wahr?, sagte Peters, der auf die in Kolonialfragen zurückhaltende Politik des Kanzlers anspielte.

Nun, auch er scheint von Ihnen bezwungen.

Peters nickte und drehte an seiner Zigarre, bevor er einen

tiefen Zug nahm und dann etwas zerstreut auf seine goldene Taschenuhr blickte.

Schon so spät, Lange. Ich werde Sie jetzt hinauskomplimentieren müssen, fürchte ich …, die Sitzung im Kolonialverein.

Selbstredend, ich hab Ihnen schon genug Zeit gestohlen. Da wäre nur … Lange stockte kurz, er wusste, dass Peters nur dann Bitten erfüllte, wenn sie ihm selbst Nutzen versprachen.

Ja, bitte? Was haben Sie noch auf der Seele. Sie brauchen keine Scheu zu haben, nur weil ich Ihnen Schlagseiten und eine gute Leserquote beschere, antwortete Peters selbstgefällig.

Ein blutjunger, aber umso enthusiastischerer Gardeoffizier der Kaiserin, Albrecht von Bülow, die Familie kennen Sie? Uralter Adel mit besten Verbindungen in alle Gesellschaftskreise, ein absolutes Aushängeschild für Ihr junges Unternehmen.

Und dieser Albrecht von Bülow will zu mir?

Seit einem Unfall ist er knieleidend und sucht eine neue Aufgabe, beendete Lange seine wohldosierte und mit den entsprechenden Reizwörtern versehene Bitte. Peters' Augen, diese unwiderstehlich wachen, unruhigen, jede äußere und innere Regung reflektierenden Augen verloren für einen kurzen Moment ihren Zynismus.

Interessant, nicht wahr, lieber Lange, sogar die jungen Adeligen sind den biederen Konservativismus der Junker leid. Sie erkennen Deutschlands Sendung in der Welt.

Hmm … Friedrich Lange räusperte sich. Sie haben ganz und gar recht. Albrechts Schwester – sie versucht sich derzeit in meinem Blatt als junge Publizistin – würde gerne für den Herrn Bruder bei Ihnen vorsprechen.

Schicken Sie sie mir, lieber Lange, sagte Peters und verabschiedete eilig den Pressemann.

Wie ein Komet war Peters aufgestiegen. Der Kleinbürgersohn war nach seinem Studienaufenthalt in England im Oktober

1883 nach Berlin zurückgekehrt und hatte mit seinen Kolonialplänen Presse und Gesellschaft bald in begeisterte Freunde und erbitterte Feinde gespalten. Die einen wünschten ihm eine Tracht Prügel, auf dass sich der Kolonialorkan schnellstens lege, während die anderen, die nicht saturiert, mit Deutschlands Mittelstellung in Europa nicht zufrieden waren, ihm frenetisch zujubelten.

Es gebe Versäumnisse von Jahrhunderten gutzumachen, hatte er im Frühjahr 1883 verkündet und damit den Kolonialverein gesprengt. Daraufhin hatte er seinen eigenen Verein, die Gesellschaft für Deutsche Kolonisation, gegründet. Und dann war er ein halbes Jahr später klammheimlich nach Ostafrika aufgebrochen und hatte dort ein Riesenreich erobert. In wenigen Wochen nur, schlecht ausgerüstet wie ein Vagabund und am Ende fieberkrank, eroberte Carl Peters ein Gebiet so groß wie Bayern, Württemberg, das Elsass und Baden zusammen. Die abgeschlossenen Verträge machten ihn zum Herrn über die Naturschätze, Arbeitskräfte, den Handel und die Zölle eines fruchtbaren, dünn besiedelten und strategisch wichtigen Territoriums. Schließlich lenkte sogar der Kolonialskeptiker Bismarck ein, und Peters bekam für seine Eroberungen den Kaiserlichen Schutzbrief, der seinen Privatbesitz in ein Deutsches Kolonialreich verwandelte.

Die Afrikaner haben Peters an der Nase herumgeführt!

Ich treffe den Historiker Christian Geulen und den Soziologen Clemens Albrecht in einer Gastwirtschaft am Ufer der Mosel. Unzählige Espressi, ein Mittag- und ein Abendessen lang werden sie meine Fragen zum besseren Verständnis der Kolonialgeschichte beantworten und meine Wahrnehmung verändern.

An der Nase herumgeführt?

Ja, so muss man es nennen. Diese ominösen Verträge waren das Papier nicht wert, auf dem sie standen. Die Stammesoberen haben vollkommen unwichtige und zu keinerlei juristischem Handeln befähigte Leute in die Verhandlungen geschickt – und zwar mit der vollen Absicht, die naiven Fremden hinters Licht zu führen, sagt Christian Geulen.

Ein Theater also, aber die Afrikaner hatten dennoch nicht lange zu lachen.

Das stimmt, das Missverständnis auf afrikanischer Seite war zu glauben, die fadenscheinigen Verträge wären schon alles gewesen. Nach einem Jahr kam dann die Deutsche Schutztruppe und schaffte mit Waffengewalt neue Verhältnisse. Aber anzunehmen, dass die Afrikaner nicht auch ihr eigenes Spiel getrieben hätten, sondern lediglich Spielball der europäischen Mächte gewesen wären, ist Kolonialdenken mit umgekehrten Vorzeichen.

Liebe und Tod sind die zwei einzig interessanten Dinge des Lebens, Herr Peters, höre ich Frieda sagen.

Liebe und Tod? Ein leichtes Zucken ging über Peters' Gesicht. Das hätten seine Worte sein können, Liebe und Tod, wie oft war er beidem in den letzten Jahren nahe gekommen, wie eng schien sein Schicksal mit ihrem Bezwingen zusammenzufallen. Er nahm seinen Zwicker ab und schaute seinem Gegenüber lange ins Gesicht. Die stattliche, hochgemute Frieda – ach ja, Friedrich Lange hatte sie geschickt, erinnerte sich Peters – war im ersten Augenblick nicht sein Typ, ihn reizte das Geheimnisvolle, Geschmeidige, Mädchenhafte an den Frauen, er wollte ihre Unschuld bezwingen, ihre Seelen niederringen, das war ihm ein Genuss wie sonst nur noch die Eroberung neuer Landstriche.

Frieda hatte die Worte mechanisch gesprochen, sie hatte an Grete gedacht und dabei ihr Anliegen, für den Bruder Albrecht in Peters' Kolonialgesellschaft eine Stelle zu erwirken, ganz vergessen.

Liebe und Tod … ja, diese beiden …, wiederholte Frieda und

kam langsam aus den Abgründen ihrer Erinnerung zurück an die Oberfläche des Geschehens. Sie spürte seinen Blick, verhalten lauernd, herausfordernd geheimnisvoll, etwas zynisch, aber intensiver als alles, was sie je erlebt hatte.

Sie sprechen mir aus der Seele, Baronin, sagte er, sein Gegenüber beobachtend wie ein Leopard seine Beute. Wäre ich nicht des Öfteren beinahe umgekommen, ich wüsste den Wert des Lebens – und notabene wohl auch der Liebe – nicht so zu schätzen. Ihre Schwester hat ihr Leben für einen Unbekannten gewagt?

Ein Junge, er brach ins Eis, und sie …, Frieda stockte, ach, ich kann's noch immer nicht aussprechen.

Ich wagte meines für Deutschland, fügte er leise, die Wirkung kalkulierend, hinzu. Als ich nach drei Wochen Strapazen fiebernd und dem Tode nahe an die Küste von Bagamoyo kam, erweckten mich Orgelklänge aus der Kirche der Weißen Väter zu neuem Leben. Da wusste ich, dass Deutsch-Ostafrika mein Schicksal ist.

Dieser Lebensernst, dachte Frieda, diese Durchdringung aller Höhen und Tiefen des Daseins.

Mein Bruder Albrecht, kam sie nun auf ihr Anliegen zu sprechen, ist besessen von Afrika, seit er Ihren Usambara-Bericht gelesen hat. Nirgends sonst will er mehr hin als zu Ihnen und in Ihre Gesellschaft.

Peters nahm das Kompliment gelassen entgegen. Schicksalsergeben, so kam es Frieda vor. Er ist einer dieser ganz seltenen Menschen, die einen Auftrag haben, dachte sie, die von einer größeren Macht geführt werden, die einfach tun müssen, was sie tun, und daher auch keine Bestätigung von außen dafür brauchen.

Und Sie?, fragte er. Etwas an Frieda begann ihn zu interessieren. Sie war kolonialbegeistert, wer weiß, wozu sie noch gut sein würde. Der Aufbau einer Kolonie brauchte schließlich jeden Mann, warum nicht auch loyale Mitstreiterinnen, Kameradinnen? Begeisterungsfähige Frauen wusste er seit seiner Studienzeit zuverlässig in seinen Bann zu ziehen.

Jetzt ist Deutschland an der Reihe, tat er Frieda seine Glaubenssätze kund. Nach den Siegen von Königgrätz und Sedan wird niemand widersprechen, wenn das Reich seine Adlerklaue in afrikanischen Boden schlägt. Er lächelte selbstironisch, während er seine Hand, die er zur Klaue gespreizt hatte, wieder entspannte.

Wie lang seine Finger sind, welch schöne Hände, dachte Frieda. Künstlerhände.

Sie, Herr Doktor Peters, haben alle davon überzeugt, selbst Bismarck kennt seit Ihrem mutigen Alleingang die Karte Afrikas. Nun ist der Weg frei. Deutschland als Kolonialmacht, und die Deutschen als die besten Kolonialisten!

Sie sagen es, verehrte Baronin, sagte er sanft und voller Anerkennung für sich selbst und das Lob seines Gegenübers.

Eine kleine Welle der Hitze lief über Friedas Körper, ihre Wangen wurden plötzlich rosig, die Augen, die so lange matt vor Traurigkeit gewesen waren, strahlten. Da war die große Aufgabe, wie ein Wirbelwind kam es über sie. Sollte gar auch für sie ein Platz reserviert sein in Peters' Reich an der Sonne?

Und als würde er ihre Gedanken lesen, fügte er hinzu: Es gibt eine Menge zu tun und keine Zeit zu verlieren. Deutschland braucht mutige Männer und – er blickte sie forschend an – mutige Frauen.

Dann stand Peters mit einem Ruck auf, schob seinen Stuhl zurück, um auf die andere Seite seines großen dunklen Schreibtischs zu gelangen. Er nahm eine gerade Haltung an und setzte seinen Zwicker wieder auf die Nase.

Ihr Besuch hat mich aufrichtig gefreut. Sie und Ihr Bruder werden unserer Sache große Dienste erweisen.

Auch Frieda hatte sich erhoben. Verlegen hatte sie ihr Kleid zurechtgestrichen, eine Locke, die ihr ins Gesicht gefallen war, zurück in die strenge Frisur gesteckt. Sie war bis ins Innerste getroffen, sein Blick, diese Wildheit, dieser Wille zur Macht. Es war ihr, als wäre sie das erste Mal seit Gretes Tod für einen Augenblick lebendig geworden.

Albrecht darf also vorsprechen?

Es wird mir eine ausgesprochene Ehre sein, sagte Peters warmherzig. Er reichte ihr die Hand und hielt sie lange fest, zu lange, um je wieder aus Friedas Bewusstsein zu verschwinden.

Und vergessen Sie nicht, auch Frauen wie Sie können wir gebrauchen.

Er war voller Charme, betörend geradezu. Dann ließ er sie los.

War da nicht doch eine Ähnlichkeit der beiden Charaktere, diese ungestillte Sehnsucht, diese Leere? Bei Frieda durch den Tod der Schwester entstanden, bei Peters immer schon da gewesen? Ein Egozentriker, den keine noch so gewaltige Eroberung, kein errungener Sieg, keine Unterwerfung zur Ruhe bringen würde? Dass er, der viel von einem ungeliebten Kind an sich hatte, keinerlei Bestätigung durch die Außenwelt für sein Tun bräuchte, war eine glatte Fehleinschätzung Friedas, eine Verzerrung durch ihren bereits verliebten Blick. Genau das Gegenteil traf zu. Doch was verband die beiden dann so jäh miteinander? Was war es, das Friedas so ganz anderes Wesen an Peters und den gemeinsamen Kampf um Deutschlands Kolonialreich knüpfen sollte?

In der Nacht träumte Frieda von ihrem Vater. Er hielt sie an der Hand und führte sie durch die Straßen von Smyrna. Heiße Meeresluft strömte durch die Gassen, und die Möwen kreischten immer lauter. Frieda sah sich als kleines Mädchen, etwa zehn und so stolz, an Vaters Hand zu gehen. Doch plötzlich war da nur noch ihre Hand, seine war herausgerutscht und er hatte sich langsam entfernt. Das Mädchen streckte die kleine Hand nach ihm aus, sie lief ihm nach und rief seinen Namen, immer wieder, doch es kam kein Ton aus ihrer Kehle. Und der

Vater wurde immer kleiner, eine winzige Figur an einem unerreichbaren Horizont. Frieda erwachte zitternd. Sie war so allein. So einsam. Um wieder in den Schlaf zurückzufinden, dachte sie sich zurück nach Smyrna an den Palmenstrand. Ob es in Afrika auch so schön ist? Im Halbschlaf sah sie sich und Peters Hand in Hand unter Palmen gehen. Hat er nicht erzählt, dass auch sein Vater früh verstorben war und dass ihm bis heute dessen Liebe und Anerkennung fehlte?

Alles Unglück kam dadurch in die Welt, lese ich in einem Zeitungsartikel über eine Pariser Ausstellung zum europäischen Blick, *dass die Europäer nicht bei sich bleiben konnten, sondern von dem unbedingten Verlangen gepackt wurden, in lockende, unbekannte Fernen aufzubrechen.*

Heute gibt es eine Flut von Vereinen, Entwicklungshilfegruppen, wirtschaftliche Kooperationen und kirchlichen Initiativen zwischen Deutschland und Tansania. Schulen und Partnerschulen, Freundschaftsvereine und Kulturprojekte knüpfen heute an eine historische Situation an, die damals in Deutsch-Ostafrika begann. Doch selbst wenn sie gutzumachen versprechen, was ihrer Meinung nach durch den deutschen Kolonialismus verbrochen wurde, verbleibt doch die Kontinuität des sich Einmischens. Die Zeit der Weißen hat in Afrika seit den Tagen der großen Expeditionen und der später folgenden Aufteilung des Kontinents nicht mehr aufgehört. Die gemeinsame Geschichte ist indes ein fast unentwirrbarer Knäuel aus Geben und Nehmen, Zerstören und Aufbauen, Macht und Ohnmacht. Afrika und Europa sind ohne den jeweils anderen nicht denkbar.

Welche Euphorie hatte Frieda erfasst! Alles war angesichts der neuen Aufgabe in den Hintergrund getreten, der Lehrerinnenalltag, das Schreiben, ja selbst Margarethes stete Stimme schien für eine Weile verstummt. Was für ein weites Land der ungenutzten Möglichkeiten tat sich ihr auf. Afrika! Die Tropen! Sie könnte als Krankenschwester arbeiten.

Ja, das war es, das war ihre Chance zu einer wahrhaft großen Aufgabe, gleichzeitig die sicherste Möglichkeit, ihm nahe zu sein. Sie würde die eigenen Landsleute kurieren, denen alle Arten des Tropenfiebers drohten, und den Einheimischen die Errungenschaften der westlichen Medizin und Hygiene bringen. Gleich wollte sie sich darum kümmern, eine Ausbildung zur Krankenschwester ausfindig zu machen und Seminare zu besuchen. Es würde eine fieberhafte Zeit der Vorbereitungen werden, bis sie selbst nach Ostafrika ausreisen konnte. Was nicht alles getan werden muss bis dahin, dachte Frieda ein wenig nervös.

Alles, was Frieda über Afrika in die Hände bekam, war ihr willkommen. In Berlin herrschte seit Peters' Rückkehr aus Afrika und dem Ende der Kongo-Konferenz das Kolonialfieber. Man organisierte Lesezirkel und führte sich die Schriften Humboldts und Campes, Cooks Abenteuer und die neuesten Reiseberichte aus fernen Ländern zu Gemüte. Friedas Lieblingsbuch wurde der abenteuerliche Bericht der Ida Pfeiffer, die bereits 1846 zu ihrer ersten Weltreise aufbrach und ihre Erlebnisse in dem erfolgreichen Buch *Eine Frauenfahrt um die Welt* beschrieb. Sie las das Buch wieder und wieder und betrachtete es als Anregung für das eigene Leben. Noch bevor Deutschland über erste Erlebnisse mit eigenen Kolonien berichten konnte, imaginierte es sich ein größeres, schöneres und vor allem von besseren, moralisch über jeden Zweifel erhabenen Kolonisatoren bevölkertes Weltreich.

3

Im Oktober 1886 gründete Frieda von Bülow mit Martha und Eva Pfeil sowie elf anderen Damen der Berliner Gesellschaft nach Peters' Vorbild den Deutschnationalen Frauenbund für die Krankenpflege in den Kolonien. Doch über dieses einschneidende Ereignis in Friedas Leben und die hektische Zeit vor dem Aufbruch nach Afrika schweigt sich der Bülow-Nachlass aus. Dazu müssen Sie ins Archiv der Bethel-Mission nach Wuppertal fahren, war der Ratschlag der amerikanischen Historikerin Lora Wildenthal, die sich in einem ihrer Bücher mit Friedas nationalem Feminismus befasst hat.

Wuppertal, äußerstes Ruhrgebiet, eine viele soziale Probleme widerspiegelnde mittelgroße deutsche Stadt. Wenig alte Bausubstanz, viele Ausländer, mehr Afrikaner, als man sonst in Deutschlands U- und S-Bahnen zu sehen bekommt. Wegen der Bethel-Mission?, frage ich mich und verwerfe die unsinnige These sofort wieder. Afrikaner kommen heutzutage schließlich über andere Kanäle in die Erste Welt als über die ehemaligen Missionsgesellschaften. Die Vereinte Evangelische Mission, wie sich die einst von Carl Peters mitinitiierte Evangelische Missionsgesellschaft für Deutsch-Ostafrika heute nennt, schickt auch keine Pastoren mehr hinaus nach Afrika. Die auch als Bethel-Mission bekannte Kircheninstitution versucht sich heute bewusst in die lokalen Strukturen der tansanischen Kirchengemeinden einzuordnen und so die Last der Geschichte in moderne Entwicklungshilfe umzuwandeln. Im 19. Jahrhundert waren die Missionsgesellschaften, die evangelischen ebenso wie die katholischen, hingegen begeisterte Anhänger der kolonialen Idee. Und auch bei Ihnen lässt sich der Missionsgedanke nur schwer von dem der Nation trennen. Den meisten Kirchenmännern war es, wie mir aus vielen Quellen klar wird, eine *nationale Ehrenpflicht*, überall dort, wo deutsche Fahnen wehten, christliche Sendboten nachfolgen zu lassen oder, falls sie schon vor Ort waren, ihren Dienst unter die Sache der Nation zu stellen. In der Annexion fremder Länder erblickten sie ein *glückliches Eingreifen Gottes*, auf dass *das wieder geeinte und erstarkte Deutschland* seinen Anteil an der großen *Weltherrschaft Europas* erhalte. Welch moralische Gewissheit, welch über jeden Zweifel erhabene Gläubigkeit an das Gute des eigenen Tuns! Mit einem ganzen Dossier von kopierten Dokumenten setzte ich mich in den Zug zurück nach Berlin.

Sehr verehrter Herr Pastor, schrieb Frieda am 22. März 1887 an Carl Büttner, einen profilierten Theologen und Inspektor der Evangelischen Missionsgesellschaft, der selbst einige Jahre im Damaraland im Westen Afrikas verbracht hatte und ein versierter Kenner der kolonialen Verhältnisse war. Die Vorbereitungen für ihre Ausreise nach Afrika liefen auf Hochtouren. Je mehr Geld der Frauenbund einsammelte, desto besser, desto schneller würde sie in Afrika ihre Krankenstationen aufbauen können. Doch seit die evangelischen Missionare eine eigene Krankenschwester, Marie Rentsch, nach Sansibar schicken wollten, gab es Konflikte mit der Evangelischen Missionsgemeinschaft und die hatten sich in den letzten Monaten zugespitzt. Aus dem gemeinsamen Plan, ein Krankenhaus in Dunda zu gründen, waren längst zwei konkurrierende Unternehmen geworden, und die Wohltätigkeitsbasare in der Bülowstraße, die man vor einem Jahr noch zusammen veranstaltet hatte, waren Geschichte. Frieda hatte im Februar sogar den Anteil der Spendengelder zurückgefordert, den sie und Martha für die Missionsgesellschaft gesammelt hatten. Mit so viel weiblicher Kampfeslust hatten die kirchlichen Herren nicht gerechnet, und so flogen Briefe und Depeschen zwischen beiden Organisationen hin und her und Frieda übte sich in politischem Schlagabtausch.

Auch für den kolonialbegeisterten Büttner war die Vollendung der Nation durch das koloniale Projekt ein wichtiges Ziel, aber Frieda schien dem Kirchenmann doch so ganz und gar ungläubig, so freigeistig. Ihm war in all den gemeinsamen Sitzungen unangenehm aufgefallen, dass sie oft geradezu atheistisch argumentierte.

Frieda wiederum sah unter dem Dach der Missionsgesellschaft nicht genügend Entfaltungsmöglichkeiten für die Frauen. *Ihre feindselige Haltung dieser jüngsten Schöpfung von Peters gegenüber, die ich nur nach außen zu vertreten die Ehre habe,* schrieb sie listig, *ist mir, aufrichtig gesagt, vollkommen unverständlich. Wir erstreben die Stärkung des deutschen Nationalgefühls im In- und Ausland. Der Weg, den wir uns zur Erreichung unseres Zieles ersehen haben, ist ein durchaus christlicher und den Lehren des Evangeliums entsprechend. Ich weiß nicht, was Ihnen dabei gefahrdrohend erscheint.* Sie faltete den Brief, steckte ihn in das vorbereitete Kuvert. Sie wollte eine konfessionell ungebundene Organisation aufbauen, sie wollte Krankenhäuser, Schulen, Kirchen und ähnliche Pflegestätten der deutschen Kultur in Ostafrika begründen, aber nicht nur Protestanten, sondern auch Katholiken ansprechen. Das war angesichts des damals herrschenden Kulturkampfes zwischen Staat und katholischer Kirche gar nicht so selbstverständlich. Außerdem hatte sie für die Missionierung der Heiden, die ja das oberste Ziel aller Missionare war, wenig übrig. Während Frieda das Kuvert verschloss, rief sie nach Sophie, die sich gerade für einen Spaziergang fertigmachte.

Ach, würdest du, liebe Sophie, diesen Brief auf die Post tragen, wenn du gerade nach draußen gehst?

Ja, selbstverständlich, Frieda. Gerne. Du kommst ja kaum noch zum Aufatmen bei all deiner Arbeit. Machen sie dir das Leben schwer?

Ach, das gehört wohl dazu. Nur will ich mit diesen Pastoren nichts mehr zu tun haben. Je schneller ich sie los bin, desto besser, brach es aus Frieda hervor.

Ich dachte, ihr arbeitet zusammen.

Das haben wir auch getan, vor allem, weil Martha es so wollte. Ich wusste schon immer, dass sie uns nur als aufopferungsbereite arme Eselinnen unter ihrer Oberherrschaft dulden würden.

Wie meinst du das?

Genau so, wie ich es sage. Denk doch nur an die Herrnhuter, wärst du noch gerne dort?

Nein, obwohl es eigentlich eine schöne Zeit war.

Für dich vielleicht, Sophie. Aber erinnere dich doch an die Frauen dort, eingeschüchterte Geschöpfe, die aus ihrem eigenen Wollen heraus niemals zu einer Aufgabe gefunden hätten, Frauen ohne eigenständiges Denken und Handeln.

Wenn du es so sagst, Frieda, wird es wohl stimmen. Ich habe es nicht so wahrgenommen.

Ich will einen von der Mission unabhängigen Frauenbund, nur so können wir unseren Dienst an der Nation wirklich erfüllen.

Und Martha?

Sie wird es schon einsehen, es geht ja schließlich auch um ihr Fortkommen.

Martha und Eva Pfeil waren wie die Bülow-Mädchen verarmte Adelsdamen, die dazu angehalten waren, für ihren Lebensunterhalt möglichst selbst zu sorgen.

Frieda war müde. Als Sophie gegangen war, streckte sie sich auf ihrer Chaiselongue aus und schloss die Augen. Sie träumte von Afrika, von ihrer Ankunft im Land der Verheißung, wo Milch und Honig flossen, wo gesunde schwarze Frauen Bananen und andere Früchte in Hülle und Fülle reichten, wo ein sanfter Sommerwind wohltemperierte Temperaturen schuf und weißgekleidete Europäerinnen unter Palmen promenierten. Sie wirkten anders als die Frauen in Deutschland, selbstbewusster, befreiter, auf sich selbst gestellt. Sie schienen fröhlich, leicht, als hätten sie Fesseln abgestreift, wären hier an der Sonne sie selbst geworden.

Wenn Sie nun, wie es scheint, meinen, mit dem Schlagwort »deutschnational« ähnliche Erfolge erreichen zu können, in demselben Geduld und Kraft zur Überwindung auch von schwerstem Leid zu finden, so bin ich Ihnen deshalb nicht böse. Es ist ja schließlich Ihre Sache, wenn Sie es erleben müssen, dass es auf diese Weise nicht geht. Auch bin ich sicher, dass unser Gott Sie, wenn Sie es wirklich ehrlich meinen, dem Nächsten zum Heil und nicht zum eigenen Ruhme ein die Missionsarbeit nachahmendes Werk versuchen, Sie immer mehr zu der Erkenntnis führen wird, wie allein in demüthigem Glauben an unseren Herrn Jesum Heil für unser liebes deutsches Volk wie für alle Völker zu finden ist. Nicht anders hatte sich Frieda die Antwort von Büttner erwartet. Wer sich nicht der Hierarchie der Kirche und ihrer Begründung von kolonialem Engagement – *Heil für unser liebes deutsches Volk wie für alle Völker* – beugt, soll scheitern, dachte sie nun doch ein wenig bitter. Dabei wollte sie ja nichts anderes, als dem deutschen Volk dienen – allerdings ohne dabei Schäfchen für Christus zu sammeln.

Friedas Mutter Clotilde sah dem Treiben ihrer Tochter mit Wohlwollen zu, schließlich waren die Herrnhuter eine der ältesten Missionsgesellschaften Deutschlands. Wohltätigkeitsbasare, Damenkränzchen, Stricken und Sticken für die Mission war doch erst recht auch für die Kolonie ein Akt von höchstem christlichen Pflichtbewusstsein. Dass sich der Frauenbund von der Evangelischen Missionsgesellschaft in Unfrieden abgespalten hatte, war der gläubigen Clotilde gar nicht recht bewusst, sie war viel zu sehr damit beschäftigt, ihrer Tochter zur Hand zu gehen, der sie all die Jahre der Kindheit und Jugend – wie sie nun schmerzlich feststellen musste – zu wenig

Aufmerksamkeit geschenkt hatte. Geld musste gesammelt werden, und wer konnte das besser als der Kreis adeliger Damen rund um das Bülow'sche Haus. Es wurden auch Bälle veranstaltet, der Frauenbund schmückte sich mit einflussreichen Namen und wählte den kaiserlichen Konsul, Onkel Thankmar von Münchhausen, als Aushängeschild in den Vorstand. Auch Helene Lange stand Frieda treu zu Seite. Frauenbewegung und Kolonialismus gingen von Anfang an eine Interessenverbindung ein, denn die gerade entstehenden Kolonien sollten den Frauen zur weiblichen Selbstentfaltung verhelfen.

Auch Carl Peters beobachtete die gesellschaftliche Umtriebigkeit der Damen mit wachsender Begeisterung. Der Pastorensohn aus Ilfeld hatte sich alles alleine erkämpfen müssen, auch den Eintritt in bessere Kreise. Er wusste den Wert gesellschaftlicher Anerkennung zu schätzen, und Frieda, obzwar dem verarmten Zweig der Bülow-Familie entstammend, war dennoch als Abkömmling eines der ältesten deutschen Adelsgeschlechter eine hervorragende Möglichkeit, in Kreise vorzustoßen, die der ehrgeizige Einzelgänger noch nicht für sich hatte gewinnen können.

Das Bülow-Haus in der Berliner Bülowstraße summte und brummte nur so vor sinnerfülltem Tun und gutem Willen. Fröhlichkeit war eingezogen, wo vor Kurzem noch Trauerfahnen hingen. Man bastelte und probte, tanzte und kostümierte sich, während Frieda ihren Krankenpflegekurs am Augustahospital absolvierte.

Wir haben die Presse, jubelte Frieda mitten in den Trubel hinein, der wieder einmal im Salon von Clotilde tobte. Hier seht – sie wedelte mit einem Billett –, hier ist die Zusage von Friedrich Lange. Kichernde Mädchen in Kostümen. Begeisterung, Aufregung.

Frieda, sieh dir das an. Passt mir der Hut?, rief Sophie.

Ausgezeichnet, liebe Schwester! Und kannst du auch deinen Text?

Was glaubst denn du, was ich seit Wochen tue! Sophie war im Glück, fast so etwas wie Talent ließ sich erahnen, wenn sie die provisorische Bühne betrat und begeistert ihre Rolle spielte.

Und ihr anderen? Zustimmende Mädchenaugen. Ein Wohltätigkeitstheater, zusammengedichtet von Frieda selbst.

Der Text ist uns geläufig und stellt keine Schwierigkeit dar, aber die Perücken! Hauptsache, sie sitzen, meinte Martha Pfeil lachend.

Die Türklingel ließ alle aufhorchen. Friedrich Lange von der *Täglichen Rundschau* etwa? Das wäre zu früh, die Generalprobe hatte ja noch gar nicht stattgefunden. Doch nein. Frieda horchte. Da war die wohlbekannte Stimme, leise, viel weicher als in den diversen Männerrunden. Peters blühte im lustigen Bülow-Haus sichtlich auf. Heute holte er Frieda zum Eislaufen ab, da war keine Widerrede möglich, keine Beteuerung, dass die Theaterprobe, das Krankenhaus, alles andere wichtiger sei. Er war es schließlich, für den dies alles veranstaltet wurde, Afrika war nur ein anderer Name für diese Leidenschaft.

Frieda entschwebte, glücklich und stolz, den galant ihr dargebotenen Arm ergreifend. Auf dem Eis war sie seit dem Winter mit Grete nicht mehr gewesen. Es war frühlingshaft warm.

Ein Licht wie in Afrika, sagte Peters begeistert.

Die Vorfreude auf das neuerliche Sprießen der Bäume, das Aufblühen der Blumen, die zurückkehrenden Zugvögel stimmte Frieda euphorisch. Mit Peters über das Eis zu tanzen, schnell, beinahe schwerelos, war berauschender, als sie es sich in ihren kühnsten Träumen ausgemalt hatte. Der Sog dieses Mannes hatte die Kraft, sie von den dunklen Seiten ihres Lebens wegzuführen, sie einem besseren Sein zurückzugeben, ohne trübe Gedanken, ohne die großen Schmerzen nach dem Verlust von Grete. Die Wunde in Friedas Seele begann sich zu schließen, und sie ahnte, dass Afrika, dieser dunkle, aufregende Kontinent, von dem alle plötzlich schwärmten, als wäre er das verlorene Paradies der Schöpfungsgeschichte, dass dieses Afrika seinen Anteil an ihrer Heilung haben würde. So wie hier auf dem Eis wollte sie an Peters' Seite bleiben, von seinem Tempo angesteckt, hingerissen von seinem Charme, dessen kühle Berechnung sie nicht wahrnahm. Sie war ausgehungert nach Liebe und deshalb mit dem Geringsten zufrieden. Die gemeinsame Aufgabe zur Ehre der deutschen Nation, die Sehnsucht nach Großem, überdeckte jeden Zweifel.

Carl Peters indes war nicht der Mann, der Liebe schenken konnte. Er konnte höchstens die masochistische Sucht danach am Leben erhalten, die ungestillte Sehnsucht eines zu sehr liebenden Frauenherzens. Und wer war dafür geeigneter als Frieda, die Verluste und Liebesentzug besser kannte als andere, vom Schicksal verwöhntere junge Frauen.

Peters seufzte tief. England. Seine Stirn umwölkte sich, und er blickte an ihr vorbei zu schrecklichen Erinnerungsbildern. Sie kennen es selbst, fügte er, seine Aufmerksamkeit wieder ihr zuwendend, hinzu.

Ja, Margarethe und ich besuchten dort nacheinander je ein halbes Jahr die Schule.

Ich hatte einen sehr geliebten Onkel in London, Karl Engel hieß er. Er war Musiker und ein feiner Mann. Sein plötzlicher Tod hat mich tiefer getroffen als alles andere auf dieser Welt.

Oh, das tut mir leid. War er krank?

Nein ... Peters schien mit den Worten zu ringen. Nein, es war Selbstmord.

Wie schrecklich, ein noch größerer Verlust, nicht wahr?

Sie sagen es, liebe Baronin. Ein ungewollter, schrecklicher Verlust, den ich nicht zu verhindern wusste.

Wieder sprachen sie über Liebe und Tod. Peters versank in Gedanken. Hätte er Violet, des Onkels späte Liebe, nicht verführt, das Schreckliche wäre nicht passiert. Doch er hatte das naive, scheue, dem behutsamen Gentleman so ergebene Ding einfach haben müssen, er konnte nicht anders. Unschuld stachelte ihn an, von jeher, sie ließ ihn ekstatisch werden. Wie elektrisiert war er, hin- und hergerissen zwischen der Liebe zum Onkel und seinen eigenen starken Trieben. Und dann nahm dieser sich vor Gram das Leben.

Frieda strahlte zu viel Stärke aus. Hier in Berlin, mitten in ihrem Milieu, war Peters nie in Gefahr, sich zu vergessen, hier herrschte eine fast kameradschaftliche Freundschaft zwischen ihnen. Wie gut mir das tut, dachte er dankbar, er, der die loyalen Freundschaften in seinem Leben an einer Hand abzählen konnte. Liebevoll fasste er sie um die Hüften.

Jetzt fahren wir aber noch ein wenig, schnell und sportlich, befahl er freundlich.

Sie fügte sich in den sanften Druck seines vorwärtsstrebenden Körpers. Sie freilich hegte ganz andere Gefühle als bloß kameradschaftliche Freundschaft für ihn. Ihre Brust hob und senkte sich jubelnd vor Glück, vor Hingabe, gänzlich aufgehend in seinem Atem, seinem Sein.

Die Monate in London habe ich genutzt, um alles über den britischen Kolonialismus zu lernen. Karl Engels Erbschaft ermöglichte mir eine derart unproduktive Zeit der Selbstfindung.

England soll unser Vorbild sein?

Nun ja, die Briten haben große und langjährige Erfahrungen mit Kolonialbesitz. Denken Sie nur an Cecil Rhodes, er hat aus eigener Kraft ein Diamantenunternehmen aufgebaut und sich dann der Politik zugewandt. Rhodes ist ein Vorbild an unerschütterlichem Mut und Einsatz bis zur Selbstaufopferung.

Frieda hörte gespannt zu. Was für eine abenteuerliche Welt das doch war, voller Einzelkämpfer, die aus gesteigertem Willen Übermenschliches zuwege brachten.

Dann erzählte Peters Frieda, wie er versucht hatte, den Ärmelkanal zu durchschwimmen und dabei fast ums Leben gekommen war. Seine Rettung wertete er als höheres Zeichen für seinen Einsatz um Deutschland.

Vor dem Tod fürchte ich mich nicht mehr.

Und vor dem Leben?

Nicht wenn Sie, liebe Frieda, an meiner Seite bleiben.

Afrika. Noch immer weckt der Kontinent Sehnsüchte bei den Europäern, da können noch so viele Horrormeldungen über Hungersnöte, Kriege, korrupte Eliten und schockierende Aidszahlen die heimischen Blätter beherrschen. Eine Reise nach Afrika ist wie eine Reise ins Paradies, und wer einmal dort war, so heißt es, kehrt immer wieder zurück. Auch ich habe früh mein Herz dort verloren, und ein ganz bestimmtes, aufgeregtes Gefühl, eine unsinnige Sehnsucht packt mich bei jedem Film, jedem Fotoband, jeder Nachricht über den Kontinent. Eine unverhohlene Eifersucht überfällt mich, wenn einer meiner Freunde eine Reise nach Afrika plant. Als Kind bin ich das erste Mal durch den Busch gefahren, in der Nähe des schneebedeckten Mount Kenia. Als ich wieder im Flugzeug zurück nach Europa saß, den heißen, trockenen, unendlich weiten Kontinent unter mir, hatte ich das seltsame Gefühl, von zu Hause fortzufliegen. Ich blickte auf den weißen und den blauen Nil unter mir, entdeckte die Oase von Khartoum, die Katarakte von Assuan. Die Luft war so klar, dass ich selbst die Sanddünen verfolgen konnte, die wie eine überdimensionale Wäschemangel, goldgelb bis beige, dalagen, ein Kontinent aus Sand, Hitze und unerschütterlicher Ruhe. Dann kam Alexandria in mein Blickfeld und die Mittelmeerküste, im Hintergrund schimmerten schon die weiß verschneiten Berggipfel Griechenlands. Ich bekam Tränen in die Augen, so widerstrebte es mir, den afrikanischen Kontinent hinter mir zu lassen. Eigenartig, *Out of Africa* und andere einschlägige Romanzen hatte ich damals noch nicht gesehen, über Exotismus und Kolonialfantasien noch nicht nachgedacht. Was berührte mich also nur so nachhaltig und stark? Vielleicht würde ich erst eine Antwort finden, wenn ich zurückkehrte nach Afrika, zurück zu Mutter Erde, zu den Anfängen der Menschheitsgeschichte, zum archaischen, einfachen Leben der Nomaden, hinein in die lebendigen, farbenprächtigen Märkte, die chaotischen Städte – und zur Geschichte der Weißen in Afrika, der Deutschen in Deutsch-Ostafrika.

Dritter Teil

Afrika

Mehr als Zuschauer aus der
Fremde kann man nie werden.
Cees Nooteboom

1

Zanzibar, den 16. Juni 1887. Gestern abend näherte sich unsere Mecca, nachdem sie am Morgen fünf Stunden auf einer Sandbank im Kanal von Pemba festgelegen, endlich der Stadt Zanzibar.

Stundenlang, ehe diese noch sichtbar, standen wir am Rande des Schiffes und sahen durch dieFerngläser nach dem bläulichen Küstenstreifen der Insel. Bald konnten wir Waldungen erkennen und die auf einem Landvorsprung errichtete Signalstange, deren Flagge dem Wächter auf dem Sultansturm unser Nahen frühzeitig ankündigte. Als es dunkelte, leuchtete vor uns das große electrische Licht auf, mit dem der Sultan in mondlosen Nächten seine Umgebung erhellt.

Der Fahrtwind blättert in den Seiten von Friedas Tagebuch, die Sonne sticht. Ich hole eine *kanga*, das typische ostafrikanische Baumwolltuch, aus meinem Rucksack und lege sie um die nackten Arme und Knie. Afrika, Tansania, auf den Spuren von Frieda. Ich blinzle in die Sonne, genieße die Hitze und lasse meine Augen im Dunkelblau des Indischen Ozeans ausruhen, während sich die Fähre der Insel Sansibar nähert.

Deutschland erstickt im Schnee. Das Flugzeug musste vorgestern enteist werden, das Eis in meinen Knochen wird erst unter der Äquatorsonne schmelzen. Doch genauso schnell wie die Hitze wird später wieder die Kälte von mir Besitz ergreifen. An Temperaturen erinnert man sich nicht. Die Ankunft am Flughafen von Daressalam war wie ein abrupter Cut zwischen zwei Filmszenen. Palmen und die Wellblechdächer einer ausgedehnten Drittweltmetropole unter den Rädern des Airbus', feuchte Hitze, kaum dass sich die Türen des Flugzeugs öffneten, tropische Gerüche und das fröhliche Chaos am Visumschalter. Kinder auf Gepäckbündeln, mit schwarzen Knopfaugen und Gummisandalen. Mitten in der Visumschlange entledigte ich mich meiner Wollsocken und Turnschuhe und schlüpfte in Lederflipflops aus Sansibar.

Überall ein Lachen, *habari ya watoto, ya mama, ya babu, ya mifugo na ya shamba?* Wie geht es den Kindern, deiner Mutter, dem Großvater, den Rindern und den Feldern? Begrüßungsformeln haben in Afrika ihre ganz eigenen Rituale. *Hewa safi hapa.* Alles ist gut, wir haben gute Stimmung und frische Luft. So ungefähr könnte man die Suaheli-Antwort übersetzen. *Do you need a taxi? Need a hotel? Whatever you need, come with me …* Englisch im sanften Tonfall der Suaheli-Küstensprache. Augen, ja ganze Körper, die sprechen, wahrnehmen, mich freundlich und mit großer Kennerschaft taxieren. In Afrika bist du nie allein.

Ich habe alles zurückgelassen, nur einen Rucksack mit dem Allernötigsten, Notizblöcke, Stifte, Kamera und Handy. Ganz leicht sollte mir der Übergang zwischen den Welten sein und wird doch eine Reise an die Grenze der eigenen Wahrnehmungsfähigkeit. Friedas Tagebücher, diverse Briefe, alte Stadtpläne, relevante Seiten aus dem Deutschen Koloniallexikon habe ich kopiert, verkleinert, in eine einigermaßen handliche Form gebracht, schließlich werde ich sie und ihre Zeit mit mir durch das heiße Land tragen, das soll nicht schwerer sein als nötig.

Sansibar – Frieda verwendete die englische Schreibweise Zanzibar –, Friedas Zanzibar also war der Inbegriff aller exotischen Fantasien der damaligen Zeit. Ein entrücktes Inselparadies, wo Gewürze, Elfenbein, arabische Prinzessinnen und schwarze Sklaven zu einer aufreizenden Mischung verschmolzen. Ein Land wie aus *Tausendundeiner Nacht*, aber auch eine aufstrebende, pulsierende Wirtschafts- und Handelsmetropole, Knotenpunkt internationaler Politik, kolonialer Interessen und Palastintrigen, das Tor zum schwarzen Kontinent. Sansibar damals war vielleicht so wie Dubai heute. Reich, politisch und wirtschaftlich bedeutend, auf einem guten Weg in die Zukunft. Und das »electrische« Licht am Sultanspalast, ein extravaganter, Fortschritt und Technik huldigender Luxus war ein Zeichen für das Interesse des Sultans Barghash den Europäern gegenüber.

Friedas Reise war eine für heutige Verhältnisse schwer nachvollziehbare Erfahrung des Fremden, ein Aufbruch ins Ungewisse, eine Kapitulation der Gleichgewichtsorgane vor dem aufgewühlten Meer. Sie fuhr zuerst mit der Bahn nach Venedig, dann mit einem Dampfer der *Peninsular and Oriental Steam Navigation Company* nach Alexandria, und anschließend zwölf Stunden mit dem Schnellzug durch die Wüste nach Sues. Mit der *Malva* ging es tags darauf durchs Rote Meer, das sich durch eine Hitze auszeichnet, *die nur noch von den Temperaturen des persischen Meerbusens übertroffen wird.* In Aden schließlich trennten sich die Reisenden nach Bombay von denen, die nach Ostafrika fahren wollten. Frieda, der italienische Konsul in Sansibar, Cavaliere Vincencio Filonardi, und einige Missionare sowie sieben algerische Mönche in langen weißen Gewändern bestiegen einen weiteren Dampfer, die *Mecca*, die sie durch die vom Südwestmonsun aufgepeitschte See – *der Kapitän meinte, wir seien in die letzte Wellenbewegung eines Cyclon gekommen* – nach Lamu, Mombasa und Sansibar brachte.

Man fuhr in ausreichend angenehmer Begleitung, wenn auch mit einer großen Ladung getrocknetem Haifisch an Bord.

Sie leiden, Baronin?

Ja, unter dem Gestank. Unerträglich.

Papa, die Lieblingsspeise der Neger, Inder und Araber, sagte der Missionar. Sie sollten sich daran gewöhnen. Die Gerüche der Tropen, Sie werden noch Ihr blaues Wunder erleben.

Ich habe im Orient gelebt, lieber Pastor Greiner, in Smyrna in der Türkei, antwortete Frieda.

Und jetzt werden Sie eine Krankenstation in Sansibar eröffnen.

Ja, der Frauenbund für die Krankenpflege in den Kol…

Ich weiß, ich weiß, unterbrach sie Greiner. Er dachte an die Zerwürfnisse zwischen seiner Organisation, der Evangelischen Missionsgesellschaft, und dem Frauenbund, an die hitzigen Debatten, die gegenseitigen Beleidigungen und den nur notdürftig gekitteten Bruch. Auch die Evangelische Missionsgesellschaft wollte eine Krankenstation gründen, Schwester Marie Rentsch rüstete bereits zum Aufbruch nach Ostafrika, ein Kopf-an-Kopf-Rennen zwischen den beiden Frauen schien unvermeidlich.

Der Frauenbund – hier runzelte der Pastor seine Stirn – steht natürlich ganz unter dem Schutz der Mission, liebe Frau Baronin. Sie können mit meiner Hilfe rechnen.

Dann nahm der Missionar seinen weißen Sonnenhut und empfahl sich. Er lebe schon zu lange in den Tropen, um den Mund halten zu können, wenn er Neulinge vor sich habe. Sie solle aufpassen, dass sie sich keinen Sonnenstich hole. Leider müsse er jetzt an den Missionsinspektor in Berlin ein paar Zeilen schreiben.

Endlich, dachte Frieda. Sie streckte sich in ihrem Liegestuhl aus und genoss die Sonne, die Wärme. Endlich war die See ruhig und ihre Seekrankheit verschwunden. Bald würden sie die Küste von Sansibar erreicht haben. Anfänglich hatte sie Greiner gut leiden können, der Missionar hatte ihr von seiner Arbeit in Äthiopien erzählt, von den Krankheiten dort und der Rolle der Mission beim Aufbau von Schulen und Krankenstationen. Doch er hatte etwas Penetrantes, Lehrerhaftes. Er war jemand, der seine Überlegenheit genoss, jemand, dessen Güte durch Selbstgefälligkeit vergiftet war und der sie wie so viele Menschen seines Schlages an ihre Zeit bei den Herrnhutern erinnerte. Sie hatte zwar nur einen Schnellkurs zur Krankenschwester absolviert und tatsächlich noch nie in den Tropen gelebt, aber hatte sie eine so vollmundige Arroganz verdient?

Verehrter, lieber Büttner, begann Greiner seinen täglichen Bericht nach Berlin. Er schilderte Strapazen und Annehmlichkeiten der Überfahrt und seine Gedanken zu den wesentlichen Fragen der Eucharistie.

Mit uns reist auch das Fräulein von Bülow, fuhr er fort. *Der Frauenbund hat also Nägel mit Köpfen gemacht. Von Krankenpflege scheint die Baronin rein gar nichts zu verstehen. Man wird ihr unter die Arme greifen müssen ...*

Greiner legte die Feder zur Seite. Ja, er hatte Erfahrung. Zwanzig Jahre Äthiopien, Aufbau von Schulen, Krankenhäusern. Für ihn war das alles Routine.

Gestern morgen, lese ich in Friedas Tagebuchnotizen, *beeilte ich mich an Deck zu kommen, da um unser Schiff her, in starkem Gegensatz zu der gewohnten Stille auf hoher See, ein gewaltiges Lärmen und Treiben herrschte. Wir waren beim ersten Morgengrauen in den Hafen eingelaufen und befanden uns zwischen einer Menge großer Schiffe, Daus und Boote, ziemlich dicht an der Landungstreppe. Stadt und Hafen glitzerten in einer Flut hellen Sonnenlichts. [...] Ich stand in unbehaglicher Empfindung des Alleinseins am Schiffsrand und sah hinunter auf die sich andrängenden Boote mit ihren lärmenden schwarzen, braunen und gelben Insassen, als auf einmal eine mir wohlbekannte Stimme »guten Morgen, Baronin!« heraufrief.*

Peters war nicht selbst am Pier erschienen, er hatte zwei Mitstreiter der Deutsch-Ostafrikanischen Gesellschaft geschickt, Freiherrn von Gravenreuth, mit dem Frieda in Berlin *Extratouren* getanzt hatte, sowie Baron von St. Paul. War Frieda enttäuscht? Schluckte sie? Sie war doch seinetwegen gekommen. Oder doch wegen der Sache? Um als Botschafterin des

Deutschtums zu wirken, wie es die Satzungen des von ihr gegründeten Vereins festlegten? Oder doch eigentlich nur, um zu vergessen, um Margarethe zu vergessen, die Frieda durch die Überdosis an Neuem, Fremdem, Aufregendem – endlich, endlich – in Ruhe ließ. Später einmal sollte Frieda ihrer besten Freundin Lou gegenüber von einer gelungenen Betäubung sprechen.

Und ich? Suche auch ich Heilung im Medium Afrika? Ob ich will oder nicht, die Ankunft in Sansibar hat das Potenzial dazu, mich wenigstens eine Zeitlang von mir selbst zu erlösen. Dieses Licht, diese Fröhlichkeit – es ist, als würde alles tanzen, die die Fähre verlassenden Menschen, die Wasserfront der Stadt, die weißen Paläste, die im Wind zitternden Flamboyant-Bäume mit ihren roten Blüten.

Ich lasse mich vom Menschengewühl ans Land spülen, bis ich Saad sehe, ein aus der fremden Menge herausstechendes dunkelschwarzes Gesicht. Fremdheit und Vertrautheit, ich spiele mit beiden Gefühlen, während er auf mich zukommt, mich sein herzliches *welcome and please feel at home* gefangen nimmt. Noch bevor ich die Insel betreten habe, habe ich einen Freund in Sansibar. Frieda schrieb, nachdem sie Gravenreuth erspäht hatte, erleichtert: *Es ist wahr, dass man sich sofort zu Hause fühlt, wo man Gesinnungsgenossen und Freunde findet.* Doch woher sollte sie zu diesem Zeitpunkt schon Einheimische kennen? Im Vergleich zu ihr ist meine Welt zusammengeschrumpft, bis in den letzten Winkel der Erde ausgeleuchtet, abgebildet und von Kontakten im Internet überzogen.

Saad ist ein ehemaliger Kapitän zur See, ein eleganter Herr mit internationalem Flair, jemand, der in den Cafés von Paris und den Londoner Pubs mehr zu Hause ist als jetzt, nach seinem frühen Ausscheiden, in seiner alten Heimatstadt. Sein Bruder Shafi Adam Shafi ist ein berühmter tansanischer Schriftsteller – und natürlich findet man ihn im Internet.

Look, this building used to be the Hôtel d'Afrique Central, sagt Saad und weist auf einen alten Steinpalast an der Uferpromenade.

Der weiße heruntergekommene Bau?

Ja, einer der ältesten Paläste der Stadt. Wenn ich könnte, würde ich ihn kaufen. So wie die reichen Engländer und Araber. Weißt du, sie lieben Stone Town.

Ach ja?, sage ich.

Dann erzählt er mir, dass seine Familie vor hundert Jahren von den Komoren eingewandert sei.

Dann bist du ja ein richtiges »Kind des Monsuns«?

Saad lacht, er weiß, worauf ich hinauswill. Man nennt die Inselbevölkerung »Kinder des Monsuns«, weil sie von allen Küsten des Indischen Ozeans stammt. Der heiße Wind brachte seit Jahrhunderten Seefahrer und Händler aus Arabien, dem Persischen Golf und Indien Richtung Süden und wieder nach Hause zurück, je nachdem, von wo er blies. Die, die kamen, vermischten sich mit der lokalen Bevölkerung und den Einwanderern aus dem afrikanischen Hinterland, und so entstand die einzigartige Suaheli-Kultur, deren Zauber zu Friedas Zeiten genauso ihre Wirkung entfaltete wie heute.

Frieda ist in diesem *Hôtel d'Afrique Central* abgestiegen, bemerke ich, und meine Gedanken rutschen auf der Zeitachse wieder 120 Jahre zurück. Als Frieda in die Stadt kam, stand der *Beit al-Sahel,* der Palast am Meer noch, den die Engländer zehn Jahre später im 48-Stunden-Krieg in Schutt und Asche schossen. Es gab keine Autos, keine Restaurants und Bars, keine Souvenirläden mit all ihren vereinfachten Versionen ostafrikanischer Kultur. Die Jugend der Stadt trug damals auch noch keine Jeans, T-Shirts und Sneakers, es gab keine Rastajungs, die mit Ghettoblastern zu Sansibar-Pop durch die Straßen tanzten. Aber es gab die arabischen Steinhäuser mit ihren kunstvoll geschnitzten Holztüren, die den sozialen Status ihres Besitzers anzeigten, es gab das bunte Völkergemisch mit seinen unterschiedlichen Lebensgewohnheiten, es gab die indischen Krämerläden und die palmengedeckten Lehmhütten der armen schwarzen Bevölkerung im afrikanischen Stadtteil, bis heute geprägt vom Bild der kleinen Dörfer im Landesinneren.

Erst einen Tag nach Friedas Ankunft war Peters erschienen. Er holte sie im Hotel ab, wie sie in ihrem Tagebuch vermerkte.

Schnell, schnell, höre ich ihn zu Frieda sagen. Eine Einladung ins neue Usagara-Haus wartet. Frieda hatte sich hübsch gemacht, das weiße, hochgeschlossene und bis zu den Knöcheln reichende Kleid, wie es alle Frauen in den Kolonien zu tragen pflegten, hatte sie durch einen extravaganten Federhut und ein paar Stücke ihres Familienschmucks aufgeputzt. Peters musterte sie anerkennend. Dann sah er an ihr vorbei, ein schneller Blick über die in der Hotelhalle anwesenden Weißen verringerte seine Nervosität nur unmerklich. Jeden Freitagabend, so erklärte er ihr, treffe sich die gesamte deutsche Kolonie zum offenen Abend im Usagara-Haus. Dann drehte er auf dem Absatz um, fast unhöflich, erst im letzten Augenblick ließ er Frieda den Vortritt. In den Straßen stand die Hitze des Tages, Schmutz, nur notdürftig weggekehrt, ließ Frieda ihr Kleid hochnehmen. Peters' Droschke brachte die beiden ins Usagara-Haus, ein altes sansibarisches Steinhaus, benannt nach den Bergen und Landstrichen, die Peters für Deutschland erobert hatte, Usagara, Nguru, Useguha und Ukami. Wie sehr hatte Frieda sich in Deutschland nach all dem gesehnt. Sie betraten die angenehm kühle, dunkle Eingangshalle, kurz legte Peters seinen Arm um Friedas Hüften, er drückte sie für einen Moment an sich.

Sie atmete auf, endlich, endlich bin ich bei ihm. Wärme stieg in ihr auf. Sein Arm! Er freut sich also doch. Die unscheinbare Geste wertete sie als geheimes Zeichen, sie war dankbar dafür wie ein Hungernder, dem man ein Stück Brot in den Schoß wirft.

Carl, ich dachte schon …

Er räusperte sich. Ich werde dich sogleich einigen Persönlichkeiten des hiesigen Lebens vorstellen. Gib acht, Sansibar ist ein Schlangennest. Hier beobachtet jeder jeden, und niemand ist dir wohlgesinnt.

Niemand?

Du wirst schon sehen. Halte dich an Gravenreuth, ein freundlicher Mann, wenig Selbstinitiative, der ideale Kamerad. Oder an St. Paul, den ich dir gestern geschickt habe. Er spricht *kisuaheli* und betätigt sich wissenschaftlich. Der hat wenig Sinn für Intrigen. Hier kommt der Konsul …

Herr Dr. Peters. Meine Verehrung. Und das kann nur das Fräulein von Bülow sein. Seien Sie herzlich willkommen in Sansibar. Eine Bereicherung für unsere Kolonie.

Herr Konsul, auf zwei Worte unter vier Augen?

Was gibt es, mein Bester? Der Bericht der Küstenkommission?

Das ist eine schlimme Sache, eine wahre Schmierenkomödie, lieber Konsul! Wir Deutschen brauchen die Küste, sonst wird aus dieser Kolonie nie etwas werden. Ah, da ist ja Clara Strandes. Gnädige Frau, das ist die Baronin von Bülow. Sie ist gerade angekommen und würde sich Ihnen bestimmt gerne anschließen, solange ich mit dem Konsul zu reden habe, sagte Peters knapp, und schon war er mit dem obersten Würdenträger des Deutschen Kaiserreichs in Ostafrika in eines der Nebenzimmer entschwunden.

Wir Frauen in den Kolonien müssen zusammenhalten, sagte die feingliedrige, sehr hellhäutige Dame statt einer Begrüßung zu Frieda.

Kommen Sie, ich stelle Sie einigen Leuten vor. Sie sind mit der *Mecca* angekommen?

Ja, gestern.

Mein Mann leitet das Handelshaus Hansing. Ah, da ist er ja schon. Justus …

Clara! Ein hochgewachsener schlanker Mann mit Kinnbart war zu den beiden getreten.

Eine Neuerwerbung? Justus Strandes war stets darum bemüht, seiner Clara Möglichkeiten der Zerstreuung zu bieten, machte doch das gesellschaftlich beschränkte Leben in der Kolonie die Frauen ansonsten unnötig melancholisch.

Das ist das Fräulein von Bülow.

Abgesandte des Deutschen Frauenbunds für die Krankenpflege in den Kolonien, fügte Frieda ein wenig stolz hinzu.

Habe schon vieles von Ihnen gehört. Strandes forschte in Friedas Gesicht. Er wusste, dass sie die geheime Liebe von Carl Peters war. Dass die Baronin nicht nur wegen des geplanten Krankenhauses, sondern auch wegen des selbst ernannten Gründers der Kolonie nach Sansibar gekommen war, war schließlich Stadtgespräch. Über den Frauenbund lächelte man ein wenig und hielt ihn für eine fadenscheinige Tarnung. Liebesverhältnisse waren die Würze im Leben der kleinen Europäergemeinde, jeder hielt nach günstigen Gelegenheiten Ausschau, und die Männer pflegten mehr oder weniger offen Verhältnisse mit schwarzen Konkubinen. Schließlich waren die Sittenwächter weit weg, und das Tropenklima, so die gängige Erklärung, brachte die ursprüngliche Natur des Menschen zum Vorschein.

Strandes freilich beteiligte sich an derlei Rochaden nicht. Die Kaufleute sind die einzig vernünftigen Menschen in der Kolonie, pflegte er zu sagen. Er und O'Swald hatten einfach zu viel zu tun, um auf dumme Gedanken zu kommen. Strandes war 1879 das erste Mal – damals noch blutjung – nach Sansibar gekommen, hatte das Handelshaus seit Anfang der 1880er Jahre zu einem veritablen Konkurrenzunternehmen des alteingesessenen Comptoirs O'Swald & Co gemacht und sich die Freundschaft des Sultans erworben. Von den Konquistadoren à la Peters und den mit ihnen ins Land gekommenen Vorkämpfern der kolonialen Sache hielt er wenig. Meistens hatten es diese

Leute zu Hause zu nichts gebracht, zweite Söhne, in Ungnade gefallene Offiziere, abgehalfterte Beamte, verarmte Adelige und noch schlimmere Kreaturen, die mit ihren Abenteuern den Handel störten.

Ist … – Strandes platzierte jedes Wort sorgsam, um nicht zu sagen spitz – … ist Dr. Peters mit Ihnen gekommen?

Ja, er hat eine Unterredung mit dem Konsul.

Sooo …? Strandes zog das Wort forschend in die Länge. In Gedanken fragte er sich, was Peters wohl wieder ausheckte. Seit er, Strandes, diesem Möchtegernabenteurer und seinen beiden Gefährten, Carl Jühlke und Joachim Graf Pfeil, bei der Organisation ihrer ersten, streng geheimen Reise ins Innere geholfen hatte – ohne ihn wären sie nicht einmal bis zur Küste nach Bagamoyo, geschweige denn bis Sadani gekommen –, hatte dieser Mann nur Unruhe in das Leben der Insel gebracht. Wie man nur so unvorbereitet, unerfahren und naiv ins Innere Afrikas aufbrechen konnte! Als wär's ein Spaziergang durch den Hamburger Zoo. Und dann diese Verträge mit den Häuptlingen. Reine Betrügereien, wenn man es genau nahm. Er, Strandes, war sich nicht sicher, ob diese Vorgehensweise auf Dauer Erfolg haben würde, sein gutes Verhältnis zum Sultan hatte unter der Affäre Peters jedenfalls schon gelitten. Zwar wären die Interessen des Handelshauses in einer deutschen Kolonie gewiss besser aufgehoben, als sie es heute unter dem Schutz des Sultans und in Konkurrenz zu den englischen, amerikanischen und italienischen Handelshäusern waren, aber nur friedliche Koexistenz, davon war Strandes überzeugt, würde letztlich den Handel fördern.

Stolz wurde Moselwein gereicht, der ebenfalls gerade mit der *Mecca* angekommen war.

Das ist unser Sansibar-Kuchen, erklärte Clara ihrer neuen Freundin. Aus Bananen und Mangos. Schmeckt wirklich vorzüglich.

Was für eine seltsame Mischung aus deutscher Backkunst und den Früchten der Tropen, dachte Frieda. Wie alles hier, die Kleidung, die Gespräche, die Gedanken. Alles hat eine dünne deutsche Oberfläche und ist darunter ganz afrikanisch. Bis hier eine echte deutsche Kultur entsteht, wird es lange brauchen.

Und was trinken die Einheimischen?

Oh, die trinken *pombe*, ein scheußliches alkoholisches Gebräu, das dumm und einfältig macht.

Endlich hatte Frieda Gravenreuth und St. Paul erspäht. Clara war zwar besonders liebreizend, doch sie wollte sich nicht gleich zu Anfang in die Gesellschaft der Damen abdrängen lassen, die hier wie in Berlin nichts anderes im Sinn zu haben schienen, als ihren Gatten zu gefallen. Sie hatte einen Auftrag, sie gehörte auf die Seite derjenigen, die das Leben in der Kolonie bestimmten, also auf die Seite der Männer. Sie genoss denn auch die Unterhaltung mit Gravenreuth und St. Paul, entspannte sich, vergaß allmählich die vielsagenden Blicke, die auf ihr ruhten, und leerte noch ein bis zwei Gläser Moselwein. Vielleicht hatte Peters ja recht? So genau beobachtet wie hier war sie sich auf jeden Fall schon lange nicht mehr vorgekommen. Aber ihre Position in der Kolonie war auch tatsächlich zutiefst ungewöhnlich. Frauenbundsabgeordnete! Sie war weder Missionsschwester noch die Ehefrau von irgendjemandem. In der lauen Nachtluft stieg ihr der Wein schneller zu Kopf als in Berlin, und so nahm sie das Ende des Festes wie durch einen Schleier wahr.

In ausgelassener Runde waren sie Richtung Hotel spaziert. Frieda fühlte sich wohl, all die fremden Eindrücke, die neuen Menschen, die spannende Aufgabe in einer aufregenden Zeit. Sie verabschiedete sich, jetzt wollte sie nur noch in ihr Bett. Ich bin doch ein Glückskind, sagte sie zu sich selbst und schlüpfte mit dem Gefühl, dass sich ihre Reise jetzt schon gelohnt habe, aus den dünnen Kleidern. Der Wind, der vom Meer in ihr Zimmer drang, trocknete den Schweiß auf ihrer Haut.

Sie bemerkte die Tür gar nicht, das leise Klicken, die Schritte. Erst der Kuss auf die Schulter erschreckte sie. Sie wollte schreien, doch er hielt ihr sanft den Mund zu, er drehte sie zu sich und schaute sie an, so zärtlich wie er konnte.

Carl …

Endlich, Frieda, endlich bist du hier. Ich konnte es kaum erwarten.

Wirklich, Carl? Ich …, fragte Frieda, durch sein plötzliches Auftreten in ihrem Schlafzimmer verunsichert.

Du musst verstehen … Afrika … Peters schien atemlos, seine Augen hatten einen Glanz, den Frieda noch nicht an ihnen wahrgenommen hatte. Sie blickte in diese Augen und versank in ihnen, sie glaubte sein Herz zu spüren und die Verbindung, die sie zueinander hatten.

Komm, raunte er, komm mit mir. Er führte sie zu ihrem Bett. Dort küsste er sie so heiß und gewaltsam, dass sie es mit der Angst zu tun bekam.

Carl, ich bekomme ja keine Luft. Was tust du, was willst du, was …

Nicht …, es tut nicht weh. Du bist ganz in meiner Hand. Verlasse dich auf mich. Jetzt ist der richtige Zeitpunkt, versuchte er sie zu beruhigen und erschreckte sie nur noch mehr. Das war nicht die Stimme, die sie liebte.

Aber? Die Worte blieben ihr im Hals stecken, ihr Herz schlug zum Zerspringen, ihr wurde heiß und eine unbestimmte Angst kletterte ihre Beine hinauf. Sie versuchte ihn anzublicken, aber er schien ganz weit weg zu sein.

Carl, nicht, versuchte sie es noch einmal.

Frieda, sagte er heiser, mein Herz … Wir sind nicht in Berlin, sondern in Ostafrika. Hier gelten andere Regeln.

Aber ich …

Du bist bei mir. Ich lege dir mein Afrika zu Füßen. Und damit führte er sie mit sich, strich das Moskitonetz zur Seite und drückte sie in die Kissen.

Sie konnte nichts mehr sagen, ihre Gedanken rasten, ihr Körper bebte. Sie liebte ihn doch. Warum nahm er sich dann etwas, was sie ihm vielleicht sogar freiwillig gegeben hätte? Haut auf Haut in der Hitze, sein Atem, sein Körper, alles verschwamm, zerfloss zu einer ganz bestimmten Empfindung, die sie fortan für Liebe halten würde.

Danach stand Peters abrupt auf, ordnete seine Kleider und ging.

Carl …

Er blickte sich in der Tür nach ihr um: Wir sehen uns morgen, meine Liebe, meine treue Gefährtin. Nun schlafe wohl.

Wohin er ging, wo er sein Haupt bettete, sie wusste es nicht. Sie wusste gar nichts. Alles war so schnell passiert. Ob sie schon das Tropenfieber hatte? dachte sie kurz, doch dann spürte sie einen kleinen Schmerz zwischen den Beinen. Sie krümmte sich zusammen und war verwundert, dass die Liebe so gewalttätig war. Warum war er wieder gegangen? Warum hatte er so wenig gesagt? Selten hatte sie sich so einsam gefühlt, mutterseelenallein. Leise weinte sie sich in den Schlaf, der nur widerstrebend kommen wollte.

So ist das also, dachte Frieda am nächsten Morgen. So ist die Liebe. Jetzt war sie also wirklich seine Geliebte. Das Wort klang schmutzig, was würde ihre Mutter dazu sagen, ihr Vater, die Großmutter. Nur Margarethe hätte sie vielleicht verstanden. Vielleicht. Sie konnte nichts essen. Sie probierte den Kaffee, einheimischer Kaffee, wohlschmeckend und kräftig. Was würde ihr das neue Leben bringen? fragte sie sich, durch Peters' rohe Art verunsichert. Doch mehr als einen bitteren Nachgeschmack erlaubte sie sich nicht. Er war schließlich nicht der einzige Grund, warum sie nach Ostafrika gekommen war. Sie wollte etwas bewirken. Sie wollte beim Aufbau der Kolonie helfen. Sie wollte Kranke pflegen, zu Deutschlands Ehre beitragen und deutschen Frauen Berufsmöglichkeiten in den Kolonien verschaffen.

Sie schlug die Postille der Ausländergemeinde auf und versuchte sich auf die Stadtneuigkeiten zu konzentrieren. Das auf Englisch erscheinende Blatt war ein Forum für Klatsch und Tratsch. Es berichtete über den Tee bei jener, der Unterhaltung bei dieser, über Ankünfte und Abfahrten, es listete die Fiebernden und die Gestorbenen auf, gab den unterschiedlichen Missionen die Möglichkeit zur Selbstdarstellung, warb für Chinin und Eno's Fruchtsalz, ein Vorbeugungsmittel gegen Gallenbeschwerden, für Moskitonetze und das beste Hausmittel gegen Hausschaben.

Gegen diese ekeligen Tiere, dachte Frieda schon wieder etwas fröhlicher, habe ich meinen Hassan. Sie nahm ein Stück Banane vom Frühstückstisch und warf es dem lärmenden Affen unter sich zu. Vincencio Filonardi hatte ihn ihr in Lamu geschenkt, als sie das erste Mal schwarzafrikanischen Boden betrat. Hassan amüsierte sie, außerdem war er wirklich ein gewissenhafter Vertilger dieser ekelhaften Tiere. Ach, wie sollte sie da weiter Trübsal blasen?

Ein kleiner Affe wühlt am Straßenrand im Abfall. Eine grauweiße Meerkatze. Sie ignoriert die Kette um ihren kleinen Fuß und beobachtet mich, als ich in ein Geschäft einbiegen will. Ihr Blick wirkt klug, so, als wüsste sie, dass sie für das karge Einkommen ihres Besitzers verantwortlich ist. Ich bleibe stehen, hole ein Geldstück aus der Tasche und werfe es in den Hut neben ihr. Dann betrete ich den Laden. Neben einer Vielzahl von Souvenirs und Kunsthandwerk gibt es auch ein großes Sortiment mit Büchern über Sansibar. Die meisten über das alte Sansibar stammen aus der Feder des Historikers Abdul Sheriff. Aus einer indischen Händlerfamilie stammend, hat er in England und Daressalam studiert, um bald zum ersten Historiker Sansibars aufzusteigen, ein typischer Intellektueller der postkolonialen englischen Welt.

In kräftigen Farben beschreibt Abdul Sheriff in einem seiner Bücher das historische Leben Sansibars. Das Sultanat feierte sich beim traditionellen Neujahrsfest als Zentrum der Suaheli-Zivilisation, ein stolzes Fest einer hochstehenden jahrhundertealten Kultur an den Ufern des Indischen Ozeans. Oft fiel das Neujahrsfest in die Zeit, wenn der Monsun von Nordosten auf Südwesten drehte und sich dadurch das ganze Leben der Insel veränderte. Mit dem Nordostmonsun kamen indische Stoffe, Silberschmiedearbeiten und Perlen aus Maskat an die Küste Afrikas, ein halbes Jahr später brachte der Südwestmonsun Elfenbein, Mangrovenholz, Kopal und Sklaven zurück nach Arabien und von dort weiter nach Europa.

Ich blättere Abdul Sheriffs Buch mit den alten Fotografien durch. Die Seeseite der Stadt, bevor der Hafen gebaut wurde. Enge Gassen, die heute noch fast genauso aussehen. Die Paläste des Sultans. Verschleierte Araberinnen und Europäer mit Tropenhelmen. Bananenplantagen. Sklaven in Ketten … Ich kaufe gleich mehrere Abdul-Sheriff-Bücher und übersiedle mit ihnen auf die Terrasse des Tembo-Hotels. *Tembo* heißt auf Suaheli Elefant, und das Hotel ist in einem der alten Kolonialhäuser der Stadt untergebracht, direkt am Strand, wo Kinder im Sand spielen und die Daus der Fischer vom Tagesfang heimkehren. Die Sonne versinkt golden im pastellfarbenen Meer, leichtes Schlagen der Wellen und der Palmen vermischt sich mit den Rufen der Fischer. Sie laden Kisten mit frischen Fischen ab, sortieren Netze und spannen Taue.

Vor ein paar Tagen habe ich Scherben von chinesischen Vasen beim Tauchen gefunden. Ob sie aus der Zeit der Ming-Dynastie stammen, also aus dem frühen 15. Jahrhundert, als es zwischen China und Afrika Handelsbeziehungen gab? Längst sind die Chinesen wieder da, sind in kürzester Zeit zum wichtigsten Handelspartner des rohstoffreichen Kontinents aufgestiegen. Überall sieht man Baustellen chinesischer Firmen, und die Zeitungen sind voll mit positiven und kritischen Äußerungen zu dieser neuen Form des Kolonialismus.

Im 18. Jahrhundert waren dann die Inder die tonangebende Gruppe in Sansibar. Abdul Sheriffs Familie wanderte aus dem indischen Gujarat ein. Doch die Inder assimilierten sich nur teilweise, sie blieben Hindus und vermischten sich nur in Ausnahmefällen mit der einheimischen Bevölkerung.

Und die Portugiesen? frage ich mich. Das alte Fort aus dem 16. Jahrhundert im Stadtzentrum ist das einzige Relikt aus der Zeit, als die portugiesischen Seefahrer Afrika umrundeten und überall ihre Stützpunkte errichteten. Gebaut für die Ewigkeit, und doch sind seine Bauherren wieder verschwunden. Über einen längeren Zeitraum geblieben sind nur die Araber. Seit dem 9. Jahrhundert beherrschten sie als Händler große Teile der ostafrikanischen Küste. Anfang des 18. Jahrhunderts entstand dann das Sultanat von Sansibar, und bis zur Kolonialzeit regierten die Omanis die ganze Küste zwischen Mogadischu und dem Cap Delgado an der heutigen Grenze zwischen Tansania und Mosambik. Die Deutschen kamen also – so wird mir durch die Lektüre wieder einmal bewusst – nicht in ein Land am anderen Ende der Welt, sie betraten keineswegs jungfräulichen, von fremden Mächten bisher verschonten Boden. Sie kamen in ein Geflecht kultureller Beziehungen, jahrhundertealter Handelstraditionen und eingespielter Machtverhältnisse. Und sie kamen als Letzte.

Wir überschritten gerade in Gesellschaft von Herrn Peters, Herrn Braun und Baron Gravenreuth den Schloßplatz, als vom Turme aus der Signalschuß gegeben wurde, der das Erscheinen des ersehnten Gestirns ankündigt. Sofort begannen die sämtlichen Kanonen zu donnern. Wieder habe ich mich Friedas Tagebuch zugewandt.

Denn auch sie erlebte bald nach ihrer Ankunft das berühmte Neujahrsfest. Der Neumond war aufgegangen. Sämtliche Truppen des Sultans paradierten durch das Stadtzentrum. Berittene Einheiten sprengten im gestreckten Galopp über das Straßenpflaster, die Reiter steckten in Uniformen wie aus einem orientalischen Märchen.

Frieda fühlte sich an die Illustrationen aus ihren Abenteuerbüchern über den Orient erinnert. Turbane aus Seide und weiße, bis übers Knie reichende Waffenröcke, von einem schärpenartigen Gurt um die Taille zusammengehalten, in dem lässig mehrere Dolche und Messer steckten. Soweit ihr Blick reichte, waren Kanonen aufgefahren. Die Schiffe des Sultans waren mit Fahnen reich geschmückt. Sansibars buntes Volk war in seinen jeweiligen Festtagsgewändern erschienen. Jetzt donnerten die Kanonen und Vorderlader der Sultanstruppen abermals ohrenbetäubend. *Einen schlimmeren Lärm habe ich in meinem Leben nur einmal gehört, als ich, per Courirzug durch den Gotthardtunnel fahrend, auf der Außengalerie des Eisenbahnwagens stand.*

In einem meiner Bücher über Sansibar finde ich ein Foto von Sayyid Barghash bin Said im Seidenkaftan und Turban, mit Dolch und Säbel. Es muss in den 1870er Jahren aufgenommen worden sein, als Barghash seinem Vorgänger Sayyid Majid auf den Thron nachfolgte. Ein ernster, abwägender Gesichtsausdruck, Augen, die Intelligenz und Misstrauen ausdrücken, eine leichte Tragik, vielleicht sogar Trauer spielt um seine Augen und Lippen. Ahnte er damals schon den Niedergang seines Sultanats oder interpretiere ich mein Wissen um die Dinge in seinen Gesichtsausdruck hinein? Unter ihm war Sansibar zur größten wirtschaftlichen Blüte aufgestiegen, Barghash hatte für sich und seine zahlreichen Frauen Paläste gebaut und sich den europäischen Errungenschaften der Technik geöffnet. So wurden das elektrische Licht und die in

Deutschland erworbenen Dampfschiffe samt deutscher Besatzung zum eigentlichen Symbol seiner Herrschaft. Die Insel unterhielt Handelsabkommen mit den wichtigsten Mächten der damaligen Welt, Deutschland war zum Handelspartner Nummer eins aufgestiegen. Der Sultan pflegte besonders freundschaftliche Beziehungen zu den Hamburger Händlern, geschickt jonglierte er mit den englischen und deutschen Interessen und Begierden und spielte sie, wo immer er konnte, gegeneinander aus.

Seitdem jedoch Carl Peters Landabtretungsverträge mit den einheimischen Häuptlingen im Landesinneren abgeschlossen und der Sultan davon erfahren hatte, war Barghash beunruhigt. Die politische Macht in Ostafrika lag noch in seinen Händen, seit über hundert Jahren regierte seine Familie, übte Einfluss auf das Landesinnere aus und bestimmte Zölle, Handel und Außenpolitik. Dass die europäischen Mächte mehr als nur Handelsverträge unter seinem Schutz anstrebten, dass sie gar seinen Interessen in die Quere kommen könnten, war ihm zu Bewusstsein gelangt, als er Carl Peters zum ersten Mal in die Augen blickte.

Wusste Frieda etwas von dieser Gemengelage, als sie mit den wichtigsten Vertretern der deutschen Kolonie unter Führung von Konsul Hans Arendt den Palast des Sultans betrat? Der Konsul, die Kaufleute und die Herren von der Deutsch-Ostafrikanischen Gesellschaft trugen Frack oder schwarzen Überrock, die Damen hatten ihre schönsten Kleider und den besten Schmuck angelegt. In der Empfangshalle des Palastes wurden Kaffee mit Kardamom und Zimtstangen gereicht, die Musiker gaukelten eine gastfreundliche Stimmung vor, der Sultan ließ sich – er war orientalische Höflichkeit in vollendeter Form – seine Sorgen und seinen Groll nicht anmerken.

Nur als Carl Peters und hinter ihm Frieda von Bülow zum offiziellen Gruß nach vorne traten, umwölkte sich seine Stirn.

Er dachte an seine vergeblichen Protestnoten an den Kaiser, an Bismarck, an den ehemaligen Konsul Rohlfs, den er für einen Freund der Araber gehalten hatte. Sein stolzer Rücken krümmte sich, als er daran dachte, wie vor einem Jahr in seinen Hoheitsgewässern deutsche Kriegsschiffe patrouillierten, die – und das war der Gipfel der Demütigung – seine verstoßene Schwester Sayyida Salme unter deutschem Schutz zurück nach Sansibar brachten. Gleichzeitig aber begann ein Plan in ihm zu reifen. Was wäre all seine orientalische Gastfreundschaft wert, wenn er sich nicht auf das Geschäft von Täuschung und Intrige verstünde? Warum sollte er die Deutschen nicht mit ihren eigenen Waffen schlagen, diese Großmäuler, die von sich glaubten, dass sie besser und schneller mit den hiesigen Gegebenheiten fertig würden als alle anderen Europäer? Wieso sollte er nicht die überschäumende Energie und die fehlende Gelassenheit dieses Carl Peters für seine eigenen Zwecke nützen?

Seien Sie mir gegrüßt, sagte er deshalb ganz außerhalb des Protokolls und in stockendem Deutsch mit einem kurzen Lächeln zu Peters und Frieda. Die paar Brocken dieser schwierigen Sprache hatte er von seinem Freund Justus Strandes gelernt. Peters blickte erstaunt auf und wollte etwas erwidern, doch der Monarch bedeutete ihm freundlich, aber bestimmt zu schweigen. Diesen Kerl und die deutsche Frau an seiner Seite werde ich nicht mehr so schnell aus den Augen lassen, schwor er sich. Ihm fehlt die Distanz zu sich selbst, und sie ist ihm verfallen. Was für eine begnadete Konstellation, um ihn – oder meinetwegen beide – zum Stolpern zu bringen.

Frieda spürte die plötzliche Spannung zwischen den beiden Männern, sie studierte das Gesicht des Orientalen, doch es war schon wieder zur Maske unverbindlicher Höflichkeit erstarrt. Also wandte sie sich mit den anderen wieder dem Ausgang zu. Dort stand ein Hofbeamter, der die Gäste mit Rosenöl besprengte.

Pass auf, sagte Peters lachend, du wirst noch tagelang danach riechen.

Wie schön, es duftet wundervoll.

Bei dir vielleicht. Uns Männern merkt man indessen tagelang an, dass wir bei Hofe gewesen sind.

In diesen Zeiten sollten wir froh sein, wenn uns der Sultan überhaupt noch empfängt, mischte sich der Konsul in das Gespräch.

Wieso denken Sie das?, wollte Frieda wissen.

Seit unsere Flagge überall im Land aufgepflanzt wird, hat sich die Freundlichkeit seiner Hoheit gegenüber uns Deutschen empfindlich abgekühlt.

Und die Affäre mit seiner Schwester? Frieda hatte die abenteuerliche Geschichte der Sayyida Salme sogleich nach ihrer Ankunft in Sansibar gehört. Die Prinzessin hatte sich in den Vorgänger von Justus Strandes, Heinrich Ruete, verliebt und war ihm – vom Sultan wegen der Beziehung zu einem Ungläubigen verstoßen – nach Deutschland gefolgt. Nachdem ihr Mann dort nach nur drei Jahren verstorben und sie mit den gemeinsamen Kindern alleine zurückgeblieben war, wollte sie in ihre Heimat zurückkehren oder doch zumindest ihr Erbe ausbezahlt bekommen, um in Deutschland ohne Sorgen leben zu können. Sie bat die deutschen Behörden um Hilfe, doch die benutzten die arabische Prinzessin bloß als willkommenes Druckmittel gegen den Sultan.

Emily Ruete?, fragte der Konsul und verwendete ihren deutschen Namen. Berlin, fuhr er fort, hat die Situation leider falsch eingeschätzt. In derartigen Angelegenheiten muss ein Orientale, wenn er sein Gesicht nicht verlieren will, streng nach den eigenen monarchischen Gesetzen handeln. Sie ist längst wieder in Deutschland. Haben Sie, verehrte Baronin, ihre Memoiren noch nicht gelesen?

Ehrlich gestanden hatte ich bisher noch keine Zeit dafür. Vielleicht leihen Sie mir das Buch?

Herzlich gerne, es wird Sie amüsieren und die Araber besser verstehen lassen. Doch zurück zu Barghash, lieber Peters. Er wirkte etwas milder als die letzten Male. Hatten Sie nicht auch den Eindruck?

Ganz entschieden. Seine Begrüßung war eine besonders freundliche Geste. Peters verschwieg seine Genugtuung darüber, dass die aus dem üblichen Rahmen fallende Freundlichkeit ihm gegolten hatte. Wir wollen sehen, fuhr er fort, ob ich ihm nicht mit einem gut geführten, taktisch klugen Schlag den Küstenvertrag abluchse, bevor er irgendetwas davon merkt. Hier gehen die Uhren doch anders, nicht wahr, mein lieber Arendt?

Unterschätzen Sie die Situation nicht, warnte der Konsul. Die politischen Fäden in Sansibar befinden sich nicht nur in Barghashs Händen. Auch ohne die Engländer können wir in Ostafrika nicht Fuß fassen. Wenn sich die Briten aber nicht an die Beschlüsse der Kongo-Konferenz halten und sich stattdessen auf die Seite des Sultans schlagen, können wir mit unseren Kolonialplänen nach Hause gehen.

Ach, die Engländer, Arendt. Ich habe lange genug unter ihnen gelebt, um sie einschätzen zu können. Wir müssen die Küste erobern. Ohne sie ist unsere Kolonie wertlos.

Aber bemühen Sie sich um ein diplomatisches Vorgehen.

Diplomatie, Herrgott, damit sind wir noch nie weit gekommen. Eines sage ich Ihnen: Ich werde diesen verdammten Küstenvertrag schon noch unter Dach und Fach bringen, mit Diplomatie oder Gewalt, je nachdem, was schneller zum Ziel führt.

Peters beschleunigte seine Schritte, er schwieg den ganzen restlichen Weg zurück zum Hotel. Was geht bloß in ihm vor? Wieso war er gleich so aufbrausend? Ganz wie Papa, dachte Frieda. Gewiss, er war ungeduldiger als alle andern, und nur Ungeduldige erreichen ihr Ziel. Aber wieso tat er so, als wäre die ganze Welt gegen ihn?

Berlin wird dir bestimmt jede Unterstützung geben, sagte sie, um ihn zu beruhigen.

Berlin, Berlin! Sie werden mir gar nichts geben, was ich mir nicht selbst nehme. In Berlin hat man doch keine Ahnung davon, wie es hier in Afrika zugeht. Berlin! Wenn ich das nur höre. Nein, Frieda, du bist noch herzlich naiv, sagte er so voll Groll, dass sie lieber nichts mehr erwiderte.

Die Sonne ist mittlerweile im Meer verschwunden, das bleiern und spiegelglatt schimmert, während über dem Hotel schon der Mond zu sehen ist. Diener bringen Windlichter, und ich ziehe eine dünne Baumwolljacke an. Langsam füllen sich die Tische auf der Terrasse mit Gästen, sie fragen nach Speisekarten und Getränken, weisen ihre lärmenden Kinder zurecht und prosten einander zu. Neben mir sitzt ein englisches Paar, kinderlos, afrikaerfahren. Daneben eine Familie, deren Kinder lieber Pommes mit Ketchup hätten als Meerbrasse à la Sansibar. Dahinter zwei Schwule in eleganten weißen Leinenanzügen, sie sehen so aus, als würden sie hier schon lange wohnen, Graham-Greene-Typen, womöglich leben sie immer nur in Hotels. Nur an einem Tisch sitzen Schwarze, ein Paar mit zwei Kindern, ansonsten ist die Gesellschaft weiß, ganz selbstverständlich, eine weiße Oberschicht im kolonialen Ambiente.

Ich schließe kurz die Augen und stelle mir die Gesellschaft Sansibars zur Zeit von Frieda vor. Die Kleider haben sich verändert, allem voran die Kopfbedeckungen. Aber sonst? Ist unsere Begegnung mit fremden Völkern heute so anders? Sind die Berührungsängste hier wie dort nicht vielfach die gleichen geblieben? Und pflegen nicht viele – die Weißen wie auch die Afrikaner – bis heute die feinen Unterschiede zwischen den Hautfarben? Friedas Romanen wurde der Vorwurf gemacht, sie seien bloß europäische Salonliteratur vor tropischem Hintergrund, Schwarze würden bei ihr nur in der Rolle der Diener, *houseboys* und Lastenträger erscheinen, seien bloß Staffage für eine weiße Geschichte. Und heute? Wie viele weiße Geschichten vor afrikanischem Hintergrund gibt es heute? Und wie viele der Weißen in Ostafrika leben wirklich mit den Schwarzen zusammen? Schon der meist höhere Lebensstandard, aber auch kulturelle Barrieren erschweren eine echte Angleichung, eine gegenseitige Wahrnehmung auf Augenhöhe.

Als sie den Fuß auf den teuer erkauften deutschen Boden setzte, durchschauerte es sie feierlich. Ihre Seele sandte ein stummes Gebet empor. Und dann fühlte sie Kraft und Freudigkeit. Leichtfüßig eilte sie den Begleitern voran, mit Entzücken hingen ihre Blicke an der vertrauten Scenerie: den dichten schattigen und massigen Mangobäumen, den haushohen, sammetglatten Bananenblättern, den palmstrohgedeckten Hütten mit der kleinen Barasa unter dem vorspringenden Dach, einem am Boden hockenden Inder, der Bethel und Kautabak feil hielt, einer schlanken jungen Negerin mit nackten Schultern, die im großen Holzmörser Hirse stampfte. Ach, und diese laue, weiche, mit allerhand Orientdüften geschwängerte Luft!

Auch die Faszination ist vielfach die gleiche, denke ich, während ich Friedas Afrika-Roman *Im Lande der Verheißung* aufschlage und diese Passage finde. Auch ich liebe diese »laue, weiche, mit allerhand Orientdüften geschwängerte Luft«, die Mangobäume, Bananenblätter, die ganze Atmosphäre Sansibars. Wer nicht? Nur über den »deutschen Boden« stolpere ich, über diese Verwechslung der Besitzverhältnisse! Und über die Sehnsucht, Deutschland auch noch irgendwo anders auf der Welt hinzuverpflanzen, als sei das eine Land mit der Last seiner Geschichte nicht schon genug.

Ein Stück Deutschland in Afrika zu schaffen, den unterentwickelten Völkern die segensreiche deutsche Kultur nahebringen, der deutschen Nation zum Durchbruch zu verhelfen, all das erscheint heute, am Ende des katastrophenreichen 20. Jahrhunderts schwer zu verstehen, damals hingegen war es naheliegend, offensichtlich, ja zwingend. Frieda litt oft unter ihren Landsleuten, die sie für weniger weltgewandt, gröber als andere Völker und während ihres Lebens in Afrika auch für immer weniger gute Kolonialisten hielt. Eine späte, noch ungeübte Nation, die sie sich so groß, stark und erfahren wünschte wie die Engländer.

Es war eine Zeit, in der die Vormachtstellung und Überlegenheit Europas einen geradezu charismatischen Sog ausübte. Eine Zeit, in der der Wettlauf um nationale Größe, imperiale Macht, Einfluss auf den Märkten der Welt noch keinen negativen Unterton besaß. Eine naive Zeit, wenn man an die Folgen denkt. Zivilisation! Was für ein hehres Wort!

»Nun danket alle Gott.« Wenige, dafür umso kräftigere Stimmen hatten in den Choral eingestimmt, begleitet vom Klang eines vorauseilenden Harmoniums. Seltsam, wie sich die Musik durch die gewitternasse Straßen vom Usagara-Haus Richtung Sultanspalast ausbreitete. Die deutsche Kirchenmusik und das Evangelium vom verlorenen Sohn, das Pastor Greiner verlas, gingen den versammelten Gläubigen zu Herzen, beides gab ihnen ein Gefühl von Heimat in der Fremde, war ein Versprechen auf zukünftige Größe und Expansion der eigenen Wesensart. Der Geistliche der kleinen Gemeinde hatte wegen der sintflutartigen Regenfälle seine Beinkleider in enganliegende Reiterstiefel aus gelbem Leder gesteckt, das wirkte ebenso provisorisch wie martialisch. Frieda fühlte sich *in eine Hussiten- oder Hugenottenandacht versetzt, als der Prediger des lauteren Wortes ritterlich gewappnet, die Bibel in der einen und das Schwert in der anderen Hand seiner Herde voranzugehen hatte.*

Nach dem Gottesdienst war Greiner mit Frau und Nichte sowie einigen Dienern für das Gepäck zum Hafen marschiert. Frieda hatte sich ihnen angeschlossen, sie wollte selbst bald nach Daressalam fahren und beobachtete deshalb voller Neugier die Abfahrt des Pastors.

Gute Reise!, wünschte sie allen.

Mit Gott, mit Gott, antwortete der Pastor. Seine Frau, eine Äthiopierin, blickte ein wenig besorgt. Das Meer war vom Südwestmonsun aufgepeitscht, der Wind blies exakt aus der Richtung, die das Boot einschlagen müsste. Die Daus waren jedoch nicht so gut zum Kreuzen gegen den Wind geeignet, sondern besser zum Segeln mit dem Wind. Und das bedeutete, dass die Überfahrt, die mit dem Monsun bloß einen Tag brauchte, gegen ihn eine unabschätzbare Zeit dauern würde.

Sich und sein Eigentum einem Suaheli-Segler anzuvertrauen, ist immer ein Wagnis, rief der Pastor Frieda zu, während er seiner Frau auf das wackelige Boot half. Seine Nichte saß schon auf der schmalen Holzbank, die rund um das Boot lief, sie diente als Ablagefläche und Sitzmöglichkeit. Hamisi, der Steuermann, und seine kleine Mannschaft schleppten Gemüse und frische Fische an Bord, wer weiß wie lange sie unterwegs sein würden.

Hamisi, wieso schleppst du all die Dinge herbei. Willst du denn etwa unterwegs kochen?, fragte Greiner.

Ndyo, bwana Greiner. Sie werden schon noch Hunger bekommen. Das Meer ist ein unberechenbares Geschöpf, tollwütig und dann wieder langsam wie die Meeresschnecken auf seinem Grund.

Da hast du recht, Hamisi, sagte der Pastor. Und wer will dem Schöpfer schon ins Handwerk greifen. Nun denn, lassen wir uns auf das Ungewisse ein.

Werden Sie auf diesem Schiff die Nacht auf hoher See zubringen?, rief Frieda entsetzt.

Ja, und nicht nur eine Nacht, vielleicht zwei oder drei. Verehrte Baronin, auch Sie werden noch erfahren, dass in Afrika die Uhren anders gehen.

Ja, ja, ich weiß, das sagt mir jeder hier, und zwar Dutzende Male am Tag.

Aber wissen und erleben sind zweierlei Dinge. Sehen Sie, wenn Sie einmal gezwungen sind, die Zeit zu verlangsamen, werden Sie ein großes Glücksgefühl verspüren, erklärte der Missionar. Doch Frieda sah nur seine jetzt schon fröstelnde Frau und das Boot ohne jeden Komfort.

Es regnet, und das Boot hat nicht einmal eine Kajüte! Frieda schüttelte den Kopf. Verlangsamung – darum, so schien ihr, ging es dem Pastor nicht. Vielmehr hatte er es eilig. Aber was hatte er in Daressalam nur so Dringendes vor? Es war doch, wie man ihr gesagt hatte, nicht mehr als ein kleines Fischernest.

Dann wünsche ich Ihnen eben eine von unserem Herrn behütete Überfahrt, Herr Pastor.

Gut gesagt, liebes Fräulein von Bülow. Vielleicht sehen wir einander in Daressalam wieder.

Wie gelassen dieser Pastor doch ist, dachte Frieda, während sie zu ihrem Hotel zurückging, das in unmittelbarer Nähe des Dau-Hafens lag. Wieder einmal musste sie sich eingestehen, wie sehr sie Greiner um seine Afrika-Erfahrung beneidete. Er bewegte sich sicher in der fremden Umgebung, und das gab ihm eine große Freiheit. Dann fiel ihr ein Gespräch ein, das Greiner in Aden an Bord der *Mecca* mit den katholischen Missionaren geführt hatte. Damals hatte sie damit wenig anzufangen gewusst, doch jetzt dämmerte ihr der Sinn dieser abgelauschten Unterredung.

Wo haben Sie Ihr Mutterhaus?, hatte Greiner von dem Oberhaupt, in schwarzem Talar und Tropenhelm, damals wissen wollen.

In Bagamoyo. Kennen Sie denn die Mutter aller Kirchen in Ostafrika nicht?, hatte der katholische Kirchenmann mit französischem Akzent ungläubig zurückgefragt.

Die Mutter aller Kirchen, hatte Greiner gemurmelt, natürlich kenne ich die. Erst jetzt fiel Frieda auf, wie eifersüchtig Greiner dabei ausgesehen hatte. Dann hatte er sich zusammengerissen und ein allgemeines Lob angebracht.

Hmmm, was Ihre Missionare in Bagamoyo leisten, ist wirklich außerordentlich.

Unsere Gemeinde wächst stetig, dank Gottes Hilfe. Jedes Jahr kommen Dutzende freigekaufte Sklaven hinzu.

Und das alles in Bagamoyo.

Ja, in Bagamoyo. Aber wir wollen noch weitere Stationen an der Küste gründen. Jetzt, wo sich die Besitzverhältnisse klären. Bedenken Sie, als wir hier angefangen haben, war von Deutschland noch weit und breit keine Spur.

Und jetzt macht unser Vaterland täglich Fortschritte bei der Landnahme. Wo wollen Sie denn die nächste Station gründen?

In Daressalam. Es gibt bereits Verhandlungen. Doktor Peters schätzt unsere Arbeit.

Das war es also. Deshalb wollte Greiner so schnell wie möglich nach Dar. Um den Wettlauf gegen die Katholiken zu gewinnen. Frieda schüttelte den Kopf. Wie richtig es doch gewesen war, dass sie sich für eine Trennung des Frauenbundes von der Evangelischen Missionsgesellschaft eingesetzt hatte. Dieses Gezanke zwischen den Konfessionen war doch ärgerlich für die junge Kolonialmacht, niemand leistete damit einen Dienst an der Sache.

Am nächsten Tag sah Frieda die kleine Dau mit dem Missionar und seiner Familie immer noch in den Küstengewässern Sansibars vor Anker liegen. Sie dachte an die beiden Frauen, wie sie fröstelnd, durchnässt und womöglich seekrank an Deck saßen und allmählich verzweifelten. Ein geschwächter Körper aber war eine Einladung für das tückische Tropenfieber. Dann erblickte Frieda eine große luxuriöse Dau, die ebenfalls Richtung Küste fuhr. Eine Flagge mit dem Kreuz der Väter vom Heiligen Geist aus Bagamoyo flatterte im Wind. Das müssen die Katholiken sein, dachte Frieda. Und siehe da, Greiners Dau lichtete, trotz der Sturmböen, die das kleine Boot umherwarfen, den

Anker und jagte dem Schiff der heiligen Konkurrenz hinterher. Ein kleines Boot auf den Wellen des Indischen Ozeans. Genau so war ihr Greiner immer vorgekommen, wie ein kleines Boot, vom Meer der Ungläubigkeit umtost. Aber sein Boot schien tüchtig, stark, es würde sich durch den Sturm kämpfen, der sich irgendwann legen musste. So war das Gesetz der Natur und des Lebens. Auf jeden Sturm folgten Sonnentage. Es bedurfte nur des Vertrauens in den Herrn.

2

Eine enge Gasse, ein mächtiges Steinhaus, ziemlich verfallen, malerisch. Die alte Holztür knarrt. Das war das Haus von Tippu Tip, erklärt mir Saad, während wir die nach außen geneigte Treppe zu den lichten, winddurchwehten Schlafräumen hinaufsteigen. Der berühmte Elfenbein- und Sklavenhändler sei der Urgroßvater seiner ersten Frau gewesen. Von oben hat man einen bezaubernden Blick über die Stadt und hinaus aufs Meer, von dem eine angenehme Brise herüberweht und mir die Hitze erträglich macht.

Tippu Tip habe zwei Schlafzimmer gehabt, und wenn der Wind drehte, konnte er von einem ins nächste ziehen. So spürte er immer den Luftzug vom Meer. Und da oben, in dem turmartigen Zimmer, wohnten seine Frauen. Schön, nicht wahr?

Ich steige drei Stufen hinauf. Es ist wirklich das schönste Zimmer des Hauses. Das durch die hölzerne Gittergalerie einfallende Sonnenlicht malt warme Muster auf den Steinboden, flirrend und glitzernd geben sie dem Raum Bewegung, entheben ihn allem Irdischen, ein Nest hoch oben über der Stadt. Heute wohnt ein Künstlerpärchen in Tippu Tips Schlafgemächern. Ihre Einrichtung wirkt provisorisch, so wie ihr Leben bloß vom Heute ins Morgen reicht. Sie zeigen ihre Kunstwerke, Sonnenuntergänge, Palmenstrände, laden uns zum Verweilen ein.

Tippu Tip hatte viele Frauen, und viele davon waren ehemalige Sklavinnen, sagt Saad. Auch die Sultane heirateten oft Sklavinnen. Ihr Europäer habt eine einseitige Vorstellung von der damaligen Zeit. Das Künstlerpaar hört andächtig zu, sie wissen nur wenig über den verflossenen Besitzer des Hauses.

Tippu Tip, fährt Saad fort, konnte von seinem Schlafzimmerfenster zum Sklavenmarkt blicken. Er behandelte die Leute nicht schlecht. Hast du die Falltür im Hausflur gesehen? Da gab es einen unterirdischen Gang zum Strand. Wenn eine Dau mit Sklaven ankam, wurden alle erst durch diesen Gang in Tippu Tips Haus geschleust, um sich auszuruhen, zu essen und zu trinken. Denn nur gesunde und zufriedene Sklaven brachten einen guten Preis. Doch dann kam das Verbot des Sklavenhandels und mit ihm der Niedergang Sansibars. Von 1857 bis 1896 hat die Insel sechzig Prozent ihrer Umsätze verloren. Die europäischen Kaufleute betrieben zwar keinen Sklavenhandel, wurden aber durch die von Sklaven hergestellten Produkte reich und mächtig. Der Besitz von Sklaven als Arbeitskräfte auf den Kokosnussplantagen, beim Abbau von Kopal und als Nelken-Erntehelfer wurde in letzter Konsequenz erst 1905 abgeschafft.

Ich höre erstaunt zu. Aus diesem Blickwinkel habe ich die Sache noch nicht bedacht.

Und heute?, fragt Saad. Ist die Abschaffung der Sklaverei nicht vielleicht bloß ein Schein? Wurde nicht einfach nur das Wort abgeschafft und durch viele andere Formen der Ausbeutung ersetzt? Statt von Händlern getrieben, verlassen die Schwarzen inzwischen aus schierer Not ihre Heimat. Heute gehen sie freiwillig, aber was heißt schon frei im globalisierten Markt, in dieser Weltgemeinschaft, in der die einen mit den anderen so wenig gemein haben wie die Hochhäuser in der Londoner City mit den Hütten der Armenviertel hier bei uns?

Frieda ging nun jeden Tag mit Bertha, der ihr zur Seite gestellten Hilfsschwester, nach Ng'ambo ins Negerviertel. Es lag auf der anderen Seite des Creeks, der die Halbinsel der Altstadt von den ärmeren Stadtteilen trennte. Dort zwischen den mit Palmenzweigen gedeckten Hütten, *mitten in Neger-Armseligkeit, indischen von Unsauberkeit strotzenden Kramläden und ara-*

bischen Schutthaufen sieht man auf einmal ein Stück Englands vor sich mit seiner blanken, in voll entfalteter Blüte stehenden Kultur. Erstaunen, Bewunderung und nationale Eifersucht erfüllten mich bei dem überraschenden Anblick.

Auch ich begebe mich in das ehemalige Negerviertel und finde dort die anglikanische Kathedrale Sansibars. Bis heute strahlt das Zentrum der ehemaligen englischen Mission Mkunazini Macht und Größe aus. Allein die schieren Ausmaße des Baus – auch die katholische Kathedrale im Stadtzentrum kann sich sehen lassen – erzählen etwas von der Geschichte der Missionen in Ostafrika, von ihrem Kampf um die Seelen der befreiten Sklaven, von der Konkurrenz der christlichen Konfessionen und von der Kultur- und Bildungsarbeit, die sie in ihrer zweihundertjährigen Geschichte auf dem Schwarzen Kontinent geleistet haben.

Jede Organisation, getragen von mildtätigen Spendern zu Hause, hatte ihr eigenes Gepräge – und ihre eigene, von den Damen der Gesellschaft genähte Schulkleidung für die Kinder. Zu Friedas Zeit trugen die Kinder der englischen Mission lange weiße Hemden und feuerrote Jäckchen. Frieda war ganz entzückt über die satten Farben auf der schwarzen Haut.

Our boys are very happy little chaps, sagte die Oberin, Miss Allen, zu Frieda. Sie ließ den Vorwurf, dass die Schwarzen unter ihrer Obhut zu eleganten Herren, zu englischen Gentlemen, nicht aber zu tüchtigen Arbeitern oder Dienern erzogen würden, abperlen, als verstünde sie den Unterschied nicht. Sie schrieb und sprach sowohl Arabisch als auch Suaheli und verkehrte freundschaftlich mit den Frauen des Sultans. Sie war so viel tiefer eingetaucht in die arabisch-afrikanische Kultur und Lebensweise als alle anderen Europäer in Sansibar – und ließ sich erst gar nicht auf Debatten über die richtige Art der Missionierung oder Kolonisierung ein.

Wir wollen aus ihnen keine Engländer, sondern Christen

machen, sagte sie, während sie Frieda durch die gepflegte, weiträumige Anlage der Station führte. Keine Engländer? Frieda überlegte einen Moment. Wollte sie wirklich aus ehemaligen Sklaven Deutsche machen? Es klang sonderbar, auch wenn das Land als deutsche Kolonie zum Deutschen Reich gehörte. Aber warum eigentlich nicht? Sie würden vom deutschen Wesen und seiner Kultur schließlich nur profitieren. Aber Christen? Das hielt Frieda für unsinnig. Der Islam war den Menschen hier viel näher, sollten sie doch glauben, woran sie wollten, wenn sie nur ordentlich zu arbeiten lernten, um den Aufbau der Kolonie mittragen zu können.

Während ich wieder ins Stadtzentrum zurückwandere, geht mir ein Gespräch mit Clemens Albrecht durch den Kopf. Lesen Sie Voltaire!, hatte mir der Soziologe aus Koblenz geraten. Diese Kolonialisten waren Voltaire-Europäer, das heißt, sie glaubten, dass das Bessere in der von Menschen gestaltbaren Zukunft liegt und nicht in der Natur. Sie besaßen noch den Grundglauben, dass es der menschlichen Gestaltungskraft überlassen bleibt, aus der Erde etwas Besonderes zu machen.

Wie recht Albrecht hat. Alle wollten damals irgendetwas aus diesem Kontinent machen. Seine Naturbelassenheit und die sogenannte Rückständigkeit forderte die zivilisationsstolzen Europäer geradezu heraus. Diese Jungfräulichkeit, die sie allerorts vorzufinden vermeinten, schien sich nach einer gestaltenden Hand zu sehnen. Statt des afrikanischen Buschs sahen sie Plantagen vor sich und statt der Menschen, die im Einklang mit der Natur lebten, kleinere Ausgaben ihrer eigenen Lebensweise.

Denken Sie an Faust!, redete Albrecht weiter. Faust blickt in die Landschaft und sieht Städte. Auf diesem Zukunftsimpuls beruhen die Entwicklung Europas, aller sozialer Fortschritt, aber auch alle Katastrophen.

This is my favourite little one, sagte Miss Shaw und zeigte auf einen zarten kleinen Jungen. Frieda und Bertha halfen nun täglich bei der Betreuung der Patienten in der Apotheke der englischen Mission.

Habari ya nyumbani, zeig mal deine Augen. Miss Shaw untersuchte den Kleinen. Sie schaute ihn aufmunternd an, bis er sie anlächelte.

Es ist schon besser, aber ein paarmal muss ich dir noch etwas in die Augen tröpfeln.

Der Junge nickte, er zeigte keinerlei Furcht. Ohne mit der Wimper zu zucken, ertrug er die schmerzhafte Behandlung. Dann verabschiedete er sich voller Ernst. *Kwaheri*, Miss. Soll ich morgen wiederkommen?

Ja, das sollst du tun.

Frieda war schon bei den anderen Patienten aufgefallen, wie tapfer, ja stoisch sie jede Art von Behandlung ertrugen. Es erstaunte sie. Haben die Schwarzen ein anderes Schmerzempfinden als wir? fragte sie sich. Oder ist es der Respekt vor der weißen Frau? Vor der Medizin des weißen Mannes?

Miss Shaw erzählte ihr, fast zu Tränen gerührt, dass ihr der kleine Junge, nachdem sie ihn zum ersten Mal behandelt hatte, eine Apfelsine geschenkt habe. Es war sein Nachtisch gewesen, doch er bat die Schwester, die Frucht der Dame zu bringen, die ihm *dawa*, Medizin für die Augen, gegeben hatte.

Es ist gewiß irrtümlich, den Negern Undankbarkeit vorzuwerfen und ich glaube keinesfalls, daß dieser Mangel eine Charaktereigenschaft ist. Wenn Europäer sich über Undankbarkeit der Schwarzen beschweren, so hat es wahrscheinlich meistens den Grund, daß die vermeintlich erteilten Wohltaten nicht als solche empfunden werden, schrieb Frieda noch ganz unter dem Eindruck ihrer ersten Begegnungen mit Afrikanern in ihr Tagebuch. Es gibt noch etliche andere Stellen, an denen sie herrschende Vorurteile zu korrigieren versuchte. Dabei dachte sie immer ans Publizieren, hatte immer einen bestimmten Leserkreis vor Augen. Immer wollte sie etwas bewirken. Mal warb sie für das koloniale Projekt, dann wieder für die Emanzipation der Frau, für ein selbstbewusstes Deutschland oder eben auch für einen realistischen Blick auf den Alltag und die Probleme in der Kolonie. Die Veröffentlichung von Friedas Reiseskizzen löste in Deutschland ein wahres Afrika-Fieber aus. Seit sie nach Sansibar gekommen war, hatte sie ihre Eindrücke schon mehrmals nach Hause gesandt, in der *Kolonialpolitischen Korrespondenz* erschienen ihre unbeschwerten Schilderungen des exotischen Koloniallebens und fanden einen begeisterten Leserkreis. Endlich hatten auch die Frauen jemanden, der sie an der Hand in ein exotisches Land führte und ihnen Mut machte, in ein abenteuerliches Leben aufzubrechen.

Zurück in Deutschland, schrieb Frieda ihre Reiseberichte mehrmals um, sodass sie in einigen weiteren Zeitschriften und zuletzt auch noch als Buch erscheinen konnten. Die Leser hungerten geradezu nach Neuigkeiten aus fremden Erdteilen, insbesondere nach Geschichten über Afrika. Die Abenteuer einer alleinstehenden deutschen Frau auf dem dunklen Kontinent nährten alle nur möglichen Sehnsüchte und innersten Wünsche. Was muss man heute tun, um einen ähnlichen Effekt, eine ähnliche Sehnsucht nach Exotik zu erzeugen? Gibt es denn überhaupt noch so etwas wie Ferne, Exotik, Fremde? Damals war alles fremd, und der neugierige Blick auf andere Völker, ihre Sitten, Kleider und ihr Wesen war eine Rarität im Blätterwald. Frieda wusste zudem, ihre persönliche Stellung zwischen Krankenbett und hoher Politik darzustellen, nicht ohne damit Neid in der deutschen Gemeinde Sansibars zu erregen.

Sie ist gar nicht zur englischen Mission gegangen, um dort zu helfen. Das einzige, was sie bis jetzt tut, ist mit zwei Dienern im französischen Hotel zu leben, herumzulaufen und Einheimische zu beobachten und die Herrn der unterschiedlichsten Nationen zu amüsieren, schrieb Marie Rentsch in einem ihrer Briefe an Missionsinspektor Büttner nach Berlin. Bülows Reiseberichte in den Zeitungen, fügte sie noch hinzu, seien reine Lügengeschichten. Die Schwester der Evangelischen Missionsgemeinschaft war einen Monat nach Frieda in Sansibar angekommen. Im Gegensatz zu Frieda, die dank Peters sofort Zugang zu den besten Kreisen der Stadt hatte, war Marie Rentsch ziemlich allein. Sie wohnte im Haus von Pastor Greiner, der aber noch in Daressalam weilte. Die Ausländergesellschaft und die große Politik interessierten sie nicht. Sie wollte so schnell wie möglich an die Küste fahren, um mit Greiner Pläne für das neue Krankenhaus auszuarbeiten. Vor dem Zerwürfnis mit dem Frauenbund hätte sie mit Frieda gemeinsam nach Ostafrika gehen und dort arbeiten sollen. Doch nun waren sie Rivalinnen. Für zwei deutsche Krankenhäuser war – zumindest in Sansibar – weder Bedarf noch das nötige Kapital in der Heimat aufzutreiben.

Mit den Briefen von Marie Rentsch, Büttner und Greiner begebe ich mich zum Hafen. Gewitterwolken ziehen auf. Vorboten der nahenden langen Regenzeit. Der Wind dreht in dieser Zeit allmählich von Nordost nach Südwest. Noch bläst er unschlüssig, wirft sogar das Tragflügelboot von links nach rechts und von rechts nach links. Ein paar Daus schaukeln gefährlich im Wasser. Es regnet in Strömen, und ich habe die Wahl, entweder an Deck nass zu werden oder in der klimatisierten, muffelnden Großraumkabine eine Lungenentzündung zu bekommen. Also bleibe ich an Deck, Sturm und Regen ausgesetzt. Das Meer und der tief hängende Himmel verschwimmen zu einem einzigen grauen Brei, hinter mir Sansibar, auch die weiße Häuserfront wirkt grau, all die tropischen Farben sind nur noch blasse Erinnerung und die Hitze pausiert für eine Weile. Ernüchternd wirkt plötzlich der Sonnenkontinent und langweilig der sonst alle Sinne berauschende Ozean. Doch das

Land, dem wir uns nähern, atmet auf, es dampft vor Fruchtbarkeit und augenblicklichem Wachstum.

Am Abend des 21. Juli hatte sich eine Delegation der deutschen Kolonie Sansibars an Bord der *Barawa* eingefunden. Sultan Barghash hatte sein luxuriöses Dampfschiff den Deutschen für eine Erkundungsreise nach Daressalam zur Verfügung gestellt. Was für eine Geste ausgesuchter Gastfreundschaft und Zuvorkommenheit! Die Herren von der Ostafrikanischen Gesellschaft taumelten nur so vor Glück und Stolz über den plötzlichen Statusgewinn bei Hof gegenüber allen anderen Ausländern. Man war sich einig, dass niemand anderer als Carl Peters hinter diesem Erfolg steckte und hieß ihn deshalb mit Applaus und Hochrufen willkommen.

Er lebe hoch, dreimal hoch, der Gründer des Deutschen Kolonialreiches in Afrika!, schmetterten sie, als Peters mit Frieda als Letzter an Bord ging. Er winkte ihnen schon vom Pier aus zu, in seinem weißen Tropenanzug sah er glänzend aus, und mit dem Fräulein von Bülow an seiner Seite glaubte so mancher an Bord schon das erste Gouverneurspaar Deutsch-Ostafrikas zu erblicken.

Frieda war glücklich. Seit Peters mit dem Sultan über den Küstenvertrag verhandelte, wurde sie von allen mit ausgesuchter Höflichkeit behandelt. Sie war sozusagen zur First Lady der deutschen Kolonie aufgestiegen. Pastor Greiner war aus Daressalam angereist, um die eben erst eingetroffene Schwester Marie Rentsch zu sich aufs Festland zu holen. Und dann war da noch der junge Albrecht O'Swald vom gleichnamigen Handelshaus. Er fiel ein wenig aus der Reihe, denn er war an den deutschen Verhandlungserfolgen scheinbar nicht interessiert. Sein Handelshaus galt als anglophil, und die Reserviertheit den deutschen Kolonialhelden gegenüber teilte er trotz aller Konkurrenz mit Justus Strandes. Frieda beobachtete, wie er an seiner Fotoausrüstung herumhantierte, und bot ihm ihre

Hilfe an. Er winkte ab, stellte den unhandlichen Apparat auf das Stativ und bat dann alle, für ein historisches Foto zu posieren. Sansibar im Abendlicht, einmal mit, dann wieder ohne Menschengruppe.

Man wird in Deutschland aufhorchen, meine Herrn, sagte Peters, seinen Blick auf die Wasserfront der Sultanspaläste gerichtet, die langsam im pastellfarbenen Abendlicht verschwand.

Und dann räumen wir richtig auf in der Kolonie, sekundierte Friedrich Schröder, Chef der Plantagengesellschaft und Intimus von Peters. Frieda beobachtete Schröder, er bewunderte Peters so sehr, dass er seine Gestik und Mimik ganz seinem Vorbild angepasst hatte.

Wenn ich kurz um Ruhe bitten dürfte. Nicht bewegen. O'Swald tat geschäftig, es machte Klick. Danke, meine Herrn. Erledigt. Was meinen Sie denn mit »aufräumen«?, wandte er sich an Schröder. Lernen Sie lieber einmal die Sitten und Gebräuche dieses Landes, Herr Plantagengesellschaftsdirektor.

Schröder blickte nervös.

Sie vergessen, meine Herrn, fuhr O'Swald fort, dass wir, die Handelshäuser, bisher die Aufbauarbeit in Ostafrika geleistet haben. Seit zwanzig Jahren floriert der Handel. Wir haben Deutschland zum wichtigsten Wirtschaftspartner des Sultans gemacht. Das ist viel mehr wert als das ganze Kolonialgeschrei. Bismarck hatte recht, als er sich noch auf Handelskolonien beschränkte.

Damit ist es aber vorbei, konterte Peters. Die Saturiertheit des Reiches ist ein alter Hut. Peters waren diese Debatten um Zurückhaltung und Vorsicht so verhasst wie alles, was die Höhenflüge seines Geistes einschränkte. Dennoch zwang er sich ausnahmsweise zu einer ausgleichenden Freundlichkeit.

Lieber O'Swald, jeder von uns anerkennt die Leistung der Handelshäuser. Der Handel ist der Anfang aller Kolonialpolitik. Auch die Deutsch-Ostafrikanische Gesellschaft möchte schließlich Plantagen entlang der Küste betreiben. Ich werde noch diesen Monat eine Inspektionsreise zu den wichtigsten Orten unternehmen.

Frieda hatte Peters' Worte gehört. Was redete er da von einer Reise entlang der Küste? Davon hatte er ihr noch nicht erzählt. Ob er sie wohl mitnehmen würde? Frieda konnte ihre Neugier nicht bremsen.

Was für eine Reise?, fragte sie in die Runde.

Ach, verehrte Baronin, darüber werden wir noch gesondert sprechen, sagte Peters sanft und ohne seine augenblickliche Sympathie für die erste Dame der deutschen Kolonie, als die Frieda nun galt, zu verbergen. Die neue Rollenverteilung war auch ihm recht, sah er selbst sich doch auch schon längst als Gouverneur des Deutschen Reiches, und ein Gouverneur war nun eben einmal nichts ohne seine Gouverneursgattin.

Wenn ich mir die Gesichter meiner Neider und Gegner in Deutschland vorstelle! Peters' Augen wurden stechend, seine Lippen bebten.

Doch auch der Küstenvertrag, meine Herrn, wird nicht der letzte sein, den wir für Deutschland und für unsere Gesellschaft abschließen. Erst die Küste, dann Sansibar und Pemba. Nur dann beherrschen wir Ostafrika politisch und wirtschaftlich so, wie sich das für eine Macht wie Deutschland geziemt.

Frieda ließ sich von Peters' Worten mitreißen. Sie bewunderte seine Leidenschaft, seine visionären Ideen, seine geistige Brillanz und seinen starken Willen. Tief atmete sie die warme Abendluft ein und dachte an die letzten sechs Wochen. So lange war sie nun bereits in Afrika. Sie war aufgeblüht, ihr Leben hatte einen neuen Sinn bekommen. Sie fühlte sich frei und gleichzeitig zugehörig, hier in Afrika war sie Deutschland näher. In Sansibar hatte die tatkräftige Frieda über die denkende und schreibende Erbin der Schwester endgültig die Oberhand gewonnen. Und Carl war das Zentrum dieser Entwicklung, das Zentrum einer großen Aufgabe und das Zentrum ihres Herzens. Sie blickte zu ihm hinüber. Er war mit den anderen an den Tisch in der Mitte getreten und hatte einigen schwarzen Dienern per Handzeichen zu verstehen gegeben, die bereitgestellten Champagnergläser wieder abzuräumen.

Haraka, haraka, ondoka hapa, weg damit, ich brauche den Tisch da, herrschte er einen der Diener an. Wie viele Weiße hielt auch Peters den warmen, ruhigen Gesichtsausdruck der Schwarzen für Dummheit. Herrgott, wie träge die doch immer sind!

Er ist so ungeduldig, dachte Frieda nun. Mit allen und mit sich selbst. Mit den Schwarzen, die seine Ungeduld am wenigsten begreifen können, mit dem Konsul – gut, der verdient es, auf Trab gebracht zu werden –, mit seinen eigenen Leuten, auf die sein Charisma ebenso ansteckend wie disziplinierend wirkt. Mit mir – ja, auch mit mir. In Gesprächen verliert er schnell das Interesse, wechselt die Themen, hört mir nicht zu. Aber so sind die Erfolgreichen, die Freiheitsliebenden, dachte sie wie schon so oft. Das ist der Preis, den man für Einzigartigkeit bezahlt. Und einzigartig war er, ihr Peters, davon war sie überzeugt. Dieser Erfolg! Auf dem Dampfer des Sultans zu reisen! Ganz Sansibar sprach davon. Der Sultan hatte die deutsche Delegation wissen lassen, auf keinen Fall Mundvorrat an Bord zu nehmen, für die Bewirtung werde er allein sorgen. Wenn das kein Freundschaftsbeweis war. Ach, könnte ich ihn doch davor bewahren, durch seine Ungeduld, ja, Unbeherrschtheit die anderen vor den Kopf zu stoßen.

Absolutely typical! That's what they always did, sagte Saad zu mir, als ich am Abend vor meiner Abreise nach Dar mit ihm und einigen Freunden in einem indischen Restaurant zum Essen saß. Ich hatte ihm von Peters' und Friedas Reise mit der *Barawa* erzählt und hinzugefügt, wie erstaunlich gut doch das Verhältnis zwischen Peters und dem Sultan zu Anfang gewesen sein musste. Er lächelte zweideutig, während der Kellner die Bestellungen aufnahm.

Yes, Madame, spicy or not spicy, sagte der Inder, ganz um die sensiblen Mägen seiner weißen Klientel besorgt.

Spicy, please, entgegnete ich, denn mir können Currys nicht scharf genug sein.

Wie sollte Barghash ein gutes Verhältnis zu Peters gehabt haben?, sagte Saad. Alles, was Peters wollte, ging gegen seine Herrschaftsinteressen. Er hatte nur nicht die Macht, Peters einfach aus dem Land zu werfen. Also versuchte er es auf seine Art.

Und die war?

Diese Dampfergeschichte ist ein typisches Mittel der Kontrolle, ob man das so in den offiziellen Akten findet oder nicht. Alle haben das so gemacht. Wir begleiten und beschützen euch, und dabei führen wir euch an den entscheidenden Dingen vorbei. Das war eine gängige Strategie.

Hmmm ..., sagte ich und wandte mich zuerst einmal meinem Lammcurry zu, das der Kellner soeben dampfend vor mich hingestellt hat.

Erstaunlich. Und inwiefern hat der Sultan Peters auf dieser Fahrt kontrolliert?

Da gibt es viele Möglichkeiten. In manchen Gegenden lief die Kontrolle über schwarze Konkubinen.

Und in diesem Fall?

Wieso sollte der Sultan seine drohende Niederlage einfach so geschehen lassen? Es ist doch viel logischer, dass er Peters und die anderen Deutschen mit seiner Gastfreundschaft blind gemacht hat und gleichzeitig seinen loyalsten Kapitän mit der heiklen Aufgabe betraute, einerseits belastendes Material über Peters zu besorgen und andererseits die Verhandlungen mit den Walis, den Statthaltern des Sultans, am Festland zu steuern.

Was für ein belastendes Material?, fragte ich.

Da musst du schon selbst dahinterkommen, schloss mein Gesprächspartner und setzte mir damit einen Floh ins Ohr.

Mit einem Schlag war es dunkel geworden. In den Tropen schaltet der liebe Gott das Licht ein und aus, pünktlich und plötzlich, erklärte Pastor Greiner Frieda und Marie Rentsch. O'Swald hatte seine Fotoausrüstung zusammengepackt. Ein in hellblauer Sultansuniform gekleideter Diener, fast noch ein kleiner Junge, trat auf Frieda zu.

Chakula ki tayari, das Essen ist fertig, wisperte er. Frieda war neben Marie Rentsch die einzige Dame in der Runde, und zu ihr schien der Diener Vertrauen gefasst zu haben.

Man begab sich unter Deck in den Speisesaal. Duftender Reis stand schon auf dem Tisch und Diener, diesmal in orangefarbenen und roten Turbanen, warteten mit großen silbernen Anrichteplatten auf die Herrschaften. Arabisches Lamm in Honig, indisches Hühnchencurry und Fischbällchen wurden gereicht. Als Nachtisch gab es süße Mandelmilch und in Hammeltalg gebackenes Sesamkonfekt. Während die Herren anschließend noch zum Cognac wechselten, zogen sich die beiden Damen zurück.

Wenn Sie wollen, zeige ich Ihnen Ihre Kabine, sagte Frieda zu Schwester Marie. Sie werden müde sein.

Danke, antwortete die Missionsschwester knapp.

Ich muss auf der Hut sein, dachte Frieda und erinnerte sich an die Auseinandersetzungen zwischen dem Frauenbund und der Missionsgesellschaft. Mir scheint, Schwester Marie ist mir nicht wohlgesinnt, sie wirkt reserviert und ehrgeizig.

Sie nehmen am besten diese Kabine, erklärte Frieda, die hat genug Luft und wird auf der Fahrt im Lee liegen. Werden Sie seekrank?

Es ist nicht so schlimm. Meistens versuche ich dann, an Deck zu bleiben.

Das wird in der Nacht aber kühl werden, liebes Kind.

Ist schon in Ordnung. Und Sie, Baronin, wo schlafen Sie?, fragte Marie. Sie war neugierig. In Dr. Peters' Kabine?, hätte sie am liebsten angefügt.

Ich bin hier neben Ihnen, in der Sultanskabine. Ein Lächeln huschte Frieda über das Gesicht, sie konnte ihre Befriedigung nicht verhehlen, die gesellschaftliche Hierarchie zwischen ihr und der Misionsschwester war einfach zu offensichtlich.

Wollen Sie einen Blick hineinwerfen? Das Schönste an der Kabine ist das rote Plüschsofa. Was wohl der Sultan mit diesem Möbelstück anfängt? Frieda spielte mit Maries Naivität und gab der Rivalin den Blick auf ihre Kabine frei. Sie war viermal so groß wie die von Marie, mit weichen Teppichen ausgelegt, auf denen Polster und niedrige Messingtischchen verteilt waren. Ein Bett aus dunklem, mit Schnitzwerk verziertem Ebenholz und gegenüber das besagte Plüschsofa.

Unglaublich, einfach unglaublich, das Ganze. Da kann man Ihnen nur noch eine unvergessliche Nacht wünschen. Marie war dünnlippig vor Neid. Mit einem kurzen Gutenachtgruß zog sie sich in ihre Kabine zurück. Sie würde die ganze Nacht lauschen. Diese Kabine hat die Baronin bestimmt nicht umsonst. Das Plüschsofa! Der Teppich! Marie wurde ganz schlecht. Nein, so durfte sie nicht denken. Nein und nochmals nein, befahl sie sich und schnürte ihr einfaches weißes Kleid am Rücken auf. Frieda war bloß eine Salondame, schon ihr Kleid, aus feinem, dünnem Batist! Wie man damit wohl Kranke pflegt?

In der Sultanskabine herrschte noch Ruhe. Frieda streckte sich im Sultansbett. Sie hatte viel besser geschlafen als die letzten Nächte im Hotelzimmer. War es das Schwanken des Schiffes, die Vorstellung, aus Versehen in einen Traum aus *Tausendundeiner Nacht* geraten zu sein, der Champagner gestern Abend, er, der noch kommen würde und an dessen Art der Liebe sie sich allmählich gewöhnte? Sie spürte das sanfte Gleiten des Dampfers, das Vibrieren der Turbinen und das rhythmische Schlagen der Wellen. Die Schiffssirene hupte, das war das Signal, dass der Dampfer bald in die Hafengewässer Daressalams einfahren würde. Frieda erhob sich. Sie kleidete sich an, dabei fiel ihr Blick auf die Zeilen, die sie gestern Abend geschrieben hatte.

Lieber C,

Ich liebe dich, wie ich das Leben liebe, du sieghafter Feind allen Stillstands! Du Erwecker! Du Woller! Du Vollbringer!

Mit meinem Kopf lieb' ich Dich wie mit meinem Herzen!

Mein Kopf liebt Dich, weil das Gespenst der Trägheit und des satten Genügens vor Dir weicht, weil Dein Adlerblick Fernen erschließt, weil unter Deinen Füßen Taten empor sprießen!

Und mein Herz liebt Dich, weil es durch Dich die Seeligkeit der Liebe erlebte!

Ich liebe Dich, ich liebe Dich.

Deine F.

O Gott, dachte Frieda, während sie hastig ihr Kleid zuknöpfte. Sie hatte ihm dieses Gedicht als Einleitung zu einem richtigen Liebesbrief geschrieben. Ob ich ihn nicht lieber zerreißen soll? Ob es nicht besser wäre, ihn wenigstens ein bisschen im Ungewissen zu lassen, sich nicht ganz preiszugeben, zumindest den Anschein aufrechtzuerhalten, dass der Frauenbund und die Krankenpflege der Hauptgrund meines Hierseins sind? Tief in Gedanken faltete sie das Blatt Papier zusammen und legte es oben auf ihre Bücher und Schreibhefte, alles zum Einpacken bereit.

Während sie schnell noch ihre widerspenstigen Haare in eine einigermaßen ordentliche Form brachte, dachte sie daran, wie er spätabends plötzlich hinter ihr gestanden hatte.

Dein Erfolg, Carl, es ist ein Höhenflug! Jetzt wird alles unser, die Küste, das Krankenhaus. Sie war wie von Sinnen vor Begeisterung, voll Zukunftstaumel. Sie war so glücklich, dass sie seine Küsse erwiderte und sich nicht sofort aus seinen Armen befreite.

Frieda, meine Mitstreiterin und Freundin …, sagte er, und ein tiefer, die Spannungen der letzten Jahre lösender Seufzer kam aus seinem Inneren. Bei ihr, das musste er sich eingestehen, konnte er sich fallen lassen. Das war etwas ganz anderes als die erotischen Abenteuer, die er sich leistete. Er dachte an die kleine Abessinierin, die ihm der Sultan neulich, als die Verhandlungen erste Erfolge zu versprechen schienen, geschickt hatte. Ihre zarte, von duftenden Ölen glänzend gemachte Haut, die schlangenhaften Bewegungen, der katzenhafte Blick. Ach, du meine Güte, hatte ihn dieses Ding berauscht! Daran dachte er, während er Frieda mit gesteigertem Wohlwollen betrachtete.

Sind wir nicht ein hübsches Paar! Er lockte sie vor den großen Spiegel.

Ja, das sind wir, Carl. Manche sehen uns schon als das erste Gouverneurspaar von Ostafrika, fügte sie scheu hinzu. Ja, sie liebte ihn, genau so, wie sie es in dem Gedicht zuvor festgehalten hatte. Sie würde es ihm überreichen, wenn er um ihre Hand anhielt, was bald kommen musste ...

Wenn ich erst einmal Gouverneur sein werde, geliebte Frieda, dann wirst du an meiner Seite nicht fehlen, sagte er fast wie eine Bestätigung und doch mit einem falschen Blick. Doch nun komm, die Sultanskabine ist wie geschaffen für eine Liebesnacht.

Sie zögerte kurz. Sie dachte an Marie Rentsch, die vorhin so große Augen gemacht hatte. Ob sie schon schlief? Oder lauschte? Wenn sie Beweise für Friedas Verhältnis zu Peters bekommen würde, wäre Frieda verloren.

Carl ... Frieda wehrte sich ein bisschen. Nicht doch ... und vor allem, sei leise. Marie Rentsch schläft im Nebenzimmer.

Na und, sagte Peters leichtfertig und gar nicht leise, was geht sie mich an. Frieda seufzte. Konnte er nur einmal nicht an sich denken, sondern sich in ihre Situation hineinversetzen?

Ach, Carl ... Sie ergab sich seiner Leidenschaft. Bald, so beruhigte sie sich, werde ich ohnedies seine Frau sein, seine rechtmäßig angetraute Gattin, seine offizielle Begleiterin durch die Höhen und Tiefen dieses einzigartigen Lebens.

Seine Lust war so grenzenlos wie seine Euphorie, so enthemmt wie die Ekstase seines schnellen Erfolgs und so kalt wie seine berechnende Machtgier, die das Erreichte bald zunichtemachen würde. Er zerriss ihr Kleid, wühlte sich in ihr Fleisch, bis es wehtat.

Carl ... Jetzt weinte sie leise, doch er sagte bloß: Komm ..., komm ..., komm doch, meine geliebte Freundin ... Langsam fand sie Gefallen an seiner Gewaltsamkeit, die alle Barrieren zerbrach, alle ordnenden Gedanken in einem Rausch der Gefühle erstickte, bis sich ihr Zaudern in Ekstase verwandelte.

Tränen? Eine starke, unabhängige Frau und Tränen?, sagte er, kaum dass sie ermattet nebeneinander lagen. Schon war er wieder der ironische Regisseur des Tanzes zwischen Geben und sich Entziehen, zwischen leidenschaftlicher Hingabe und kühler Selbstkontrolle.

Es tut mir leid, meine Liebe. Ich hätte nicht kommen sollen.

Doch, Carl ...

Am besten, ich gehe. Er blickte sorgenvoll durch die Luke in die schwarze Nacht hinaus. Du musst wieder zu dir finden, Frieda. Er tat einfühlsam. Am besten, ich lasse dich jetzt allein, dann kannst du beruhigt schlafen.

Nein, geh nicht, ich ... ich hab dir so viel zu sagen.

Er ging. Wie immer. Sie ahnte noch nicht, dass er sie auf diese Weise in Abhängigkeit hielt. Noch war sie ihm ohnmächtig ergeben, seiner Lust verfallen. Sein Verhalten tat seine Zerstörungsarbeit, schnitt ihr ins Herz, verwundete ihre Seele dort, wo sie durch frühe Verluste für die Wiederholung von Abschiedsschmerz und Trennung empfänglich war. Nur er hatte die Macht, die selbstbewusste, freiheitsliebende Frauenkämpferin gefügig zu machen.

Doch was waren schon die Heimsuchungen der Nacht gegen den neuen Tag. Schnell kletterte Frieda die Stiegen hinauf an Deck. Dort fand sie den Rest der Reisegesellschaft schon vergnügt und miteinander plaudernd an der Reling stehen. Das kleine, unscheinbare Daressalam an den Ufern seines weitläufigen Naturhafens lag vor ihnen. Die Ankerkette rasselte in die Tiefe, der Dampfkessel der *Barawa* stieß noch einige rußige Wolken in die Luft, dann hörte man nur noch den Singsang der kleinen Uferwellen.

Die Stadt ist nur eine gottverdammte kleine Negersiedlung, Herr Greiner.

Sehen Sie sich vor, lieber Peters, und schänden Sie nicht das zweite Gebot.

Verzeihung, so habe ich das natürlich nicht gemeint. Und wo wollen Sie Ihr Missionshaus bauen?

Dort ganz rechts am Ende dieser Landzunge. Ein wunderbarer Platz, vom Meereswind stets kühl und gesund gehalten, mit genügend Platz für ein Hospital, ein Missionshaus, eine Schule. Alles im Schatten der Mangobäume.

Mangobäume? Ich sehe keine.

Ich habe erst vorige Woche an die hundert Stück gepflanzt. Ich sehe alles vor mir, dort entsteht Gottes Werk.

Nicht so voreilig, lieber Pastor. So ungeduldig bin ja nicht einmal ich.

Und die Schwester Marie? Peters wandte sich Greiners unscheinbarer Mitarbeiterin zu. Haben Sie gut geschlafen?

Sehr gut, antwortete Marie und lief puterrot an. Frieda verfolgte die Szene. Ob sie etwas bemerkt hatte? Oder war auch sie Peters' Charme erlegen?

Nein, deswegen müssen Sie ja nicht rot werden, liebes Kind. Hier sind wir nicht mehr in der Schwesternschule. Er legte ihr kurz die Hand auf ihre Schulter, was sie nur noch röter werden ließ. Frieda war wie angewurzelt. Peters' Hand, Marie, daneben Greiner. Sie stand kerzengerade an der Reling. Als die

Barke vom Festland an der Seite der *Barawa* anlegte und alle über die wackelige Leiter an Bord gingen, war sie erlöst. Sie wollte so schnell wie möglich an Land, endlich Daressalam kennenlernen, sich selbst ein Bild von der Lage der Stadt und ihrer Eignung für ein zentrales Krankenhaus machen.

Frieda! Eine wohlvertraute Stimme klang an ihr Ohr. Frieda! Sie blickte auf und sah ihren Bruder Albrecht am Ufer stehen. Oh, was für eine Freude, was für ein Wiedersehen. Für eine Weile vergaß Frieda alles um sich herum, das Krankenhaus und Sansibar, Schwester Marie, ja sogar den Liebesbrief, den sie für Peters geschrieben hatte. In den Armen ihres Bruders konnte sie wieder frei atmen, eine andere Art der Liebe durchflutete sie, und für eine kurze Zeit war sie wieder sie selbst.

Komm, ich zeige dir unsere Behausungen. Ein Zeltlager. Er nahm sie bei der Hand und zog sie mit sich fort, während die anderen ihre eigenen Wege gingen. Greiner führte Marie Rentsch zum Bauplatz seines Missionshauses und anschließend zu seiner spartanischen Wohnung, wo er ihr Frau und Nichte vorstellte. Peters ging mit Schröder, O'Swald, dem Wali und Herrn Leue auf einen Erkundungsgang.

Ach, Albrecht, du kannst dir gar nicht vorstellen, wie ich mich über das Wiedersehen freue. Ich kann's gar nicht fassen. Frieda war dem Bruder gefolgt. Schon nach ein paar Schritten mussten sie durch dichtes Gestrüpp gehen, einen Trampelpfad entlang, hie und da ein zerfallenes Steinhaus.

Das ist ja keine Stadt, rief Frieda aus.

Ist es auch nicht. So ist Afrika. Nichts als Land, Weite, Natur. Du wirst dein Herz daran verlieren, Frieda, so wie ich. Du wirst ein anderer Mensch werden, freier und mutiger. Glaub mir, Afrika vergisst man nicht. Es ist wie ein Rausch, einmal hineingeraten, findet man nicht mehr so schnell wieder heraus.

Aber hier ist es so anders als in Sansibar, klagte die Schwester.

Ja, als ich zum ersten Mal das Festland betrat, erging es

mir ähnlich. Sansibar ist der richtige Ausgangspunkt für uns Europäer auf dem Weg ins Innere Afrikas. Sansibar mildert den Schrecken der Ankunft, es ist eine zivilisierte, eine reiche Stadt. Das hier, liebe Frieda, ist hingegen das wilde Afrika.

So wie Usagara oder Usungula? So wie das Landesinnere, wo du warst?

Nein, lachte der Bruder, nein, dort ist es noch viel, viel wilder. Das kannst du dir gar nicht vorstellen, Frieda. Nur solche Wege! Er zeigte den Trampelpfad entlang. Über Tausende Kilometer! Nichts als ein paar Negerhütten mit halb nackten Schwarzen. Die sprechen nicht einmal Suaheli, sondern eine von tausend Negersprachen. Lebensgewohnheiten wie in der Steinzeit. Stell dir vor, sie jagen mit Speeren und haben darin eine große Fertigkeit entwickelt. Ansonsten können sie gar nichts, weder schreiben noch lesen. Sie sind wie Kinder oder wie die lustigen Affen, die ohne Sorgen durch den Busch tollen.

Hast du Negertänze gesehen?, fragte Frieda voller Neugier. Erschreckend, nicht?

Nein, nur wild, wild und besessen. Man muss sich hüten, in ihren Bann zu geraten.

In ihren Bann?

Ja, einmal ist es mir passiert, sagte Albrecht, und seine Stimme bekam eine sonderbare Färbung. Ich schaute bei einer *ngoma* zu und plötzlich, ich konnte mir gar nicht erklären, wie mir geschah, stand ich mitten unter den tanzenden Frauen, sie stießen ihre gellenden Schreie aus, warfen Arme und nackte Brüste in die Luft, ganz nah, ich spürte ihren Atem. Eigentlich hätten mich die Männer, die bei den Tänzen abseits die Trommeln schlagen, sofort ergreifen und verjagen müssen. Aber ich hab so mit meinem Gewehr herumgefuchtelt, dass sich keiner an mich herantraute.

Albrecht lachte nervös, bevor er weitererzählte. Ja, und dann begann ich mich im Rhythmus der Trommeln zu bewegen und mit dem Gewehr in die Luft zu schießen, immer wieder, ganz im Rhythmus des Tanzes. Zuerst wichen die Frauen vor mir zurück, es ging ein Raunen durch die Anwesenden, aber als ich ihnen zuwinkte, sie sollten doch keine Angst haben, heute werde nicht geschossen, fingen sie wieder an zu tanzen, zu trommeln und ihre hohen gellenden Schreie auszustoßen …

Albrecht stockte der Atem, er schien ein Bild vor sich zu sehen, das er nicht weiter beschreiben wollte. Er räusperte sich und sagte, wieder Herr über seine Sinne: Ich hatte großes Glück. Ich war ganz allein, niemand sah mich in meinem Zustand, du weißt ja, was für ein Schlangennest Sansibar ist.

Albrecht, wie schrecklich. Aber was wirst du hier anfangen in der Kolonie?

Frieda war befremdet, in Sansibar hatte man sich derlei Geschichten hinter vorgehaltener Hand erzählt, auch Geschichten über Gewalttaten, unkontrollierte Schießereien. Tropenkoller, dieser Sammelbegriff für unerklärlichen Wahnsinn, der die Weißen in Afrika manchmal befiel. Aber Albrecht? Ihr geliebter Bruder? Ihr Idol? Was genau hatte er nur erlebt? Da war wieder dieser unheilvolle Grundton, diese Mischung aus Gewalt und Freiheit, Abenteuer und Irrsinn.

Peters spricht von einer Schutztruppe. Nichts brauchen wir derzeit dringender als mutige, wackere junge Männer, die unsere Eroberungen absichern, die Ordnung aufrechterhalten und eine deutsche Verwaltung aufbauen. Das werde ich machen, dann komme ich im Land herum, das ist mir das Wichtigste. Du wirst schon noch sehen. Einmal Afrika, immer Afrika. Wenn dich der Zauber dieses unbeschreiblich schönen, wilden Landes erwischt, dann wirst du nirgends mehr anders zu Hause sein. Sobald es möglich ist, werde ich ein Stück Land kaufen.

Land kaufen? Ach, Albrecht, du warst schon immer der Unternehmungslustigste von uns allen. Peters will nach der offiziellen Vertragsunterzeichnung die Küste hinunter bis nach

Lindi abfahren, um geeignete Standorte für Plantagengründungen zu finden. Stell dir vor, er will mich mitnehmen.

Inschallah, dann wirst du dem Zauber des dunklen Kontinents erliegen, mein Frieder. Albrecht verwendete den männlichen Spitznamen aus der Jugendzeit für die Schwester. Du bist doch mindestens so freiheitsliebend, so abenteuerlustig und naturverbunden wie ich. Ach, wie gerne würde ich euch begleiten. Lindi, Kilwa, Mikindani. Ich träume regelrecht davon. Du wirst an Plätze kommen, wo zuvor noch kein Weißer gewesen war, Frieda. Dschungelhafte Natur wirst du erleben, jeder Schritt kann deinen Tod bedeuten, aber mit jedem Schritt wirst du auch lebendiger, freier. Du wirst Löwen, Nilpferde, Elefanten sehen. Was schaust du so unschlüssig?

Ich weiß nicht, Albrecht. Glaubst du wirklich, dass ich dem allem gewachsen bin?

Wieso bist du plötzlich so zaghaft? Und außerdem hast du ja Peters, unseren besten Mann. Einen Besseren für so eine Reise findest du bestimmt nicht.

Ja, da hast du sicher recht.

Du wirkst unglücklich, forschte der Bruder. Er wusste um die Liebesaffäre, vermied das Thema aber. Wäre es nicht Peters, sein Idol und sein Vorgesetzter gewesen, er hätte die Schwester hart in die Schranken verwiesen oder den Mann zum Duell gefordert. Aber so enthielt er sich und zog es vor zu schweigen.

Ach, Albrecht, du weißt doch, wie es ist. Albrecht wich Friedas Blicken aus, und sie verwarf die Idee, ihm ihr Herz zu öffnen. Was hätte sie ihm auch sagen sollen? Dass die Leidenschaft sie bis an den Rand ihres Seins ausfüllte? Dass sie sich aber an Dinge gewöhnen musste, die sie verwirrten? Wie anders die Liebe zu einem Mann doch war als ihre unvergessliche, glückselig machende Liebe zu Margarethe! Unkontrollierbar war diese Liebe und dunkler, anders vermochte Frieda das Wesen der Gefühle, die sie im Griff hatten, nicht zu bezeichnen. Manchmal hätte sie ihre Liebe zu Peters am liebsten ausgerissen, sich mitsamt allen Wurzeln und Sprossen davon befreit. Doch stattdessen verhedderte sie sich nur noch ohnmächtiger darin. Sie hatte niemanden, mit dem sie über dies alles sprechen konnte, niemanden, den sie fragen, dem sie ihre Zweifel, ihr ganzes Leid klagen konnte, weder eine Mutter noch eine Freundin, die sie auf ihrem Lebensweg stützten.

Und die Krankenpflege?, schnitt Albrecht ein weniger pikantes Thema an.

Das macht mir viel Freude, antwortete Frieda. Man kann so viel tun. Bertha und ich haben in Sansibar jeden Tag in der Apotheke der englischen Mission gearbeitet. Wie wenig man braucht, um etwas zu bewirken. Manchmal genügt Wasser und Seife. Selbst das kennen die Einheimischen oft nicht. Und sie sind so tapfer, nie ein Ton, nicht einmal von den kleinen Kindern.

Siehst du, Frieda. Alles wird gut. Hier im Zelt liegt Herr von Hake am Wechselfieber danieder. Vielleicht willst du einen Blick auf ihn werfen?

Ja, natürlich, lass sehen, was ich machen kann.

Frieda erschrak, als sie den Kranken sah. Er war grauweiß wie der Korallenstein der alten Ruinen und fantasierte mit irre gewordenen Augen.

Er muss unbedingt weg von hier, flüsterte sie Albrecht zu. Hier im Zelt wird er nicht überleben. Der schlecht gestampfte Boden, die Feuchtigkeit. In Sansibar hatten wir auch so einen Fall. Dann wandte sie sich freundlich an den Kranken.

Sie müssen in das Haus der Ostafrikanischen Gesellschaft übersiedeln.

Nein, jammerte der Fieberkranke, nein und nochmals nein. Ich gehe nirgendwohin.

Aber so können Sie nicht gesund werden. Ich bin Krankenschwester, kommen Sie, ich verständige jemanden, damit Sie abgeholt werden.

Nein, ich verlasse mein Zuhause nicht. Nein! Er weinte wie ein kleines Kind, dem man die Puppe wegnehmen will.

Frieda schaute Albrecht an. Wir müssen Hilfe holen. Vielleicht kann Greiner ihn zu einem Umzug bewegen oder Herr Leue.

Du hast recht, lass uns gehen.

Frieda war erschüttert. Sie hatte zwar auch in Sansibar schon einige Fieberkranke gesehen, aber seltsamerweise hatte sie erst jetzt verstanden, dass das Tropenfieber sie alle bedrohte, dass auch sie oder Albrecht oder Peters jederzeit auf diese Weise den Tod finden könnten. Und es verging kein Monat, in dem nicht irgendjemand von der winzig kleinen deutschen Kolonie am Tropenfieber starb.

Albrecht, bitte nimm dich in acht, auch du bist in Gefahr, wenn du weiter in diesem Zelt wohnst. Auch wenn es noch so romantisch und abenteuerlich ist, ich flehe dich an, ziehe in ein Haus um.

3

Ich gehe ins Nationalarchiv von Sansibar, das *Zanzibar Nyaraka*. Es befindet sich in einem Betonhaus aus den Siebzigerjahren, direkt neben dem Gefängnis der Stadt, von Bougainvilleen überwachsen. Ich lasse mir die deutschen Konsularakten aus den Jahren 1886 bis 1888 aushändigen. Sie wurden vor einigen Jahren vom Deutschen Entwicklungsdienst sorgfältig restauriert und konserviert. Die dünnen Papiere hat man mit einem Fixierlack auf Kartons geklebt und so vor dem Tropenklima gerettet. In so einem tadellosen Zustand sind nicht einmal die Akten im ehemaligen Reichskolonialamt in Berlin, denke ich. Aber dort ist es auch nicht so feucht wie hier. Das T-Shirt klebt mir am Rücken, die dünnen, weiten Beinkleider fühlen sich wie dicke Wollstrümpfe an. Nur die Füße in ihren Sansibar-Flipflops sind nie zu warm. Nie richtige, geschlossene Schuhe tragen zu müssen ist ein wahrer Segen, der Inbegriff von Freiheit, die einzig wahre Art, auf dieser Erde zu wandeln. Arme Frieda, denke ich, damals beharrte man auf geschlossenen Kleidern, festen Schuhen, Abschirmung nach jeder Richtung. Das gehörte zur tropischen Hygiene, mit der man der Unbill von Krankheiten und Klima entgegentreten und das Erscheinungsbild des zivilisierten, überlegenen, also auch ordentlich gekleideten Europäers zu wahren versuchte.

Ich suche im Register nach Peters, nach Frieda, nach der Mission. Ein Deckenventilator wirbelt die heiße Luft durcheinander, sodass ich nicht sofort einschlafe, wie einige andere Forscher über ihren Dokumentenbergen. Den Präliminarvertrag über die Küste suche ich vergebens, dafür finde ich die

Abschrift eines knappen Telegramms von Sultan Barghash an Kanzler Bismarck vom 11. November 1887. Der aufgebrachte Herrscher erklärt darin, dass er Carl Peters wegen *angeblicher unwahrer Angaben* nicht mehr empfangen würde. Neugierig blättere ich weiter. Ein Schreiben vom 19. November, in dem Carl Peters seinen Vertragsentwurf der Deutsch-Ostafrikanischen Gesellschaft in Berlin gegenüber verteidigt. *Wir sind im Besitz der Küste ohne irgendwelches Risiko und können später uns der noch darauf lastenden Verpflichtungen etwa beim Tode des Barghash sicherlich so oder so entledigen.*

Was war nur geschehen? Im Sommer waren der Sultan und Peters noch dicke Freunde, am 30. Juli unterschrieben sie den Präliminarvertrag, und am 6. August in aller Frühe lief die *Barawa* abermals mit Peters und Frieda aus dem Hafen von Sansibar aus. Wieder hatte der Sultan den Deutschen ein vermeintlich großzügiges Geschenk gemacht, indem er sie – diesmal waren auch noch Baron von St. Paul und Friedas Mitarbeiterin Bertha Wilke an Bord – unter seiner Flagge die Küste entlangfahren ließ. Außerdem reiste der Statthalter von Kilwa mit seinen drei Frauen und zwei Sklavinnen bis zu ihrer Heimatstadt mit sowie der goanesische Küchenmeister Seiner Hoheit samt Essensvorräten, Silber, Porzellan und braunschwarzen Goa-Kellnern. Er sollte den Gästen die abenteuerliche Fahrt möglichst angenehm gestalten, und – nun ja, der Küchenmeister war ein ebenso enger Vertrauter des Herrschers wie der Kapitän der *Barawa*, die beiden sollten durch eine feine Regie der Ankunfts- und Abfahrtszeiten, der opulenten Mahlzeiten und der Boten des Sultans, die dem Dampfer vorauseilen und in aller Stille die Walis unterrichten sollten, Peters kontrollieren.

Nach etwa sechsunddreißigstündiger ununterbrochener Fahrt, während welcher der weibliche Teil der Passagiere, Deutsche, Araberinnen und Suahelidamen unterschiedslos an heftiger Seekrankheit festlag, fuhr die Barawa *in Kiloa Kisuindji ein,* schrieb Frieda.

Sie verwendete noch die anglisierten Suaheli-Bezeichnungen, die in den von Carl Peters herbeigesehnten Landkarten bald darauf in deutscher phonetischer Umschrift zu Kilwa-Kiwindsche und Kilwa-Kissiwani mutierten. Auch heute sind das historische Kilwa Kisiwani, das Kilwa auf der Insel, und der Festlandort Kilwa Kivinje – wieder hat sich die Schreibweise geändert – schlafende, kaum besuchte Orte von zauberhafter Schönheit. Einen ganzen langen Tag dauert die Autofahrt von Daressalam nach Kilwa, immer tiefer geraten wir in das hinein, was Abraham, mein Chauffeur, als das »wahre« Afrika bezeichnet. *I will show you the »real« Africa,* wird er nicht müde zu erklären, schließlich weiß er genau, was die im Gegensatz zu Friedas Zeiten zivilisationsmüden Europäer heute von Afrika erwarten: unberührte Landschaften, durch die bloß eine Sandpiste führt, Termitenhügel und Schirmakazien, so weit das Auge reicht, dann wieder Dörfer mit strohgedeckten Lehmhütten und kleine Kinder, die Ziegen oder Zeburinder hüten. Unser Afrika-Bild ist archaisch.

Kilwa. Ein Ort mit verblasstem historischen Glanz, Ruinen aus verschiedenen Jahrhunderten. Paläste, von den kräftigen Wurzeln einzelner Baumriesen langsam der Natur zurückgegeben. Moscheen aus verschiedenen Jahrhunderten. Die Fundamente des portugiesischen Forts, auf dem später von den Omani-Arabern eine Burganlage errichtet wurde. Das *Husuni Kubwa,* das größte voreuropäische Gebäude des tropischen Afrika mit seinen über hundert Räumen und dem achteckigen Schwimmbad, dem Palasthof, dem Audienzhof – alles im Dauerschlaf, obwohl es seit einigen Jahren zum UNESCO-Weltkulturerbe gehört.

Abraham freut sich, endlich jemanden durch das Land chauffieren zu dürfen, der sich für seine Kultur und Geschichte interessiert und nicht nur für Löwen, Giraffen und Elefanten in den unzähligen Nationalparks. Ach, sagt er immer wieder, wie gerne wäre ich auf die Universität gegangen, dann hätte ich studieren und dir alles hier besser erklären können.

Das Sultanat Kilwa war früher der bedeutendste Handelsort an der gesamten Ostküste Afrikas, erzählt er dann doch sehr stolz auf seine Fremdenführerqualitäten. Schon im 12. Jahrhundert gründete Ali bin al-Hasan aus dem Sultanat Shiraz im heutigen Iran auf der kleinen Insel die Hauptstadt des Sultanats Kilwa. Er und seine Nachfolger bauten die Ansiedlung zum wichtigsten Handelsort der Küste aus. Ende des 13. Jahrhunderts ließ der Einfluss der Shirazis nach, und der Clan der Sayyids aus dem heutigen Südjemen übernahm das Sultanat. Sie handelten mit Gold und Kupfer aus dem Landesinneren und importierten feinste Teppiche und Porzellan aus Indien und China. Vasco da Gama, stell dir vor, war bei seiner Kap-Umseglung vom Reichtum und Entwicklungsstand Kilwas überwältigt, er wurde vom Sultan fürstlich empfangen und mit grenzenloser Gastfreundschaft bewirtet. Mit kostbaren Geschenken für den portugiesischen König reiste er wieder ab. Und was war Portugals Dank dafür? Abraham schaut mich herausfordernd an. Das europäische Land überfiel Kilwa wenig später und zerstörte es mit aller Brutalität.

Meine besondere Freundin, sie nannte mir als ihren Namen »Mawua«, entfernte sich eilends und kam zurück mit einem an Zwirn aufgenähten dichten Kranz von Jasminblüten, den sie mir mit einem wirklich reizenden Lächeln einhändigte. Das Mädchen interessierte mich und gefiel mir, schrieb Frieda am 19. August in ihr Tagebuch. Eine schwarze Freundin? Wie könnte das Zusammentreffen der beiden einander so fremden Frauen verlaufen sein?

Baron St. Paul, rief Frieda, können Sie dem Mädchen auf Suaheli für mich danken. Ich kann nur *asante sana* sagen, besser kann ich ihre Sprache noch nicht.

Das ist ja schon ein Anfang, Baronin, und genügt durchaus, meinte St. Paul. Er schlenderte auf Frieda zu. Sie hatten sich zum Picknick in den Ruinen des Forts niedergelassen, die Reste einer alten Zisterne dienten als Sitzgelegenheiten. St. Pauls Diener Mbaruku hatte ein üppiges Frühstück aufgebaut, die Hitze war noch erträglich.

Bitte, lieber Baron, setzen Sie sich zu mir und sagen Sie dem Mädchen, wie außerordentlich schön der Kranz ist.

Maua ni mazuri mno, die Blumen sind wunderschön, übersetzte St. Paul. Mawua lachte. Wie selbstbewusst sie ist, dachte Frieda. Ganz anders als die anderen Mädchen. Sie ist barfuß und hat eine *kanga* um die Hüften geschlungen, die nackten Brüste sind noch mädchenhaft spitz. Frieda beobachtete Mawua unverhohlen und bemerkte gar nicht, dass sie ihrerseits das Objekt höchsten Interesses und größter Neugierde war. Die Mädchengruppe, die an der zerbröckelnden Mauer lehnte, tuschelte und lachte, und Mawua fragte schließlich St. Paul, ob sie der *bibi* den Kranz auf den Kopf setzen dürfte.

Ndiyo, ja gerne, sagte Frieda, die das Mädchen durch seine Gesten verstanden hatte, noch bevor St. Paul die Worte übersetzte. Mawua trat zu ihr und setzte den Kranz vorsichtig in den brünetten Lockenkopf. Sie griff in die Haare der Europäerin, scheu, doch die Verlockung war einfach zu groß. Wird sie es geschehen lassen?, schienen ihre Augen zu fragen. St. Paul räusperte sich. Doch Frieda lächelte ihr aufmunternd zu. Sie hat etwas Überlegenes, dachte sie, vielleicht ist sie die Tochter des Häuptlings. Schon gestern war ihr Mawua aufgefallen, als sie mit St. Paul und Bertha ins Dorf ging. Sie hatte an jeder Hand eine ganze Traube von kleinen Kindern, mit denen sie die Weißen neugierig vom Strand bis zum Dorf begleitete.

Darf ich auch?, fragte Frieda, und ein leichtes Erröten huschte über ihre Wangen. Sie wartete weder auf die Übersetzung von St. Paul noch auf die Zustimmung Mawuas, sondern griff dem Mädchen ebenfalls in die Haare. Mawua wich erschrocken zurück, doch dann lachte sie, zuerst verlegen, dann immer freier. Sie nickte ihr ebenfalls aufmunternd zu. Flink und geschickt flocht sie ganz schnell einige der winzigen Zöpfe auf, die ihren Kopf bedeckten wie ein Fischernetz aus dicken schwarzen Schnüren. Dann gab sie Frieda zu verstehen, sie solle ihr noch einmal in die Haare greifen, die sich nun widerborstig wie eine Haarbürste anfühlten.

Asante sana, sagte Frieda, über die so anders gearteten Haare war sie fast erschrocken. Für einen Augenblick verlor sie sich in der Wahrnehmung der anderen und vergaß die Distanz, die ihr als Europäerin den Afrikanern gegenüber so natürlich vorkam, dass sie sie nicht hinterfragte. Aber sie kehrte nur allzu schnell aus dem unmittelbaren Erleben in die Rolle der überlegenen Weißen zurück, nahm wieder diese ganz bestimmte übergeordnete Haltung an und blickte gönnerhaft.

Wie üppig die Vegetation hier doch ist, wandte sie sich an St. Paul, der die Szene mit einigem Interesse verfolgt hatte. Wilde Baumwollstauden und Bananen überwucherten die erdfarbenen Hütten. Direkt am Meer weidete eine große Zeburinderherde, in den arabischen Ruinen kletterten Ziegen wie Gämsen zwischen den Felsblöcken und die Kälber hatten in den bambusumzäunten Burghöfen natürliche Ställe gefunden.

Die heißesten Stunden in der senkrechten Mittagssonne verbrachten die Europäer auf der *Barawa* beim Mittagschlaf. Als sie am Nachmittag wieder in das Dorf aufbrachen, nahm Frieda ein Gegengeschenk für Mawua mit, einen Fächer, den ihr Anna Keudell aus Berlin geschickt hatte, ein filigranes, mit Biedermeierszenen bemaltes kleines Kunstwerk, dessen Wirkung, so malte es sich Frieda aus, nicht verfehlt sein würde. Sie übergab Mawua das Geschenk und setzte sich, eine gestrüppüberwucherte uralte Moschee zeichnend, in die Nähe der Mädchen, um sie zu beobachten.

Die schwarze Dame nahm nach Art ihres Volkes diesen in Kiloa noch nie da gewesenen Gegenstand mit feierlichem Ernst entgegen und blieb, während die Gefährtinnen sie neugierig umringten, den ganzen Nachmittag in ernst gehobener Stimmung.

Die Frauen aus dem Dorf erschienen und wollten wissen, was sie da habe. Mawua schwenkte den exotischen Gegenstand und erzählte in feierlicher Stimmung jedes Detail ihrer Begegnung mit der Fremden, die sie so reich beschenkt hatte. Sie ahmte ihre Bewegungen nach, fuchtelte mit den Händen in der Luft herum, um den anderen die Art ihrer Haare, ihrer Bewegungen, ihrer Art zu reden und ihre Mimik anschaulich zu machen. Frieda faszinierte die Genauigkeit des mimischen Spiels, die schnelle Beobachtungsgabe und das selbstsicher kraftvolle Auftreten Mawuas. Sie hatte sich einen guten Posten ausgesucht. Während sie alles genau verfolgen konnte, war sie hinter ihrem Busch kaum zu sehen.

Mawua gab jetzt offenbar ihrer Verwunderung über die helle Haut der Europäerin Ausdruck. Sie zeigte, wo sie die Weiße überall angefasst hatte, und lachte – ob aus Vergnügen oder Verlegenheit, das konnte Frieda nicht unterscheiden. Sie sah nur, wie sich das ganze Gespräch um die Begegnung mit einer diesen Menschen völlig fremden Welt drehte und wie sie von den Einheimischen auf das Genaueste beurteilt wurde. Jetzt lachten auf einmal alle. Ja, sie schüttelten sich sogar vor lauter Vergnügen und zeigten auf ihre nackten Beine und Oberkörper. Was haben sie nur?, fragte sich Frieda. Wahrscheinlich machen sie sich jetzt über meine Kleidung lustig. Sie schwitzte unter ihrem langärmligen Kleid und hatte sich schon beim Gedanken ertappt, wie es wohl wäre ohne diesen ganzen Ballast, ohne Hut und lange Ärmel, nur mit einem luftigen, kurzen Hemd oder gar in einer Hose.

Dann zog Mawua plötzlich ihr Geschenk aus der Tasche und bedeutete allen zu schweigen. Sie entfaltete den Fächer, so wie Frieda es ihr beigebracht hatte, und betrachtete die Malereien zum x-ten Mal mit Andacht, während die anderen Mädchen und Frauen aufstanden und den seltsamen Gegenstand anfassen wollten.

Mawua ließ ihn zuschnappen und schlug den allzu Lästigen damit auf die Finger.

Je, hiyo ni ya nini? Zu was soll das gut sein?, fragte eine ältere Frau?

Mawua fächelte den Mädchen Luft zu. Ein Raunen ging jetzt durch die Gruppe. Ah, schienen sie zu begreifen, der Gegenstand funktioniert wie ein Bananenblatt, nur macht er weniger Wind.

Ni ya kufurahisha, sagte Mawua. Dieses Wort kannte Frieda nicht. Sie wollte es sich merken und später St. Paul befragen. Irgendetwas mit »sich erfreuen« musste es heißen, denn alle lachten und waren noch fröhlicher als zuvor.

Nachdem die Sonne glühend im Meer versunken und die kleine Reisegesellschaft mit der Barkasse wieder zurück auf die *Barawa* gefahren war, setzte sich Frieda an Deck. Sie hatten bereits gegessen und warteten nun auf Peters, der sich auf einer Dau flussaufwärts nach Nordwesten begeben hatte, um die Landschaft zu erkunden und Nilpferde zu jagen. Frieda ging Mawua nicht aus dem Kopf. Wie anmutig sie war, wie stolz im Umgang mit Männern, wie selbstbewusst.

Dabei war sie, obwohl sie mir auch heute beharrlich zur Seite blieb, weder zudringlich noch geräuschvoll, notierte sie über ihre Begegnung mit der Fremden. Weder zudringlich noch geräuschvoll ... Das klingt anders als die erste Euphorie zwischen den Ruinen und der wuchernden Natur. Ein erster Schritt der Distanzierung, denke ich. Afrikaner, aber auch Inder und Araber galten Europäern damals oft als *zudringlich.* Kam es zu Begegnungen mit Einheimischen außerhalb der Norm oder zu einer Annäherung über die Schranken der kolonialen Gesellschaft hinweg, folgte meistens ein baldiger Rückzug. Als hätten die Europäer Angst vor dem Zusammenstoß mit der fremden Welt gehabt, Angst vor der Überwältigung und dem Kontrollverlust. Ich versuche mir Frieda vorzustellen, im weißen Europäerkleid, schreibend, manchmal Richtung Strand blickend, zurück in einer Welt, in der sie – auch wenn der Dampfer des Sultans fremdes Terrain war – ihren Platz hatte, eine Weiße unter Weißen, von schwarzen Dienern umringt. Vorbei war die kurze Begegnung zwischen den Völkern, von Gleich zu Gleich, der Schritt in eine wirkliche Freiheit. Frieda schrieb weiter: *Sie bewachte meine Bewegungen mit der Aufmerksamkeit eines klugen Hundes und gab sich sichtlich große Mühe mein gebrochenes Suaheli zu verstehen. Übrigens ist dies der einzige Fall, in dem mir wirkliche Intelligenz bei einer Negerin in diesem Landstrich bis jetzt vorgekommen ist.*

Ich erinnere mich, als ich zum ersten Mal Haut an Haut mit einer Afrikanerin im Bus saß und mir vornahm, ihre Hautfarbe nicht zu beachten, um dann doch von allem fasziniert zu sein, der Schokoladenfarbe, der glatten, trockenen Haut, so dünn wie Seidenpapier, den weißen Fingernägeln mit den dunkelbraunen Rändern. Alle Brauntöne vereint in einem Körper als perfekter Untergrund für die intensiven und satten Farben ihres Kleides.

Ich erinnere mich, wie ich diesem kleinen Mädchen in Tanga, das nicht mehr von meiner Seite weichen wollte, nachdem ich ihm einen Kugelschreiber geschenkt hatte, über die Haare strich. Schüchtern war die Kleine wirklich nicht. Sie hatte ein Kleidchen aus vergilbtem Stoff, und die braunen Füße machten keinerlei Geräusch im Sand unter den Kokospalmen. Sie steckte ihre Hand in meine und zerrte mich zur Hütte ihrer Mutter. Ich musste mich bücken, um durch die niedrige Tür ins Innere der dunklen Behausung zu gelangen. Die Mutter lag auf ihrem Bett oder vielmehr auf einer hölzernen Pritsche, von Fliegen umschwärmt und in einer Art Dämmerzustand. Ob sie Aids hat? fragte ich mich unvermittelt und wand geschockt meine Hand aus der des Kindes, obwohl ich nur zu gut wusste, dass man vom Händereichen, von dieser Geste der Anteilnahme nun wirklich kein Aids bekommen konnte.

Ich erinnere mich schließlich, wie ich mir in den Straßen afrikanischer Städte oft durchschaut vorkam, wie mir wildfremde Menschen sagten, was ich gerade dachte, und sich über meine unsicheren Bewegungen lustig machten. Ihr Körperbewusstsein und die damit verbundene Intuition habe ich immer bewundert. Variationen von Annäherung und Distanzierung.

Zwei Tage später hielt die Reisegruppe in Mchinga-Bay. Peters lud Frieda ein, dabei zu sein, wenn er den ansässigen Araber von der bevorstehenden Übernahme der Verwaltung durch die Deutschen unterrichtete. Eben diese Art der Verhandlungen hatte Peters berühmt gemacht. Ich sehe noch die sogenannten Verträge aus dem Archiv von Sansibar vor mir. Dicke kaiserliche Stempel, ausufernde deutsche Vertragstexte, geschrieben in schwungvoller alter Schreibschrift ... *Sultan ..., Herr von ... etc., alleiniger und absoluter Herrscher von ganz ..., und Dr. Carl Peters als Vertreter der Gesellschaft für deutsche Kolonisation schließen hierdurch einen ewigen Freundschaftsvertrag ab ...* Daneben offensichtlich eine arabische Übersetzung und schließlich der Fingerabdruck des einheimischen Vertragspartners. Was für ein Schauspiel imperialistischen Politikverständnisses, was für ein Theater für jene, die eine ganz andere Art der Rechtsprechung, eine andere Vorstellung von Besitz, andere Begriffe für Raum, Territorium und Ritual hatten als die Europäer des späten 19. Jahrhunderts mit ihrer ausgeklügelten, in Jahrhunderten herausgebildeten Staats- und Rechtstradition. Und dennoch: Waren immer die Einheimischen die Übertölpelten? Ist das nicht erst recht eine eurozentrische Sichtweise, die Einheimischen immer als Opfer, immer als diejenigen zu sehen, die nur reagierten und nicht zu agieren vermochten? Wurden die ach so mächtigen, ach so überlegenen Europäer nicht oft genug zum Spielball einheimischer Kräfte und Gegenkräfte, zu Marionetten der herrschenden Machtverhältnisse? Afrika war kein leerer Raum, Afrika war ein politischer Raum mit seiner eigenen Tradition, Macht auszuüben und Macht zu kontrollieren.

Zu beschaulichen Reflexionen und gemütlichen Unterhaltungen kommt es nicht, wenn Dr. Peters führt. Dieser geniale Mann scheint nur rastlos vorwärts eilen zu können, ohne Rücksicht auf das, was rechts und links vom Wege sich bieten mag, schrieb Frieda später in ihren Reisenotizen über den Besuch des Wali von Mchinga. »Rastlos« und ohne »rechts und links« zu schauen. Wäre sie nicht so verblendet gewesen, hätte sie die Doppeldeutigkeit ihrer Feststellung nicht übersehen und vielleicht sogar bemerkt, was Peters in seiner Ichbezogenheit alles nicht wahrzunehmen vermochte. Aber so beobachtete sie eben nur das Theater, das hier im tiefsten Afrika gegeben wurde.

Peters trug dem Wali, dem Vertreter des Sultans von Sansibar, mit unerschütterlichem Ernst folgende Worte vor, die Walter von St. Paul übersetzte:

Unser Freund, der Sultan Barghash ben Said wird uns laut Vertrag seine Rechte und Befugnisse, was die Verwaltung dieses Hafens anbetrifft, überlassen. Du wirst in Zukunft also mir und denen, die ich Dir hierher sende, zu gehorchen haben.

Baron von St. Paul sprach nicht nur ein grammatikalisch wie idiomatisch einwandfreies Suaheli, er hatte auch Kultur und Sitten der Küstenaraber studiert. Seine Suaheli-Übersetzung wurde schließlich von einem Mitglied der *Barawa*-Mannschaft ins Arabische übersetzt, was mit den in dieser Sprache gebräuchlichen Floskeln und Beteuerungen dreimal so lange dauerte wie der deutsche Wortlaut. Dreimal so lange! Man kann sich ausmalen, was der Araber seinem Landsmann alles noch zu sagen hatte.

Frieda studierte den Gesichtsausdruck des Wali, wie er ernsthaft und aufmerksam die Unterredung verfolgte, wie er seinen Kopf hin und her wiegte und – in ihrer Wahrnehmung – immer ängstlichere Augen bekam.

Sage deinem Herrn, erwiderte er schließlich – die doppelte Übersetzung wurde wieder in Gang gesetzt –, sage ihm, ich sei der Mann des Sayyid, nicht sein Sklave. Die Freunde des Sayyid sind auch meine Freunde, und ich werde ihre Worte so hoch halten wie die des Sayyid selbst.

Auch wir, versicherte Peters, sind Freunde aller Araber, also auch die deinen. Wir sehen in dir, ehrwürdiger Wali, keinen Sklaven, mit dessen Eigentum man nach Belieben schalten kann. Du sollst uns nur ebenso redlich dienen wie dem Sultan.

St. Paul und der arabische Offizier übersetzten die langatmige Konversation. Anschließend verlangte Peters, das umliegende Ackerland zu besichtigen, St. Paul nahm allerlei Bodenproben, man ließ Erde umgraben und die Chancen für diese oder jene Pflanzung analysieren.

Der Wali blieb freundlich und zuvorkommend, nur sein Gesicht verschloss sich zusehends. Diese Weißen benehmen sich wie Besitzer des Landes, nicht wie die neuen Verwalter und Freunde des Sultans von Sansibar, dachte er. Es gefiel ihm gar nicht, und Barghash würde es ebenso wenig gefallen, hatte er doch durch seinen Boten, der einen Tag früher als die *Barawa* in Mchinga eingetroffen war, bereits um eine genaue Beschreibung der wahren Motive Peters' gebeten. Der Wali ließ einen Diener kommen, flüsterte ihm etwas ins Ohr und übergab ihm, ohne von Peters' Delegation dabei bemerkt zu werden, die komplette Mitschrift der Verhandlung samt seiner eigenen Anmerkungen, die sein Schreiber in einem düsteren Eck der Hütte erstellt hatte. Der Diener nickte kurz und verschwand damit Richtung Strand. Frieda hatte nur das Verschwinden des Dieners bemerkt, der nach einiger Zeit – die Herren diskutierten immer noch Fruchtfolgen – mit den schönsten Blumen für sie wieder zurückkam. Ganz orientalische Höflichkeit. Als sich die Delegation ein wenig später am Strand vom Wali verabschiedete, hatte dieser Tränen in den Augen. Leichter Regen hatte eingesetzt, das Land roch nach Fruchtbarkeit und Reichtum.

Am nächsten Tag gelangte die *Barawa* nach Lindi, dem südlichsten Punkt der Reise, heute ein völlig verschlafenes Fischerdorf an der Grenze zu Mosambik. Frieda hatte sich angewöhnt, überall, wo sie hielten, ihre kleine Apotheke auszupacken, um gemeinsam mit Bertha Kranke zu behandeln. Die Buschtrommeln hatten die Kunde, ein weißer Doktor sei gekommen, bald die Küste abwärts transportiert. Jeder sei willkommen, der es bis ans Deck des großen Sultansdampfers schaffe. Der Doktor habe die *dawa* der Weißen mitgebracht, und auch wenn er eigentlich eine Frau sei, so lohne sich der Besuch dennoch. Mit der Zeit wurden die Patienten so zahlreich, dass Frieda und Bertha gar nicht mehr alle behandeln konnten. Sie glitten in den Einbäumen der Fischer an die Seite des Dampfers heran, wurden an Deck gehievt und nach einem ausgiebigen Palaver den weißen Frauen und ihrer Kunst überlassen.

Abdul, bringst du mir bitte noch frisches Wasser, bat Frieda.

Und mir, rief Bertha, noch ein paar frische Tücher.

Ndiyo bibi. Nakuja. Ja, *bibi,* ich komme ja schon, sagte der goanesische Küchenjunge, der in den Ordinationsstunden als medizinische Hilfskraft eingesetzt wurde.

Haraka, haraka, schnell, schnell, es warten noch so viele, und die Sonne geht bald unter. Frieda mochte ihre Arbeit mehr und mehr, sie bewunderte, ähnlich wie in Sansibar, die Ruhe und Geduld der Patienten, ihre Ernsthaftigkeit und das gleichmütige Ertragen allen Leids und aller Schmerzen. Es war befriedigend, etwas Notwendiges zu tun und dafür Dankbarkeit zu spüren. Es verlieh der Reise einen eigenen Sinn und gab Frieda ein wenig von der Unabhängigkeit zurück, die sie an der Seite von Peters verloren hatte. Wie wäre es wohl, dachte sie, wenn ich schon ein ganzes Netz von Krankenstationen aufgebaut hätte? Vielleicht hätte ich dann auch ein Schiff und müsste von Zeit zu Zeit in die entlegenen Gebiete meines Wirkungsbereichs fahren. Ein bewegliches Krankenhaus, immer zur Stelle, wo der Bedarf am größten ist. Der Gedanke gefiel Frieda, er gab ihr ein Gefühl von Freiheit. Wie aufregend, staunte sie über sich selbst. Dass die Freiheit das eigentliche Leitmotiv ihres Lebens war, war ihr noch wenig bewusst, zu sehr hatten sich andere Ziele, etwa die große Aufgabe an der Nation, davorgeschoben. Doch die eigentliche Lebensmelodie wird bei starken Charakteren immer lauter, und so begann sich auch in Friedas Inneren ein neues Sehnen zu rühren.

Ermattet zog sie sich am Ende des langen und arbeitsamen Tages zurück, um ihre Eindrücke zu verarbeiten. Sie waren nun ganz im Süden angelangt, der größte Teil der Reise lag hinter ihnen, auf der Rückreise würden sie erst wieder in Daressalam anlegen.

Dem Menschen hat es Gott verliehen, der schönen Natur den Stempel seines bewußt strebenden Geistes aufzudrücken, schrieb Frieda angesichts der unberührten Schönheit des Küstenlandes, das sie nun acht Tage lang vor Augen gehabt hatte. Gestern war nach dem Regen die untergehende Sonne kurz herausgekommen und hatte Farben von ganz eigenwilliger Schönheit in das Bild gemalt. *Das drängt sich dem Beschauer dieser ostafrikanischen Landschaften immer wieder auf. Sie tragen Reichtum und blühendes Leben in sich verschlossen und scheinen erwartungsvoll dem Herrn der Erde entgegenzusehen, daß er die edlen Keime aus dem langen Schlaf erwecke und ans Licht ziehe.* Beim Anblick des breiten Flusses, der bei Lindi ins Meer mündete, fühlte sich Frieda an den Rhein zwischen Bonn und Koblenz und an das

Siebengebirge erinnert. Dann aber fehlten ihr die Städte und Burgen, die Kirchen und freundlichen Villen. *Hier herrscht noch Einsamkeit. Weißköpfige Flußadler sitzen auf den knorrigen Strünken am Ufer und der gellende Schrei eines wilden Affen tönt von Zeit zu Zeit durch die Wildnis.* Frieda war nicht zivilisationsmüde, sie glaubte an die Voltaire'schen Prinzipien und nicht an Rousseau und seine Vergötterung des Naturzustandes.

Aber, frage ich mich, während ich mit Abraham zurück nach Daressalam fahre, macht nicht eben die unberührte Natur die Faszination Afrikas aus? Zumindest für uns zivilisationsmüde Rousseau-Europäer?

Look, how beautiful. Eine Gruppe Impalas fliegt vor uns über die Straße, als hätten sie meine innere Sehnsucht gespürt und wären zur Bestätigung angetreten. Abraham strahlt. *The »real« Africa* … Besser als in jedem Nationalpark.

Wieso?

Wirklich wild.

Wirklich wild? Ich verstehe dich nicht.

Nun ja, Wildnis und Wildnis ist nicht ein und dasselbe. Das, was als unberührter afrikanischer Busch für ein wildes Safariabenteuer angepriesen wird, ist eine gemachte Wildnis.

Du meinst ein Zoo?, frage ich in einer Mischung aus Erstaunen und Enttäuschung.

Abraham wirft entschuldigend seine Arme in die Höhe, und ich greife schnell ins Lenkrad seines Toyota Landcruiser.

Bis ein Safaripark so wild ist, wie ihn die Europäer haben wollen, braucht es eine Menge Zeit und Arbeit. Die Tiere müssen an bestimmte Wasserlöcher gewöhnt werden, Wege dorthin müssen präpariert und bestimmte Beobachtungsstellen in die Karten der Ranger eingetragen werden. Dann werden die Tiere meistens etwas gefüttert, damit sie zahm werden, und so braucht es noch eine ganze Weile, bis der Park wirklich funktioniert.

Okay, sage ich, will aber nicht aufgeben. Dennoch kann das Leben im afrikanischen Busch selbst in einem Luxuszelt zur Grenzerfahrung werden.

Es kommt eben immer darauf an, woher du kommst und welchen Weg du eingeschlagen hast.

Wie meinst du das, Abraham?

Weißt du, eines hab ich in all den Jahren als Fahrer gelernt. Ich weiß, was die meisten Touristen wollen. Ich kann ihre Wünsche lesen und dir nach ihren ersten Bewegungen sagen, wer sie sind. Viele wollen nur Löwen sehen, also bekommen sie nur Löwen zu sehen. Du interessierst dich für Menschen, das habe ich gleich erkannt. Aber uns Afrikanern gegenüber hast du immer noch eine gewisse Scheu.

Ich versuche euch und dieses Land zu verstehen.

Mit deinem Kopf? Abraham lacht, und ich muss instinktiv mitlachen. Wie recht er hat. All mein Nachdenken über Frieda von Bülow und ihre Zeit, meine ständigen Vergleiche zwischen damals und heute, das ganze Koordinatensystem meiner Suche nach ihr ist gleichzeitig die Mauer, die ich um mich herum errichtet habe, um nicht zu tun, was naheliegend wäre – einfach zu leben und einzutauchen in den Fluss der Zeit.

Bald sind wir in Daressalam, sagt Abraham. Was für eine stolze Stadt. Obwohl du Großstädte kennst, wird in Dar vielleicht dein Kopf mit dem Denken aufhören.

4

Daressalam, Hafen des Friedens, inoffizielle Hauptstadt Tansanias. Der polyphone Klang dieser Stadt pulsiert durch meine Adern. Reste der kolonialen Gartenstadt, zarte Ansätze einer modernen City, graue Betonhäuserzeilen aus Tansanias kommunistischer Zeit an der *Bibi Titi Mohamed Street*, die quirligen Straßen des Inderviertels, seit eh und je Zentrum der kleinen Geschäfte, der Werkstätten und Stoffhändler, und dann noch der atemberaubende zentrale Markt mit seinen Farben, Gerüchen, laut, eng und schnell. *Kariakoo Market* ist der Hauptumschlagplatz des Landes. In Sektoren eingeteilt, findet man vieles, was Tansania zu bieten hat. Obst und Gemüse, getrocknete Bohnen und allerlei Getreide in offenen Säcken, Gewürze, deren Gerüche die ganze Straße erfüllen, zuletzt der Bereich mit dem gewöhnungsbedürftig riechenden Trockenfisch und dahinter die Haushaltswaren. Im Untergeschoss der großen Halle, duster und stickig wie in einem alten Frachter, befindet sich die Warenbörse. Große braune Jutesäcke, Händler mit entblößtem Oberkörper, einige schlafend auf alten Säcken neben ihrer Ware. Auf dem zentralen Markt fließt das ganze Land zu einem einzigen Akkord zusammen.

1887 war Daressalam nicht einfach nur ein Dorf oder ein unbedeutender, kleiner, mit den anderen arabischen Küstenstützpunkten Pangani, Bagamoyo und Kilwa nicht zu vergleichender Hafen. Daressalam war eine *Ruinenstadt,* wie Frieda erschrocken bemerkte. Nur zwei der von Sultan Majid bin Said errichteten Paläste waren noch bewohnbar. Gleich in ihrer Nachbarschaft einsturzgefährdete Ruinen, unfertige, verlassene und schon wieder der üppigen Küstenvegetation anheimgefallene Häuser. So wie heute Bagamoyo. In der ersten Hauptstadt Deutsch-Ostafrikas kam mir der gleiche Begriff in den Sinn, *Ruinenstadt*, nur sind die gespenstischen Gemäuer dort mehrheitlich Ruinen von Gebäuden aus der deutschen Kolonialzeit. Man muss die historische Zeit manchmal zusammenstauchen wie eine Ziehharmonika, um das Wiederkehrende in ihr wahrzunehmen.

Ich kann […] in Wahrheit versichern, daß ich mich, so weit meine Erinnerung reicht, noch nie so frisch und geistig wohl befunden habe, wie hier in diesen ganz primitiven Verhältnissen. Frei und leicht wird es dem geplagten Kulturmenschen zu Mute, wenn er einige Dutzende der Sclavenketten, die wir »Bedürfnisse« nennen, abzuwerfen genötigt ist. Frei und leicht … Es sind neue Töne, die Frieda in Daressalam anschlägt. Ihre Sehnsucht, den hiesigen Verhältnissen den eigenen Stempel aufzudrücken, ist ein Stück weit in den Hintergrund getreten und hat einer anderen Empfindung Platz gemacht, nämlich dem Gefühl, durch Vereinfachung und Verlangsamung des Lebens zu einem freieren Selbst zu gelangen. Wandelte sich Frieda in Afrika doch allmählich von der Voltaire- zur Rousseau-Europäerin?

Als sie in Daressalam ihre erste eigene Krankenstation aufbaute, war die Küste Ostafrikas noch im Besitz des Sultans von Sansibar, die Verhandlungen Carl Peters' über eine Verpachtung, Abtretung, Mitnutzung – was immer für Konstrukte und Camouflagen er sich für die Eroberung der Küste ausgedacht hatte – steckten wieder einmal fest. Und während Peters in Sansibar versuchte, die Scherben seines allzu unachtsamen Vorgehens zu kitten, erlebte Frieda glückliche Tage am Festland. Sie bezog mit Bertha ein Zimmer im Deutschenhaus, einem aus vier kleinen Inderhäusern zusammengesetzten Bau ohne Glasfenster, ohne Schränke oder verschließbare Türen.

Auf der Veranda vor den Zimmern, die abwechselnd als Speisesaal, Kirchenraum oder zum Aufhängen der Wasche diente, wohnten eine Vielzahl zahmer Tiere. Moses, Heraklith, Männchen und Elias waren die Stationspapageien. Auch eine zahme Manguste, ein Zwischending zwischen Affe und Ratte, verlebte ihre Tage auf der Veranda, vorzugsweise auf dem langen Rocksaum von Frieda. Sie schlief genüsslich, während diese ihr Tagebuch schrieb.

Hauptmann Leue war besonders gut gelaunt zum Frühstück erschienen. Der Tag versprach, abwechslungsreich zu werden, denn das Neujahrsfest von Daressalam stand bevor.

Männchen, komm her, rief er seinem Lieblingspapagei zu, während er ein hausgebackenes Brot mit einheimischem Honig bestrich.

Aufgepasst, liebe Baronin, der Papagei wird Ihnen jetzt gleich ein Kunststück vorführen.

Da bin ich aber sehr gespannt. Frieda blinzelte in die Sonne, eine leichte Morgenbrise kräuselte das Wasser im Hafenbecken vor dem Stationshaus. Man hörte schon die Trommeln des Festes, von überall schienen sie sich zu nähern.

Was ist das?, wollte Frieda wissen. Doch keine *ngoma*?

Doch, wir feiern heute Neujahr, sagte Leue. Der Botschafter des Wali war schon vor dem Frühstück bei mir, um uns alle samt den Stationsarbeitern und Dienern einzuladen.

Mittlerweile war Männchen herangeflogen, er pickte seinem Herrchen einige Brotkrümel aus der Hand und warf sich dann auf den Rücken.

Sehen Sie, Baronin, er stellt sich tot.

Wie haben Sie ihm denn das beigebracht?

Durch konsequente Befehle. Leue zwinkerte ihr verschwörerisch zu.

Und kann er die Befehle mittlerweile nachplappern?, gab sie zurück.

Haraka, haraka, zu mehr haben wir es noch nicht gebracht.

Haraka, haraka, krächzte das Tier und holte sich eine Mangoscheibe als Belohnung von dem ihm dargereichten Teller.

Und, sagte Frieda ohne viel Hoffnung, könnten Sie den Verantwortlichen für das Neujahrsfest nicht ausrichten lassen, dass sie nicht direkt in unserer Nähe diesen großen Lärm veranstalten sollen? Die Nichte des Pastors hat hohes Fieber.

Ganz unmöglich, das wäre eine Verletzung der Sitten. Ich habe dem Wali sogar meine Rückeinladung ausgesprochen, heute werden wir die Festgesellschaft verköstigen, und zwar alle, die sich vor dem Stationshaus einfinden und an den Darbietungen teilnehmen.

Frieda wurde blass. Sie selbst hatte durchaus Freude an den wilden Schwerttänzen der jungen Männer, an der Farbenpracht ihrer Turbane, ja sogar an den Trommeln, die nicht eher schweigen würden, bis jeder von ihnen erfasst und in eine Art Trance versetzt worden war. Sie fühlte sich nur verantwortlich für die Kranken des Hauses und glaubte, dass das Fieber durch Lärm und Unruhe eskalieren könnte.

Es tut mir leid, dass ich Ihnen in dem Fall nicht besser zu Diensten sein kann. Leue erhob sich. Ich muss den Leuten noch ihr *sikukuu* auszahlen, das Festtagstrinkgeld. Ah, da ist ja Faradi! Die Baronin kommt gleich, sie frühstückt nur zu Ende.

Faradi war ein kleiner Sultanssklave. Vor Kurzem war er in sein Messer gefallen, und Leue hatte ihn vor dem Verbluten gerettet. Frieda beeilte sich, Faradi war ihr Lieblingspatient. Immer war er gut gelaunt, seine dunklen großen Augen strahlten, wenn er sie sah.

Jambo, Faradi, wie geht es heute? Statt einer Antwort hob er sein Hemd und gab den Blick auf die immer noch schlimme Wunde frei.

Hier, *bibi*, schau.

Frieda ließ schnell frisches Wasser und Verbandszeug holen. Hätte Leue nur eine krumme Nadel und antiseptischen

Faden gehabt, die Verletzung wäre längst verheilt. So aber hatte sie sich entzündet und konnte nur durch die regelmäßige Desinfizierung und ein allmähliches Austrocknen langsam auf den Weg der Besserung gebracht werden. Faradi beobachtete jede Handbewegung von Frieda, jeden Wimpernschlag ihrer Augen, und als sie fertig war, eilte er vor die Haustür, um kurz darauf mit einem Korb voller Kokosnüsse als Dank zurückzukommen.

Hii ni yako, das ist für dich, *bibi.*

Friedas kleine Krankenstation erfreute sich vom ersten Tag an regen Zuspruchs. Sie wunderte sich wieder einmal, wie schnell sich Nachrichten in Afrika verbreiteten. Kinder mit Geschwüren, junge Männer mit eiternden Wunden oder auch nur schelmische Jungen, die mehr unter ihrer Neugier auf die weiße Medizinfrau litten als unter einer echten Krankheit. Wasser und Hygiene waren die einfachen, aber hierzulande vernachlässigten Heilmittel, mit denen Frieda die größten Erfolge hatte. Einmal wusch sie ein Inderkind, das vor lauter Schmutz einen schmerzenden Ausschlag bekommen hatte, vor den erstaunten Augen seines sorgenvollen Vaters mit warmem Wasser und – nachdem sie die Seife ihrer kleinen Apotheke nicht finden konnte – mit ihrem persönlichen Exemplar. Der Vater war so überzeugt von der Wirkkraft gerade dieser Seife, dass er erst zum Gehen bereit war, als sie ihm davon ein großes Stück abschnitt.

Ich habe mitten im Zentrum im *New Africa Hotel* Quartier bezogen. An seinem Platz stand zu deutscher Zeit noch das *Hotel Kaiserhof* und später, als die Kolonie nach dem Ersten Weltkrieg bis zur Unabhängigkeit 1961 unter britische Verwaltung kam, das alte *New Africa Hotel.* Auch heute ist es wieder ein Mittelpunkt der Stadt. Ich vergleiche den Blick aus meinem Fenster mit dem alten Stadtplan. Da, auf der Landzunge links muss sich Immanuelskopp, Greiners erstes Missionshaus, befunden haben. Und da, unmittelbar auf der Straße vor dem Hotel, war damals irgendwo das alte Inderhaus, das vor der Übersiedlung in die *boma* die gesamte deutsche Gesellschaft der Stadt beherbergte. Trotz der mittäglichen Hitze zieht es mich hinaus auf die Straße. Der Schritt aus dem klimatisierten Hotel ist wie ein Schritt von Europa nach Afrika. Erst auf der Kivukoni Front, der am Hafen entlangführenden Uferstraße, lässt sich's wieder atmen. Die alte *boma*, heute Sitz der UNESCO, der 1906 erbaute Bahnhof, das ehemalige Kaiserliche Bezirksamt, in dem auch heute die Stadtverwaltung untergebracht ist, das Gebäude der Benediktinermission, die neugotische St.-Josephs-Kathedrale und nicht weit davon entfernt die zur gleichen Zeit entstandene Lutherische Kirche. Die Gebäude aus der Zeit, als Daressalam Hauptstadt der deutschen Kolonie war, prägen noch immer das Stadtzentrum. Heftiges Gedränge am Hafen, jeder will mir ein Ticket nach Sansibar verkaufen, oder Erdnüsse, Coca-Cola oder auch eine neue Vodafone-SIM-Karte. Schließlich gehört das Handy zur Grundausstattung jedes Gemüseverkäufers hier, Vodafone hat mit Prepaid-Karten ein Bombengeschäft gemacht. Nach einer kurzen Gewöhnungsphase an das Leben in dieser typischen Drittweltmetropole schält sich langsam Daressalams historische Stadtstruktur aus den bunten Bildern, und ich sehe, wie grün die Stadt, die einst als Gartenstadt angelegt wurde, immer noch ist. Mit jeder neuen Straße, mit jedem erfolgreich abgewehrten Straßenverkäufer, jedem Schritt auf dem heißen Trottoir verschmelze ich aber auch mehr und mehr mit dem wogenden Leben und den Menschenmassen, von denen ich mich mal hierhin und dann wieder dorthin treiben lasse.

Dort, wo ich nach dem alten Plan die Missionsstation vermutete, ist heute der neue Fischmarkt, direkt am Wasser. Trauben von Frauen in leuchtenden *kangas* ersteigern die frische Beute der Fischer, riesengroße Papageienfische schillern türkis, Rauch steigt auf über den kleinen Feuern auf denen *daggas* gebraten werden, klitzekleine Fischchen, die man mit Haut und Gräten verzehrt. Langsam versinkt die Sonne im Meer. Die Fähre hat einen neuen Schwung Menschen an Land gespült, und ich lasse mich mit ihnen zurücktreiben Richtung Zentrum. Plötzlich gibt es eine kleine Schlägerei in der Menge, und ein Polizist in weißer Uniform fischt mich aus dem Getümmel. Ich solle schleunigst dafür sorgen, dass ich von der Straße wegkomme, in der Nacht sei die Gegend um den Fischmarkt für Ausländerinnen viel zu gefährlich. Ich danke und grüße freundlich, wenn auch betrübt, hat er mich doch aus meinem Eingetauchtsein herausgerissen und mich wieder zu dem gemacht, was ich bin, eine Weiße, eine Frau, eine Fremde.

Frieda wachte am anderen Tag mit schwerem Kopf auf, sie hatte noch die *ngoma* in den Gliedern. Immer noch hörte man hier und da Trommeln, das gehörte wie das Schlagen der Wellen und das abendliche Konzert der Zikaden und Ochsenfrösche zum rhythmischen Klang dieses Teils der Welt. Es klang ganz anders als mein Daressalam, es klang wie ein kleines afrikanisches Dorf am Rande der Savanne. Am Abend, als das Fieber von Greiners Nichte wieder stieg, hatte sie sich ein Herz gefasst und den Pastor gebeten, auf diplomatische Weise für ein Ende des Festes vor dem Haus zu sorgen. Greiner hatte daraufhin mit dem nötigen Palaver seinen und Stationshauptmanns Leues überschwänglichen Dank für die prächtigen Darbietungen überbracht. Das wirkte, ohne die Araber zu verstimmen.

Greiner, das musste Frieda sich wieder einmal eingestehen, war eben ein wirklicher »Afrikaner«, einer derjenigen, die diese Zuschreibung ob ihrer Kenntnisse von Land und Leuten auch wirklich verdienten. Nun saß sie bei seiner Nichte, deren Fieber in der Nacht Gott sei Dank gesunken war, und flößte ihr ein mit Chinin versetztes Getränk ein, das die geschwächte Patientin wieder auf die Beine bringen sollte.

Währenddessen war Greiner kurz zum Bauplatz hinübergegangen, um nach dem Rechten zu sehen. Der Alltag Daressalams nahm seinen gewohnten Lauf. Da sah Greiner auf einmal schon von Weitem das schwarze Kreuz auf dem Segel der Missionsdau, die würdevoll in das große, nur bei Flut befahrbare Hafenbecken Daressalams einbog.

Die Väter vom Heiligen Geist. Père Étienne Baur, der hat mir gerade noch gefehlt, murmelte der Missionar und klopfte die Erde von seinem Arbeitsanzug. Er hatte schon wieder Mangobäume gepflanzt und nebenbei die Arbeiten am Hausbau beaufsichtigt. Mehr als die Fundamente war bis jetzt nicht vorhanden, alles ging so langsam, jeden Schritt musste er seinen schwarzen Arbeitern beibringen.

Nitarudi saa nane hivi, ich komme am Nachmittag zurück, erklärte er Mohamed, dem Aufseher. Und dass hier nicht gefaulenzt wird!

Greiner marschierte am Strand entlang Richtung Stationshaus. Er hatte schon viel geschafft, er hatte Kokospalmen, Bananenstauden, Hirse und diverse Gemüsesorten gepflanzt, Holz für das Haus gekauft, mit Büttner und Distelkamp in Berlin wegen des Planes verhandelt, aber dennoch wurde er das Gefühl nicht los, einen sinnlosen Wettkampf gegen die Zeit zu führen und gegen die mächtigeren und vor allem wohlhabenderen Katholiken keine Chance zu haben. Als er zu Hause ankam, waren Père Étienne und der Bischof von Sansibar, Monseigneur de Courmont, schon von Frieda und Herrn Leue in Empfang genommen worden. Man setzte sich soeben zum Diner.

Bonjour, lieber Pastor Greiner. Père Étienne kam freudig auf den Kollegen zu. Wir haben Sie und Ihre Frau bewundert, als Sie neulich auf der Dau von Sansibar hierhergesegelt sind. Auf so einem kleinen Schiff kann das gefährlich werden.

Wir segelten mit Gott, lieber Bruder. Was bringt Sie und den Bischof in unser bescheidenes Daressalam?

Wir wollten Ihnen unsere Aufwartung machen. An der Küste gibt es wenige Missionare, da ist uns jeder im Namen Gottes willkommen.

Das freut mich, sagte Greiner noch immer etwas säuerlich. Und wie laufen die Dinge in Bagamoyo und Sansibar?

Alles geht seinen gelobten Gang. Sie hatten uns doch den Patienten Albrecht von Bülow empfohlen, nicht wahr? Ist der vielleicht mit dem Fräulein von Bülow verwandt?

Ja, er ist mein Bruder. Wie geht es ihm? Frieda, die dem pikanten Gespräch der Geistlichen gelauscht hatte, war bleich geworden, als die Rede auf Albrecht kam. Sie stand Todesängste um den Bruder aus, den es, nachdem Regierungsbaumeister Wolf am Fieber erkrankt und verstorben war, ebenfalls erwischt hatte. So schlimm wie diesmal war Albrechts Fieber noch nie gewesen. Frieda hatte nur vage Nachrichten, Albrecht lag mittlerweile im französischen Hospital in Sansibar. Jede Nacht plagten sie Angstträume, haderte sie mit der Entscheidung, in Dar geblieben zu sein, um ihre kleine Krankenstation aufzubauen. Sie sagte sich, dass Albrecht nirgends besser untergebracht sei als bei den Schwestern vom Heiligen Geist. Aber wenn er starb?

Ihr Bruder schwebte in Lebensgefahr, erzählte Père Étienne. Der österreichische Marinearzt übergab mir den Patienten mit den Worten, er könne nun nichts mehr für ihn tun, er werde alles mir und meinen – offenbar weithin bekannten – Heilkünsten überlassen.

Diese teuflischen Zelte, sagte Frieda, und Greiner stimmte ihr ausnahmsweise zu.

Die reinsten Fieberbrutstätten, ereiferte sich der evangelische Pastor. Die meisten Todesfälle, die ich bisher begleiten musste, waren fehlender Hygiene, Disziplin und der Unwissenheit unserer Landsleute zu verdanken.

Und was haben Sie mit Albrecht unternommen?, wollte Frieda wissen.

Ich habe mein Kraftmittel angewandt. Riesige Gaben Chinin, davor jeweils Brechmittel, um den Magen leer zu fegen und eine optimale Wirkung der Medizin zu gewährleisten. Er hat es überstanden. Ihr Bruder hat eine richtige Rossnatur, liebes Fräulein. Es war, wie Sie ja selbst wissen, sein dritter Anfall von bösartigem Gallenfieber. Andere Naturen wären schon längst unter der Erde.

Frieda war erst knapp drei Monate in Afrika, doch das Fieber und der Tod waren zu alltäglichen Begleitern ihres Lebens, zu ewigen Schatten an den Wänden der Schlafkammern und zur Herausforderung für alle wirklichen und selbst ernannten Doktoren der kleinen Kolonialgemeinde geworden.

Ich habe Abraham wiedergetroffen, um mit ihm die Gegend zu erkunden, Bagamoyo, Sadani ..., überall besuchen wir alte deutsche Friedhöfe, Abraham kann gar nicht genug von ihnen bekommen.

Let's see the German cemetery, sagt er an jedem Ort, den wir passieren, und schon stapfen wir wieder durch ein von Gras und Buschwerk überwuchertes Gräberfeld und versuchen die verwitterten Inschriften zu entziffern.

Look, this one became only forty years old, ruft er mir zu.

Und der dort, erwidere ich, war kaum dreißig. Und da, schau doch, Abraham, da ruhen zwei Säuglinge. Ich spüre die Trauer über den frühen Tod der kleinen Geschöpfe beim Anblick des kleinen Grabsteins noch, ahne, wie bestürzt die Eltern waren, als sie das Antlitz ihres Kindes zur Erinnerung in weißen Marmor meißeln ließen. Ein Schmerz teilt sich mir mit, in den die eigene Angst vor dem Tod, das Erstaunen über das prekäre Leben in den Tropen mit eingeflossen sein muss.

Abraham und ich führen unsere Statistik, und ich frage mich, was wohl ihn, den Abkömmling des Pare-Volkes aus den Usambara-Bergen, so an den verstorbenen Deutschen interessiert.

Weißt du, sagt er, so ist es bei uns üblich. Gräber müssen besucht werden. Ob du die Verstorbenen gekannt hast oder nicht, spielt dabei nur eine untergeordnete Rolle. Um Gräber muss man sich kümmern, denn der Geist der Ahnen ist stark. Außerdem, fügt er noch hinzu, gefällt es mir, dass du und ich in meinem Land eine gemeinsame Geschichte haben.

Brrrr, brrrr ... Frieda beruhigte den Maskatesel, den eine muhende Kuh erschreckt hatte. Eigentlich war das edle Tier gutmütig, man konnte es, bloß auf einer Decke sitzend, sogar im Damensattel reiten. Doch vor einigen Tagen hatte der Esel Frieda abgeworfen, als er einen Sprung zur Seite machte. Sie hatte – wie dumm, dachte sie nun – mit beiden Händen einen Regenschirm aufgespannt, weil es zu tröpfeln begann.

Ist schon gut, du kannst dich wieder beruhigen, du schreckhaftes Tier. Sie klopfte dem Esel auf seinen weißen Hals. Die kleinen Reitausflüge ins Umland von Dar waren ihre neueste Errungenschaft, sie liebte diese Stunden der Ruhe und lauschte der friedlichen Abendsymphonie der Grillen und Ochsenfrösche. Auf den Wiesen grasten die Zeburinderherden der reichen Inder, Ananasstauden und gelb blühende Mangobäume mit ausladenden Kronen säumten den Weg, Baumwollsträucher, die langen saftigen Blätter der Bananen und Gruppen schlanker Kokospalmen ragten in den Himmel.

Frieda liebte diese märchenhaft schöne Parklandschaft. Sie wusste nicht, ob sie sich freuen oder ihre baldige Abreise nach Sansibar bedauern sollte. Hier in Dar war sie auf eine Weise glücklich, wie sie es in Sansibar nicht gewesen war, hier hatte sie ein Stück weit zu sich selbst gefunden, sie war ruhiger geworden und hatte begonnen, Afrika durch ihre Arbeit neu wahrzunehmen. Sie wunderte sich, wie wenig sie *ihn* in den Wochen der Trennung vermisst hatte. In ihrer Ausgeglichenheit hatte sie nicht weiter über ihr gemeinsames Leben nachgedacht. Ohne dem Gefühl wirklich auf den Grund zu gehen, hatte sie die Zeit wie ein Aufatmen, wie eine kurze Phase der Rekonvaleszenz empfunden. Doch nun musste sie zurück, sie wusste, dass sie nur in Sansibar ihr zentrales Krankenhaus aufbauen konnte. Sansibar war der einzige halbwegs zivilisierte Ort in ganz Ostafrika, der einzige Platz mit Infrastruktur, die einzige Stadt. Es gab genügend Ausländer und ein gesünderes Klima als im sumpfigen, fieberzüchtenden Daressalam. Auch Marie Rentsch, die längst auf die Insel zurückgekehrt war, hatte das bestimmt schon begriffen.

Auf dem Dach eines Hauses beobachtete Frieda einen Moslem, der unter ständigen Verbeugungen und dem Absingen langer Koranverse sein Abendgebet verrichtete. Die Sonne versank langsam im Meer, und die Grillen begannen zu zirpen. Frieda dachte an die Schwierigkeiten, die sie in Sansibar erwarten würden. Marie Rentsch soll sich die Gunst des Konsuls erworben haben, hatte Greiner neulich ganz nebenbei erwähnt. Frieda hatte sofort aufgehorcht.

Was meinen Sie damit?, fragte sie ihn.

Sie will einige Zimmer für die neue Krankenstation anmieten.

Tatsächlich? Frieda versuchte harmlos zu klingen.

Auch Peters hat ihr seine Unterstützung zugesichert, zog nun der Missionar seinen größten Trumpf aus der Tasche.

Peters? Nun wurde Frieda doch blass. Was hatte das alles zu bedeuten? Sie konnte es kaum glauben, Peters hatte ihr seine ganze Loyalität zugesichert. Sie stand auf und tat, als müsste sie noch etwas aus der Stationsapotheke holen. Dann setzte sie sich vor ihrem Zimmer auf die Veranda und wartete auf Hauptmann Leue. Er war schließlich Mitglied der Deutsch-Ostafrikanischen Gesellschaft, ein Mann Peters', ein Getreuer. Doch Leue wusste nicht viel, diese Frauensachen hätten ihn noch nie wirklich interessiert, gestand er ihr. Übermorgen werde das Postschiff auf seinem Weg nach Sansibar in Dar halten, sie und Bertha könnten doch mitfahren und selbst nach dem Rechten sehen.

Und die Kranken hier?

Ach, mit denen werden wir schon fertig, sagte er lässig. Wenn Sie, liebe Baronin, mir die Apotheke mit den krummen Nadeln und all die anderen Hausmittelchen und Wässerlein hierlassen würden?

Nein, lieber Hauptmann, ich habe eine bessere Idee. Ich lasse Ihnen Bertha.

Da lässt sich natürlich nicht widersprechen. Wenn Sie sie entbehren können? Bertha ist ein sonniges Fräulein, und wir Männer gewinnen an Format, wenn ein weibliches Wesen aus der Heimat den Haushalt bestimmt.

Das kann man wohl sagen, lachte Frieda, der die Blicke des Hauptmanns, sobald Bertha die Veranda betrat, nicht entgangen waren.

Und außerdem, sprach sie weiter, entspricht es meinen Plänen. In Sansibar will ich zwar das zentrale Krankenhaus gründen, an der Küste aber, überall dort, wo die Deutsch-Ostafrikanische Gesellschaft Stationen aufbaut, sollen Dependancen entstehen.

5

Ich habe es mir am Schwimmbad des *New Africa Hotel* bequem gemacht, die Hitze steht in den Gassen und nur der leichte Wind vom Meer sorgt dafür, dass das Klima in Daressalam halbwegs erträglich bleibt. Ich habe Dokumente rund um mich ausgebreitet und Bleistift und Block zurechtgelegt. Wie kam es, dass Friedas und Peters' Stern nach der triumphalen Reise entlang der Küste ins Sinken geriet? Frieda erlebte zwar nach der Atempause in Daressalam, die sich tief in ihr Herz gegraben hatte, noch zwei Monate voll Glück und Erfüllung beim Aufbau ihrer Krankenstation in Sansibar, und sie ignorierte, so gut sie konnte, das unheilvolle Netz, das sich mehr und mehr um sie und Peters zusammenzog. Doch dann ging es plötzlich Schlag auf Schlag und alles, was sie aufgebaut hatte, zerbrach. Aber warum? Über was stolperte sie? Und Peters? Auch er, der zuvor auf einer schier endlosen Erfolgsschiene dahingeglitten war, hatte nun große Schwierigkeiten. War Barghashs Kalkül aufgegangen? Was hatten ihm seine Getreuen über Frieda und Peters von der *Barawa* mitgebracht? Und war wirklich der Sultan von Sansibar, an dessen Thron die Europäer sägten, am Intrigenspiel beteiligt? Er hatte, so viel stand fest, Carl Peters seine Gunst entzogen. Weil er ihn fürchtete oder weil sich die Kräfteverhältnisse auf seiner Insel verschoben hatten? Steckten gar Bismarck und das Kolonialamt in Berlin mit ihm unter einer Decke? Bismarck hasste Peters und Barghash wollte plötzlich nur noch mit dem deutschen Konsul verhandeln, dem neuen Konsul Michahelles, den Vorgänger Hans Arendt hatte Berlin abgezogen. Und was war aus dem ominösen Liebesbrief geworden?

Sehr geehrter, lieber Inspektor ... Ich lese wieder einmal in den Briefen von Marie Rentsch an Pastor Büttner in Berlin. Der Krankenhauskonflikt strebte seinem Höhepunkt zu. Beide Frauen, Frieda und Schwester Marie, hatten Fürsprecher, beide versuchten, ihre Organisation in Deutschland bei Laune zu halten, beide hatten erste Erfahrungen mit den Krankheiten in den Tropen gemacht. Marie Rentsch schrieb ellenlange Briefe an Büttner, der briefliche Austausch mit ihm muss ihr eine große Stütze gewesen sein. Offen beschreibt sie ihre Einsamkeit, dass sie sich ausgesetzt und von feindlichen Kräften umgeben fühle. Offenbar hatte sie sich die Arbeit in Afrika anders vorgestellt, als einen großen Akt der Nächstenliebe und nicht als einen Kampf gegen Intrigen, Inkompetenz, Verlogenheit und vor allem gegen diese Frieda von Bülow, die sie verachtete, weil sie die weiblichen Tugenden mit Füßen trat. Fast in jedem Brief berichtete Schwester Marie von neuen Untaten der Rivalin. Davon, dass Frieda ihr Geld – also das Geld des Frauenvereins – im teuersten Hotel Sansibars verprasste, während sie, Marie, nur dank der Mildtätigkeit des Konsuls, bei dem sie mittlerweile wohnte, halbwegs komfortabel untergebracht sei. Sie beklagte, dass Frieda rein gar nichts von der Krankenpflege verstehe – sogar Michahelles, der neue Konsul, habe ihr dies bestätigt und, soweit sie richtig informiert sei, sogar das Auswärtige Amt darüber unterrichtet. Friedas Berichte über die florierende junge Kolonie seien nichts als hohle Propaganda und Kartenhäuser der Lüge. Im Grunde genommen habe ihre Rivalin nichts anderes im Kopf, als sich zu amüsieren.

Ich vergleiche Maries Briefe an Büttner mit den Tagebuchaufzeichnungen von Frieda. Über den Krankenhausstreit schreibt Frieda nichts, vielleicht hat sie diesen Teil für die spätere Veröffentlichung gestrichen. Und doch, wenn ich alle mir bekannten Quellen und die Chronologie der Ereignisse in ein Bild zu bringen versuche, gleiten meine Gedanken immer wieder zu diesem Liebesbrief. Lora Wildenthal, eine der wenigen Historikerinnen, die über Frieda von Bülow gearbeitet haben, erwähnt ihn in ihrem Buch. Er sei dem Kapitän der *Barawa* in die Hände gefallen und über Umwege nach Berlin gelangt. Dadurch sei die Liebesaffäre zu Peters bei der Evangelischen Missionsgemeinschaft und beim Frauenbund vom Gerücht zur belegten Tatsache aufgestiegen. Frieda, deren eigenmächtiges Handeln schon länger das Missfallen ihrer Organisation erregt habe und deren Ruf bereits angeschlagen gewesen sei, sei daraufhin gezielt vom Frauenbund ins Visier genommen worden.

Überlegen Sie doch, hatte mir die Feminismus-Forscherin gesagt, wie sollte Frieda in der damaligen Zeit so etwas überstehen? Eine Ehe ohne Trauschein, freie Liebe, Sexualität außerhalb der verbindlichen Norm? Unmöglich. Sie müssen sich Frieda als eine höchst moderne Frau vorstellen, sie hat viel Klatsch verursacht, aber im Gegensatz zu heute schaffte sie es damit nicht auf das Cover irgendeiner Society-Zeitschrift.

Ja, das klingt einleuchtend, denke ich, während ich mir ein Club-Sandwich und eine Coca-Cola an den Pool bestelle. Ich sehe die heutigen Frauen in den Klatschspalten der Illustrierten vor mir, die Paparazzi in St. Tropez, all die Geschichten über Liebesaffären und Ehestreitigkeiten, all die Enthüllungsstorys, die den Enthüllten nur zu mehr Prominenz und Erfolg verhelfen.

Dann überkommt mich Wehmut, unendliche Wehmut. Mir wird mit einem Schlag bewusst, dass meine eigene Zeit in Tansania bald zu Ende geht. Jeden Augenblick davon will ich wahrnehmen, wie die brennende Sonne auf meiner Haut. Sobald die ärgste Hitze vorbei ist, werde ich wieder durch die Straßen der Stadt laufen, und wer weiß, vielleicht doch wieder in das Tragflügelboot nach Sansibar einsteigen und meinen Flug zurück nach Europa versäumen, einfach so. Dann würde ich morgen in Stone Town aufwachen, mich mit Saad zum Frühstück verabreden und wieder durch all die Straßen wandern und den vielen Stimmen lauschen, die Geschichten erzählen von den Einheimischen und den Fremden, den Eroberern und den Liebhabern Sansibars.

Da mir die Herren der Deutsch-Ostafrikanischen Gesellschaft in der zuvorkommendsten Weise geholfen haben, ist es mir gelungen, ein nicht weit von der Stadt am Meer gelegenes Haus zu mieten. Es ist umgeben von herrlichen Bäumen, schattig und still, also für Kranke und Erholungsbedürftige der geeignete Aufenthalt, schrieb Frieda Ende September in ihr Tagebuch. Sie hatte es also geschafft. In Daressalam hatte sie die kleine Krankenstation aufgebaut, die nun von Bertha betreut wurde, jetzt gelang ihr auch in Sansibar, was sie sich vorgenommen hatte. Ich habe ein Foto von ihrem Haus außerhalb der Stadt. Es zeigt ein tatsächlich sehr großes Gebäude mitten in einem wuchernden Garten, ein großes Krankenhaus hätte darin Platz gefunden, wenn Frieda genügend Zeit geblieben wäre, ihre Pläne zu verwirklichen. Doch zuerst einmal musste sie das Haus neu einrichten.

Heute habe ich vor Ungeduld und Ärger geweint. Man braucht nur etwas Dringendes vorzuhaben, wobei man auf hiesige Zwischenhändler angewiesen ist, so lernt man ein Lied von der Unzuverlässigkeit und unbesiegbaren Indolenz dieser Orientalen singen. Frieda hatte es eilig, sie wusste, dass sie Fakten schaffen musste, bevor man ihr wieder Knüppel zwischen die Beine warf. Viele Kisten aus Berlin mit Bettzeug, Verbandsmaterial, Wäsche und sonstigen, den Einheimischen unbekannten Gegenständen aus Ulaja, aus Europa, waren bereits eingetroffen. Sie wurden von der typischen Trägerkolonne, wenig bekleideten Schwarzen, deren Gesänge je nach Gewicht der auf dem Kopf balancierten Ladung im Rhythmus wechselten, aus dem nahen Stadtzentrum angeliefert. Frau Glühmann, eine Arabisch sprechende Griechin, und ihr deutscher Gatte wurden als Haushälterehepaar engagiert, der *houseboy* Boheti und der Küchenjunge Hamed siedelten aus der DOAG-Station in Daressalam nach Sansibar über.

Kaum waren die Fensterläden des Hauses und die alte Sansibartür, jene für Sansibar so charakteristischen, kunstvoll geschnitzten Holztüren, geöffnet, kamen auch schon Patienten aus der nahen Umgebung, und die ersten europäischen Fieberkranken legten sich in die Krankenbetten der neuen Station. Frieda ließ Fieberkurven anlegen, sie selbst führte genaue Statistiken über den Verlauf der Krankheiten. Sie konnte ihr in Daressalam gewecktes Interesse für die Entwicklungen der Tropenmedizin nun vollends entfalten. Hier in Sansibar konnte sie nicht nur selbst entscheiden, welchen Doktor sie für ihre Patienten holte, sondern auch, wie sie ihre Krankenstation organisieren wollte. Wenn die Station einmal aufgebaut und durch die Unterstützung aus Deutschland genügend Mittel vorhanden wären, würde sie in Sansibar ein zentrales Medikamentenlager einrichten und von hier aus das Netz der Krankenstationen auf dem Festland versorgen, die von ein bis zwei Pflegerinnen geführt werden sollten. Frieda schwebte ein großes, langfristiges Unternehmen vor, gänzlich von Frauen betrieben, eng an die Deutsch-Ostafrikanische Gesellschaft und die bald entstehende Kolonialverwaltung gebunden, aber dennoch zuständig für Patienten aller Hautfarben, nicht nur für die eigenen Leute.

Gute Nachrichten von Daressalam, vermerkte sie Mitte November in ihrem Tagebuch. *Bertha hat meine Sendung erhalten. Sie hat täglich schwarze, arabische und indische Patienten; daneben beaufsichtigt sie die Küche der Station.* Alles schien voranzuschreiten. Auch die neue Krankenstation in Sansibar erfreute sich zunehmender Beliebtheit. Die Gruppe Fellachen aus Ägypten, die zum Tabakanbau nach Sansibar gekommen und am Fieber erkrankt waren, erholten sich langsam, und immer wieder kamen reiche Inderinnen und Araberinnen oder ließen nach dem »weiblichen Doktor« rufen, da sich die Orientalinnen von den Ärzten der Insel nicht behandeln lassen durften.

Nur Urdili Effendi, der Leiter der Fellachen, macht mir Sorgen. Frau Glühmann, haben Sie schon seine Wäsche gewechselt?

Ja, Frau Baronin, alles war durchgeschwitzt und schmutzig.

Der arme Mann, Doktor Marseille sagt, er hat kaum noch Hoffnung. Dennoch kommt er jeden Tag, um nach ihm zu sehen.

Hätte er nur nicht alles gegessen, was ihm in den Weg kam. Mangos! Frau Glühmann schüttelte den Kopf. Ich hätte auch schon längst Dysenterie, wenn ich mich so verhalten würde.

Sie haben ganz recht, es geht immer wieder um das Gleiche, fehlende Disziplin, Hygiene, vorbeugende Übungen. Man müsste einmal ein Kompendium mit den wichtigsten Regeln für die Gesundheit in den Tropen schreiben.

Während Frieda die Bestandslisten der Apotheke auf den neuesten Stand brachte, kam Baron von St. Paul, um ihr das Neueste von der Inselpolitik zu berichten. Peters hatte ihn als seinen Sprecher zu einer Unterredung mit den Vertretern der deutschen Kolonie geschickt, bei der es um die Einzelheiten der verschiedenen Krankenhausgründungen ging.

Sie waren alle sehr überrascht, erzählte St. Paul, dass unsere Gesellschaft einzig und allein Ihre Station unterstützen will.

Lieber Baron, am liebsten wäre es mir, ich würde gar nichts von all dem wissen, sagte Frieda. Sie war etwas nervös, schaute hinaus in ihren neuen Garten, wo sie schon eigenes Gemüse für die Küche der Krankenstation angepflanzt hatte.

Und was hat der Konsul gesagt?, wollte sie dann doch wissen.

Michahelles war seltsam still, sagte der Baron nachdenklich. Er hielt sich zurück.

Bei Arendt wäre die ganze Sache viel besser aufgehoben gewesen, meinte Frieda und ließ sich auf ein Gespräch über die komplizierten politischen Verhältnisse ein. Arendt, Vorgänger des derzeitigen deutschen Konsuls, war ihr stets wohlgesinnt gewesen.

Ganz bestimmt. Michahelles ist undurchsichtig, und er scheint Absprachen mit wem auch immer zu treffen, die an uns und der Deutsch-Ostafrikanischen Gesellschaft vorbeilaufen. Auf Peters' Seite steht er jedenfalls nicht, und auch aus Berlin kommen widersprüchliche Signale. St. Paul zögerte. Nun ja, Sie werden ja bestens informiert sein, denke ich.

Ach ... lieber Baron, dieses ganze Getue, diese Rivalitäten und Streitereien gehen mir ganz und gar *contre cœur,* sagte Frieda. Ich kann es gar nicht mit anhören. Kommen Sie lieber und begleiten Sie mich auf einen Strandspaziergang. Die Luft ist gut und kräftigend. Ich habe mir selbst regelmäßige Spaziergänge verordnet, um Widerstandskräfte gegen das Fieber zu sammeln.

Was für eine glänzende Idee, rief St. Paul. Er war sichtlich erleichtert, nicht mehr länger über die vertrackte Inselpolitik reden zu müssen. Er bot Frieda seinen Arm, den sie freundschaftlich annahm, und so spazierten sie durch die Bananen und Kokospalmen hinunter ans Meer.

Sansibar, dachte Frieda, hat sich verändert. Das Usagara-Haus mit seinen Empfängen, die Landpartien, das Leben unter den Diplomaten und anderen Ausländern, das Verhältnis zum Sultan und den anderen wichtigen Einwohnern der Stadt, alles war, als sie vor einem halben Jahr hier ankam, so problemlos gewesen, sie hatte das Gefühl gehabt, dass ihr alle Herzen zuflogen und sie auf die Unterstützung aller hoffen durfte.

Dann fiel ihr plötzlich der Brief wieder ein, den sie damals unvorsichtigerweise in ihrer Kabine auf der *Barawa* hatte liegenlassen. Als sie ihr Gepäck im Hotel auspackte, war er nicht mehr da gewesen. Wenn der in die falschen Hände geraten war! Sie hatte Peters darin ihre Liebe gestanden ... und dann hatte die Schiffsglocke gebimmelt und alle an Deck gerufen. Es war alles so schnell gegangen, Albrecht am Ufer …, die Verwirrung wegen Peters' Freundlichkeit zu Marie Rentsch … Daressalam, das so ganz anders war als Sansibar. Erst am Abend hatte sie wieder an den Brief gedacht, doch da hatte die *Barawa* die Küstengewässer Daressalams schon wieder verlassen. Und dann wurde das Leben wieder so ereignisreich, dass sie den Brief vergaß.

Glauben Sie, lieber Baron, nahm sich Frieda nun ein Herz, dass es in der Stadt unvorteilhafte Gerüchte über mich gibt?

St. Paul räusperte sich. Natürlich gab es Gerüchte, mehr noch, jeder in Sansibar wusste, dass die Baronin die Geliebte von Carl Peters war.

Sehen Sie, liebe *bibi* Bülow, ihre Fortune war von Anfang an mit der von Peters verbunden.

Nun ja, das stimmt.

Nur … St. Paul äußerte sich vorsichtig, so als müsste er ein Boot durch alle möglichen Untiefen steuern. Solange man unter einem glücklichen Stern steht, können einem Gerüchte nichts anhaben. Wendet sich das Schicksal hingegen, bekommen die Gerüchte Macht.

Hmmm … Frieda schwieg. Die Krankenstation machte ihr so viel Freude, dass sie gar nicht glauben wollte, das Schicksal könnte ihr nicht günstig gesinnt sein.

Mit dem Küstenvertrag hat sich Peters keine Freunde gemacht, fuhr St. Paul fort.

Aber das war doch sein Glanzstück?

Nun, die Deutsch-Ostafrikanische Gesellschaft in Berlin scheint ihre Bedenken zu haben. Inwieweit sie in ihrem Urteil durch böse Gerüchte beeinflusst ist, vermag ich nicht zu sagen.

Als die Ablehnung des Küstenvertrages aus Deutschland eintraf, zog es Peters wie immer, wenn er sich geschwächt fühlte, zu Frieda ins neue Haus. Dort fand er sie bei der Behandlung des fieberkranken Plantagenaufsehers Frey.

Du freust dich aber ordentlich, wenn wieder jemand krank geworden ist, sagte er, als sie zu seiner Begrüßung in die Halle kam. Sie hatte sich eine Locke aus der Stirn gestrichen und sah müde aus.

Boheti, bitte bring dem Kranken noch seine Tagesration Chinin. Und bleib an seinem Bett sitzen, bis er alles genommen hat. Carl ... Wolltest du nicht erst am Abend wiederkommen?

Auf seine Bemerkungen über ihre Freude am Dienst an den Kranken ging sie schon lange nicht mehr ein. Er hatte sich derlei angewöhnt, seit sie in Sansibar – zwar inoffiziell, aber dennoch mehr oder weniger offen – zusammenlebten.

Berlin hat den Küstenvertrag abgelehnt. Einfach abgelehnt!

Carl, das kann nicht sein. Was meinst du mit abgelehnt?

Diese Zauderer finden die vereinbarte Zollpacht zu hoch.

Und, ist sie das?

Die Summe zählt doch gar nicht. Bedenke, Barghashs Jahre sind gezählt. Ist er aber einmal unter der Erde, sorgen wir für Thronzwistigkeiten und verhandeln die ganze Sache von Neuem. Zum Schluss wird uns nicht nur die Küste gehören, sondern auch Sansibar und Pemba.

Und auf diese Vorgehensweise will Berlin sich also nicht einlassen? Frieda verstand die Bedenken der Deutsch-Ostafrikanischen Gesellschaft. Was geschah, wenn Barghash länger am Leben blieb? Das würde die Gesellschaft womöglich finanziell ruinieren. Immerhin hatten viele wohlsituierte Leute ihr Geld in der Gesellschaft angelegt, voll Vertrauen auf den Erfolg der kolonialen Sache und ihn, Carl Peters. Und er, so fürchtete Frieda nun, sah das Ganze nur als machtpolitisches Spiel, als eine Abstimmung über seine eigene Person. Sie dachte an den Brief, den er vor einiger Zeit an seinen Bruder Hermann geschrieben und den sie zufälligerweise gelesen hatte, bevor er ihn versiegelte. *Das wird ein Schlag für meine deutschen Gegner und Neider! Was will man an diplomatischer Leistungsfähigkeit schließlich mehr von mir? Was er mir vorderhand abtreten konnte, die Küste von Mombas südwärts, hat der Sultan mir gegeben. Nun bringe ich ihn persönlich am Ohr nach Deutschland.*

Vielleicht, mein lieber Carl, solltest du nur ein einziges Mal diplomatisch sein. Wer weiß schon, wie die Dinge in Berlin stehen. Wir sind weit weg, und was dort gerade Politik ist, wer weiß?

Uns »Afrikaner« versteht man in Berlin nicht, sagte Peters. Und der Sultan hält mich deshalb jetzt für einen Lügner.

Warum denn das?

Natürlich habe ich ihm die Annahme des Vertrages durch meine Leute in Berlin als reine Formsache dargestellt. Wer hätte denn je gedacht, dass sie nicht mehr hinter mir stehen?

Hmm.... Frieda verstand langsam. Da war wieder diese Überzeugung, dass immer die anderen Schuld hätten, dass er, Peters, von einem Haufen Volltrotteln umgeben wäre.

Er nahm sich ein Glas Whisky und leerte es in einem Zug. Das Whiskytrinken hatte er sich in England angewöhnt und wenn er, wie jetzt, kurz vor einem Wutausbruch stand, zählte er die Gläser nicht. Frieda fürchtete sich vor diesen Explosionen, die sie auf eine seltsame Art und Weise verletzten.

Bitte trink nicht so viel, Carl.

Trink nicht so viel, Carl, äffte er sie nach. Große Taten entstehen nur unter dem Einfluss des Alkohols, denke an Cecil Rhodes, an Bismarck. Peters sprang auf und marschierte in der Halle auf und ab. Immer wenn er an dem kleinen Tisch mit den Getränken vorbeikam, nahm er wieder einen Schluck aus seinem Glas.

Wie oft war sie nun schon das Opfer seiner Ausbrüche geworden, wie sehr plagte sie seine plötzlich auftretende Wut, seine damit einhergehende Ungerechtigkeit, sein stierender Blick tiefster Verletztheit, sein Verlassensein. In solchen Augenblicken spürte sie seinen Hass, die fehlende Selbstliebe, diese beängstigende innere Leere.

Er kann gar nicht anders als um sich schlagen, dachte sie, als sich von einer feindlich gesinnten Welt umgeben fühlen, sonst würde er gänzlich in die Abgründe seiner Seele abrutschen.

Ich werde dich »Feind allen Stillstands« nennen, sagte Frieda freundschaftlich, zugleich aber auch ein wenig distanziert. Sie hatte das Gefühl, dass sie beide nicht mehr Herr ihres Schicksals waren, dass längst eine Entwicklung eingesetzt hatte, deren Ursachen ihr zwar in lichten Stunden klar vor Augen standen, deren tragischen Verlauf sie aber nicht mehr zu stoppen vermochte.

Gut, du verstehst mich also, sagte er.

Ach, Carl … Was sollte sie ihm denn sagen? Er sah sich nun einmal als überragende Kämpfernatur und hatte keine Distanz zu sich selbst. Wie ein Stier in der Arena steuerte er zielsicher immer das rote Tuch, die *capa* des Toreros an, durch nichts war er zu bremsen, die Scheuklappen der Wut trieben ihn immer weiter in einen Kampf um Sieg oder Niederlage. Bei den Verhandlungen mit den Walis auf der gemeinsamen Küstenreise vor drei Monaten hatte Frieda noch geschrieben: *Dieser geniale Mann scheint nur rastlos vorwärts eilen zu können, ohne Rücksicht auf das, was rechts und links vom Wege sich bieten mag.* Über das *genial* war sie sich nun nicht mehr so sicher. Leidet er nicht zusehends an Realitätsverlust?, fragte sie sich still.

Den Küstenvertrag ablehnen! Die haben ja gar keine Ahnung. Statt mich im Stich zu lassen, sollten sie mich lieber zum Gouverneur von Deutsch-Ostafrika machen, dann würde ich es diesen Stubenhockern schon zeigen.

Carl, beruhige dich, ich bitte dich.

Beruhigen? Ich soll mich beruhigen? Ich bin doch ganz ruhig, ganz ruhig. Die anderen sollen sich beruhigen, du auch. Ihr seid ja alle gleich!, schrie er nun völlig unvermittelt. Dann nahm er seinen Tropenhelm und rannte, mit lauten Schritten und Türknallen, in die Nacht hinaus.

Wieder ist es mir nicht geglückt, den Wutausbruch zu verhindern, dachte Frieda. Sie lauschte. In den Krankenzimmern im oberen Stock war es ruhig. Ob jemand durch das Geschrei aufgewacht ist? Und was haben die Kranken, die Glühmanns und Boheti von dem Streit mitbekommen? Frieda fühlte sich wie gelähmt. Sie war so hilflos in diesen Situationen. Stets ließen sie sie verwirrt und zitternd zurück. Sie selbst war ganz anders, hatte keine Wutausbrüche. Dennoch kannte sie solche Szenen, seit sie denken konnte. Und genau das war es, dieses fremde und gleichzeitig vertraute Gefühl, welches ihre Ohnmacht verursachte. Wie bei einem kleinen Kind, das den Schlägen des Vaters nicht entkommen kann.

Der Streit um die Krankenhausgründungen nahm seinen verhängnisvollen Lauf. Konsul Michahelles hatte nach Peters' Loyalitätskundgebung für das Krankenhaus des Frauenbundes an Bismarck geschrieben, dass alle Vorbereitungen, in Zusammenarbeit mit der Evangelischen Mission ein deutsches Krankenhaus einzurichten, eingestellt würden, da es nicht sinnvoll sei, an dem Plan festzuhalten, wenn die größte Gesellschaft ihre Kranken zur Konkurrenz schicke. Peters' unaufrichtiges Benehmen habe einen üblen Eindruck hinterlassen. Wahrscheinlich sei Doktor Peters in seiner Eigenliebe verletzt gewesen, weil bei der Leitung des Missionskrankenhauses alle hier ansässigen Deutschen einbezogen werden sollten, während er seinen Willen gegenüber dem Frauenbund viel einfacher und nachhaltiger durchsetzen könne. Er, Michahelles, bitte den Reichskanzler, die Deutsch-Ostafrikanische Gesellschaft zu unterrichten, *welche das Auftreten ihres hiesigen Vertreters schwerlich billigen wird.*

Dem Schreiben legte Michahelles ein Kuvert mit einer eckigen Frauenhandschrift – *für C. P.* – bei mit der Bitte, das Dokument, das bestimmt von einigem Interesse sei, mit Diskretion zu behandeln. Auch der deutsche Kolonialpionier Peters hatte schließlich einen Ruf zu verlieren, wenn ihn die Gesetze der bürgerlichen Moral so wenig scherten. Damit war der Fall des so voll Enthusiasmus angetretenen Paares Peters und Bülow besiegelt.

In der Deutsch-Ostafrikanischen Gesellschaft bekam das Anti-Peters-Lager die Oberhand. Der Frauenbund wurde informiert, und der informierte wiederum die Evangelische Missionsgemeinschaft. Empört über den moralischen Verfall ihrer obersten Vertreterin – die Pastoren Büttner und Distelkamp waren ohnedies schon durch die bösen Briefe über Friedas »ausschweifendes« Leben in der Kolonie alarmiert –, sah sich der Frauenbund zum unmittelbaren Handeln gezwungen. Am 28. November notierte Frieda: *Aus Berlin schreibt man mir, ich solle meinen Haushalt hier sofort auflösen, mich mit den Sachen direkt nach Pangani begeben und dort an die Einrichtung einer Pflegestation gehen. […] Vorderhand bin ich auch durch meine Kranken ans Haus gefesselt.*

Der Großstadtverkehr rauscht vorbei, dazwischen das Klingeln der Eisrikschas, das An- und Abfahren der Mopeds, die Rufe geschäftiger Straßenhändler und das vollmundige Gurren der Turteltauben, die in den grünen Wipfeln der Flamboyant- und Jacarandabäume wohnen. Endlich habe ich mich von den Büchern und Dokumenten losgerissen, um noch einmal durch die Stadt zu wandern. Ich schlendere am Botanischen Garten vorbei, den der Afrika-Forscher und kaiserliche Landwirtschaftsbeauftragte Franz Stuhlmann 1893 anlegen ließ, und gelange zum berühmten Ocean Road Hospital, an dem der wohl berühmteste deutsche Tropenarzt, Robert Koch, Untersuchungen zu Malaria und Schlafkrankheit anstellte.

Das *schreckliche afrikanische Fieber* war neben den diversen Durchfallerkrankungen die häufigste Todesursache in den Tropen. Dabei war das Fieber mehr als eine Krankheit. Es war ein Mythos, eine Metapher für den Preis, den jeder Abenteurer auf sich nehmen musste, wenn er dem Schwarzen Kontinent begegnen wollte. Erst durch die Entdeckung des Chinins waren die Länder südlich des Mittelmeers für die Weißen erschließbar geworden, dennoch war der Schwarze Kontinent noch immer das Grab des weißen Mannes. Jeder vierte Europäer ließ sein Leben in der Kolonie. Im Deutschen Koloniallexikon von 1920 steht dazu ein besonders lakonischer Satz: *Auch in unseren ostafrikanischen Kolonien ist Malaria die Hauptkrankheit. Statistisches Material ist überflüssig.*

Zu Friedas Zeiten glaubte man noch, die Bodenausdünstungen und die schlechte Luft würden Malaria hervorbringen, auch wenn der französische Militärarzt Laveran schon 1880 als Erster Malariaparasiten dafür verantwortlich gemacht hatte. Bis zum Ersten Weltkrieg meinten Robert Koch und andere dann voller Optimismus, die Krankheit alsbald in den Griff zu bekommen. *Theoretisch kann man eine Malariagegend von der Krankheit befreien, wenn man alle Leute mit Parasiten in regelrechte, systematische, d. h. monatelange Chininbehandlung nimmt.*

Und heute? Heute sterben kaum noch Europäer an der Seuche. Heute ist Afrika das Grab des schwarzen Mannes, wobei die Zahl der Malariatoten die erschreckend hohe Anzahl der Aidsopfer immer noch übersteigt.

Ich lausche wieder dem Großstadtlärm, plötzlich hat er etwas Beruhigendes, Vertrautes. Ein Koordinatensystem, das ich kenne.

21. Dezember 1887. So, nun bin endlich auch ich an die Reihe gekommen. Es ging mir wirklich mit dem Fieber wie jener bekannten alten Dame mit dem Diebe, das heißt, nachdem ich es nun seit sechs Monaten erwartet hatte, empfing ich es mit dem Gefühl: »na endlich!«

Das Fieber war am Abend gekommen. Eine Welle des Schmerzes lief durch Friedas Körper, jeder Knochen, jede Faser wurde in Alarmstimmung versetzt. Dann kam der Schüttelfrost, ein Eissturm in den Tropen, der die Knochen gefrieren und das Fieber in wenigen Stunden auf vierzig Grad Celsius hochschnellen ließ. Frieda hatte sich zu Bett begeben, und obwohl sie nun schon ein ganzes Dutzend Fieberkranke in den unterschiedlichsten Stadien gepflegt hatte, war sie hilflos. Wie schnell man nicht mehr Herr der eigenen Lage ist, dachte sie und hoffte, Boheti oder Frau Glühmann oder wer auch immer würde ihr Verschwinden am helllichten Tage bemerken und nach ihr suchen.

Das Tropenfieber war ein fordernder Gast, die Art, wie es sich des Körpers bemächtigte, wie es um sich schlug, an jeder Zelle nagte, die Körpertemperatur vor sich herjagte und Friedas Aufmerksamkeit, soweit sie noch vorhanden war, bis in den kleinsten Gedanken durch sein Wüten gefangen hielt, hatte etwas Beängstigendes. Es rüttelte und zerrte so lange, bis Frieda die Kontrolle verlor, sich ganz dem Wüten ergab, in ihm verschwand, sich aufzulösen schien. Sobald das Fieber aber fest im Sattel saß, grenzenlose Gewalt über sein Opfer gewonnen hatte, konnte es plötzlich mild sein. Ein Gaukler, ein Verführer am Tor enthemmter Träume, ein Lehrer großer, den Körper überschwemmender Gefühle. Wie ein bunter Bilderbogen zogen die vergangenen Monate an Friedas Traumbewusstsein vorbei, sie sah sich in Alexandria zum ersten Mal afrikanischen Boden betreten, heißer, gelber Wüstensand, ein Kontinent aus Wärme, der ihr das Gefühl von Geborgenheit gab. Sie sah sich auf der *Mecca*, als sie bei Aden in den Indischen Ozean stachen, blaue glitzernde Fluten, ein Horizont so weit wie die Sehnsucht nach Freiheit und Abenteuer. Wie im Rausch zogen die weißen Paläste Sansibars vorbei, zitternd und vibrierend in der flirrenden Hitze. Flötenmusik, unvertraut und doch voller Begehren. Araber in ihren weißen

Kleidern, Inder mit Turban, die schwarzen Träger. Plötzlich eine *ngoma*. Trommellärm, Schreie, Musik, stampfende Füße. Immer näher, immer lauter, jetzt war Frieda mittendrin. Ein Mann nahm sie an der Hand, zog sie an sich, um sie im gleichen Augenblick wieder weit wegzustoßen, ein Taumel entstand, rund um sie und den Mann, die Tänzer, die Musiker und den Medizinmann. Plötzlich war sie in der Hütte des Medizinmannes, draußen hörte sie Schreie, anders als die Schreie vorhin beim Tanz, Schüsse fielen, doch der Medizinmann sah sie ruhig und ernst an. Er führte eine Schale mit rauchenden Substanzen an ihrer Nase vorbei, wieder verlor sie die Kontrolle und sackte noch eine Stufe tiefer in die Landschaften ihrer eigenen Seele.

Sie erschrak, denn es war Krieg und sie fand sich auf der Flucht wieder. Ein Reiter war ihr auf den Fersen, zu nahe, er warf sie in den Staub, zerfetzte ihr Kleid, ein Raubtier, ein wilder Geist. Sie ließ es geschehen, voller Angst und geheimer Faszination.

Stunden später wachte Frieda plötzlich auf. Das Fieber hatte nachgelassen und mit ihm der Alb, der Kontrollverlust, die Träume aus den Tiefen der Erinnerung. Noch bevor Frieda die Augen aufschlug, hatte ihr Bewusstsein wieder die Kontrolle über sie erlangt, die Traumbilder zu fernen, bruchstückhaften Fetzen zerfallen lassen. Sie hörte Geschrei im Untergeschoss. Noch im Zwischenraum von Traum und Wachen nahm sie Peters' Stimme wahr, laut, schneidend, gehässig.

Hapa nipachafu sana, wie schmutzig es hier ist, niemand ist bei seiner Arbeit!

Gemurmel.

Bwana, alle Arbeit ist getan.

Getan, getan, nichts ist getan. Faulenzen könnt ihr, das ist alles, und Lügengeschichten erfinden.

Die *bibi* ist krank.

Ja genau, und natürlich ist niemand von euch auf die Idee gekommen, Doktor Marseille zu holen.

Noch nicht.

Gesindel. Alles bleibt an mir hängen.

Frieda hörte eine Tür knallen, schnelle Schritte auf der Treppe. Er stürzt zu mir, aber warum klopft mein Herz nicht mehr? Wahrscheinlich ist es das Fieber. Warum hat er mit den Hausangestellten so geschrien, sonst begibt er sich doch auch nicht in die Niederungen des Alltags und der Hausarbeit? Doch noch bevor sie weiterdenken konnte, trat er in ihr Zimmer, kam auf ihr Bett zu. Besorgte Miene.

Frieda, meine Liebe, endlich bin ich bei dir. Ich habe mir ja solche Sorgen gemacht.

Wie lieb von dir, Carl, sagte sie matt. Auch mich musste es doch einmal erwischen.

Diese Unfähigkeit! Theatralisch runzelte er die Stirn. Es ist nicht auszuhalten, all die Stümper, von denen ich umgeben bin. Nichts funktioniert! Und hier herrscht auch ein fröhliches Chaos. Wieso war Doktor Marseille nicht hier?

Ich brauche keinen Arzt, mir geht es schon wieder viel besser.

Natürlich brauchst du einen. Diese Lümmel werden dich noch umbringen.

Ach, Carl, mein lieber Carl. Sie haben viel getan, erst den kranken Herrn Glühmann gepflegt und jetzt mich. Herr Stephens liegt im Sterben.

Frieda, der Engel der Kranken.

Carl, bitte lass mich einfach nur ausruhen.

Frieda hatte nicht genug Kraft, sich Peters' rüder Art wieder auszusetzen, sich in den destruktiven Kreis seiner Logik hineinziehen, sich von seinem Kampf gegen den Rest der Welt anstecken zu lassen. Das Fieber hatte sie seltsam gelöst gemacht, sie war schwach und konzentrierte ihre Energie allein auf das, was gerade unmittelbar geschah. Und so erschien er ihr nicht mehr als das Opfer eines großangelegten, lebenslangen Komplotts, sondern als dessen Täter.

Peters stand abrupt auf, sein Mund zuckte und die Augen spiegelten seinen Wahn. Er riss seine Uniformjacke vom Stuhl und eilte zur Tür hinaus.

Frieda sank zurück in die Kissen. Was war das? Was für ein Sturm war da wieder einmal über sie hinweggefegt? Was hatte ihr Geliebter schon wieder? Und wo war er nun hingestürzt? Sie war zu schwach, um weiter darüber nachzudenken, stattdessen zitterte sie mit einem Mal am ganzen Leib und begann bitterlich zu weinen. Boheti kam schnell angelaufen und blieb verlegen im Türrahmen stehen. Schluchzend bat sie ihn um ein Glas Wasser. Er beeilte sich und verharrte dann an ihrem Bett.

Bibi, geht es dir nicht gut?

Ich weiß nicht, Boheti. Ist schon wieder besser, es wird schon wieder.

Trink noch, *bibi*, trink, das ist wichtig und bringt die Lebenskräfte zurück.

21. Januar 1888. […] Mein Aufenthalt in Ost-Afrika naht sich leider seinem Ende. Nach den zwischen mir und meinem Vorstand in Berlin zu Tage getretenen Meinungsverschiedenheiten musste ich Letzteren die Alternative stellen, mir, was das Einrichten neuer Pflegestationen betrifft, einigermaßen freie Hand zu lassen, oder mich meiner Verpflichtungen zu entheben. Denn ohne eine gewisse Freiheit der Bewegung bin ich bei der Schwerfälligkeit des schriftlichen Verkehrs zwischen Berlin und hier nicht im Stand, mit Aussicht auf Erfolg weiter zu arbeiten. Eine daraufhin in Berlin einberufene Generalversammlung hat, wie mir telegraphisch mitgeteilt worden, einstimmig gegen mich entschieden.

Das klingt tapfer, kontrolliert. Und kein Bedauern? Ich sitze im Flugzeug zurück nach Deutschland. Noch immer hat mich Friedas Geschichte fest im Griff. Ich sehe sie in Sansibar, wie sie sich langsam erholt, nach dem schweren Malariaanfall wieder zu Kräften kommt. Unter mir im Abendlicht der Schnee des Kilimandscharo, dahinter liegt Nairobi, und vielleicht werde ich auch noch die Spitze des Mount Kenia sehen. Die Luft ist so klar, das Land zeichnet sich wie ein Relief unter mir ab, friedlich scheint es dazuliegen, ein Stück Geografie mit Tälern und Bergen, Savannen und Wüsten.

Boheti, sagte Frieda erleichtert eines Tages zu ihrem treuen *houseboy*. Ich danke dir, es geht mir viel, viel besser.

Bibi, du musst ganz gesund und kräftig werden, deine Patienten warten schon auf dich.

Frieda schaute ihn an, sie schwankte zwischen neuem Glück und tiefer Trauer darüber, wie nun alles gekommen war. In ein paar Wochen würde auch sie nach Deutschland abreisen, Peters war schon im Januar dorthin zurückgekehrt. Sie sagte »dorthin«, denn sie wusste nicht, ob sie sich in Deutschland je wieder heimisch fühlen würde. Lange blickte sie von ihrem Liegestuhl aus Richtung Meer. Was hätte sie nicht alles gegeben, um in Sansibar bleiben zu dürfen. Sie fühlte sich hier zu Hause, hier, so schien ihr, könnte sie für immer bleiben. Seitdem ihre Kräfte langsam zurückkehrten, hatte sie wieder Pläne geschmiedet. Wenn der Frauenbund sie nicht mehr haben wollte, könnte sie ja auch ohne irgendeine Organisation im Hintergrund einfach als Krankenschwester arbeiten. Sie würde sich eine große Reiseapotheke zulegen und dann in der neuen Kolonie umherziehen. Dadurch würde sie noch mehr von dem schönen Land kennenlernen, und sie bräuchte sich nach niemandem mehr zu richten. Sie würde Boheti mitnehmen und noch ein, zwei andere Schwarze, und sie würde ihre Erfahrungen weiterhin aufschreiben.

Ungern freilich lasse ich das kaum erst begonnene Werk im Stich und thue es nur »der Not gehorchend, nicht dem inneren Triebe«. Der Vorpostendienst unserer Landsleute hier, er sei von welcher Art er wolle, scheint mir für die Gewinnung und Festigung deutschen Einflusses von großer Wichtigkeit. Es liegt auf der Hand, daß in diesen ganz unfertigen, in den ersten Anfängen einer gesunden Entwicklung stehenden sozialen Verhältnissen das Einzelwesen noch eine ganz andere Bedeutung hat, als in den Kulturstaaten Europas. Darum möchte man auch nur die Besten der Nation, hier, wo noch jeder Deutsche mehr oder minder als Repräsentant des Deutschtums empfunden wird, beschäftigt sehen. Ich scheide mit dem Wunsch, daß mein Platz im Interesse der Weiterentwicklung unserer Sache nur durch eine wirklich gute Kraft ausgefüllt werden möge. […] zur Ehre der deutschen Nation. Das walte Gott.

Vierter Teil

Deutschland

Dass sie [Frieda] sich ganz und gar zum Großen verpflichtet hielt, ja aus dem einzigen geraden Pflichtgefühl heraus lebte, das war vielleicht mein frühester Eindruck von ihr und der erste Anlass zu jener Bewunderung, die mich noch jetzt erwärmt, wenn ich mich der schönen hohen Gestalt erinnere.

Rainer Maria Rilke

1

Es war Mitte September 1888. Die Kastanien brachen allmählich auf, ihre Blätter hatten schon rostige Stellen. Astern blühten neben Rosen, und die Weintrauben wurden süß. Ein praller Herbst in Süddeutschland kündigte sich an. Wie anders als in den Tropen, dachte Frieda. Sie nahm die Gerüche, das Zwitschern der Vögel noch immer wie eine Fremde wahr. Sogar das Summen der Bienen, die ihren Dienst versahen, als ob nicht der Winter, sondern ein neuer Wachstumszyklus bevorstand, klang anders als in Afrika.

Den ganzen Sommer hatte sich Frieda im Schwarzwald von den Strapazen und Krankheiten ihres afrikanischen Abenteuers erholt. Die Malaria hatte sie entkräftet, sie war sterbensmüde gewesen, eine teilnahmslose Beobachterin ihres eigenen Lebens, das wie ein Traum an ihr vorbeizog. Manchmal staunte sie, dass sie nicht einfach aufwachte und wieder in Sansibar war. Sie fühlte sich wie eine verwelkte Bananenstaude, die in fremder Erde Wurzeln schlagen sollte, und nur zögernd nahm sie Verbindung mit der Gegenwart auf. Der Duft von Tannen, Fichten und abgemähten Wiesen war es schließlich, der neues Leben in ihren Körper, ihre Sinne trug. Hatte sie nicht alles verloren? War nicht alles weg, weg für immer, wieder einmal von einem bösen Schicksal genommen, dem Fluch, der auf ihrer Familie lastete? Ihr geliebtes Afrika, die Krankenstationen, für die sie gekämpft und gelebt hatte, und der Mann, den sie so sehr liebte? Und wie sie ihn liebte! Hier in Deutschland spürte sie den Trennungsschmerz, der sie in Afrika kaum behelligt hatte. Bei jedem Schritt wurde er größer, während die Ernüchterung der letzten gemeinsamen Wochen in Sansibar, all die

Demütigungen, die er ihr zugefügt hatte, zu einem gleichgültigen, blassen Eintrag im Gedächtnis verschwammen.

Frieda war zur Mutter zurückgezogen. Clotilde von Bülow hatte sich vorübergehend in Freiburg niedergelassen, weil Kuno, ihr Jüngster, dort Jura studierte. Kuno und Sophie, die immer noch unverheiratet an der Seite ihrer Mutter lebte, hatten sich über die Rückkehr der Schwester gefreut, sie hatten ihr Zimmer mit allerlei Krimskrams aus ihrer gemeinsamen Kindheit vollgeräumt, ihr die neuesten Publikationen über Afrika gekauft und neben dem kleinen Schreibtisch in ein Bücherregal gestellt. Clotilde spendierte Schreibhefte, einen Federkiel aus Elfenbein und das dazugehörende Tintenfass. Sie hoffte, ihre älteste Tochter, deren Lebenswandel genügend Anlass zur Beunruhigung gegeben hatte, würde im Schoß der Familie auf den richtigen Weg zurückfinden. Frieda war anfänglich zu schwach, um die kritischen Bemerkungen zu hören, sie war einfach nur dankbar für die freundliche Aufnahme.

Sie, die noch die tropische Sonne in den Knochen hatte, fröstelte, wenn sie, wie sie es sich in ihrem Haus in Sansibar angewöhnt hatte, am Morgen barfuß durch den Garten ging. Doch es ließ sie an den kühlenden Sand denken, den Morgentau auf den Gräsern, bevor die Hitze des Tages alles ermatten ließ. Ihre Füße erinnerten sich an die glatten Bananenblätter, die Muscheln am Strand, die in der Nacht angespült worden waren und in der Früh die Füße massierten. Ihre Ohren hörten das Meer, das vor Sonnenaufgang ganz feine Geräusche erzeugte, als zählten die Wellen jedes einzelne Sandkorn. Der morgendliche Duft der Tropen stieg ihr wieder in die Nase und mit ihm das Versprechen auf einen hitzegesättigten, feuchtheißen Tag. Was sollte sie nur tun mit all den Erinnerungen? Wie sie lebendig erhalten? Durch die Schnitzereien, die gesammelten Muscheln, die kostbaren Stoffe aus Sansibar? Sie wirkten seltsam leblos zwischen den Biedermeierkommoden,

den Vasen und kleinen Dosen aus Meissener Porzellan, dem Ölgemälde von Ingersleben und all den anderen Erinnerungsstücken aus ihrer thüringischen Kindheit. Fremde und Heimat wurden für Frieda zu einem Vexierbild, ab nun würde das eine zum anderen gehören wie die Farben Schwarz und Weiß, sie würden ineinanderfließen wie die unzähligen Graustufen des vom Monsunregen aufgewühlten Meeres und der tief hängenden Himmel während der ostafrikanischen Regenzeit.

Unsanft ist das Flugzeug in Frankfurt gelandet, alles ist kalt, unpersönlich, effizient, die Landschaft, durch die der ICE nach Berlin rast, noch immer schneebedeckt. Verschlossene Gesichter starren neben mir im Großraumabteil vor sich hin. Handys klingeln, wie auf den Straßen von Daressalam, nur die Gespräche wirken anders, verhalten, zugeknöpft, distanziert oder gar verärgert. Kaum ein Lachen. In Deutschland gibt es eben nichts zu lachen, dafür funktioniert alles wie am Schnürchen. Keine Stromrationierung, keine überquellenden öffentlichen Verkehrsmittel, keine Busse mit lauter Musik und noch lauteren Schaffnern, keine fliegenden Händler, die einen belagern wie Nachtfalter das Licht, kein Müll in den Straßen, vom Wind durch die Gassen gescheuchte Aluminiumdosen und keine Armut. Kranke sitzen bei uns eben nicht – noch nicht? – bettelnd auf der Straße, und selbst die neue Armut im reichen Teil der globalisierten Welt ist – wie lange noch? – unsichtbar.

Europa hat mich wieder, doch dieses Zurücksein aus Afrika geht mit einem eigenartigen Verlustgefühl einher. Zuerst rebelliert mein Körper gegen Wollstrümpfe, Wollpullover und Wollmützen, die die Atmung der Haut behindern und eine Barriere zwischen mich und meine Umgebung schieben, dann begehren mein Geist und meine Seele auf. Ich kaufe mir Sansibar-Pop und Bildbände mit Sonnenuntergängen über der Serengeti, ich abonniere das Politmagazin *The Africa Report*, trete den verschiedensten Freundschaft-mit-Ostafrika-Verbänden bei und überlege, welcher kleinen privaten Entwicklungshilfeorganisation ich demnächst etwas spenden werde. Dieses Mal werde ich Afrika nicht aus den Augen verlieren. Ich schicke E-Mails an alle Freunde, die ich dort in so kurzer Zeit gewonnen habe, und schneide jeden Artikel über Afrikas koloniale Vergangenheit, seine schwierige Entwicklung in der Gegenwart und seine Rolle als heutiges und zukünftiges Schlusslicht der Weltgemeinschaft aus. Warum herrscht nur so ein düsteres Afrikabild in Europa? Warum gibt es fast nur Nachrichten über Katastrophen, Kriege und Hunger im Zusammenhang mit unserem südlichen Nachbarkontinent? Warum wird Indiens rasante Entwicklung – auch der Subkontinent ist in vielen Bereichen immer noch ein Entwicklungsland – ständig gelobt, während Tansanias Wirtschaftswachstum von sieben Prozent und seine hohe politische Stabilität niemandem auffällt? Tansania – auch das ist leider wahr – gehört zu den ärmsten Ländern weltweit, und Afrika gilt nicht als gefeierter Beweis für den Sieg der Marktwirtschaft in der globalisierten Welt, einer Welt, die sich spätestens zu Friedas Zeiten herauszubilden begann. Auch wenn der Kolonialismus, moralisch gesehen, ein Desaster war, so war er dennoch auch der Beginn einer globalen Verantwortung, eines Mitdenkens mit allen Teilen der Welt. Ist gerade wegen dieser an Verstrickungen reichen Vergangenheit unser Blick auf Afrika immer noch gefärbt? Mal romantisch, dann wieder apokalyptisch? Nur eines ist er jedenfalls selten: neutral.

Das Problem der Kolonien, höre ich Kuno zu Frieda sagen, ist ihre Unwirtschaftlichkeit. Sie kosten bisher nur Geld, und ob sie je etwas abwerfen werden, steht in den Sternen.

Wie sollen sie schon Gewinn abwerfen? Erst müssen sie doch aufgebaut werden, lieber Bruder.

Bismarck wird nicht mehr lange zusehen.

Ach, er taktiert doch bloß. Bismarck wollte immer nur Handelskolonien und kein Kolonialreich.

Jetzt sind auch noch Aufstände in deinem geliebten Deutsch-Ostafrika ausgebrochen. Hier, sagte Kuno und legte Frieda die Zeitung auf den Tisch, hast du's gelesen?

Ja, natürlich habe ich es gelesen. In Pangani hat alles angefangen. Emil von Zelewski ist dort stationiert. Wer weiß, was ihm wieder einmal eingefallen ist.

Wie meinst du das, Frieda?

Ach, ich habe nur laut gedacht, sagte Frieda knapp, um dann doch erklärend hinzuzufügen: Du hast ja gar keine Ahnung, was für Probleme die Kolonialgesellschaft zu bewältigen hat, viel zu große Aufgaben für eine private Organisation. Zelewski ... Ich weiß nicht ...

Kuno war mit der Zeitung in der Hand in Friedas Zimmer erschienen. Sie saß am Schreibtisch und redigierte ihre Tagebücher, die noch vor Weihnachten bei Walter und Apolant in Berlin herauskommen sollten. Der sogenannte Araberaufstand, ein Kampf der Araber gegen die Abschaffung der Sklaverei durch die Europäer, war in Wirklichkeit auch ein erstes Aufbegehren gegen die Deutschen, die überall an der Küste Stationen aufbauten, ihre Flagge hissten und sich willkürlich und brutal benahmen.

Die Aufstände werden sich schon wieder beruhigen, sagte Frieda. Aufstände sind die ganz normale Begleiterscheinung der Kolonisation.

Als du in Ostafrika warst, war alles ruhig?

Es gab da und dort Kämpfe, aber in Sansibar und Daressalam war es tatsächlich friedlich.

Frieda verschwieg, dass es auch in ihrer Zeit immer wieder zu brutalen Auseinandersetzungen mit der einheimischen Bevölkerung gekommen war. Auf Friedrich Schröders Plantage Lewa bei Pangani zum Beispiel. Der Chef der Plantagengesellschaft wurde einige Jahre später sogar zu fünf Jahren Gefängnis verurteilt wegen seiner Willkür und Brutalität im Umgang mit den schwarzen Arbeitern. Sie hatte erlebt, wie die Herren von der Ostafrikanischen Gesellschaft weder ein Blatt vor den Mund genommen noch mit praktischen Exempel gespart hatten, wenn es um die Bestrafung der Eingeborenen ging. Schaudernd entsann sie sich auch der Auspeitschungen im Hafen von Sansibar, durch die der Sultan sein Volk in die Grenzen verwies. Frieda hatte Gewalt gesehen, doch Kuno, den Sensiblen der beiden Brüder, wollte sie damit verschonen. Er war nicht so lebenstüchtig wie Albrecht, der ein richtiger Bülow war, herrschsüchtig, kämpferisch und aufbrausend. Kuno war Friedas Liebling, ihr Nesthäkchen, ihr kleiner Charmeur. Sie wusste, dass er sich selbst mit dem Gedanken trug, nach Afrika zu gehen, und wollte ihm seine Chance nicht durch die Schilderung der Schattenseiten des kolonialen Abenteuers verleiden.

Afrika, sagte sie deshalb, ist ein friedlicher, wunderschöner Kontinent.

Der Bruder schaute sie ungläubig an.

Ich meine, die Schwarzen sind friedliebend, sagte sie. Diese Kinder der Sonne feiern lieber *ngomas,* als Kriege zu führen. Frieda lehnte sich zurück. Glaubst du, dass ich je wieder eine Gelegenheit finden werde, nach Afrika zurückzukehren?

Wenn du Peters heiratest. Kunos Gesicht verdunkelte sich. Das wäre ohnedies besser bei all den Gerüchten.

Aber ... Frieda wurde blass. Wie meinst du das?

Dein Ruf, liebe Frieda, ist mir und insbesondere Mama sehr wichtig, sagte Kuno nachdrücklich. Peters ... Wer ist schon dieser Peters, ein dahergelaufener Pastorensohn, der ganz Deutschland den Kopf verdreht. Ein Irrläufer, den Bismarck am liebsten mundtot machen würde. Außerdem hört man, setzte der Bruder hinzu, dass er in Berlin mit jeder – Kuno rang um Fassung – jeder Dame flirtet ...

Kuno! Nicht, bitte! Du weißt doch, wie sehr ich leide.

Kuno wusste es, er machte sich sogar Sorgen um Frieda. Er ahnte, dass sie nichts lieber getan hätte, als Peters zu heiraten. Warum es nicht dazu gekommen war, wusste er nicht, er wagte auch nicht, Fragen zu stellen. Lieber grollte er der Schwester, weil sie mit all dem Gerede über sie und Peters der Familie keine Ehre gemacht hatte. Die Mutter litt still, nur Sophie hielt zur Schwester, egal, was die anderen sagten.

Du musst wissen, was du tust, sagte Kuno deshalb unnötig schroff, biss sich auf die Lippen und ging.

Frieda kämpfte mit den Tränen, während sie aufstand und ans Fenster trat. Sie fühlte sich einsam, allein und isoliert, und dieses Gefühl fand einen Widerhall in den Gesichtern ihrer Angehörigen. Sie alle bildeten eine Mauer, wenn bestimmte Aspekte ihres Afrika-Aufenthaltes zur Sprache kamen. Und dabei hatte sie Krankenstationen aufgebaut, Pionierarbeit geleistet, sich für die Ehre Deutschlands eingesetzt. Hatte all das, all ihr nationales Engagement durch die Geschichte mit Peters an Wert verloren? Auch wenn die Familie sich gefreut und Frieda liebevoll aufgenommen hatte, so fühlte sie sich dennoch ausgestoßen. Obwohl alle sich mit Kommentaren zurückhielten, spürte sie die Missbilligung. Diese kaum merkbare Distanzierung, dieser Unterton, diese Seufzer ob der steinigen Zukunft, die nun vor ihr lag, diese feine Herablassung plötzlich, all das verwies sie auf einen neuen, schlechteren Platz innerhalb der Familie. Es schmerzte sie, denn sie hatte doch bloß auf ihr Herz gehört, und welche Instanz sollte sonst im Leben entscheiden? Auch in der Gesellschaft würde man sie den Konventionsbruch spüren lassen, doch daraus machte Frieda sich immer weniger. Die Gesellschaft hatte ihre eigenen, opportunistischen Gesetze, wie man an Peters' neuerlichem Aufstieg zum Liebling der Berliner Salons erkennen konnte. Nur kurz hatte die allgemeine Entrüstung wegen des misslungenen Küstenvertrages angehalten. Mit seinen Expeditionsplänen zur

Rettung Emin Paschas hatte er alle Zauderer und Kritiker wieder hinter sich vereint. Männer verlieren eben weder ihren guten Ruf noch ihre Karriere wegen einer Geschichte, die einer Dame den Boden unter den Füßen wegzieht, dachte Frieda.

Sie setzte sich wieder an den Schreibtisch, nahm ihr schwarzes Heft zur Hand und drehte den Federkiel nachdenklich zwischen den Fingern. Sie hatte sich so darüber gefreut, es war das erste und einzige wirklich persönliche Geschenk der Mutter gewesen, ein Gegenstand, der sie fortan an Clotilde und die schwierige Liebe zu ihr erinnern sollte. Sie blickte aus dem Fenster, sah die gelben Weizenfelder, die dunkelgrünen Wiesen am Ende der Allee, den blauen Himmel. Der warme Septemberwind blies durch die goldenen Ähren und ließ sie wie wogende Wellen aussehen. Ja, sie würde schreiben. Vielleicht würde sie als Schriftstellerin reüssieren können. Schreiben war ihr schließlich nie schwergefallen, die Sätze flossen ihr aus der Feder wie anderen Leuten Salongeschwätz, schon immer hatte sie sich in ihre Gedankenwelt zurückziehen können und darin Trost vor dem Leben gefunden. Ihre Berichte aus Sansibar in der *Kolonialpolitischen Korrespondenz* hatten Anklang gefunden, vielleicht wollten die Menschen mehr über Afrika erfahren, und vielleicht würde sie auf diese Weise ihren eigenen Platz innerhalb der großen kolonialen Bewegung, innerhalb der nationalen Aufgabe finden. Einen Platz unabhängig vom Frauenbund und von Peters. Margarethe, dachte sie, würde ihr dabei helfen. Auch der Schmerz um die verstorbene Lieblingsschwester war im Kreis der Familie wieder stärker geworden, fast täglich musste sie an Margarethe denken. Sie träumte von ihr, mehrmals schon war ihr die Schwester im Schlaf erschienen, sie hatte sich an Friedas Schreibtisch gesetzt und sie ermahnt, das gemeinsame Erbe nicht einfach wegzuwerfen. Der Traum war so lebensnah, so echt gewesen, dass Frieda erschrocken war.

Ich lade Friedas ersten Afrika-Roman *Am anderen Ende der Welt* aus dem Internet herunter. Ein Portal für vergessene Frauenliteratur hat ihn ins Netz gestellt. Er erschien 1889, kaum ein Jahr, nachdem bei Walter und Apolant in Berlin ihre *Reiseskizzen und Tagebuchblätter aus Deutsch-Ostafrika* herausgekommen waren. Bis zu ihrem Tod im Jahr 1909 brachte Frieda von Bülow von nun an jedes Jahr ein neues Buch heraus, daneben erschienen noch zahlreiche Artikel, Essays und Rezensionen. Auch die Kritik nahm bald von der kraftvollen Erzählerin Notiz, die *Roman-Zeitung* lobte schon 1892 überschwänglich: *Frieda von Bülow hat nicht weit bis zu dem Gipfel, den eine Annette von Droste-Hülshoff und eine Marie von Ebner-Eschenbach im deutschen Schrifttum behaupten.* Ich vermute, dass ihr das Schreiben leichtfiel, womöglich musste sie bloß die Schleusen öffnen und ein Strom guter Sätze floss heraus, beständig und kraftvoll und ohne zu versiegen, bis die Geschichte zu Ende erzählt war. Ihr kleines ererbtes Vermögen hatte Frieda an Albrecht nach Tanga geschickt, der Traum von einer eigenen Farm in den Kolonien verlockte die »Afrikaner« unter den Geschwistern. Seither musste sie ganz vom Schreiben leben, und das gelang ihr von Beginn an gut. Und zwar obwohl – oder weil – sie ihr Schreiben stets als Gebrauchskunst verstand und nie so richtig wusste, was ihr wichtiger war, das Leben oder die Schriftstellerei.

Wenn ich Friedas Schicksal wieder einmal an mir vorbeiziehen lasse, dieses ganz eigenwillige, mit anderen Dimensionen von Leid und Freud bekannte Leben, dann tue ich mir schwer, sie irgendwo einzuordnen. In ihrer ganzen Ambivalenz und Vielschichtigkeit war sie indes ganz typisch für ihre Zeit, die so vielen geistigen Strömungen und Verirrungen Raum bot. Nicht alle verstanden und unterstützten Frieda auf ihrem Lebensweg, und auch sie selber brauchte lange, um zu sich selbst zu finden und das, was ihre eigentliche Persönlichkeit ausmachte, auch zu leben.

Die Radikalität ihres persönlichen Weges freilich sucht man in ihren frühen Büchern vergebens. Ihre Heldin Monika im Roman *Am anderen Ende der Welt* zum Beispiel. Ein Weibchen, adelig elegant, ohne Sinn für die praktischen und alltäglichen Dinge des Lebens, ihrem Verlobten ergeben bis zur Selbstaufgabe. Ein Beweis für die Ambivalenz, die auch in Friedas eigener Persönlichkeit lag? Oder setzte sie nur gekonnt die Mechanismen des trivialen Erzählens ein? Die Jahre der Übung mit Margarethe wie auch die Monate mit Julian Schmidt und Fritz Mauthner beim Überarbeiten und Herausgeben der Werke der Schwester hatten ihre Wirkung sicher nicht verfehlt. Auch wusste Frieda, welches Publikum ihre Romane verschlingen würde – Frauen, die sich nach Emanzipation sehnten, ohne wie Frieda ihr Leben ändern, es gar aufs Spiel setzen zu wollen. Die Heldinnen ihrer Romane mussten daher konventionell sein, dennoch – und das macht ihren besonderen Reiz aus – haben sie stets etwas Aufbegehrendes, irgendeine Eigenschaft, die sie über die bürgerliche Frauenrolle hinaushebt.

Monika treibt ein naiver Mut auf der Suche nach ihrem Verlobten ins Innere Afrikas. Begleitet wird sie dabei vom englischen und vom deutschen Konsul, zwei ausgesuchten, in ihren nationalen Eigenarten fast karikaturhaften Herren, die ständig – was einen kurzweiligen Blick in die Diskussionen der Zeit erlaubt – die englischen und deutschen Vorstellungen vom Kolonialismus verhandeln und sich Sorgen über den guten Ruf der Dame machen.

»Es kommt mir jetzt hauptsächlich auf Deine Beteiligung an, mein Junge«, lässt Frieda den Engländer Darnley zu Danbruck, seinem deutschen Gegenspieler, sagen. *»Reist die junge Dame in Begleitung nur eines Herrn, so ist der Skandal fertig. Es ist dann auch ganz egal, wie man selbst sich dabei anstellt. Was zum Henker, fragt die ›Welt‹ nach dem thatsächlichen Sachverhalt, wenn man ihr Gelegenheit gibt, ihre Lästerzungen in Bewegung zu setzen!*

Ein halb verhungerter Hund greift nicht geringer nach dem ihm vorgeworfenen Stück Fleisch, als die ›Welt‹ nach dieser Gelegenheit.«

Hätte sich Carl Peters nur ebenso viel Gedanken um Friedas guten Ruf gemacht! Unweigerlich muss ich an Friedas Leben denken. Bei aller Differenz haben ihre Heldinnen immer gewisse autobiografische Züge, und so scheint es mir nicht vermessen, *Am anderen Ende der Welt* auf ihr eigenes Schicksal zu beziehen. Sie muss unter der Schädigung ihres Rufes durch die Liebesgeschichte zu Peters doch ungleich mehr gelitten haben, als sie in ihren Tagebüchern zugibt, sonst hätte sie dieses Thema nicht zum roten Faden ihres ersten Romans gemacht. Man wusste um diese Geschichte, die Sache mit dem Liebesbrief hatte bestimmt die Runde in den einschlägigen Kreisen Berlins gemacht, während Frieda in Ostafrika vergebens auf einen Heiratsantrag ihres Geliebten wartete. So wurde ihr Ruf unwiederbringlich beschädigt, solch ein Spiel trieben die Herren damals mit Dienstmädchen, aber nicht mit ehrenwerten Damen der guten Gesellschaft.

2

Eine alte vergilbte Zeitung, zwischen Kondolenzbriefen und Tagebuchblättern. Friedas Nachlass. Wieder habe ich mich in die Berliner Staatsbibliothek begeben, wieder tauche ich ein in die Welt altersfleckiger Dokumente, stiller Versenkung, schwer zu entziffernder Handschriften. Die Außenwelt verschwimmt, während sich der nüchterne Lesesaal mit Figuren und Stimmen aus einer anderen Zeit füllt. Ich habe die vierte Kiste geöffnet. Ein Päckchen mit Zeitungsartikeln. *Illustrirte Welt* steht in reich verzierten Buchstaben auf einem opulent gestalteten Titelblatt voller Szenen aus fernen Ländern mit Löwen, Elefanten, wilden Reitern und einem Medaillon in der Mitte, das eine Frau beim Lesen oder Redigieren vieler Druckseiten zeigt. Das alle vierzehn Tage erscheinende Blatt, offenbar ein Vorläufer unserer Frauenmagazine, wurde von der Deutschen Verlagsanstalt herausgegeben. Prominent platziert und mit großen Illustrationen versehen, finde ich einen fünfseitigen Artikel von Frieda. Briefe aus Sansibar, eine weitere Version ihres afrikanischen Tagebuchs also, eine Doppel- oder Dreifachverwertung aus dem Jahr 1889. Die Redaktion hat den Artikel liebevoll illustriert, mit sorgfältigen Skizzen, die, wie eigens betont wird, an Ort und Stelle entstanden seien. *Sie ergänzen die Briefe nach der Seite hin, wo die Feder ihre Macht an den Stift des Zeichners abtreten muss. Die Unterschriften zu den einzelnen Skizzen erklären die seltsam tropischen Erscheinungen so vollkommen, dass wir nur noch wenige Worte hinzuzufügen brauchen.* Alles strahlt eine Atmosphäre von ultimativer Exotik aus, auch wenn die Redaktion betont, dass die Illustrationen dokumentarischen, also fotografischen Wert besäßen. Afrika im Spiegel des europäischen Blicks, und Friedas Bericht als Bestätigung seiner Richtigkeit. *Diese orientalische Märchenwelt steigt wieder vor mir auf und scheint Fleisch und Blut anzunehmen, wenn ich mich abends in das Innere der Stadt wage.* Frieda als Botschafterin zwischen den Welten, als lebender und schreibender Beweis für die Wahrheit des europäischen Traums vom Orient. Ich lege Reisemagazine von heute daneben. Das Bild von Afrika ist immer noch romantisch, abenteuerlich, exotisch. Immer noch schwingt eine Sehnsucht nach dem Paradies mit, in jeder Zeile, jedem Bild. Für kaum eine andere Region der Erde ist das so ausgeprägt der Fall. Der Blick ist nicht mehr so orientalisch angehaucht, hat sich auf die unberührte Natur hin verschoben, ein Löwe unter einer Schirmakazie bei Sonnenuntergang statt mit Schmuck beladene, verschleierte Sansibar-Araberinnen. Aber genauso wie damals ist es bloß eine ganz bestimmte Wahrnehmung. Doch was ist Afrika eigentlich? Und Ostafrika? Tansania?

Stell dir vor, sagte Frieda zu Helene Lange, die reichen Araberinnen streuen sich vor dem Einschlafen duftende Jasminblüten aufs Kopfkissen.

Jasminblüten?, wiederholte die Lehrerin. Sie war so gefangen von Friedas Erzählung, dass sie für einen kurzen Moment ihre eigenen Vorhaben vergaß.

Im Januar 1889 war Frieda für einige Zeit nach Berlin gekommen, sie plante, in der Hauptstadt Quartier zu nehmen, alte Kontakte wieder zu beleben, Gespräche mit Verlegern, Redakteuren und anderen wichtigen Persönlichkeiten des Kulturlebens zu führen und, sobald sie sich stark genug dafür fühlte, dem Frauenbund einen Besuch abzustatten. Doch als Erstes hatte sie Helene Lange aufgesucht, bei ihr, das wusste Frieda, würde sie warmherzige Aufnahme finden, von der angehenden Frauenrechtlerin durfte sie sich Verständnis für ihre Probleme nach dem abrupten Ende ihres Engagements in Afrika erwarten.

Jasminblüten, Erdnüsse, Gewürze, ach, du ahnst ja gar nicht, was in den Tropen alles wächst. Ich habe sogar einen kleinen Affen besessen, erzählte Frieda der älteren Freundin.

Ist das alles wahr, Frieda?

Ja, meinen Hassan, ein treuer kleiner Kerl. Dann gab es noch eine Manguste, sprechende Papageien und jede Menge Küchenschaben. Frieda lachte, überglücklich, ihre Erinnerungen mit jemandem teilen zu können.

Frieda, du musst diese Dinge aufschreiben, alle werden deine Geschichten hören wollen! Vor allem Frauen werden nicht genug davon bekommen.

Der Sultan, fuhr Frieda immer fröhlicher fort, hatte mitten in der Stadt, direkt vor seinem Palast, seine Menagerie. Darin saßen ein Löwe, ein Jaguar und ein Stachelschwein. Ein zahmer Panther, der wie ein Haushund das königliche Tor bewachte, wurde von den vorbeispazierenden Menschen geneckt.

Ach, wie bezaubernd schön deine Erzählungen doch sind, schwärmte Helene. Sie wollte alles wissen. Wo Frieda gewohnt hatte, mit wem sie Umgang pflegte, wie das Klima zu ertragen und wie schlimm die Fieberanfälle gewesen seien. Dann erkundigte sie sich ausführlich nach dem Krankenhaus, den unterschiedlichen Patienten, den neuesten Erfahrungen in der Bekämpfung des Tropenfiebers und schließlich nach den dortigen Frauen.

Die afrikanischen Frauen haben mich zunehmend fasziniert, sagte Frieda. Sie sind stolz und tragen ihren Kopf hoch. Vor allem aber bewegen sie sich ganz anders als wir in Europa, mit langsamen, fließenden Bewegungen, und wenn sie jung sind, sind sie überaus schönheitsbewusst. Die Orientalinnen dürfen zu keinem männlichen Arzt gehen, also kamen sie zu mir. Ach, wie schade, dass alles so schnell enden musste. Der Frauenbund hat mich vor die Tür gesetzt.

Man hat in Berlin davon reden hören, kommentierte Helene vorsichtig Friedas Klagen. Sie hatten kein Verständnis für die afrikanischen Verhältnisse, nicht wahr?

Sie haben keine Ahnung, sagte Frieda fast schroff. Schon allein das Reisen in der Kolonie! Es gibt doch noch nicht einmal eine Eisenbahn, geschweige denn Wege, die breiter wären als Trampelpfade! Und die Stützpunkte an der Küste, kaum einer der Häfen ist größer als ein Dorf. Martha wollte, dass ich sofort in Pangani eine Station eröffne.

Wo ist denn Pangani? Ich habe den Namen noch nie gehört.

Da siehst du es ja. Es liegt an der Küste, aber es gibt dort nichts, absolut nichts, nur die Plantage von Friedrich Schröder.

Heißt die nicht zufälligerweise Lewa? Ich habe so etwas in der Zeitung gelesen. Sie soll von den Arabern zerstört worden sein.

Ja, beim Araberaufstand hat sie wohl gelitten. Schröder hatte kein gutes Verhältnis zu den Einheimischen, und Buschiris Hof ist ganz in der Nähe.

Wer um Himmels willen ist denn Buschiri?

Der Anführer des Aufstandes. Lewa war eine Musterplantage. Carl Peters hat Schröder und sein Engagement für die koloniale Sache immer sehr geschätzt.

Peters steht schon wieder hoch im Kurs. Dabei hatte ihn die Deutsch-Ostafrikanische Gesellschaft fast entmachtet. Eine Intrige, hieß es, Gerüchte, die nicht zu seinem Vorteil seien.

Frieda wurde rot. Wieder war alles so undurchsichtig, und sie hatte das Gefühl, selbst Teil dieser Gerüchte zu sein. Doch sie wollte ihre Verunsicherung nicht zeigen.

Er wird die Öffentlichkeit immer in erbitterte Feinde und enthusiastische Freunde teilen, das ist sein Temperament, sagte sie bestimmt.

Frieda war gestärkt und beglückt von Helene fortgegangen. War das wirklich ihre neue Chance? Wollten wirklich alle ihre

Geschichten hören? Als eine Art weibliches Pendant zu Peters' erfolgreichen Schilderungen? Eine weibliche Robinsonade vielleicht? Könnte sie so der kolonialen Sache weiter dienen, vielleicht noch besser und ihren Fähigkeiten entsprechender als in der Rolle der Krankenschwester? Der Gedanke gab ihr Mut, nun war sie stark genug, um dem Frauenbund ihren Besuch abzustatten. Noch am selben Tag schickte sie ein Billett an Martha Pfeil und kündigte sich für einen der kommenden Nachmittage zur Teezeit an.

Als sie dann die elegante Treppe hinaufstieg zur Wohnung der Gräfinnen, keimte in ihr wieder die Hoffnung, ihre ehemaligen Mitstreiterinnen würden sie mit offenen Armen empfangen. Sie war doch die Einzige von ihnen, die in Afrika gewesen, die einzige Frau, die die Verhältnisse in der jungen Kolonie einzuschätzen in der Lage war. Ihr fiel wieder ein, wie gut sie sich vor ihrer Abreise nach Ostafrika mit Martha verstanden hatte. Sie waren echte Freundinnen gewesen, und auch wenn sie um die Unterschiede ihrer beider Persönlichkeiten wusste, hatte sich Frieda doch auf Martha stützen können.

Wieso soll nun alles anders sein? fragte sich Frieda, als sie in die Wohnung der Gräfinnen trat. Doch schon die Begrüßung hinterließ ein ungutes Gefühl. Wieder war da diese leise Herablassung, der sie nun schon öfter begegnet war, seit sie wieder in Deutschland weilte.

Du weißt bestimmt, sagte Martha und hob die Tasse Tee an die Lippen, dass wir den Frauenbund umbenannt haben. Martha nahm einen Schluck und setzte die Tasse behutsam wieder auf ihrem Unterteller ab.

Ja, ich habe davon gehört. Frieda war arglos. Wer hängt schon an einem Namen, dachte sie. Was habt ihr euch ausgedacht?

Deutscher Frauenverein für die Krankenpflege in den Kolonien.

Das ist ja fast dasselbe, nicht wahr?

Aber das Programm ist es nicht, und die Statuten des Vereins haben wir auch umgeschrieben.

Wirst du sie mir zu lesen geben?, fragte Frieda nun doch ziemlich irritiert. Das Gespräch war kühl, Martha schien wenig erfreut über das Wiedersehen, und sie hatte sich nur unwillig auf eine Unterredung eingelassen.

Frieda, du bist ja im letzten Januar, vor deiner Abreise aus Ostafrika, ausgeschieden.

Ihr habt mich entlassen, was angesichts der Tatsache, dass ich den Frauenbund gegründet habe, eigentlich gar nicht möglich ist. Zumindest hätte ich meinem eigenen Rauswurf zustimmen müssen.

Deshalb war es einfacher, eine neue Organisation mit neuen Statuten zu begründen, konterte Martha offen.

Das ist es also, dachte Frieda. Deshalb der neue Name. Wie unverblümt Martha das alles sagte, wie kalt. Sie konnte gar nicht glauben, dass an all dem allein die Tatsache schuld sein sollte, dass sie nicht nach Pangani hatte gehen wollen.

Martha, eigentlich bin ich gekommen, um dir die Sache mit Pangani zu erklären. Es hätte einfach keinen Sinn ergeben. Außer der Plantage Lewa und einem kleinen, unbedeutenden Hafen gibt es da nichts. Wir hätten bloß Zeit und Geld verschwendet. Ihr könnt euch nicht vorstellen, wie es vor Ort in den Kolonien ist. Du hättest an meiner Stelle bestimmt genauso gehandelt.

Ich, meine Liebe, sagte Martha und zog die Augenbrauen in die Höhe, hätte ganz anders gehandelt, und zwar in jeglicher Hinsicht.

Wie meinst du das?

Das weißt du doch bestimmt ganz genau, sagte Martha, ohne Anstalten zu machen, das eigentliche Thema des Zerwürfnisses auch nur anzuschneiden. Im Salon redete man nicht über solche Dinge.

Aber lassen wir die alten Geschichten, sagte Martha dann kurz. Was tust du in Berlin? Lebst du jetzt nicht in Freiburg?

Wie konnte Martha nur so jäh von diesem wichtigen Gespräch zu belangloser Konversation wechseln? Frieda hatte die Untertöne nicht überhört, aber sie hätte gerne offen mit Martha über alles gesprochen. Sie hätte ihr erklärt, welches Ansehen der Frauenbund durch ihre Freundschaft mit Peters von Beginn an in Sansibar hatte. Dass sie es war und nicht Marie Rentsch, die Einfluss in den Europäerkreisen der Insel genoss, und dass sie auf dem besten Weg gewesen war, das Rennen um das Krankenhausprojekt zu gewinnen. Dann hätte sie Martha erklären können, dass sie sich in ihrer Euphorie für die Sache – und vielleicht auch etwas liebesblind – zu wenig um den Tratsch in der kleinen Ausländergemeinde gekümmert und Peters' Warnung, Sansibar sei ein Schlangennest, zu lange in den Wind geschlagen hatte. Anfangs hatte sie es nicht für möglich gehalten, dass es bei so wenigen Deutschen, die alle vereint für die große nationale Aufgabe kämpfen sollten, so viele Neider, so viel Hickhack und Eifersüchteleien geben konnte. Und dann war es irgendwann zu spät, irgendetwas hatte sich gegen sie und das Krankenhaus sowie gegen Peters und den Küstenvertrag gewandt.

Ich werde vielleicht nach Berlin übersiedeln, antwortete Frieda nach einer Denkpause. Sie erkannte, dass es unsinnig war zu versuchen, Martha irgendetwas zu erklären. Bei Martha, die in den höheren Adels- und Gesellschaftskreisen viel mehr zu Hause war als Frieda, würde sie kein Verständnis finden für ihre Herzensangelegenheiten, für die Freiheit von der Konvention, die ihr Afrika geboten hatte. Sie sah in Marthas Bewegungen, in ihrem Blick, der leicht abschätzig geneigten Mundstellung, der Kälte der Augen, dass sie Konventionen als kostbare Werte begriff, nicht als Behinderung, Beengung, Korsett.

Und was wirst du in Berlin anfangen?, fragte Martha. Genau

wie Frieda hatten auch Martha und ihre Schwester Eva nur wenig finanziellen Rückhalt, deshalb interessierte es Martha, wie sich die Geächtete ihr Leben einzurichten gedachte.

Wer weiß? Vielleicht werde ich über Afrika schreiben. *Die Reiseskizzen und Tagebuchblätter* sind schon als Buch erschienen.

Gratuliere!, sagte Martha gönnerhaft. Das wird bestimmt ein Erfolg. Der Frauenverein, schob sie sogleich eigene Errungenschaften nach, hat eine Menge neuer Mitglieder gewonnen. Die Gräfin von Monts, du kennst sie vielleicht, soll die neue Vorsitzende werden. Sie kennt *tout Berlin,* sogar mit der Kaiserin steht sie in gutem Kontakt. Die Prinzessin Solms, die Fürstin Ratibor und sogar die schöne Frau des Fürsten Henckel von Donnersmarck haben Interesse an einer Mitgliedschaft gezeigt.

Wie schön für euch, sagte nun Frieda knapp, um sich alsbald zu verabschieden. Hier war sie gescheitert, es war sinnlos, noch mehr Zeit in eine ausweglose Sache zu investieren.

In Deutschland ist ein neues Afrika-Fieber ausgebrochen. Fernsehen, Kino und Buchverlage überbieten sich seit geraumer Zeit mit Romanzen über Afrika. *Die weiße Massai, Mein Traum von Afrika, Wiedersehen mit Afrika* und wie sie alle heißen. Und plötzlich gibt es auch schicksalsschwere Geschichten aus der deutschen Kolonialzeit, meist mit einem *Out-of-Africa*-Touch. Ein Hauch von Sehnsucht nach Weite und einem freien Leben unter der tropischen Sonne durchzieht Bücher und Filme. Sehnsuchtskontinent Afrika. Das war zu Friedas Zeiten so und ist heute nicht anders. Was fasziniert uns Europäer so an diesem Kontinent? Was treibt Frauen wie Madonna, Angelina Jolie oder Caroline von Monaco nach Afrika? Das Gleiche wie Tania Blixen oder eben Frieda von Bülow? Damals hatten die Frauen die diffuse Sehnsucht nach dem Schwarzen Kontinent von den Männern übernommen, hatten sich mit Friedas Werken ihre eigenen Identifikationsmuster geschaffen, die Frauenbewegung und der Kolonialismus gingen eine *liaison dangereuse* ein. Doch warum zieht es starke, selbstbewusste Frauen nach wie vor in die Savanne? Auch ohne Kolonialismus, Nationalismus und die Missionierung der Heiden? Frieda war auf der Suche nach einer Aufgabe im Dienste der Nation und fand – nach einer weiteren Begegnung mit dem Schwarzen Kontinent – innere Freiheit. Jede noch so große Bemühung um eine detaillierte Wahrnehmung der fremden Welt ist eben immer auch eine Beobachtung der eigenen Befindlichkeit. Je exotischer und fremder die Projektionsfläche, desto gauklerischer hält sie uns den Spiegel vor.

Frieda floh nach ihrem Treffen mit Martha Pfeil zurück in ihre Fantasiewelt und zu den Erinnerungen an Afrika. Der Bruch mit dem von ihr gegründeten Verein war nicht leicht zu verkraften, umso intensiver, fleißiger stürzte sie sich ins Schreiben. Das konnte ihr schließlich niemand wegnehmen, genauso wenig wie das, was sie in Afrika erlebt hatte.

Bei den Münchhausens am Schöneberger Ufer war eine kleine Wohnung frei geworden. Der Winter war kalt, die Wohnung schlecht geheizt, nur in einem Zimmer, wo sie ihre Schreibklause eingerichtet hatte, prasselte das Kaminfeuer. Thankmar brachte immer frisches Holz und machte Feuer. Er sagte wenig, doch das war genug, um Frieda eine neue Heimat zu geben. Sie mochte den Onkel, er hörte nicht auf das, was so geredet wurde, sondern verließ sich auf sein Gefühl.

Und gib nur ja nichts auf das, was die anderen von dir sagen, erklärte er geradezu gebetsmühlenartig. Die Hyänen lachen, aber beißen tun sie nicht. Das war einer seiner Lieblingssprüche. Er hatte selbst erfahren, wie gemein Gerüchte sein können. Vor einigen Jahren war er versetzt worden, weil er Opfer übler Nachreden geworden war.

Frieda saß in ihrem wollweißen Winterkleid schon stundenlang am Schreibtisch, las und korrigierte. Die Kerze flackerte im kalten Wind, der durch die Fensterritzen ins Innere des Raumes drang. Da erinnerte sie sich plötzlich an die eine Nacht, die sie mit Peters im Busch verbracht hatte. Es war auf der Küstenreise gewesen, in Lindi. Er hatte ihr von den Geräuschen des Busches vorgeschwärmt und sie auf eine seiner Erkundungswanderungen ins Landesinnere mitgenommen. Am Abend hatten die Träger die Zelte aufgebaut, eines für St. Paul und eines für sie beide, mehr hatte er gar nicht erst mitnehmen lassen. Bis zum Morgengrauen war sie deshalb neben ihm gelegen, er war nicht auf und davon gegangen wie in all den Nächten davor und danach. Er war sanft und liebevoll gewesen, nichts hatte ihn von ihr weggezogen. Geborgen unter dem Himmelszelt lauschte Frieda in die afrikanische Dunkelheit und konnte sich keinen besseren Platz für ihre Liebe vorstellen. Damals hatte er zum ersten und einzigen Mal »Ich liebe dich« gesagt und etwas von einem gemeinsamen Leben gemurmelt.

Wo er jetzt wohl ist?, überlegte sie, während sie ihre Heldin Monika eine erste Nacht im afrikanischen Busch erleben ließ. Sie beschrieb die gellenden Schreie der Nachtaffen, das Geheul des Leoparden und das unnachahmliche Lachen der Hyänen. Sie wollte einen Löwen, einen *simba,* wie er in der Sprache der Eingeborenen hieß, durchs Lager jagen, um ihren Lesern wenigstens eine kleine Vorstellung von den Gefahren des Busches zu vermitteln. Ihre Gedanken wanderten wieder zu Peters. Würde sie ihn wiedersehen?

Seitdem der Araberaufstand an der Küste ausgebrochen war, machte Bismarck Peters persönlich für die Unruhen verantwortlich. In der Zeitung hatte Frieda gelesen, dass Hermann von Wissmann Reichskommissar geworden war und dass er mithilfe einer Streitmacht aus deutschen Offizieren und afrikanischen Söldnern den Aufstand niederschlagen sollte. Aber das war doch Carls Aufgabe …

Frieda dachte so intensiv an den Geliebten, dass sie erst beim dritten Klingeln zur Eingangstür eilte. Sie öffnete, tief in Gedanken, und erschrak. Niemand anderer als er, Carl, stand vor der Tür. Er hatte Thankmar bei einer Zusammenkunft des Emin-Pascha-Komitees getroffen, und dieser hatte ihm erzählt, dass Frieda in Berlin war. Jetzt, da er wieder einmal geschwächt und vom fraglichen Gelingen seiner nächsten Pläne verunsichert war, hatte er Sehnsucht nach der treuen, starken Freundin bekommen.

Frieda! Er umarmte sie überschwänglich.

Sie schrak zusammen. Träumte sie?

Frieda, meine Liebe, was ist mit dir? Freust du dich denn nicht?

Carl! Was für eine Überraschung. Und ob ich mich freue ... Ich habe nur nicht mit dir gerechnet.

Ich war gerade bei Thankmar, da dachte ich mir ...

Es ist, als hätten wir uns nie getrennt, ging es Frieda durch den Kopf, nie, nie ... So selbstverständlich hat er einen Platz in meinem Herzen, dass alles sofort wieder beginnt, die Liebe, die Sehnsucht, die Schmetterlinge im Bauch. Carl, ich kann's gar nicht fassen. Wenn ich die Augen schließe, glaube ich, wir sind noch immer in Sansibar.

Sansibar ..., sagte er rau und küsste Frieda auf beide Augen. Schließ ruhig die Augen, Träume werden immer wahr, wenn man nur fest genug daran glaubt. Ich habe dir etwas mitgebracht. Er verschränkte die Hände hinter seinem Rücken und ließ Frieda raten. Rechts oder links?

Links, sagte sie instinktiv, und er überreichte ihr eine goldene Schnalle vom Gürtel eines seidenen Gewandes.

Was ist das, Carl?

Ein Verschluss von einem Kleid, sagte er, auf ihre Reaktion lauernd.

Von einem Kleid? Von einem Seidenkleid? Also der Gürtel einer Orientalin? Warum bringst du mir so etwas mit? Frieda lief es heiß den Rücken herunter. Sie wusste nicht, was sie von diesem Geschenk halten sollte. Ein unbestimmtes, unangenehmes Gefühl überkam sie bei seiner Betrachtung.

Nun ja, du weißt doch, dass wir in Sansibar regelmäßig Schießübungen veranstalteten. Peters verfolgte Friedas Reaktionen wie ein Gepard seine Beute. Und – er blickte sie unumwunden an – einmal hatte ich eben diesen Verschluss dabei und … beurteile selbst, ob ich ein guter Schütze bin oder nicht.

Frieda fuhr mit den Fingern über das feine Relief des goldenen Gegenstandes, der in der Mitte ein schussgroßes Loch aufwies. Die Frage, wie er wohl in Peters' Besitz gekommen war, verdrängte sie, stattdessen wollte sie bloß wissen, wem er ursprünglich gehört hatte.

Einer der Frauen des verstorbenen Sultans, sagte Peters ein wenig zu schnell, zu bestimmt. Dann setzte er korrigierend hinzu: Das heißt, es kann gar nicht anders sein, es muss eine Schnalle von einem königlichen Gewand sein.

Sie waren zu Friedas Sofa gegangen, und Peters hatte es sich bequem gemacht.

Ja, meine Liebe, seufzte er und zog sie erneut in seine Arme. Sansibar, was war das nur für ein Märchen aus *Tausendundeiner Nacht*! Die Wärme, die Gerüche, die Orientalinnen. Nicht wahr, meine liebe Frieda, das kann uns niemand nehmen?

Niemand, Carl, antwortete sie und war sich nicht sicher, ob sie die gleichen Erinnerungen meinten.

Ich schreibe ein neues Buch.

Über Afrika? Da gibt es wirklich eine ganze Menge zu schreiben. Du schickst mir doch das Manuskript, wenn es so weit ist?

Plötzlich wurde Peters unruhig, nervös zog er seine Uhr aus der Tasche. Die Emin-Pascha-Expedition wirft ihre Schatten voraus, sagte er, stand auf und richtete sich zum Gehen. Wieso blieb er so kurz, wieso endete das Treffen wieder so abrupt?

Frieda litt, noch lange würde sie auf diese Weise leiden. Immer wieder würde er aus heiterem Himmel auftauchen, einige vertraute Stunden mit der Freundin verbringen, um sich alsbald wieder zu verabschieden, ins Ungewisse zu verschwinden, ohne Hinterlassung einer Adresse, scheinbar ohne Verlangen nach einem weiteren Zusammentreffen. Er würde kommen und gehen, wann er wollte und wie er wollte. Frieda würde wie hypnotisiert auf diese Treffen reagieren, sie würde jede Sekunde aufsaugen, auch wenn sie in späteren Jahren versuchen würde, ihnen gegenüber gleichgültig zu bleiben. Allein, sie hatte es nicht in der Hand, sie war sein Opfer, ein Insekt im Netz der Spinne, und immer wenn er wieder ging, nahm er ihr Herz mit.

Carl … Er hatte sich seinen Überzieher angezogen. Willst du schon gehen?

Ich muss. Das Komitee. Die Vorbereitungen.

Und wann verlässt du Deutschland?

In einem Monat, Ende März.

Werden wir uns wiedersehen?

Wenn mir Zeit bleibt, Frieda. Er nahm seinen Hut, und Frieda wusste schon, dass ihm nicht einmal eine Minute für sie bleiben würde und dass sie die ganze Zeit umsonst warten würde. Es war wie eine Krankheit, die sie nicht mehr losließ, wie das Fieber, das in Schüben wiederkam, und wie dort war sie dem Kontrollverlust, der damit einherging, schutzlos ausgeliefert.

3

Als die Adventsglocken in Deutschland zur Kirche riefen, prasselten die Flammen über das große Kraal an allen Seiten gen Himmel. Ein kurzes Triumphgefühl für uns, welches freilich durch die Erwägung über das, was nun zu geschehen habe, sehr schnell vollständig beseitigt ward. An der Seite, wo ich gefochten hatte, fanden wir 43 Massaileichen, sämtlich die Kugeln von vorn. Der Verlust der Massais muß aber sicherlich mehr als das Dreifache betragen haben, da hinten mit gleicher Verbitterung als vorne gekämpft ward, und dieselben in den meisten Fällen im Stande waren, ihre gefallenen Standesgenossen fortzuschleppen. Da die Massais die auf unserer Seite Gefallenen, sieben an der Zahl, in schmachvoller Weise verstümmelt hatten, wurden Repressalien ergriffen, indem unsere Leute den Massaileichen die Köpfe abschnitten und solche in weitem Bogen unter deren Stammesgenossen unten am Hügel hinunterschleuderten.

Ich habe Carl Peters' Bericht *Die deutsche Emin-Pascha-Expedition* aus der Bibliothek geliehen. Das 560 Seiten starke Buch erschien im Frühjahr 1891 im Münchner Oldenbourg Verlag. Der Verleger schwärmte so sehr für den *Gründer unserer wichtigsten Kolonie,* dass er ein Porträt von keinem Geringeren als dem Malerfürsten Franz von Lenbach anfertigen und vorne ins Buch drucken ließ. Peters war nun ganz oben angekommen, ein Nationalheld, Deutschlands Cecil Rhodes, ein Eroberer von napoleonischem Format. Zu seinen Vorträgen erschienen Tausende, und nur wenige störten sich daran, dass er dabei weder Gewaltorgien noch die Geringschätzung für die schwarze Bevölkerung aussparte.

Es waren andere Zeiten. Das 19. Jahrhundert stieß sich nicht an den kriegerischen Auseinandersetzungen, sondern am lasterhaften Leben seiner Kriegsherren. Gewalt? Nun denn, eine notwendige Maßnahme bei der Niederschlagung fremder Völker. Sexskandale indes, noch dazu mit Angehörigen der unterworfenen Stämme, darüber regten sich alle auf. Sex und Gewalt wird dann auch die Mischung sein, die Carl Peters zu Fall bringt. Doch ich will nicht vorgreifen, denn die Geschichte hat soeben einen weiteren Höhepunkt erreicht.

Ein Mann allein an der Front, allein gegen alle, ausgesetzt den gnadenlosen afrikanischen Verhältnissen, allen Widrigkeiten zum Trotz für Deutschland kämpfend. Und Frieda? Was dachte sie, als sie den Bericht las? Kamen ihr Zweifel? Trat eine Entfremdung zum Geliebten ein, der so ganz anders auf die afrikanischen Erfahrungen reagierte als sie. Viel später schrieb sie ihm einmal in einem Brief, dass sie selbstverständlich keine Anhängerin von Brutalität und Gewalt sei. Aber jetzt? Stimmte auch sie in das Lebehoch-Geschrei ein, erkämpfte Peters auch für *sie* Deutschlands Ehre, Deutschlands Größe, Deutschlands Macht in der Welt?

Ich google, lese, kombiniere ... Der afrikaerfahrene Arzt und Forscher Eduard Schnitzer, unter dem Namen Emin Pascha als Gouverneur der ägyptischen Äquatorialprovinz zu Ansehen gelangt, war seit dem Mahdi-Aufstand von Europa abgeschnitten. Zur Rettung des Helden, *der im tiefsten Afrika, umzingelt von Horden fanatischer Wilder, Botanisiertrommel und Schreibfeder beiseite legte und kühl und entschlossen zum Gewehr griff, um selbstlos und einsam europäische Zivilisation und Humanität zu verteidigen,* waren nicht nur die Deutschen angetreten, sondern auch die Briten – in Person des Journalisten und Abenteurers Henry Morton Stanley. Emin Pascha, der beim Eintreffen Stanleys wohlauf und keineswegs bedroht wirkte, war indes nur ein Vorwand, eine öffentlichkeitswirksame Geschichte. In Wahrheit ging es beiden Rettungsexpeditionen noch immer um den *Wettlauf um Afrika*, ein Wettlauf um imperiale Macht, ein Eroberungsfeldzug um die letzten noch nicht unter den Europäern aufgeteilten weißen Flecken auf der Landkarte des dunklen Kontinents. Peters hatte mit dem von ihm gegründeten Emin-Pascha-Komitee jedoch längst nicht genug Geld für die Expedition sammeln können, und so zeigte er bei diesem neuerlichen Raubzug, mehr als bei seinen ersten ostafrikanischen Eroberungen, sein eigentliches Gesicht, die Zerstörungslust eines in seinem Ego tief verletzten Konquistadoren. Peters stand mit dem Rücken zur Wand, die Niederschlagung des Araberaufstandes hatte er an Hermann von Wissmann abgeben müssen, wichtige Mitglieder waren aus dem Emin-Pascha-Komitee ausgeschieden, die Expedition war so schlecht ausgerüstet, dass kein europäischer Afrika-Reisender, der halbwegs bei Sinnen war, sie je angetreten hätte. Peters aber war nicht der Mensch, der Niederlagen einstecken oder sich gar Fehler eingestehen konnte. Und so schoss er sich durch das Land der Gallas, Somalis und Massais, als ginge es darum, die eigenen Dämonen zu bekämpfen, als müsste er ein für alle Mal der Welt beweisen, wie unrecht sie ihm tat. Er brandschatzte und raubte und nahm ganzen Dörfern ihre Existenzgrundlage. Er legte seine Träger und Führer in Ketten oder ließ sie erschießen, wenn sie desertieren wollten, weil der Hunger, die Strapazen und die Krankheiten die Expedition zur Höllenfahrt machten.

Bevor Peters' Bericht erschienen war, hatte Frieda kaum Nachrichten über ihn erhalten. Er war wie verschluckt von Afrika, von den unendlichen Anstrengungen und den unvorstellbaren Herausforderungen einer Expedition ins Innere des Kontinents. Frieda wusste, was der Aufbruch ins »Innere«, wie man sagte, bedeutete, sie wusste, dass es oft monatelang keine Nachrichten gab, sie schauderte beim Gedanken an die Ermattung durch die täglichen Fußmärsche, die unzureichenden Lagerplätze, die Scharen von Insekten, die einen auffraßen, noch bevor man sich notdürftig vor ihnen zu schützen vermochte. Sie dachte an die Ohnmacht, die einen in der afrikanischen Nacht heimsuchte, wenn man sich der Gewalt der Natur nicht mehr gewachsen fühlte, wenn das Freiheitsgefühl unter dem Glitzern des Firmaments in Beklemmung umschlug und man sich einer feindlichen Welt ausgesetzt vorkam.

Oder das Gefühl der Unterlegenheit, das sie trotz allem europäischem Überlegenheitsbewusstsein so oft angefallen hatte, wenn sie sah, wie die Einheimischen, diese Kinder der Sonne und der roten Erde, die seit Jahrtausenden gelernt hatten, mit den Widrigkeiten ihres Kontinents umzugehen, im Einklang mit dieser mächtigen Natur zu leben vermochten. Und so bangte sie um ihn und ahnte, dass er, was auch immer er sich für Ziele gesteckt, was auch immer er als seinen Expeditionszweck genannt, welche Rechtfertigungen er auch immer für sein Unternehmen gefunden hatte, einen Albtraum durchlebte.

Lieber Thankmar, sagte sie, als sie mit der Zeitung in der Hand in das Münchhausen'sche Wohnzimmer trat. Sieh nur, die Engländer haben Peters' Schiff gekapert.

Ist das möglich, zeig her. Tatsächlich, sagte der Onkel, setzte sich seinen Zwicker auf die Nase und las.

Neera, was für ein seltsamer Name für ein Schiff.

Wo glaubst du, lieber Onkel, ist Peters jetzt?

Gute Frage, mein Kind. Die Engländer haben bloß das Schiff, aber nicht den Mann, nicht wahr?

Ja, an Land gekommen ist er bestimmt. Das ist nicht allzu schwer. Bei Nacht könnte er mit einer kleinen Dau übergesetzt haben. Doch was ist dann mit der ganzen Ausrüstung? Bestimmt konnte er nur einen Bruchteil an Land schaffen.

Und nun will er sich im großen Bogen bis hinunter zum Viktoriasee durchschlagen, um Emin Pascha zu retten.

Und um weitere Eroberungen zu machen.

Thankmar nickte, er wirkte nachdenklich. Er kam mir ziemlich atemlos vor, der Arme, als ich ihn das letzte Mal sah. War er nicht auch bei dir?

Ja, er kam für eine kurze Weile, bevor er wieder ins Leben hinauseilte, sagte Frieda. Ihr Lächeln, wenn sie von ihm sprach, bekam einen bitteren Zug, der sich im Laufe der Jahre noch verstärken sollte.

Ja, ja, immer unterwegs, immer in Aktion, immer voller Kampfesmut. Hast du ihn denn in deinem neuen Opus verewigt?

Nichts wird verraten, Onkel, du weißt doch, das bringt Unglück, sagte Frieda, und eine neue Lebendigkeit bemächtigte sich ihrer Züge.

Und hast du schon einen Titel?

Der Konsul wird es heißen, der Verlag wollte es so.

Kein schlechter Titel, liebe Frieda, bestimmt wirst du damit den Erfolg bekommen, den du verdienst.

Ach, Erfolg, lieber Thankmar, Anerkennung und Erfolg, was ist das schon, wenn man nicht lebt.

Frieda, immer diese existenziellen Verstimmungen, immer dieses Leiden. Was hätte dein Vater nur dazu gesagt.

Weiberkram hätte er gesagt, Onkel, und dennoch, es ist eben so, daran lässt sich nicht rütteln. Ich lebe nicht, all meine Lebensfreude ist im Sonnenland geblieben.

Kindchen, du hast deinen eigenen Kopf, nicht wahr? Nun geh doch ein wenig in der Stadt spazieren. Es gibt auch noch andere Nachrichten außer die spärlichen Notizen über deinen Peters, über dein Afrika. Interessiere dich doch ein wenig für Innenpolitik, für Bismarcks Sturz zum Beispiel. Was für ein unwürdiges Spektakel.

Frieda ging. Es war Ende März, ein wunderschöner Frühling. Thankmar hatte recht, sie sollte nicht weiter Trübsal blasen, nicht immer an ihn denken, stattdessen ein wenig sich selbst genügen. Was hatte sie nicht alles schon erreicht seit ihrer Rückkehr aus Sansibar! Zwei Jahre war es nur her, sie hatte die Trennung vom Frauenbund verwunden und war tatsächlich Schriftstellerin geworden. Ach, wie das klang, Schriftstellerin! Natürlich entsprachen ihre ersten Erfolge noch längst nicht dem Traumbild, das sie und Margarethe sich von dieser Berufung geschaffen hatten, aber dennoch, ein guter Anfang war gemacht. Neulich hatte sie einen Brief von einem Verehrer bekommen, noch dazu von einem Mitglied des Schriftstellerverbandes. Sie hatte ihm ein Manuskript geschickt, und er hatte ihr postwendend zurückgeschrieben. *Ich begrüße Sie als Schülerin Tolstois. Ich musste oft an Anna Karenina denken, ohne Sie der Abhängigkeit beschuldigen zu wollen.* Anna Karenina! Tolstoi! Mein Gott, war sie stolz, was für Komplimente das doch waren! Sie hatte die Zeilen auswendig gelernt, so glücklich war sie gewesen. Dann schlug ihr der Schreiber noch mehrere Verlage und Zeitschriften vor, die das Werk bestimmt gerne drucken würden. Das Lob kam von einem Kenner der Szene, nicht von jemandem, der ihr bloß schöntun wollte. Ja, es war tatsächlich ein guter Anfang gemacht.

Frieda bog um eine Straßenecke. Der Streit zwischen den Peters-Hassern und den Peters-Enthusiasten beherrschte noch immer die Presse, zog ihre Gedanken wieder zu ihm zurück. Alles ereiferte sich über Sinn und Unsinn der gesamten Expedition. Dabei hätte nicht einer von denen, die jetzt den Mund so laut aufmachten, das Wagnis auf sich genommen und Peters begleitet. Alle wussten es besser und hatten doch noch nie einen Fuß auf afrikanischen Boden gesetzt. Alle diskutierten über Bismarcks Politik des Gleichgewichts in Europa und ihr bevorstehendes Ende unter dem neuen Kaiser, über die Engländer und die Franzosen, die um Gottes willen nicht verärgert werden durften, über Flottenpolitik und imperiale Visionen. Frieda sah darin Varianten des bekannten Themas, die ewig gleiche Diskussion zwischen den sogenannten »Afrikanern«, denen, die wussten, wie es »dort unten« zuging, und den Kolonialtheoretikern mit ihren papierenen Konzepten und bürokratischen Vorstellungen, die mit der afrikanischen Wirklichkeit nichts gemein hatten.

All das hatte sie zu ihrem neuen Roman *Der Konsul* inspiriert. Denn war nicht der Kampf um den Küstenvertrag, den sie vor Ort in Sansibar hautnah miterlebt hatte, genau durch diese Missverständnisse entstanden, durch die Unkenntnis der Nicht-Afrikaner, die so anders geartete Realität in den Tropen und die Schwierigkeit, eben diese Realität den Menschen zu Hause verständlich zu machen? Auch ihr eigenes Projekt war an den unterschiedlichen Realitäten, Notwendigkeiten und Sichtweisen in Afrika und in Deutschland gescheitert. Und so hoffte sie, neben aller Unterhaltung, die ihr Buch den Lesern bringen sollte, zur Aufklärung dieser Missverständnisse beizutragen.

Dann kam Peters zurück und veröffentlichte seinen Bericht über die Emin-Pascha-Expedition, bei der er zwar weite Landstriche erobert hatte, aber zur Rettung des bereits von Stanley Aufgefundenen zu spät gekommen war. Doch auch die Eroberungen waren umsonst, im Helgoland-Sansibar-Vertrag, der am 1. Juli 1890 zur Beilegung der Kolonialstreitigkeiten zwischen Deutschland und England unterzeichnet wurde, verzichtete Deutschland auf seine Erwerbungen in Uganda und Betschuanaland und auf Deutsch-Wituland. Ferner verpflichtete sich Deutschland, die Schutzherrschaft Großbritanniens über Sansibar und Pemba anzuerkennen. Sansibar wurde nicht gegen Helgoland eingetauscht, denn Deutschland hatte Sansibar nie besessen, dennoch verbreitete sich dieses Missverständnis, kaum dass das Siegel unter dem Vertrag getrocknet war. Zwei Königreiche, Witu und Uganda, habe man einer Badewanne in der Nordsee zuliebe geopfert, verkündete Peters voller Ingrimm. Seine Deutsch-Ostafrikanische Gesellschaft war nach dem Araberaufstand aus finanziellen Gründen zur Selbstauflösung gezwungen, und so übernahm am 1. Januar 1891 das Deutsche Reich die Verwaltung der ostafrikanischen Kolonie. Während ich mir die historischen Zusammenhänge vor Augen führe, suche ich immer noch vergebens nach einer Reaktion Friedas auf Peters' Emin-Pascha-Bericht und bleibe bei meinem Entwurf von Friedas Wesen hängen, bei meiner Fantasie, meinen Vermutungen. Der Rummel um den heimgekehrten Helden, seine spektakulären Auftritte, das alles kann ihr unmöglich entgangen sein. Stimmte sie in den Chor der Begeisterten ein? Anders ist es kaum vorstellbar, schließlich wurde der Bericht nur von ein paar wenigen Sozialdemokraten kritisiert. Bestimmt hätte auch sie es gerne gesehen, wenn Sansibar Teil der deutschen Kolonie geworden wäre. Sogar Bismarck, der die Geschicke des Reiches nun nicht mehr lenkte, ließ von Friedrichsruh, seinem Alterssitz, aus vernehmen, mit ein bisschen mehr Geduld hätte man auch dieses Eiland noch gewonnen. Dabei darf man nicht vergessen, wie sehr der Eiserne Kanzler noch kurz zuvor gegen ein Kolonialreich gewesen war. Sansibar war eben eine Droge, ein Halluzinogen, das die Träume der Menschen in ungeahnte Sphären trieb.

Etwa zur gleichen Zeit starb Friedas Mutter Clotilde. Wieder ein Trauerfall, wieder ein Verlust. Die fromme Seele war bis zuletzt der Brüdergemeinde treu geblieben, und man begrub sie deshalb in Neudietendorf. Frieda überkam das Gefühl, jemanden verloren zu haben, den sie gar nicht richtig gekannt hatte. Stundenlang saß sie im Krüger-Haus an der Hauptstraße von Neudietendorf, in dem kleinen Hexenhaus, das Clotilde mit den Kindern nach dem Tod ihres Mannes bezogen hatte. Clotildes geliebte Rosen im teppichgroßen Vorgarten trieben gerade neu aus, Tulpen und Narzissen malten bunte Tupfer in die Frühlingsbeete. Frieda brach einen Rosenzweig ab. Sie würde ihn in Berlin in ein Wasserglas stellen, bis er Wurzeln schlug, um ihn dann in einen Blumentopf auf den Balkon zu pflanzen. Sie betrachtete jede einzelne Rose, jede Knospe und jedes Blatt, und auf einmal wurde ihr ganz warm ums Herz. Wie umsichtig Clotilde doch ihre Pflanzen gepflegt hatte! Hatte sie eigentlich ein ebenso liebendes Herz für die Kinder gehabt? Frieda hatte der Mutter nie verziehen, dass sie in Ingersleben bleiben wollte, als der Vater zum zweiten Mal nach Smyrna ging und nur Margarethe nachkommen ließ. Als Älteste hatte sie ganz besonders unter Clotildes Ohnmacht, unter ihrer Verzagtheit und Lebensangst gelitten. Wegen Clotilde war sie Atheistin geworden, für Frieda war die Frömmigkeit ihrer Mutter bloße Sehnsucht nach Geborgenheit und Sicherheit gewesen. Frieda selbst freilich wiederholte das Schicksal der Mutter – im Glauben an die nationale Mission in Afrika.

Nachdem Frieda lange genug im kleinen Haus und im noch kleineren Garten der Mutter gesessen hatte, wanderte sie noch einmal entlang der Apfelstädt von Neudietendorf nach Ingersleben. Der Weg von der Mutter zur Großmutter war immer eine Befreiung gewesen, jetzt schmerzte er sie. Alles zog sie zurück in den Rosengarten und zu dem unscheinbaren, schlichten Grabstein, den die Brüdergemeinde der Mutter errichtet hatte. Eine Dienerin Gottes unter vielen Gleichgesinnten. Das Grab strahlte Frieden aus, die Gemeinschaft wirkte plötzlich tröstend auf Frieda, und zum ersten Mal hatte sie Verständnis für Clotildes Leben, für ihre Freuden und ihr schlecht verborgenes Leid. Voll Trauer pflückte sie Blumen und brach frische Äste von hellgrünen Buchen, sie band einen Strauß, wie Margarethe und sie ihn so oft für die Großmutter gemacht hatten. Hatte sie der Mutter je Blumen gebracht? Hatte sie sie je so voller Freude, sprudelnd vor Jungmädchengeschichten besucht wie die geliebte Großmutter? Hatte sie sich je darum gekümmert, wie es der Mutter ging, was sie dachte, erlebte, erlitt? Die Versäumnisse der Liebe taten weh, sie waren schlimmer als der Tod, den die fromme Clotilde bestimmt voll Vorfreude auf das Jenseits erwartet hatte.

In der Nacht, im kargen Gästezimmer der Brüdergemeinde, träumte Frieda von Clotilde. Schmerzlich blickte die Mutter die Tochter an und streckte die Hände nach ihr aus. Frieda zögerte, fürchtete sich. Wie Krakenarme kamen die ausgestreckten Arme auf sie zu, Fänge, aus denen es kein Entrinnen geben würde. Sie wandte sich zur Tür, wollte schon gehen, wie sie es all die Jahre getan hatte, ohne Versprechen auf ein Wiedersehen. Seitdem sie in Afrika gewesen war und sich dort gegen die guten Sitten vergangen hatte, war nicht einmal mehr ein Gespräch möglich gewesen, das Mutter und Tochter wenigstens den Anschein einer inneren Bindung gegeben hätte.

Komm, Frieda, hörte sie hinter sich die Stimme der Mutter. Ich bin doch tot. Tote können die Lebenden nicht festhalten.

Erschrocken drehte sich Frieda um. Tote können die Lebenden nicht festhalten? Was redete die Mutter da? Und ob sie das können! Frieda schaute in Clotildes Augen, und plötzlich waren es die Augen Hugos und dann die Margarethes. Sie öffnete die Tür der Totenkammer und lief, so schnell ihre Füße sie trugen, sie lief und lief bis nach Afrika. Da verstummten die Stimmen, das Weinen der Toten. Sie wurden abgelöst vom Weinen schwarzer Sklaven, dem Wimmern der mit dem *Kiboko* geschlagenen Arbeiter und dem leisen Schluchzen eines Babys, dem man die Mutter weggenommen hatte. Die Frau, eine stolze Suaheli-Schönheit, lag zusammengeschlagen in der Ecke ihrer sauberen Hütte, die Kleider hatte ihr jemand vom Leib gerissen, sie hatte blutige Striemen auf den Brüsten und zitterte am ganzen Körper. Frieda erschrak und wachte mit heißem Kopf auf. Was hatte sie nur geträumt, dachte sie noch immer schlaftrunken. Was war das nur für eine schreckliche Szene! Sie hatte sich selbst wie ein Teil dieser Szene gefühlt, hatte mitgelitten. Eigenartig. Ob es Peters' Emin-Pascha-Bericht war, den sie gerade las und der von so viel Grausamkeit handelte? Ob ihr diese ewigen Schilderungen eines permanenten Kriegszustandes zu Kopf gestiegen waren? Bestimmt hatte Peters Schreckliches erlebt, bestimmt war er bedroht worden und hatte seinerseits Menschen bedroht, ja sogar getötet. Afrika ist wild, dachte Frieda. Wer mit Afrika fertig werden wollte, das hatte sie bei ihrem Aufenthalt dort immer wieder erfahren, durfte nicht zimperlich sein. Und dennoch. Hatte sie je derartige Szenen in Ostafrika erlebt? Sehr dunkel nur erinnerte sie sich an Erzählungen, an Gerüchte hinter vorgehaltener Hand. Wer war die Frau aus dem Traum? Wieso war sie geschlagen worden? Wieso hatte sie keine Kleider an? Woher kam dieses Bild?

4

Sie raten mir: »Ärgert dich dein rechtes Auge, so reiß es aus und wirf es von dir!« Ein alter bewährter Rat; aber wenn man nun das kranke Auge so sehr liebt, daß man lieber allen Schmerz und die aus dem Schmerz sich entwickelnden Funktionsstörungen und Nervenschwäche auf sich nehmen, als das Auge hergeben will? […] Dann muß man schweigen und leiden, nicht wahr? Vielleicht bringt doch die Zeit Heilung, oder man ist unheilbar. Die Operation, die gleich heilen könnte, lehnt man ab, weil das gesunde Weiterleben ohne das kranke Auge wertloser erscheint, als das jetzige Leben, schrieb Frieda von Bülow neun Monate nach Clotildes Tod an Lou Andreas-Salomé. Noch waren sie per Sie, nur zwei, drei Briefe lang, die Begegnung der beiden Frauen war Zuneigung auf den ersten Blick. *Wenn man nun das kranke Auge so sehr liebt …* War dies ein Eingeständnis ihrer masochistischen Liebe zu Peters? Ihrer Hörigkeit?

Ich habe ein dickes Briefkonvolut aus dem Lou-Andreas-Salomé-Archiv in Göttingen bekommen, 117 Briefe, nur fünfundzwanzig davon von Lou, dazu noch das Paket Lou-Briefe aus dem Bülow-Nachlass. Alles unveröffentlicht. Eine Freundschaft bis zu Friedas frühem Tod, achtzehn Jahre lang. So lange haben wenige Beziehungen der unsteten, bindungsunwilligen, experimentierfreudigen Lou gehalten, jener Parade-Emanze und Diva, Künstlerfreundin und Künstlerin, Nietzsche- und Rilke-Liebe, Freud-Schülerin und Psychoanalytikerin. Frieda und Lou! Was für unterschiedliche Persönlichkeiten! Was für unvereinbare Wesenszüge! Wie nur kam es zu dieser Freundschaft, der so mancher Bülow- und Andreas-Salomé-Forscher sogar lesbische Züge attestierte?

Schön, dass wir uns kennengelernt haben. Johanna hat wirklich ein Gespür dafür, welche Leute sie miteinander bekannt machen soll, sagte Frieda zum Abschied.

Ganz meinerseits, antwortete Lou. Besuchen Sie mich und meinen Mann in Schmargendorf. Es ist nicht weit, ein hübscher Spaziergang, nicht mehr. Und schon war sie auf und davon, der Schatten ihrer Gestalt wuchs im schräg einfallenden Nachmittagslicht zu einer baumlangen Silhouette. Der lange Mantel wippte im Takt ihrer Schritte, die überdimensionale Pelzmütze und der dazu passende Muff machten sie zierlicher, als sie eigentlich war. Leise fuhren einige Kaleschen mit dick vermummten Gestalten die verschneiten Straßen Berlins entlang. Frieda blickte ihnen nach, wie sie an der jungen Frau vorbeifuhren. Sie schwebt, dachte sie, und der Winter scheint ihr nicht das Geringste anzuhaben. Sie ist eben die Tochter eines Generals der russischen Armee, während ich eine halbe Afrikanerin bin und friere wie eine Schwalbe, die die Reise in den Süden verpasst hat. Lou war nun um die nächste Häuserecke gebogen, und so wandte sich auch Frieda zum Gehen.

Als Lou Andreas-Salomé, ordentlich verspätet und ohne Entschuldigung, aber umso heiterer bei Johanna Niemann erschienen war, wusste Frieda, dass sie der vier Jahre Jüngeren verfallen würde. Lou legte eine Selbstsicherheit an den Tag, die Frieda sonst nur bei Männern kannte, dazu eine Unbekümmertheit, ja, Unverfrorenheit im Umgang mit allen Fragen des Lebens. Zweifellos von brillanter Intelligenz und erstaunlicher Bildung, schien ihr das Leben – ganz im Gegensatz zu Frieda und Johanna – ein Spiel mit vielen Variablen. Und einem Schmetterlingssammler gleich spießte sie Lebenswege, Schicksale, Menschen wie Insekten an die Wand, Trophäen der Lebensintensität, ohne dass sie sich selbst von irgendjemandem einfangen, ja nicht einmal über Gebühr in die Seele blicken ließ. Niemand aber reizte Friedas Liebesfähigkeit so sehr wie die Flüchtigen, Unabhängigen, die Bindungsscheuen. Bei ihnen, so glaubte sie, würde sie sich nicht langweilen, und sie würden sie ihrerseits nicht einschränken.

Die Anziehung der beiden Frauen beruhte auf Gegenseitigkeit, ja sie war so stark, dass die Gastgeberin, die Schriftstellerin Johanna Niemann, pikiert feststellte, die beiden hätten wohl noch genügend Gelegenheit, ihre Bekanntschaft zu vertiefen, wenn sie sich anderswo wiedersähen. Johanna, fast eine Generation älter als die beiden, kannte das Leben, und es hatte sie nicht verwöhnt. Geboren in Danzig, war sie wie Frieda Lehrerin geworden und hatte erst mit neununddreißig Jahren ihren ersten Roman niedergeschrieben. Friedrich Lange hatte die tapfere Schreiberin entdeckt und ihr Hoffnung auf eine große Karriere gemacht. Vor einigen Monaten hatte sie aus gesundheitlichen Gründen den Lehrerinnenberuf aufgeben müssen, jetzt plagten sie Sorgen, denn sie musste sich nach dem Tod der Eltern um die zahlreichen Geschwister kümmern. Kein Wunder, dass sie das Leben unnahbar und hart gemacht hatte, wie auch Frieda nicht verborgen blieb. Gesellschaftlich, so empfand Frieda, konnte sie von einer unerreichbaren, phänomenalen Schroffheit sein, der reine Stacheligel und jeglicher Anmut bar.

Ein Zeitungsausschnitt aus der *Berliner Vossischen Zeitung* vom 19.10.1892 liegt vor mir. Ein gewisser Arnold Freiherr von Eltz, Vorgänger von Carl Peters als Reichskommissar des Kilimandscharogebietes, empörte sich darin in einem offenen Brief über Peters' Regiment bei den Chaggas, beziehungsweise Wadschaggas, wie er sie nennt. Er habe eine friedliche Region in Kriegszustand versetzt, er habe sich Vieh und Baumaterialien von den Einheimischen genommen, während er, Eltz, für die ihm gewährten Produkte und Leistungen bezahlte. Er habe durch seine ständigen Kämpfe dieses schöne, ja schönste Land von ganz Deutsch-Ostafrika verwüstet. *Vor Gott und den Menschen sind Sie verantwortlich für die Zerstörung blühen-*

der Landschaften, verantwortlich für den Tod unserer Kameraden von Bülow und Wolfrum, unserer tapferen Soldaten und Hunderter der Wadschagga! Und nun mache ich Ihnen den größten Vorwurf: Nicht die Notwendigkeit zwang Sie zu Ihrem blutigen Vorgehen, Sie brauchten Thaten, damit Ihr Name in Europa nicht in Vergessenheit gerate.

Wieder war fast ein Jahr vergangen. Peters war abermals in Afrika gewesen, als Reichskommissar für das Kilimandscharogebiet. Dann war er plötzlich wieder in Deutschland aufgetaucht, einfach so, ohne besonderen Grund. Vier Monate vor dem Erscheinen des Eltz'schen Briefes war Friedas Bruder Albrecht gestorben. Es hatte einige Zeit gedauert, bis die Nachricht nach Berlin gelangte, doch dort hatte sie in Kolonialkreisen Aufsehen erregt, schließlich war Albrecht Peters' Nachfolger gewesen. Peters selbst war aus nicht näher genannten Gründen von seinem Posten abberufen worden. Die Vorkommnisse am Kilimandscharo schienen undurchschaubar, sie warfen mehr Fragen auf, als hier in Deutschland Antworten gefunden werden konnten.

Frieda war schockiert. An Albrechts Tod sollte Peters schuld sein? All die bedrohlichen Untertöne, die kleinen Hinweise, die Anzeichen hatte sie stets vom Tisch gewischt, bisher hatte sie nicht viel von Peters' Schwächen gesehen. Doch Albrechts Tod bedeutete eine erste Verunsicherung ihres durch die leidenschaftliche Verliebtheit blinden Blicks. Hatten die kritischen Stimmen recht? War Peters brutaler als nötig, aufbrausend, ungerecht, ein Querkopf, der mehr zerstörte als aufbaute? Nein, das konnte, das durfte nicht sein. Sein Selbstbild war das genaue Gegenteil davon, und hatte sie sich nicht persönlich davon überzeugen können, damals in Sansibar, als er und nur er einen Vertrag über die Küste zustande brachte, dass er der einzige Visionär war, der die Willenskraft besaß, ein Weltreich aufzubauen? Nein, es musste ein Missverständnis sein, und nur er würde es aufklären können, dachte sie. Jetzt musste sie zu ihm, jetzt brauchte sie seinen Halt, sonst hätte auch sie sich infrage stellen müssen. Sie hatte so oft um Albrecht gebangt, wenn er Fieber hatte oder sich auf abenteuerliche Expeditionen begab. Und jetzt war er bei einem Gefecht ums Leben gekommen, das allem Anschein nach nicht einmal nötig gewesen war. Ihr Bruder ein Opfer der Wirrnisse, die sein Vorgesetzter, ihr Geliebter Carl Peters, ausgelöst hatte? Alle hatten von der Schönheit und dem Reichtum des Landes unter dem Kilimandscharo geschwärmt, ihre Bewunderung und ihren Respekt für das mächtige Volk der Chaggas nicht verhehlt. Wieso war es dann zu den Aufständen gekommen? Sie musste mit ihm sprechen, seine Version der Geschichte hören, seine Argumente verstehen, schließlich hatte sie Albrecht einst zu ihm gebracht. Wäre auch nur ein Funken Wahrheit in Eltz' Sicht der Dinge, müsste sie sich selbst Vorwürfe machen, wäre sie selbst auch ein Stück weit schuld an Albrechts Tod. Ihre Gedanken gingen im Kreis, Vorwürfe, Schuldgefühle, Trauer und Verwirrung vermengten sich und raubten Frieda das Gleichgewicht.

Carl, was sagst du zu diesem Artikel?, fragte sie ihn, kaum dass sie über die Schwelle seiner Wohnung getreten war.

Meine liebe Frieda, wieso so aufgeregt?

Carl, du hast ihn doch gelesen, oder?

Wen?

Den Artikel, hier ... Frieda legte den Zeitungsausschnitt vor Peters auf den Schreibtisch.

Ach, Eltz! Der ist ja nicht ernst zu nehmen. Ein unambitionierter, bequemer Mensch, der sich damit begnügt, auf Großwildjagd zu gehen und auf der Veranda seines Hauses zu sitzen.

Aber das mit Albrecht, Carl. Bitte sag mir, wie es wirklich gewesen ist.

Ich war doch schon längst weg, als Albrecht meinen Posten übernahm. Hätte Eltz mit seinen Behauptungen von den friedliebenden Wadschaggas recht, würde Albrecht noch leben, erklärte Peters nachdrücklich und ernst. Aber sie sind eben nicht friedliebend. So einfach ist das.

Aber die Verlegung der Station?

Ich habe die Station von Moshi nach Marangu verlegt, weil dort die Bedingungen für eine Verteidigung besser sind. Außerdem ist der dortige Häuptling Mareale ein Freund von mir. So ist das, du siehst, wie ungerecht die Welt zu mir ist. Aber du, liebe Frieda, müsstest Verständnis haben, du kennst Afrika und du kennst mich.

Ein Brief von Frieda an Lou vom 28. Juni 1892 spricht von einer gewissen Abkühlung ihrer Gefühle für den Geliebten. *Ja, Sie haben recht: in allem. Mein Gefühl für C. P. ist freilich noch nie, seit ich ihn kenne, matter gewesen als in diesen Tagen, weil mein toter Bruder soviel in Anspruch nimmt.*

Aber doch beunruhigen mich diese geheimnisvollen Andeutungen des Berliner Tageblatts. Was kann mit ihm vorgekommen sein?! Wenn Sie es mir doch herausfinden könnten. […] Freilich denke ich, dass böser Klatsch die Hauptsache ist. Eugen Wolf und das Tageblatt sind geschworene Gegner von P.

Die geheimnisvollen Andeutungen bezogen sich wohl auf den Vorfall am Kilimandscharo. Doch Frieda beruhigte sich wieder. Sie kannte das Spiel der Intrigen. Schon seit Jahren hatte sie erlebt, wie Peters die Menschen in erbitterte Feinde und enthusiastische Freunde zu spalten vermochte, wie oft hatte er ihr von seinen Neidern erzählt, die voll Missgunst das Gelungene zerstören wollten, von all denjenigen, die ihn nicht verstanden, seine Willenskraft als Rücksichtslosigkeit interpretierten, bei seinem schnellen Vorpreschen nicht mithalten konnten, von all den Langweilern und Bürokraten. Es würde noch eine Weile dauern, bis sich Frieda endlich von Peters befreien sollte. Das Leben selbst würde Einsicht und Heilung bringen.

Kurz nach Albrechts Tod war auch noch Kuno, der jüngste der Geschwister gestorben. Er hatte Selbstmord verübt, nachdem er kurz in Deutsch-Ostafrika gewesen war. Doch nicht der Kulturschock oder das Klima, ja nicht einmal der Tropenkoller hatte ihn zu diesem Schritt veranlasst, sondern eine Frau, *eine berechnende Person, die ihn immer mehr von mir entfernt hat. Ich leide furchtbar daran und komme aus dem nervösen Zittern und Weinen gar nicht heraus*, schrieb Frieda an Lou.

Wieder ein Verlust! Innerhalb von zwei Jahren die Mutter und beide Brüder! Nur die Stärksten werden vom Schicksal so rau behandelt. Nun war auch Albrechts kleine Plantage in Tanga ohne Führung, dieser Hoffnungsanker der Geschwister, dieser Streifen Glücksverheißung, dieses Versprechen auf einen Neubeginn.

Frieda wälzte sich unruhig im Halbschlaf. Sollte sie Albrechts Stelle einnehmen? Sollte sie weiterführen, was er begonnen hatte? Was für ein Gedanke. Eine Frau alleine in Afrika, eine einsame Pflanzerin in den Tropen, in Hosen womöglich. Unwillkürlich entkam Frieda ein Lachen. Das würde wieder ein Gerede geben, ach du meine Güte, wie sich alle den Mund zerreißen würden. Aber warum eigentlich nicht? Warum sollte nicht sie, Frieda von Bülow, die Tochter des Legationsrates Hugo von Bülow und Schwester des mutigen Albrecht von Bülow, selbst die Geschicke ihrer Farm in Afrika in die Hand nehmen? Und wer weiß, vielleicht würde sie auch denjenigen, der ihr in der letzten Zeit so viel Kummer bereitet hatte, ein wenig vergessen. Ja, das war es, das musste sie tun!

Frieda war so aufgeregt, dass sie noch mitten in der Nacht aufstand und eine Liste der Dinge zusammenstellte, die sie bis zu ihrer Abreise zu tun hatte, all der Sachen, die sie in den Tropen brauchen würde, der unzähligen Kleinigkeiten, die eine Reise in die Kolonie erforderte.

Dann kam endlich die ersehnte Abfahrt, abermals mit dem Ziel Ostafrika, diesmal jedoch ohne Peters, ganz allein. Es war am 6. Juni 1893, Lou, Peters und Sophie begleiteten Frieda zum Anhalter Bahnhof. Frieda war in Aufbruchsstimmung. In Gedanken ging sie noch einmal durch ihr Gepäck. Hatte sie diesmal klüger eingepackt? Beim letzten Aufenthalt in Afrika hatte sie trotz aller guten Ratschläge viel zu warme Sachen mitgenommen. Gewiss, auch in den Tropen musste man sich anständig kleiden, außerdem schützten die hochgeschlossenen und bis zum Knöchel reichenden Kleider gut vor der Sonne und den Moskitos. Das Geheimnis war die Wahl des richtigen Stoffes, feiner Batist war am besten. Sonnenhüte und Sonnenschirme konnte man hingegen nicht genug mitnehmen, sie gingen immer verloren, außerdem eigneten sie sich als Aufputz. Am wichtigsten freilich war die Hausapotheke und darin wiederum eine ausreichende Menge Chinin. Ohne Chinin hatte Bismarck nicht einmal die Soldaten der Wissmann-Schutztruppe zur Niederschlagung des Araberaufstandes an die ostafrikanische Küste geschickt. Die Schutztruppe. Frieda musste an Albrecht denken. Jetzt war sie unterwegs nach Afrika, zurück in ihr Land der Verheißung, dorthin, wo Albrecht sein Leben verloren und sie die glücklichsten Jahre ihres Lebens verbracht hatte.

Frieda hörte, wie Peters zu Lou sagte: Ich habe Ihr Buch über Nietzsche gelesen.

Tatsächlich?

Ein interessanter Standpunkt, den Sie da vertreten.

Meinen Sie? Lou ließ Peters ein wenig auflaufen. Sie spürte, dass er sich ihr nähern wollte, und sie kannte ihn aus Friedas Erzählungen zu gut, um nicht auf der Hut zu sein. Frieda lauschte, ohne sich ins Gespräch zu mischen. Sie vertraute Lou, und sie wollte von ihrer besten Freundin ein Urteil über den Mann, den sie – noch immer – so leidenschaftlich liebte. Sie wollte, dass Lou durch diese beinahe zufällige Begegnung besser verstand, warum sie, Frieda, von Peters nicht loskam. Nach seiner Rückkehr aus dem Kilimandscharo-Gebiet hatte er sie ein paarmal aufgesucht, öfter als zuvor. Er brauche jemanden, der ihm zuhöre, jemanden, der ihn verstand, hatte er einschmeichelnd gesagt. Diese ganzen Eiferer, die noch nie ihren Fuß auf afrikanischen Boden gesetzt haben, würden ihn zur Weißglut bringen.

Wirst du Albrechts Grab besuchen?, fragte Lou, nun zu Frieda gewandt.

Aber verehrte Frau Salomé, Sie wissen nicht, was Sie da sagen!, entfuhr es Peters. Er klang barsch, und Frieda blickte ihm ins Gesicht. Plötzlich war da wieder diese Unruhe, die sie manchmal in seinen Augen erkennen konnte. Die Züge loderten geradezu, irgendein Gefühl, eine Erinnerung muss ihn erhitzt haben, dachte Frieda.

Carl, wieso eigentlich nicht? Ich wollte immer einmal ins Landesinnere.

Frieda, nun bist auch du so naiv. So kenn ich dich gar nicht. Du müsstest doch wissen, was für ein Aufwand eine Expedition ins Innere bedeutet und welche Strapazen.

Ja bitte, Frieda, mischte sich nun auch Sophie ins Gespräch, hör auf Carl und riskiere nichts.

Vor den Strapazen fürchte ich mich nicht. Außerdem wird doch bald mit dem Bau der Eisenbahn begonnen.

Ach, ihr Träumer, sagte Peters voll unerklärlichem Groll. Was wisst ihr schon.

Wollte Peters nicht, dass sie sich auf die Spurensuche nach ihrem verstorbenen Bruder begab? Gewiss, Albrecht war bei einem Gefecht mit den eingeborenen Chaggas ums Leben gekommen, man würde also nur dann in die Region reisen können, wenn alles ruhig war.

Die Chaggas sind gefährlich. Ich habe sie schließlich kennengelernt, sagte Peters mit einer Geste, die jegliche Widerrede verbot. Dann schwieg er, wie in Grübeleien versunken.

Was Frieda nicht wusste: In den knapp zwei Jahren, die Peters am Fuße des höchsten Berges Afrikas zugebracht hatte, hatte er seine einheimische Konkubine und seinen Diener – angeblich aus Eifersucht – umgebracht. Die Sache wurde ruchbar, und Peters wurde stillschweigend von seinem Posten abgezogen. So kam es, dass Albrecht von Bülow zu seinem Nachfolger ernannt wurde und bei einem Gefecht ums Leben kam.

Carl, du bist ja ganz rot im Gesicht. Frieda stutzte. Sie fand den Freund sehr verändert. Über die Vorfälle am Kilimandscharo wusste sie nur das, was durch den Eltz'schen Artikel ans Licht gekommen war. Deshalb versuchte sie sich mit dem Gedanken zu beruhigen, dass sich die Kämpfe der letzten Jahre in Peters' Gesicht gefressen hatten. Sie beobachtete seine Mundwinkel, die sarkastisch auf einer Seite nach unten gezogen waren. Doch seine Augen blieben unbesiegt, kalt, beunruhigend unergründlich. Sie hatte sich schon immer vor diesen eiskalten Augen gefürchtet, sie wusste, wie verletzend Peters werden konnte, wenn seine Augen diesen eisigen Glanz bekamen.

Jetzt reise du erst einmal nach Tanga und schaue nach Albrechts Farm. Sie soll sehr schön gelegen sein, sagte Peters, wieder um eine freundliche Stimmung bemüht. Er hatte offenbar den verstörten Blick Friedas bemerkt.

Ihr könnt euch ja gar nicht vorstellen, sagte Frieda wieder voller Reisefieber, wie sehr ich mich freue, wie gespannt ich bin, wie wunderbar mir die Aufgabe vorkommt, nun selbst Afrikas Erde zum Erblühen zu bringen.

Ja, das ist eine große Chance, sagte Peters, Albrechts Erbe könnte in keiner besseren Hand sein als in deiner, liebe Freundin.

Frieda strahlte. Da war es wieder, so hatte sie ihn lieb, so war er ihr nah und vertraut. Schnell vergaß sie die Verstimmung von vorhin. Sie umarmte ihn, und er streifte ihr einen Silberarmreif über die Hand. Damit du mich nicht vergisst. Sophie weinte zum Abschied. Lou wirkte bedrückt, als hätte sie einem bösen Schauspiel beigewohnt. Sie winkte der Freundin lange nach und beendete das Gespräch, das Peters mit ihr anzuknüpfen versuchte, so schnell wie möglich.

Ich war so sehr gespannt, was du zu Peters sagen würdest. […] Er hat noch keine Frau erlebt, die ihn untergekriegt hätte u. denkt: »auch diese würde ich besiegen, – aber der Kampf könnte interessant sein«. Was ihm als Erprobung seiner Macht dienen kann, ist ihm immer das Willkommenste, schrieb Frieda an Bord des Schiffes bereits wieder an ihre Freundin Lou Andreas-Salomé. *Trotzdem der kleine schlanke Bundesrath auch bei gutem Wetter sich hin und her wiegt wie eine Kinderwiege, bin ich ziemlich wohl bis jetzt, da wir ruhige See und herrliches Wetter haben. Die schlimme Zeit fängt erst bei Cap Gardafni an. Immer muss ich an die letzten Minuten vom Anhalter Bahnhof denken, wo in drei Menschen alles bei mir war, was mir auf Erden noch lieb und teuer ist: Sophie, du und »er«. Dass ich mich mit Dampfesschnelle von diesen dreien wegdirigierte in leere einsame Ferne hinaus, wollte mir mitunter wirklich schon wie Verrücktheit erscheinen, und doch mit jedem Tag überkommt mich auf dem weiten Wasser wieder jenes herrliche Freiheits- und Lebensgefühl, nach dem ich mich in unseren eigenen, von 1000 Schranken durchzogenen feindlichen Verhältnissen so lange vergebens gesehnt habe. Es lässt sich nicht genau erklären, nur beschreiben. Man hat das Gefühl des Losgelöstseins, des Immer-vorwärts-Gleitens in unendliche Weite. Alles Beengende, Alltägliche, Kleine scheint so weit hinter uns zu liegen, wie das längst nicht mehr fühlbare Festland.*

Fünfter Teil

Noch einmal Afrika

»Und mit einem Mal
erwachte ihre ganze Liebe
für dieses Land, […] in dem
ihre Seele mit allen Fasern
wurzelte. Sie fühlte, dass
ihre Heimat hier war.«
Frieda von Bülow:
Im Land der Verheißung

1

Tanga erschließt sich dem Besucher nicht auf den ersten Blick. An Tanga muss man sich gewöhnen, an die schachbrettartigen Straßen mit ihrer heruntergekommenen Bausubstanz, an das Leben, das als gemächlicher, träger Fluss durch die hitzegesättigten Straßen fließt, an den herumkullernden Abfall, der nur einmal in der Woche notdürftig zusammengekehrt wird, an die Uferpromenade, die keine ist, und den Hafen, der wüst und dreckig wirkt. Tanga wartet nicht auf Touristen, denn es verfügt nicht über weiße Sandstrände mit Palmensaum, und an die weit ins Land hereinreichende Bucht von Tanga schließen Mangrovensümpfe an, dichtbewaldete und im Rhythmus der Gezeiten mit warmem Meereswasser durchflutete, fast unwegsame Labyrinthe, in denen Millionen kleiner Fische in Sicherheit aufwachsen und eine Vielzahl von Vogelarten ihre Brutplätze haben.

Ich bin abermals nach Daressalam geflogen, um von dort mit einem dieser kleinen klapprigen Buschflieger die Küste hinauf nach Tanga weiterzureisen, voller Erwartungen, voller Bilder im Kopf über diesen zweiten Zufluchtsort Friedas in Afrika. Auf der Suche nach ihrer ehemaligen Farm bin ich im Guesthouse der Evangelischen Mission Mbuyo Kenda abgestiegen. Es ist ein historischer Ort, die Missionsstation wurde 1892 gegründet und für die befreiten Sklaven in unmittelbarer Nähe eines der sogenannten Freidörfer erbaut. Ich vergleiche die Landkarten von damals und heute und kann es kaum fassen; Friedas Grundstück muss genau hier, am Ende des verwilderten Missionsgartens, begonnen haben! Was für ein Zufall, was für eine plötzliche Annäherung! Meerkatzen turnen von den Grabsteinresten des alten deutschen Friedhofs in die Äste der Bäume, halten inne, kratzen sich, so als müssten sie nachdenken, um anschließend nur noch schneller und schwereloser durchs Geäst zu flitzen. Vögel zwitschern ungerührt, und der Wind fährt durch die zerzausten Büsche am Ufer eines Baches, der als schmutziges Rinnsal durch das Grundstück führt. Tanga. Kaum einen halben Tag hat es gebraucht, und die Stadt hat für mich einen anderen Klang.

Über Wasser und Land lagerte noch die kalte Farblosigkeit, die auch am Äquator dem Tag voranzugehen pflegt; dazu regnete es. So bezog ich ziemlich bangen Herzens das Haus, in dem ich mich bald ganz heimisch fühlen sollte und das ich neun Monate später bereichert an freundlichen Erinnerungen dankbar verließ. Auch ihren zweiten Afrika-Aufenthalt verarbeitete Frieda zu einer Artikelserie, die unter dem Titel *Allerhand Alltägliches aus Deutsch-Ostafrika* in Helene Langes Zeitschrift *Die Frau* erschien. Jetzt war sie bereits eine anerkannte Schriftstellerin, eine Autorin mit fester Leserschaft, die weibliche Gallionsfigur der deutschen Kolonialbewegung, jemand, dem man ein Urteil über das Leben in der Ferne zutraute. Und wie schon in ihren ersten Reiseberichten schätzte man das Herzerfrischende, Locker-Patriotische und zuweilen gängige Vorurteile Zurechtrückende ihrer Darstellung.

Ein seltsames Plätschern weckte Frieda aus tiefem Schlaf. Sie hatte am Abend zuvor ihr Zimmer im »Radau-Lokal« bezogen, bang, denn das Hotel hatte einen schlechten Ruf. Außer ihr wohnten nur Männer, vornehmlich acht Schlosser, Bautechniker, Lokomotivführer, Maurer und Maschinisten der Eisenbahngesellschaft, in dem ansonsten weitgehend von Ratten besiedelten Haus. Frieda lauschte. Das Plätschern klang nicht nach Regen. Außerdem war der Himmel, den sie durch die beiden Fenstertüren sehen konnte, blau, himmelblau. Die Sonne, die durch die sich sanft im Wind wiegenden

Palmenblätter fiel, warf schattendunkle und sonnenhelle Muster im Rhythmus des Windes auf das weiße Bettlaken. Wie Klaviertasten bewegten sich die langen Finger der Palmblätter und produzierten diesen unverwechselbaren Klang tropischer Küstenvegetation. Das Morgengezwitscher der Vögel drang an Friedas Ohr, und sie fühlte sich ganz augenblicklich glücklich. Ach, wie sehr liebte sie dieses Aufwachen in den Tropen, es war wie ein sanftes Hineinsinken in die Fröhlichkeit der Welt, in die Lebendigkeit eines Tages voller Wärme, voller Düfte, voller Wohlgefühl. Nirgends und nie fühlte sie sich geborgener.

Gestern war sie verzweifelt gewesen. Niemand hatte sie bei ihrer Ankunft im Hafen von Tanga erwartet, und das eigentlich für Europäer vorgesehene Hotel hatte sie abgewiesen. Es beherberge keine alleinstehenden Frauen. Als sie dann, von einem schwarzen Kofferträger begleitet, an den zechenden Eisenbahnern vorbei in ihr Zimmer im oberen Stock des zweiten, um vieles schlechteren Hotels der Stadt gelangte, überkam sie ein unbestimmtes Gefühl der Bedrohung. Insekten flogen ins flackernde Kerzenlicht und verbrannten, die Grillen hatten schon ihr monotones Sirren angestimmt, und da und dort hörte man die Nachtgeräusche wilder Tiere in der Ferne. Die afrikanische Nacht macht einsam, klein und furchtsam, ja, auch daran erinnerte sich Frieda nun wieder. Doch Gott sei Dank übermannte sie die Müdigkeit bald, und sie schlief traumlos bis in den Morgen hinein.

Nun setzte sie sich im Bett auf. Alles würde gut werden, sie war in ihrem geliebten Afrika. Und sie besaß Land, eigenes Land, das darauf wartete, entwickelt zu werden, Erträge abzuwerfen, zu blühen. Welch ein Glück! Sie konnte es gar nicht fassen, nicht erwarten, hinauszuwandern zu ihrer *shamba* vor den Toren der Stadt, die Pflanzungen zu sehen und sich mitten in dieses Land hineinzusetzen und die Kraft dieser Erde zu spüren. Nein, man konnte wirklich nicht mehr vom Leben verlangen, dachte sie schlaftrunken. Ihr Blick schweifte durchs Zimmer. Plötzlich schrie sie auf. Ratten … Ratten … Durch die nächtlichen Regenfälle stand ihr Zimmer unter Wasser, weder Fenster noch Türen waren verglast, und das überschüssige Wasser von der Veranda war zusätzlich ins Zimmer geflossen. Das wirklich Erschreckende aber war, dass sich eine Horde von Ratten über ihr eigens aus Deutschland mitgebrachtes Schwarzbrot hergemacht hatte. Die Tiere hatten das Brot – Ratten sind eben intelligent, dachte Frieda – aus der offenen Blechdose gezerrt und in die Pfütze auf den Boden gestoßen. Nun labten sie sich daran und patschten mit ihren zu groß geratenen Füßen durch den Zimmersee.

Als Frieda in den 1890er Jahren in Tanga lebte, gab es fast nichts von dem, was heute die koloniale Vergangenheit der Stadt ausmacht, auch wenn die meisten Gebäude immer noch dem Verfall preisgegeben sind. Bei ihrer Ankunft war die Stadt noch ein verschlafenes kleines Nest. Ihre große Zeit als zweitwichtigster Hafen Deutsch-Ostafrikas, als »Deutschlands Bombay« kündigte sich erst langsam an. Es war eine Pionierzeit, in der das Potenzial für die Entwicklung der Land- und Forstwirtschaft erforscht, die nötige Infrastruktur erst noch geschaffen, die Gewässer und die Küste überhaupt erst einmal vermessen werden mussten. Auch deshalb sind Friedas Spuren verwischt, zugedeckt von Tangas großer Zeit und ihrem Niedergang seither. Friedas Eindrücke sind übermalt von neuen Bildern, Schicht um Schicht, in den jeweiligen Farben der Zeit, und dennoch wird allmählich die Landkarte ihres Lebens unter den Farbschichten der Bilder sichtbar, ahne ich ihre ganz eigene Geschichte, ihr Fühlen und Sehnen, ihr Denken und Erleben. Wie hat sie Tanga, später ein florierendes Zentrum der Sisalproduktion, erfahren? Konnte sie von ihrer Plantage leben? Und hat Tanga sie verändert? Tanga war nicht Sansibar, und das koloniale Gesellschaftsleben, das Frieda erfolgreich in ihren ersten Afrika-Büchern beschrieben hatte, suchte sie in Tanga vergebens. Umso mächtiger und größer muss die Lebenserfahrung gewesen sein, die Frieda bei ihrem zweiten Afrikaaufenthalt machte. Sie war so viel ausgesetzter, der Zaun aus Konventionen und europäischer Lebensart zu einer ganz und gar anderen Welt war niedriger geworden. Bald sah sie vor allem die Auswüchse, die Nervosität der Weißen, den Alkoholismus der Männer, die unvermuteten Gewaltausbrüche, den allerorts lauernden Tropenkoller. Während sie sich in Tanga die Frage stellte, von welchem Charakter Deutsche mit Tropentauglichkeit sein sollten, rückte Afrika Frieda auf den Leib.

Ich laufe die Straßen entlang, fotografiere, zeichne, notiere. Die alte *boma*, das ehemalige Gericht, die deutsche Schule. Ich vergleiche Landkarten, messe die Wege, Schweiß tropft mir von der Stirn, sogar in der Nacht dusche ich zweimal, ich tauche ein mit Haut und Haar, in Tangas und Friedas Geschichte ebenso wie in die heutige träge Geschäftigkeit der Stadt, die noch immer von einer Handvoll Weißer mitbestimmt wird. Es gibt eine ganze Reihe von Entwicklungshelfern, allen voran die Leute von der Gates Foundation, die in Tanga eines ihrer Zentren hat. Die Gründerin des Waisenhauses, eine alleinstehende Deutsche, die mich an Frieda erinnert. Die Oberschicht der Stadt, zu der noch immer viele Inder gehören, ist heute ein buntes Gemisch aller Völker, man kennt sich und – so wirkt es – tut etwas für das Gemeinwesen. Der deutsche Arzt zum Beispiel, ein Heiliger und Verrückter, der, ohne je die Hoffnung zu verlieren, Menschenleben inmitten des desolaten Gesundheitssystems Tansanias rettet. Afrikanische Kinder, von ihren Müttern lange Wegstrecken zu Fuß ins Krankenhaus getragen, Männer und Frauen, die sich weder Medikamente noch Nahrungsmittel für den Spitalaufenthalt leisten können und die ohne die Spenden, die er bei den besser situierten Bürgern der

Stadt auftreibt, zugrunde gehen würden. Die Lebenserwartung in Tansania liegt um die fünfzig Jahre, noch immer fordert die Malaria die meisten Opfer, gefolgt von HIV, Tuberkulose und Durchfallerkrankungen. Und dennoch verzweifeln die Menschen nicht, es wirkt nicht einmal so, als würden sie ihr schweres Los beklagen, sie leben ihr Glück und Leid leichten Herzens. Beladen wirken die Menschen des reichen Nordens, blickt man in ihre Augen, so ahnt man schwere Lasten auf ihren Schultern.

Tanga, d. 15. Juli 1893. Mein geliebtes süßes Lou-Kind, denke dir, hier lässt man mich den Hass auf Peters entgelten. Lt. Paul, der hier das Regiment führt und seine Beamtengesellschaft hat mich hier gesellschaftlich in Acht und Bann gethan … Ich lese in den mitgebrachten Briefen Friedas an Lou Andreas-Salomé. Baron von St. Paul! Das war doch jener Peters-Vertraute, der damals gemeinsam mit Freiherrn von Gravenreuth Frieda am Pier von Sansibar erwartet hatte. Auf der gemeinsamen Küstenreise bis nach Lindi war St. Paul zu einem Freund Friedas geworden, er war stets bei ihr gewesen, während Peters, immer rastlos, immer bei der Arbeit, zu seinen Wanderungen und Bootstouren ins Land aufgebrochen war. In der Zwischenzeit hatte der Leutnant Karriere gemacht, er war Bezirksamtmann von Tanga geworden und hatte sich mit der eleganten, etwas vorlauten Gräfin Gersdorf vermählt. Und dieser Baron von St. Paul ließ Frieda nun seinen Hass auf Peters spüren? Weil er eine andere Einstellung zum Kolonialdienst hatte als sein ehemaliger Weggefährte? In ihrem Buch *Tropenkoller* hat Frieda dem Baron als Albert Waldemar ein lebensnahes und durchaus liebevolles Denkmal gesetzt, das einiges verständlich macht. St. Paul war anders, und dass auch Frieda nicht nach Peters, dem ehemaligen Reichskommissar für das Kilimandscharogebiet, geraten war, sollte Tangas oberste Kolonialinstanz erst noch merken. *Er hatte sich mit Eifer dem Studium der Sprache, Gebräuche und Sitten seiner schwarzen Untertanen ergeben, anfangs aus kluger Berechnung, da eine gründliche Kenntnis von Land und Leuten ihm helfen sollte, Karriere zu machen; später war es Liebhaberei und Selbstzweck geworden. Die fast täglichen »Schauris«, in denen er Klagen anhörte, Rat erteilte und Recht sprach, waren ihm das Liebste an seiner sonst recht unerquicklichen Berufstätigkeit. Diese Schauris trugen ihm häufig neue Spezialkenntnisse ein und bildeten eine tägliche, praktische Sprachübung. Jeder einzelne Fall wurde eingehend und in aller Ausführlichkeit vorgenommen, gerade so, wie die Eingeborenen es unter sich zu machen gewohnt waren. Albert Waldemar bemühte sich, gerecht zu urteilen, wie ein Salomo, und man vertraute seinem Schiedsspruch.*

Ihr Artikel war ..., St. Paul zog an seiner Zigarre und blickte ernst in die Runde, bevor er fortfuhr, jedes Wort einzeln betonend: Diese Entgegnung auf Eltz war, ehrlich gestanden, das Papier nicht wert, auf dem sie stand, verehrte Baronin.

Frieda erschrak, Frau von St. Paul nippte an ihrem Mangolikör und blickte arglos, die Beamten schauten betreten zu Boden.

Ich bin Besseres von Ihnen gewohnt, liebe Frieda, sagte der Baron, nun auf ihre Bekanntschaft anspielend. Als Bezirkschef von Tanga pflegte er die kleine Kolonialgemeinde zum lockeren Beisammensein kurz vor Sonnenuntergang in die *boma* zu bitten. Diesmal waren neben Frieda noch der Direktor der Eisenbahngesellschaft, einige Beamte der Bezirksverwaltung und natürlich St. Pauls Frau erschienen.

Wie meinen Sie das?, fragte Frieda zurück. Sie konnte keinen Schluck trinken. Nie hätte sie damit gerechnet, dass ihre Parteinahme für Peters nach dem offenen Brief dieses Freiherrn von Eltz in der Kolonie auf Kritik stoßen würde. Ganz im Gegenteil. Hier kannte man doch die Verhältnisse. Und dann noch St. Paul! Ein Mitstreiter, Freund, ja Verehrer von

Peters. Wie konnte das sein? Wieso nur schienen sich hier alle gegen Peters verschworen zu haben?

Peters so in Schutz zu nehmen! Denken Sie doch an Ihren Bruder, Verehrteste, fuhr St. Paul mit seiner Kritik fort.

Ah, das ist es also, dachte Frieda, sie glauben, Peters sei an Albrechts Tod schuld. Laut sagte sie: Und ob ich an meinen Bruder denke, immerzu.

Es muss ein furchtbarer Schock gewesen sein, wandte sich nun St. Pauls Gattin an Frieda. Wie furchtbar, es tut mir unendlich leid für Sie.

Ist schon gut, liebe Baronin. Mit Verlusten weiß ich umzugehen, parierte Frieda das gespielte Mitleid und die Kondolenzfloskel der First Lady von Tanga. So hatten sich die Dinge also gewandelt. In Sansibar war sie selbst noch, an der Seite Peters, die erste Dame der Gesellschaft gewesen, nun schnitt man sie und stellte sie zur Rede.

Sehen Sie, Frieda holte tief Luft, ich kann nicht erkennen, inwiefern Peters' Verhalten am Kilimandscharo Albrechts Tod verursacht haben sollte.

Nun, dazu kennen Sie eben die Verhältnisse zu wenig.

Ganz im Gegenteil. Peters hat mich höchstpersönlich darüber informiert. Die Verlegung der Station, die Sie alle hier so sehr beklagen und absurderweise für Albrechts Tod verantwortlich machen, bloß weil Eltz dies in seinem offenen Brief so schreiben zu müssen meinte, diese Verlegung hat Peters ja gerade deshalb veranlasst, weil er Marangu strategisch als sicherer empfand.

Welch ein Irrtum, kann ich da nur sagen! St. Paul war ein wenig laut geworden, er wie auch die anderen Herren der Runde waren derart vehementen Widerspruch aus dem Mund einer Frau nicht gewohnt. Dann blickte er überlegen auf seine schlanken Beine hinab bis zu den Stiefeln, mit denen er nervös den Takt irgendeines Liedes auf den Bretterboden der Veranda klopfte.

Peters hat sich jeglichen Vorschriften widersetzt und ohne

Rücksprache mit dem Gouverneur einfach zwei Schwarze aufgehängt, sagte St. Paul leise, schneidend, unheilverkündend. Einen Mann und eine Frau. Bei dem Wort »Frau« sah er Frieda forschend von der Seite an.

Davon hat er mir nichts erzählt, sagte Frieda leise. Aber es herrschte doch Kriegszustand, nicht wahr?

Kriegszustand! Überall, wo Peters hinkommt, herrscht Kriegszustand. Ist Ihnen das, liebe Freundin, noch nicht aufgefallen? Dieser Mann kämpft immer, egal ob es angemessen ist oder nicht. Kampf erzeugt aber Gegenkampf. Leute wie Peters sind für die Kolonie untragbar. St. Paul räusperte sich. Aber nun genug der Streitereien. Tanga ist ein friedliches, geruhsames Nest und soll dies auch bleiben. Werden Sie morgen zu Albrechts Grundstück fahren?

Ja, das hatte ich mir vorgenommen.

Lassen Sie mich wissen, ob Sie mein Gespann benützen wollen. St. Paul wirkte versöhnlich, als hätte er plötzlich ein schlechtes Gewissen.

Ich danke Ihnen, lieber Bezirksamtmann, aber ich denke, ich werde zu Fuß gehen, antwortete Frieda. Sie hatte schon dem Aufseher ihrer Plantage, einem gewissen Mohamed, ihren Besuch für morgen Nachmittag angekündigt. Mit Hamisi, ihrem *houseboy*, würde es vom Hotel aus ein angenehmer Spaziergang von einer Stunde sein, hatte Mohamed ihr nach einer kurzen, der Tatsache, dass sie eine Frau war, geschuldeten Verlegenheitspause versprochen. Zwei bis drei Stunden für die Inspektion des Besitzes sollten genügen, meinte er mit zunehmender Begeisterung für seine neue tatkräftige und freundlich wirkende Vorgesetzte, dann wären sie und Hamisi rechtzeitig vor der Dunkelheit zurück. Da sollte die *bibi* nicht mehr auf der Plantage sein.

Zu Fuß wollen Sie gehen?, fragte Baronin von St. Paul nun zutiefst erschrocken.

Warum denn nicht?

Aber – das geht doch nicht. Walther, das ..., die Baronin suchte nach Worten, das kommt doch gar nicht infrage.

Doch, doch. Ich habe eigens braune Gummistiefel aus Deutschland mitgebracht.

Und die Sonne? Und so ganz allein?

Nein, Gnädigste, nicht ganz allein. Hamisi, mein *houseboy* kommt mit mir.

So, diese Ankündigung hat ihre Wirkung nicht verfehlt, dachte Frieda, während sie sich verabschiedete. Sie sei nun müde und müsse für morgen Kräfte sammeln. Sie blickte jedem Einzelnen freundlich und gerade ins Gesicht. Solche Kleingeister, dachte sie, und noch im Gehen entdeckte sie neben der blasierten Distanz, die ihr am Anfang entgegengeschlagen war, nun ein Schwanken zwischen Ablehnung und Anerkennung in den Augen aller. Nur St. Pauls Gesicht wirkte weiterhin verschlossen. Was mag er nur mit den zwei Schwarzen gemeint haben, die Peters aufhängen ließ?

Ich halte ein altes Foto in Sepia in der Hand, erstaunlich scharf ist es, im Vergrößerungsglas sieht man sogar die feinen Wellen in der Bucht von Tanga. Alles ist voller Palmen, grün und dicht bewachsen wirkt der Küstensaum, dazwischen ein paar weiße Häuser, eines davon muss das kleine Haus gewesen sein, das Friedas späterer Verwalter, Paßarge, mitten in die Plantage hineinbauen ließ, kurz bevor das ganze Abenteuer mit der eigenen Farm in Afrika bereits wieder zu Ende war. Ein Garten Eden, so mutet das Foto an, so naturbelassen schön, üppig und sauber wirkt die Bucht. Heute bietet sie einen ganz anderen Anblick. Die Palmen sind der niedrigen Stadtsilhouette gewichen, dort, wo sie an den Stadträndern noch stehen, sind sie dürr und kahl, viele sind vom Nashornkäfer befallen oder einfach alt, zu wenige werden nachgepflanzt. Das Wasser, im Vergleich mit anderen, größeren Häfen des Landes noch relativ sauber, ist braun und ölverschmutzt. Ein alter Eisenkahn liegt verrostet seit Jahren auf dem Strand, vielleicht sind es auch Jahrzehnte, mitten im Zentrum der Stadt.

Hii ni nini, was ist das, Hamisi?, fragte Frieda, durch ein Rascheln im mannshohen Papyrus erschreckt.

Ni ndege tu, ein Vogel nur, *bibi.* Hamisi war ein schlanker, dunkelhäutiger Junge mit freundlichem Blick. Sie waren eine halbe Stunde aus der Stadt herausgegangen, erst an den *shambas* der Einheimischen, den Maisfeldern und Bananenhainen vorbei, dann über die Fußpfade durch mannshohes Gras und Gestrüpp bis zu der undeutlich gekennzeichneten Stelle, wo die von Bülow'sche Pflanzung begann.

Willst du wissen, was der Vogel singt, *bibi?,* fragte Hamisi plötzlich. Er war stehen geblieben und lauschte.

Weißt du es denn, Hamisi?

Ja, *bibi,* du musst ihm nur lange genug zuhören, dann verstehst du ihn auch.

Anasema nini basi, also, was sagt er?

Es gibt den Geist der Natur, den Geist des Flusses, den Geist der Berge und den Geist der Tiere, des Wassers und der Vorfahren. Der Geist ist überall.

Das singt der Vogel?, fragte Frieda ungläubig.

Ja, *bibi,* so sehen es die Menschen hier. Es ist gut, den Dingen zu lauschen. Sie alle erzählen Geschichten. Auch die Affenbrotbäume, das Papyrusgras und die Mangroven dort drüben, hinter denen du das Meer rauschen hörst.

Frieda war vom Ernst der Ausführungen Hamisis angerührt. So also nehmen die Menschen hier die Natur wahr, dachte sie. Für sie ist alles belebt, alles vom Hauch der Schöpfung durchdrungen, alles göttlich und sinnvoll. Sie beobachtete Hamisi, wie er geräuschlos, federnd, den Weg entlangging und nichts rund um ihn herum seiner Aufmerksamkeit entging. Und für einen kurzen Moment tauchte auch sie ein in den ewigen Fluss der Zeit, fühlte sich aufgehoben zwischen den vielen

Geschichten der Tiere und Pflanzen, die sie umgaben. Ein Gefühl der Erhabenheit überkam sie beim Anblick der sie umgebenden Schönheit, und sie wollte nirgendwo anders auf dieser Welt sein.

Hamisi und Frieda waren bei einer Reihe frischer Kokosnusspflanzen stehen geblieben. Mohamed, der Verwalter der *shamba,* war zu den beiden gestoßen. Stolz zeigte er Frieda, dass die kleinen Pflanzen bereits Wurzeln geschlagen hatten.

Und dort – er zeigte auf ein locker bepflanztes Feld –, dort wächst Sesam, *bibi.* Nun komm aber, ich will dir noch etwas zeigen. Dort unter dem Tamarindenbaum möchte ich einen Brunnen graben. Bitte gib mir die Erlaubnis dafür. Das Wasser ist süß und wird vom Baum beschattet.

Frieda folgte Mohameds Blicken, auch er überzeugte sie durch seinen Ernst und seine Kenntnis der Natur. Deshalb ließ sie sich auf seine Vorschläge ein. Sie mochte dieses neue Gefühl, das sich einstellte, wenn sie dem Wachsen und Gedeihen zusah, sich neue Pläne ausdachte und abwartete, was die Natur daraus machen würde. Nur kurz blitzten Zweifel in Friedas Kopf auf. Sie würde Geld investieren müssen, das sie noch gar nicht verdient hatte, und bis die Kokospalmen oder der Sesam Erträge lieferten, war es noch lang.

Bibi, nun müssen wir aber den Heimweg antreten, sagte nun Hamisi. Bald wird es Nacht, und der Weg zurück in die Stadt ist noch weit. *Unasikia,* hörst du, schon beginnen die Hyänen ihre klagenden Erzählungen. Dann sind auch die Löwen nicht mehr fern.

Aber zuerst musst du noch trinken, beharrte Mohamed und holte eine große grüne Kokosnuss. Mit seiner Machete schlug er gekonnt ein Loch oben in die Nuss und überreichte sie Frieda.

Asante sana. Frieda blickte noch einmal durch die Palmen hindurch zum Meer. Sie lauschte dem kurzen Frieden, der mit dem Hereinbrechen des Abends über das Land kam, und atmete die salzig-feuchte Luft ein. Sie wunderte sich, wie wenig ihr die gesellschaftliche Kälte ausmachte, die ihr in Tanga entgegenschlug, wie gerne sie sich alleine aufmachte, die Umgebung zu erforschen, um wie viel besser sie dann alles um sich herum beobachten konnte und wie befreiend das war. Ja, das war es: befreiend. Es war, als fielen Schichten unnötiger, Geist und Sinne einschränkender Glaubenssätze von ihr ab und schufen Raum für ein neues Lebensgefühl.

Mein geliebtes süßes Lou-Kind, schrieb Frieda, nachdem sie sich ein wenig in Tanga eingelebt hatte. Wieder und wieder habe ich diese Briefe Friedas aus Tanga gelesen und langsam begriffen, wie sehr Tanga Frieda verändert haben muss, wie sehr dieser zweite Afrika-Aufenthalt sie bei sich selbst ankommen ließ. *Ich bin in meinem Leben noch nicht so auf Selbständigkeit nach Außen hin angewiesen gewesen und mache in dieser Kunst offenbar Fortschritte. Das ist gewiss sehr nützlich. Wenn ich mit großen Wasserstiefeln im Sumpf herumstrolche oder mit den Zollbeamten unterhandle, komme ich mir selbst ganz »männlich« vor. Auch besitze ich hier ungleich mehr Gemütsruhe. Man lebt seinen kurzen, körperlich angreifenden Tropentag durch und denkt: was kommt, das kommt. Sehr viel Regen haben wir dieses Jahr und darum auch sehr viel Fieber, ich habe mich aber bis jetzt mit einem tüchtigen Katarrh begnügt.*

Und ich? Was ist meine *hidden agenda,* was suche ich außer den Spuren dieser längst verhallten Geschichte, was hält mich außer meinem Interesse für die afrikanische Gegenwart noch in diesem Land? Eine kleine Küstenfahrt. Ich verlasse Tanga auf der Staubpiste Richtung Pangani. Schon nach wenigen Kilometern wird das Land weit, spärlich bewohnt, üppig in seiner Vegetation. Der warme Fahrtwind fährt mir durch die Haare und kühlt die von der Tageshitze heißen Arme. Wir fahren an kleinen Dörfern mit Lehmhütten vorbei, an den typischen länglichen Schulgebäuden mit den Schildern »Shule« –

das Wort ist einer der wenigen deutschen Begriffe in Suaheli. Mangobäume, unter denen Kinder spielen und Männer ruhen, kleine Obststände und wieder das buschreiche Land, die staubige Piste, der Wechsel zwischen Palmen, Mangos und Affenbrotbäumen, der blaue Himmel mit den großen weißen Haufenwolken. Wie ein freier Vogel komme ich mir vor, ein Vagabund, ein Nomade. Deshalb macht es mir nichts aus, mich in einem Dalla Dalla, diesen überfüllten Kleinbussen des tansanischen Transportwesens, durchschütteln zu lassen, den Staub der Piste im Gesicht und die Stöße der Schlaglöcher im Rücken. Es war immer schon so, all die Jahre des Herumreisens, der Bewegung, der vielen Aufbrüche, immer war da dieses *herrliche Gefühl der Freiheit*, das mich immer wieder fortlockt und mit Frieda verbindet. Und so nimmt es nicht wunder, dass ich in kürzester Zeit auch Tangas Charme erlegen bin, seinen blumenüberwucherten alten Gebäuden, seinen von Radfahrern bevölkerten Straßen, seinen freundlichen und so gar nicht vom Tourismus verdorbenen Menschen. Eine Stadt im Dornröschenschlaf zwischen kommunistischer Misswirtschaft und einem wirtschaftlichen Aufbruch, der bislang anderswo stattfand.

Wie den meisten anderen afrikanischen Ländern geht es auch Tansania heute weniger gut als unmittelbar nach der Unabhängigkeit in den 1960er Jahren. Damals, als das Ende des Kolonialismus für euphorische Aufbruchsstimmung sorgte, konnte Afrika sich selbst ernähren, sein Entwicklungspotenzial wurde höher eingeschätzt als das Asiens. Das hat sich seither geändert, trotz Milliarden an Entwicklungshilfe. Afrika scheint aus der Armutsfalle nicht herauszufinden. Ganz unweigerlich fange ich an, über die Gründe nachzudenken, nachzuforschen, nachzufragen, und komme schließlich bei dem beeindruckenden Plädoyer des Entwicklungsökonomen Jeffrey Sachs an. Nicht Korruption, Misswirtschaft, autoritäre Regierungen, fehlende westliche Werte, Afrikas Unwille, sich selbst zu helfen, Irrationalität und Schicksalsergebenheit seien letztlich schuld an der Misere. All das nennt Sachs Mythen, die man auch anderen Regionen der Welt angedichtet hat, bevor sich diese ökonomisch entwickelt haben. Heute hätten eben negative Stereotypen über Afrika Hochkonjunktur. Der Hauptgrund, den der liberale Marktwirtschaftler ausmacht, der rund um den Globus Regierungen beraten und Länderstudien durchgeführt hat, sei, dass Afrika *zu wenig* Hilfe bekommen habe. *Wenn wir Erfolge sehen wollen, müssen wir Mittel in einem Ausmaß bereitstellen, das Erfolge auch erlaubt,* resümiert Sachs und zeigt, wie mit seinem ökonomischen Programm in den nächsten zwei Jahrzehnten die extreme Armut überwunden werden könnte.

Zu wenig Hilfe! Ich höre schon den Aufschrei ganzer Heerscharen von Entwicklungshelfern, die erlebt haben, wie Millionen von Geldern versickert und verschwunden sind und groß angelegte Hilfsprojekte nichts anderes als Potemkin'sche Dörfer waren. Entwicklung, so würde Clemens Albrecht sagen, passiert eben nur, wenn sich die Gesellschaft einig ist, dass sie diese Entwicklung will und mit allen Mitgliedern zu teilen bereit ist.

Dicht vor meinem Giebelfenster befand sich ein einstöckiges Häuschen, mit Palmstroh gedeckt. Das war die deutsche Schule, in der ein schwäbischer Lehrer namens Barth morgens und nachmittags mit engelsgleicher Geduld überlebendige kleine Inder- und Negerknaben unterrichtete. Es wurde in Suaheli gerechnet, gelesen und geschrieben. Nachmittags fand auch deutscher Unterricht statt, mit Hilfe schöner, farbiger Bilder, wie sie in der Heimat für den Anschauungsunterricht gefertigt werden. Bei der Offenheit sämtlicher Räume konnte ich von dem, was in der Schule gesprochen wurde, jeden Ton hören, hatte also die beste Gelegenheit von meinem Zimmer aus zu hospitieren.

Die deutsche Schule gibt es heute noch, sie war die erste

Schulgründung der Deutsch-Ostafrikanischen Gesellschaft, ja die erste Schule in Ostafrika überhaupt. Sie wurde im Dezember 1892 eröffnet und war der ganze Stolz all jener, die unter Kolonialismus Kultur, Fortschritt und europäische Ordnung verstanden. Tansanias Schulsystem gründet immer noch auf dem Schulnetz aus der deutschen Kolonialzeit, das eines der fortschrittlichsten in Afrika war. In den Jahren des tansanischen Sozialismus hat es stark gelitten, sodass Bildung heute eines der großen Probleme des Landes ist.

Dass gerade die von ihrem Nationalstolz geblähten Deutschen, dieses hypertrophe Volk, ein Schulsystem mit Suaheli als Unterrichtssprache etablierten, während in den englischen Kolonien rigoros in der Sprache Ihrer Majestät unterrichtet wurde, erstaunt auf den ersten Blick. Doch, so lehrte der Vater des Nationalgedankens Johann Gottfried Herder, ein Volk kann sich nur durch seine eigene Sprache entwickeln. Dafür hatte Tanga zur Zeit Friedas noch kein Krankenhaus, ja nicht einmal einen europäischen Arzt. Man kurierte sich selbst und wartete auf die Dampfer, die dann und wann einen Marinearzt vorübergehend an Land entließen. Für Frieda ergab sich dadurch eine Chance, eine Lücke, die sie alsbald zu füllen wusste. Sie hatte sich eigens eine gut ausgestattete Apotheke mitgenommen, hatte sich beim Packen gedacht, dass man nie wisse und besser vorbereitet sein solle, und sich von ihren Erinnerungen an ihre Krankenstationen in Daressalam und Sansibar tragen lassen.

Danke, danke, liebe *bibi*, dass Sie gekommen sind, sagte Frau von St. Paul matt.

Der Baron hatte zu nachtschlafener Zeit nach Frieda rufen lassen. Seine anfänglich feindliche Haltung ihr gegenüber bröckelte. Er mochte mutige Menschen, und mutig, das musste er sich eingestehen, war diese Frieda. Selbstverständlich war sie mitten in der Nacht aufgestanden, hatte ihren Medizinkoffer gepackt und ihn Hamisi übergeben. Dann waren sie dem St. Paul'schen *houseboy* zum Anwesen des Bezirksamtmannes gefolgt. Sie passt so gar nicht zu Peters, dachte er wieder einmal, als er ihr erklärte, dass seine Frau von einem derart heftigen Fieberanfall geschüttelt werde, dass er es mit der Angst zu tun bekommen habe. Frieda war gleich zu Frau von St. Paul weitergeeilt, hatte der Fiebernden Medizin gegeben, sie abwechselnd gewärmt und gekühlt, je nachdem, was das Fieber in seinen Sprüngen verlangte. Unmittelbar vor Sonnenaufgang, als die schwüle Hitze für kurze Zeit dem kühlen Wind vor Anbruch des Tages wich, war Frieda eingenickt. Als sie wieder aufwachte, war das Fieber der Baronin merklich gesunken. Sie fasste ihre Hand, fühlte den Puls und strahlte sie aufmunternd an.

Viel, viel besser so, meine Liebe. Fürs Erste hätten wir es geschafft. Nun hüten Sie das Bett, trinken Milch und essen etwas Leichtes. Ich sehe am Nachmittag wieder nach Ihnen.

Und werden Sie sich nun schlafen legen?, fragte die Kranke.

O nein, das ist nicht nötig. In den Tropen braucht man weniger Schlaf.

Glauben Sie? Dann kommt aber das Fieber.

Das Fieber, liebe Baronin, sucht vor allem jene heim, die sich vor ihm fürchten. Ich weiß, wie es ist, und mich bekümmert es wenig. Es ist der Preis, den wir alle für unser Leben in Afrika bezahlen. Nun denn, sage ich mir, dann ist es nicht zu ändern, wozu also Angst davor haben.

Sie sind bewundernswert, liebe *bibi*. So stark, so furchtlos, so …

Männlich? Nicht wahr, das wollten Sie sagen?

Über das Gesicht der Baronin, noch blasser und vornehmer im Fieber, huschte eine zarte Röte.

Sie dürfen das ruhig zu mir sagen, ermunterte sie Frieda. Männlich ist für mich ein Kompliment. Ich habe schließlich eine Plantage zu beaufsichtigen. Frieda packte ihre Apotheke zusammen und empfahl sich. Sie sah, wie ihr die Patientin mit sehnsuchtsvollen Augen hinterherblickte. Ob sie mich beneidet? Und weswegen eigentlich? War nicht eher die Baronin diejenige, die zu beneiden war? Verheiratet, verwöhnt, ein Vogel in einem weichen Nest, von allen mit Respekt und ausgesuchter Höflichkeit behandelt, und vor allem nicht allein. Frieda biss sich auf die Lippen. Sie hatte nicht erwartet, dass ihr zweiter Afrika-Aufenthalt sie das Alleinsein lehren würde. Manchmal war es ein berauschendes Gefühl, ein Seelenzustand, der sie bewusster, hellhöriger und reicher machte. Dann aber litt sie wieder, so wie jetzt, und sehnte sich nach ihm, den man ihr hier so verübelte.

2

Seit ich mich mit den kolonialen Fantasien des 18. und 19. Jahrhunderts befasse und mir die Situation der männlichen Eroberer à la Peters zu vergegenwärtigen suche, geht mir ein Zeitungsartikel nicht aus dem Kopf. Eroberung und Sexualität, Unterwerfung und Vergewaltigung – Peters' Themen – waren immer Begriffspaare, immer Realität, sind es heute noch. Der Artikel berichtet von einer Studie der UNICEF über die Kinderprostitution an Afrikas Touristenstränden. Viele Freier kämen aus Deutschland, heißt es da, und zwar aus allen Milieus und allen Altersklassen. Zu ihnen gesellen sich noch einmal so viele Einheimische, sie zahlen schlechter und sind noch gefährlicher. Während Peters die sogenannte *Lochbruderschaft* mit einem Schwarzen – so nannte er die Tatsache, dass er seine Konkubine mit seinem Diener teilen musste – so sehr ekelte, dass er ihn und die gemeinsame Konkubine umbrachte, scheint es heute einen geradezu seligen Frieden unter den Hautfarben zu geben. Dazu kommt noch, dass sich gerne auch Frauen an Afrikas Küsten, in Mombasa vornehmlich, Lustknaben nehmen oder Siebzigjährige sich zwanzigjährige Afrikanerinnen zur Gesellschaft kaufen. Variationen der gleichen Geschichte.

Die weiße und die schwarze Konkubine. Frieda und Jagodjo. Wusste Frieda etwas von der Nebenbuhlerin? Frieda liebte Peters schließlich ihr ganzes Leben lang, unverbesserlich. Die Nachricht von seiner Verlobung mit einer anderen im Jahr 1907 war, als handelte es sich um einen ihr angetanen Ehebruch. Dabei waren die beiden schon seit dem Ende von

Friedas erstem Afrika-Aufenthalt, also auch zur Zeit von Peters' Verhältnis zu Jagodjo, kein Paar mehr. Empfand Frieda die Nachricht von Peters' Umtrieben, von der Existenz seiner schwarzen Konkubine Jagodjo und seinem Eifersuchtsmord am Kilimandscharo trotzdem wie einen Keulenschlag? Zwei Frauen, ein Mann, ein Sündenfall, ein Skandal. Beide Frauen wurden zu Opfern des einen Mannes. Nur der Preis, den sie bezahlten, hätte unterschiedlicher nicht sein können. Die eine, die schwarze Frau, bezahlte mit ihrem Leben, die andere, die weiße Frau, bloß mit der bitteren Einsicht, ein Leben lang den Falschen geliebt zu haben.

Wer war diese Jagodjo vom Volk der Chagga? Der Gedanke lässt mich nicht los. Ich rufe Abraham an, der mich schon bei meinem letzten Afrika-Aufenthalt so umsichtig durch das Land chauffiert hat, und vereinbare mit ihm eine Tour ins Landesinnere. Werde ich Jagodjos Spuren finden? Wir fahren nach Marangu am Fuße des höchsten Berges Afrikas, in die urwaldartigen Höhenwälder seiner sanften Abhänge, dort, wo heute Touristen den Anstieg auf den Kilimandscharo planen und sich damals das Reich der Chaggas erstreckte, eines der wichtigsten Reiche Ostafrikas. Werden mich Jagodjos Verwandte wegstoßen, verantwortlich machen für das Verbrechen eines Mannes meines Volkes oder werden sie mich aufnehmen ohne Vorurteile?

Kommen Sie mit. Vor dem Essen waschen wir uns immer die Hände. Sie wissen, in Afrika ist die Hygiene besonders wichtig. Außerdem sind wir eine ganz eigene Mischung aus Christen und Moslems, sagt Nyaga Mawalla. Er betreibt Arushas größte und bedeutendste *law firm* und ist Sohn des ersten schwarzen Anwalts des Landes, der schon amtierte, als Tansania unter britischer Verwaltung noch Tanganjika genannt wurde – ein Chagga mit bestem familiären Hintergrund. Kaum dreißig und doch voll innerer Gelassenheit, jemand mit einem ernsten, gründlichen Blick auf die Gegenwart und Zukunft seines Heimatlandes. Ohne das Gespräch zu unterbrechen, folge ich ihm ins Badezimmer. Der Spiegel, sein Aftershave, Kopfwehtabletten. Er reicht mir die Seife, wir stehen nebeneinander, die schwarzen und weißen Hände voller Schaum, Wasser rinnt an unseren Armen herab, ineinandergreifende Hände, erlösendes Gelächter, wie Kinder, die gemeinsam den Meeressand aus ihren gesammelten Muscheln waschen.

Ich säße nicht hier, wenn die Deutschen nicht gewesen wären, sagt er entwaffnend und bedeutet mir, dass ich mich setzen soll.

Das Abendessen wird serviert, eine einfache, aber typische Speisenfolge, eine Prise orientalischer Gewürze, Mangosalat, fransiges gebratenes Fleisch, Mineralwasser statt Alkohol.

Sie haben uns Entwicklung gebracht, so einfach ist das.

Und Unterentwicklung, antworte ich.

Afrika ist nicht arm. Im Gegenteil. Afrika ist reich. Es ist fruchtbar und groß, voller unerschlossener Bodenschätze und spektakulärer Naturräume. In den 1960er Jahren konnte sich der Kontinent selbst ernähren.

Das heißt, dass Afrika heute seinen Tiefpunkt erreicht hat?

Ja, zurzeit erleben wir eine schwierige Phase, unseren Dreißigjährigen Krieg, wenn Sie so wollen. Aber wir werden geläutert daraus hervorgehen.

Ich frage ihn nach Jagodjo, nach Carl Peters, nach dem Mord am Kilimandscharo.

Mareale III., unser Paramount Chief, sagt er, die Wirkung seiner Worte in meinen Augen beobachtend, besitzt noch immer die deutsche Uniform, die Peters seinem Vorgänger Mareale I. geschenkt hat. Er ist sehr stolz darauf.

Tatsächlich? Aber Jagodjo war doch eine seiner Frauen?

Ja, und er machte sie Carl Peters zum Geschenk, übrigens damals ein durchaus übliches und ehrendes Geschenk.

Und der Mord?

Peters war kein Heiliger, natürlich war er gewalttätig, aber ich glaube, bei uns wird er anders beurteilt als bei Ihnen. Mareale und Meli, diese Herrscher waren alle nicht zimperlich.

Mein Gastgeber steht auf, zieht ein Buch aus dem Regal und blättert darin. Hier steht die Geschichte, wie ich sie zu Hause gehört habe, sagt er. Unser Lokalhistoriker hat die Leute befragt und das Buch von Kathleen Stahl gelesen, die in den 1950er Jahren noch viele Zeitzeugen – nicht wahr, so sagt man das – interviewt und eine wichtige Studie über unser Volk geschrieben hat. Dieser Albrecht von Bülow – Nyaga schaut mich an –, hat der etwas mit Ihrer Frieda zu tun?

Ja, er war ihr Bruder und der Nachfolger Peters' als Reichskommissar für das Kilimandscharo-Gebiet. Er starb, kurz nachdem er den Posten übernommen hatte, bei den von Peters verschuldeten Kämpfen.

Sehen Sie, hier wird Albrecht erwähnt. Er war, so schreibt der Autor, ein guter Freund meines Großvaters Sawaya Mawalla. Die Mawallas waren so etwas wie Premierminister, Diplomaten.

Und Peters?

Mein Großvater mochte Albrecht von Bülow lieber. Peters war eine Marionette von Häuptling Mareale.

Eine Marionette? Ein Spielball zwischen den rivalisierenden Kräften der einheimischen Clans? Diese Version der Geschichte habe ich tatsächlich noch nicht gehört. Ich bitte Nyaga Mawalla, den Inhalt des in Suaheli verfassten Buchkapitels zusammenzufassen:

Mareale I., Häuptling der Chagga in Marangu, war nicht der wichtigste Chief der Chaggas, er war jung, noch keine dreißig, machthungrig, klug und intrigant. Seine Kindheit und Jugend hatte er in der Fremde, bei einem anderen Stamm seines Volkes an den Westabhängen des Kilimandscharo verbracht, als Waisenkind. Kaum zum Mann gereift, kehrte er nach Marangu heim und schickte sich an, die Machtverhältnisse im Land seiner Vorväter neu zu regeln. Unweit von Marangu, zwei Tagesmärsche durch unwegsamen Bergregenwald, residierte Mareales größter Rivale, der Häuptling von Moshi. Meli, der Sohn des großen und allseits respektierten Chief Mandara, Kimandara oder auch Rindi, die Wolke genannt, jener Herrscher der Chaggas, der die englischen Missionare ins Land geholt hatte, damit sie seinem Volk Lesen und Schreiben beibrachten. Meli galt als wankelmütig und cholerisch. Carl Peters hielt die von der Kolonialverwaltung erbaute Festung von Moshi – Meli residierte in seiner eigenen *boma* unweit davon – als Hauptquartier für ungeeignet. Sie sei von Schluchten umgeben, schwer zu verteidigen, mühsam zu bewirtschaften. Deshalb, und weil er sich mit Mareale besser verstand, verlegte er sein Hauptquartier nach Marangu. Er wurde Mareales Freund. Peters schenkte dem Häuptling eine deutsche Uniform, und Mareale machte ihm ein schönes Mädchen, eine seiner Nebenfrauen, zum Gegengeschenk.

Nun ergab sich die folgende Situation: Schon seit einiger Zeit war ein dritter Häuptling, Malamia von Mamba, der ganz in Marangus Nähe residierte, Mareale ein Dorn im Auge. Er störte seine Expansionspläne auf dem Weg zum wichtigsten Chaggaherrscher der Region. Um Kräfte zu sparen, ersann Mareale darum eine List. Des Nachts schickte er einen seiner Diener in das primitive und immer noch provisorische Lager des Reichskommissars. Der Diener sollte Peters' Konkubine Jagodjo davon überzeugen, nach Mamba zu fliehen. Mareale kannte Peters, und er wusste, dass er diese Schande nicht auf sich sitzen lassen und mit seinen Soldaten sofort gegen die Häuptlingsschaft von Mamba kämpfen und siegen würde.

Tja, schloss Nyaga seine Zusammenfassung, Sie sehen, es hat funktioniert. Peters hat für Mareale die Arbeit erledigt. Ihr Europäer glaubt immer, dass wir Afrikaner die armen Opfer des Kolonialismus waren und ihr die starken Akteure. Aber das war oft gar nicht so, und die angeblich so grausamen Helden der Geschichte waren oft – meinethalben grausame, aber eben auch arme – Würstchen. Nicht wahr, so sagt man doch bei euch? »Arme Würstchen.« Nyaga betonte das fremde deutsche Wort voller Belustigung. Er klappte das Buch zu und steckte es zurück ins Regal.

Als einst der Hotelkoch, ein verbummeltes Genie von einem Dänen, mehrere Tage wegen schwerer Berauschtheit dienstunfähig war, übernahm ich (in meinem eigenen Interesse) das Kommando in der Küche und staunte über die Flinkheit, Ruhe und Aufmerksamkeit, mit der mir Suahibu an die Hand ging. Sie erriet oft meine Wünsche, ehe ich Zeit hatte, sie zu äußern. Dabei war sie still und von bescheidenster Zurückhaltung und erschien dadurch viel verständiger als die kindisch eitlen, koketten und spielerigen männlichen Diener.

Frieda lebte noch immer im »Radau-Hotel«, doch mittlerweile war sie dort gar nicht mehr wegzudenken. Sie hatte einen positiven Einfluss auf die Eisenbahnarbeiter, die seit ihrer Ankunft deutlich seltener Alkoholexzesse veranstalteten, sie hatte in der Küche einen festen Platz für ihre Kneipptees, Hafersuppen und Umschläge gefunden, um allzeit einsatzbereit zu sein, wenn sie zu einem Kranken gerufen wurde, und auch sonst hatte sie dafür gesorgt, dass das Haus nicht weiter verkam, obwohl der Besitzer, ein weiteres Exemplar eines kolonialen Taugenichts und Exzentrikers, sich nicht um sein Etablissement scherte. Und so kam es eben auch, dass sie ganz selbstverständlich, als wäre sie die Hotelbesitzerin, den Koch ersetzte, als er nicht mehr einsatzfähig war. Frieda – und das fiel der kleinen Gesellschaft von Tanga zunehmend auf – war jemand, der die Ärmel aufkrempeln konnte. Sie, die man sich als verwöhnte Muse des großen, wenn auch hier bereits vom Sockel gestoßenen Kolonialhelden Peters vorstellte, kannte in Wirklichkeit keine Allüren, sie war sich nicht zu gut, sie handelte, wo es nottat, sie kämpfte um die Lebensfähigkeit ihres Besitzes wie sonst wenige der Männer vor Ort. Und sie kam mit den unterschiedlichsten Leuten zu Rande, mit den weißen Arbeitern der Eisenbahngesellschaft ebenso wie mit ihrer schwarzen Mannschaft auf der Plantage, mit den Kalkbrennern auf ihrer Insel Yambe, mit den arabischen Händlern und mit den schwarzen Frauen, die sie viel öfter und aufmerksamer beschrieb als viele andere Beobachter ihrer Zeit. Die einheimischen Frauen, die von vielen Weißen als derart beschränkt angesehen wurden, dass man ihnen kaum die Aufgaben eines *houseboys* zutraute, kamen bei Frieda meistens besser weg als die Männer.

Suahibu war Sklavin gewesen, und ihr Mann hatte sie freigekauft. Das bedeutete ein beträchtliches finanzielles Opfer für ihn, zur Abgeltung der vorgestreckten Summe wurde ihm die Hälfte seines Monatslohnes abgezogen. *Trotz dieser Aufopferung seinerseits, waren die beiden beständig entzweit, und immer zog der Mann den kürzeren*, schrieb Frieda.

Suahibu, was hat es heute schon wieder zwischen dir und deinem Mann gegeben, fragte Frieda, als sie die Küche betrat. Sie hatte das Gejammer gehört, das er in der Früh veranstaltet hatte.

Ich habe ihm nichts zu essen gekocht, *bibi*, erklärte die Küchenmagd.

Und warum?

Wenn er sich mit anderen Weibern abgibt, dann mag er auch andere Weiber für sich kochen lassen.

Hmmm. Frieda nickte. Das ist einleuchtend, sagte sie. Aber hast du dann nicht Angst, dass er dich verlässt und zu einer anderen zieht?

Ach nein, der kommt immer wieder zurück. Sie kommen alle immer wieder zurück.

Meinst du?

Aber ja, *bibi*, sorge dich nicht. Die Männer sind so. Machen viel Lärm, und am Ende sind doch die Frauen stärker.

Frieda musste unwillkürlich an Peters denken und an diese schwarze Frau, von der sie kaum etwas wusste. Angeblich war sie seine Konkubine gewesen, das hatte sie mittlerweile herausgefunden. War sie so wie Suahibu? Stark und selbstbewusst? Hatte sie vermocht, was ihr, Frieda, nie gelungen war? Hatte sie Macht über ihn gehabt? Hat er ihr gegenüber die Kontrolle verloren, in der Liebe wie auch in der Gewalt? Dass Liebe und Gewalt bei ihm enge Verwandte waren, wusste Frieda mittlerweile. Er hatte sie gehängt, am Ende war also doch wieder er der Mächtigere gewesen, als Reichskommissar hatte er über ihr Leben bestimmt. Als Frieda allmählich immer mehr Details der ganzen Geschichte erfuhr, war sie schockiert gewesen. Diese Grausamkeit! Erinnerungsfetzen an ihre eigene Geschichte mit Peters flackerten in ihrem Gedächtnis auf, da war ein Gefühl, ein Ton, der ihr vertraut vorkam, eine Eigenschaft, die sie ebenso angezogen wie gefürchtet hatte. Sie schauderte. Gehängt! Aus Eifersucht? Aus gekränktem Stolz? Hatte sie, Frieda, ihn je eifersüchtig gemacht? Hatte sie seine Leidenschaft je so ins Unermessliche zu steigern vermocht, dass er sie nicht mehr freigeben wollte? Nein, seine wirkliche Leidenschaft hatte immer nur seiner Aufgabe gegolten, den Eroberungen, der großen Politik, seinen endlosen Kämpfen. Sie, die diese Leidenschaft so sehr gebraucht hätte, hatte sich in die kühle Distanz und Gleichgültigkeit zu fügen. Und nun nagte der Verdacht an Frieda, dass diese Schwarze Peters nicht gleichgültig gewesen war, sie wurde von einem unbestimmten Gefühl zwischen Eifersucht und Bewunderung, Rache und Mitleid, einer unablässigen Neugier und machtvoller Verdrängung erfasst.

Bibi, hier nimm, eine Banane, sie ist reif und süß, sagte Suahibu. Sie war auf die Straße geeilt, als sie die Rufe des vorbeikommenden Straßenverkäufers gehört hatte, und mit einem riesigen Korb voller Bananen auf dem Kopf in die Küche zurückgekommen.

Ndiyo, danke, Suahibu. Frieda fand alles an diesem Mädchen reizvoll. Die aufrechte Haltung, die ruhigen, sicheren Bewegungen, den Gang. Alles an ihr drückte ein Selbstgefühl aus, das Frieda fremd war. Die Frauen in Deutschland sind nicht so, dachte sie und nahm sich vor, Suahibus innere Gelassenheit, ihre Stärke und die Unabhängigkeit, die sie so strahlend machte, weiter zu studieren.

In meinem kleinen Hotel in Moshi lese ich einen ausgeschnittenen Artikel aus der *Zeit* über den Fall »Hänge-Peters« und vergleiche die beiden Varianten der Geschichte. *Das Weib des bwana mkubwa zu benutzen*, so wird Peters darin zitiert, sei *eine Frechheit* und *verdient die Todesstrafe*. Der Autor schildert daraufhin den Vorfall folgendermaßen: *Ein schnell zusammengerufenes »Kriegsgericht«, dem Peters selbst vorsaß, verhängte das Todesurteil über Mabruk. Die Hinrichtung wurde stümperhaft und brutal durchgeführt: Beim ersten Versuch riss der Strick, beim zweiten mussten dem Verurteilten die Bierkisten, auf denen er stand, unter den Füßen weggetreten werden, weil er sich weigerte, selbst herunterzuspringen. Peters, dem der Anblick von Hinrichtungen schon sehr vertraut war, saß derweilen ungerührt beim Mittagsessen, und abends brachte er einen Toast »auf das Wohl des seligen Mabruk« aus. Jagodja* – in den Quellen variiert ihr Name – *floh daraufhin mit anderen Mädchen von der Station zu Malamia, einem der Führer des Wachagga-Stammes. Peters forderte die Auslieferung der jungen Frau, was Malamia aber ablehnte. Peters' Antwort ließ nicht lange auf sich warten. Er schickte seine Askaris aus, die die Hütten der Wachagga niederzubrennen begannen. Daraufhin musste der Stamm das Mädchen doch ausliefern, und Jagodja wurde vom gleichen Kriegsgericht wie Mabruk wegen »Konspiration mit feindlichen Stämmen« zum Tode verurteilt und – drei Monate nach Peters' Diener – gehängt.* Nyaga Mawallas Geschichte und diese hier ähneln einander, auch wenn der Blickwinkel ein anderer ist. Wie prägt doch der Standpunkt, die Art, wie eine Geschichte erzählt wird, ihre Aussage. Wie sehr ist doch die Geschichte eine je nach der Zeit und ihren Glaubenssätzen geformte Erzählung. Napoleon hat einmal gesagt: *Geschichte ist jene Fabel beziehungsweise Lüge, auf die man sich geeinigt hat.*

3

Nur ganz kurz am anderen Morgen sehe ich vom Fenster meines Hotels aus, gewaltig und ebenmäßig, den Kegel des Kilimandscharo aus dem Dunst aufsteigen. Wie eine riesige Pyramide am Rande der Stadt, die zusehends, während die Tageshitze der Sicht ihre Klarheit raubt, abzuheben scheint, bis nur noch der obere Teil des Berges über den Wolken schwebt. Beim Frühstück im Innenhof – ich frage mich verschlafen, ob das Hotelpersonal seit gestern Abend den Fernseher nicht ausgeschaltet hat, der schon bei meinem späten Abendessen ständig vor sich hin lärmte und mir das Alleinsein verdarb – lese ich weiter in meinen mitgebrachten Dokumenten. *Heute musste ich einige Kisten und Koffer auspacken, die Kuno im Dezember von Kapstadt hierher geschickt hat. Alte Kleidungsstücke, Bücher, gesammelte Waffen, schmutzige Wäsche etc. Man glaubt hier, es seien Sachen von Albrecht. Dabei überwältigte mich wieder die Tragik dieser ganzen Geschichte! – Dazwischen pflege ich täglich Kranke, heute ist auch mein Hamisi krank geworden ... Hier könnte man sich verzehnfachen und würde zehnfach zu Hülfe gerufen. Du glaubst nicht, wie mir das wohl thut,* schrieb Frieda am 27. Juli 1893 an ihre Freundin Lou. Die toten Brüder. Albrechts Grab, so viel wusste sie, musste sich irgendwo zwischen Moshi und Marangu befinden. Sie wäre wohl nur zu gerne hingereist, doch in ihrer Zeit hätte es dafür einer Expedition von größerem Aufwand bedurft. Schließlich hatte man gerade erst angefangen, die Eisenbahnstrecke von Tanga nach Moshi zu bauen. Sie hätte also mehrere Wochen zu Fuß, in Begleitung einer ganzen Kolonne von Trägern, Köchen, Wachtposten, mit Zelten, Maskateseln,

Waffen und dem, was ein Europäer damals noch alles benötigte, um das Abenteuer Wildnis zu überleben, an den Usambarabergen entlang Richtung Kilimandscharo marschieren müssen. Abgesehen von den Strapazen und Gefahren hätte sie so eine Reise ein kleines Vermögen gekostet. Und ihre finanziellen Mittel wurden immer knapper, da die Plantage Investitionen verlangte und noch nicht das abzuwerfen in der Lage war, was ihre Besitzerin für ihr – durchaus bescheidenes – Leben in Tanga benötigte. Also musste sich Frieda damit begnügen, täglich an dem Gedenkstein vorbeizugehen, den sie für ihren Bruder am Rande der Plantage hatte aufstellen lassen.

Und ich? Sollte mir gelingen, was Frieda verwehrt blieb? Abraham freut sich auf jeden Fall über die Aussicht, einen Tag lang die Region um Marangu nach deutschen Gräbern abzusuchen. Seine Vorliebe für Gräber habe ich schon bei unserem letzten Ausflug kennengelernt, doch diesmal läuft er zur Hochform auf, nimmt die Aufgabe in die Hand, als sei sie seine eigene, fragt sich durch, übersetzt, erklimmt jeden Hügel, während ich auf der Fahrt ins jeweils nächste Dorf einnicke und nur noch ermattet hinter ihm herschlurfen kann. Als Erstes versuchen wir unser Glück auf dem Gelände der ehemaligen *boma* von Moshi. Albrecht war mit seinem Trupp von Marangu Richtung Moshi aufgebrochen, um sich ein Gefecht mit den Leuten von Häuptling Meli, dem Rivalen Mareales, zu liefern. Auch er, so hat mir Nyaga Mawalla erzählt, habe sich von Mareale für dessen Machtspiele benützen lassen, er, Mareale, habe das Scharmützel mit Meli geschickt angezettelt, um nicht alleine gegen den Rivalen kämpfen zu müssen.

Siehst du, da unten ist die alte Kirche, ruft Abraham. Vielleicht sind dort auch die Gräber.

In der *boma* ist heute eine Schule untergebracht, *academic excellence and self-discipline* steht an den Wänden des weitläufigen Innenhofs, von dem man in die offenen Klassenräume hineinsieht. Ein evangelischer Pastor hat uns Ratschläge gegeben, wo wir überall nach Albrechts Grab suchen sollen. Doch zwischen dem hohem Gras, im Schatten einiger Mangobäume finden wir nur den Grabstein von Albrechts Gefährten Wilhelm Wolfrum. Und Albrecht? Wieso hat man ihn woanders begraben, obwohl er doch an der Seite von Wolfrum starb? *Wilhelm Wolfrum, Leutnant in der Kaiserlichen Schutztruppe 1890–1892, geboren 26. Juni 1866, gefallen am 10. Juni 1892,* steht auf dem ganz offensichtlich frisch restaurierten Grabstein.

Wir suchen weiter. Von Kidia nach Mamba und weiter nach Marangu. Dort, so lautete der Hinweis, soll es auf dem Gelände des Teachers College noch einige deutsche Gräber geben. Hier hatte einst Carl Peters seine Station errichtet, in unmittelbarer Nähe zu Mareales Häuptlingshütten. Wir durchkämmen das große Gelände. Eine Baumgruppe in einem der Innenhöfe erregt unsere Aufmerksamkeit. Und tatsächlich, etwa ein Dutzend Gräber, darunter der leicht verwitterte Grabstein Albrecht von Bülows. *Freiherr von Bülow, Comp. Führer in der Kaiserlichen Schutztruppe, gest. 11/6 92* ist da zu lesen. Am elften Juni? Starb Albrecht also einen Tag nach Wolfrum? Wahrscheinlich wurde er schwer verletzt zurück nach Marangu transportiert, wo ihn dann einen Tag später der Tod einholte. Es ist ein seltsames Gefühl, das Grab von Friedas Bruder gefunden zu haben. Einerseits freue ich mich für Frieda, als hätte ich ihr einen Dienst erwiesen, den ich ihr schuldig war. Andererseits weiß ich, wie sehr auch Albrecht als »guter« Schüler von Carl Peters seine Hände schmutzig gemacht, dass er Schwarze als *keine Menschen* bezeichnet und gemeinsam mit Peters den unrühmlichen Spitznamen *Mkono-wa-damu,* der »Mann mit den blutigen Händen«, zugesprochen bekommen hatte.

Während wir uns von der Suche in der Hitze bei einer Cola

im Garten des Kibo-Hotels von Marangu erholen, erzählt uns der Hotelmanager, dass erst vor kurzer Zeit ein paar Nachfahren von Carl Peters hier waren, um nach Spuren ihres Vorfahren zu suchen – das über hundert Jahre alte Hotel ist eines der legendären unter den alten Kolonialhotels Tansanias. Leider habe es im Hotel keinerlei Fotografien oder Dokumente gegeben, nur den Platz, wo Peters die beiden Schwarzen hinrichten ließ, den hätte er ihnen zeigen können. Wir bräuchten, falls wir auch daran interessiert seien, nur hinter dem Hotel über die Straße Richtung Fluss zu gehen, dann könnten wir die Stelle nicht verfehlen.

Albrecht, sagte Eugen, war in Tanga sehr beliebt. Der Marinearzt, dessen Schiff *Möwe* seit geraumer Zeit in den Gewässern von Tanga umherfuhr, um die Küste und den Hafen zu vermessen, war mit Frieda zur Insel Yambe gesegelt. Dort wollte Frieda mit dem alten Scheich Watuma ein großes *schauri* halten. Der Scheich brannte mit seinen dreißig Sklaven Kalk auf der Insel, die ein Teil des Bülow'schen Besitzes war. Dazu wurden Korallensteine abgebaut, mit Mangrovenholz zu kleinen Meilern aufgeschichtet und dann zu Kalk gebrannt. Täglich ließ Frieda mit ihrer Dau den fertigen Kalk abholen und dabei Trinkwasser auf die Insel bringen. Vom Arbeitslohn, den sie dem Scheich zahlte, musste dieser nach deutscher Verordnung ein Drittel seinen Sklaven aushändigen. Vorher hatte er alles für sich behalten können.

Frieda lachte. Ja, überall hört man nur Gutes über ihn. Sogar der alte Scheich Watuma klagt ständig. »*Bwana* Albrecht«, sagt er und seufzt tief, »*balaa gani*«, das heißt wohl so viel wie »welche Tragödie«, nicht wahr?

Ja, das stimmt.

Albrecht war hinreißend, stets gut gelaunt, abenteuerlustig ... Ach, er war mir der liebste von allen Männern in der Kolonie.

Eugen lächelte in sich hinein. In den letzten Wochen war er, Eugen Ehrhardt, Marinearzt der *Möwe*, Frieda von Bülow nähergekommen. Er duzte sie, und nach vielen gemeinsam verbrachten Stunden, auf ihrer Veranda und beim Spaziergang zu ihrer *shamba*, hatte ihr Verhältnis etwas Vertrautes bekommen. Eugen hatte sich schon beim ersten zufälligen Zusammentreffen in Frieda verliebt. Sie sei die große Liebe seines Lebens, hatte er ihr vor Kurzem am Abend gesagt, ohne dass sie sein freimütiges Geständnis erwidert hatte. Sie ließ sich verwöhnen, verehren, hatte Freude an den Gesprächen mit ihm, ja er reizte sie sogar ein wenig. Sie wunderte sich, dass sie diesen sanften, ruhigen, fast unterwürfigen Mann nicht sogleich abstoßend fand. Aber »die große Liebe des Lebens«, das war für sie eben jemand anders, auch wenn Eugen viel liebenswürdiger war und sie nicht umhinkonnte, zu bemerken, dass er einen vortrefflicheren Charakter hatte als ihr Peters.

Watuma will mehr Geld, sagte Frieda.

Hat er das begründet?

Nein, natürlich nicht, er will immer mehr Geld, immer klagt er, dass ich ihn übervorteile. Er kann aber weder rechnen noch schreiben und ist deswegen stets misstrauisch.

Liebste Frieda, bestimmt bist du ihm gewachsen. Gerecht, aber klug wie immer und ganz männlich.

Du scherzt, Eugen.

Gewiss nicht, ich bewundere deine Unabhängigkeit.

Frieda wechselte das Thema. Ich habe einen Gedenkstein für Albrecht auf der Plantage aufstellen lassen. Es ist komisch, nun glaube ich manchmal fast, dass er hier begraben ist.

Die Toten sind dort, wo man an sie denkt. Wie schwer muss es sein, nie sein echtes Grab gesehen zu haben.

Ja, und meine Gedanken, meine Fantasie malt sich immer wieder das Geschehen am Kilimandscharo aus. Mich schaudert dabei, auch weil ich immer noch nicht bis ins Letzte begreifen kann, wie alles gekommen ist.

Die Küste ist anders, hier ist es zivilisierter als im Landesinneren, sagte Eugen vorsichtig, ohne noch mehr in das schwierige Thema einzusteigen.

Das stimmt. Ach ... Albrecht. Und dann Kuno, er hat sich aus Liebe zu einer Frau umgebracht. Stell dir das vor! Albrecht wäre so etwas nicht passiert.

Eugen lächelte fein und nachdenklich. Oh, ich kann das sehr wohl verstehen, liebe *bibi*, vielleicht werde ich mich auch eines Tages wegen dir umbringen.

Eugen, jetzt redest du dummes Zeug.

Nun ja, wenn du mich weiterhin zurückweist.

Ich weise dich ja gar nicht zurück, habe dich ja doch gern. Aber mein Herz ist nicht frei.

Die Liebe ist etwas Sonderbares, sagte Eugen mit Blick auf die Küste der kleinen Insel, an deren Strand sie soeben angekommen waren. Sie war dicht bewachsen, sogar Affenbrotbäume hatten sich auf ihr angesiedelt. Ist die Liebe unmöglich, dann ist sie am reizvollsten, dachte er.

Nachdem Frieda ihre Besprechung, das sogenannte *schauri*, gehalten und Eugen Jagd auf wilde Tauben gemacht hatte, trafen sie zu einem gemütlichen Gelage am Strand wieder zusammen. Die beiden Bootsleute hatten Matten ausgebreitet und einen Korb mit Erfrischungen daraufgestellt. Eugen nahm eine Kokosnuss vom Boden und hackte die Spitze nach Art der Eingeborenen mit seiner Machete auf.

Hier, trink einen Schluck, *bibi*. Du musst durstig sein nach deinem *schauri*. Was hat der Alte denn alles erzählt?

Er wollte diesmal gar nicht über seinen Lohn verhandeln.

Da hört!

Nein, sondern über unsere Grundstücke. Er ist ja am Festland mein Grundstücksnachbar. Und neulich waren die Leute von der *boma* bei mir und haben mein Grundstück vermessen. Die Nachbarn, alles Einheimische, kamen, und nach langem Palaver und allseitigem Einvernehmen wurden die Grenzen reguliert. Dabei ging alles sehr gesittet zu, du weißt ja, St. Paul schaut auf seine Schwarzen. Das, was dem einen gekürzt wurde, erhielt er woanders dazu und so weiter. Erst als alle voll und ganz einverstanden waren – ich dachte schon, ich falle in Ohnmacht bei der Hitze –, wurde die Verhandlung beendet.

Und was will Scheich Watuma jetzt?, fragte Eugen.

Der Alte will natürlich nachverhandeln, er sagt, er habe mich stets großzügig behandelt, ich solle doch an den Hammel denken, den er mir zu Beginn unserer Geschäftspartnerschaft zukommen ließ, er werde auch in Hinkunft alle meine Belange im Auge behalten, wenn ich ihm etwas Geld gebe wegen der Grenzziehung.

Also will er doch Geld.

Ich glaube, er wollte sehen, wie weit er damit kommt. Ich habe hin- und hergeredet und ihm gesagt, dass er schließlich viel reicher sei als ich und dass wenn, dann ich Geld von ihm erbetteln sollte.

Hast du Sorgen, Frieda?

Ach, Eugen, es ist nicht einfach, Plantagenbesitzerin zu sein. Bisher hatte ich eigentlich nur Kosten, aber kaum genügend Einnahmen, um mein Leben zu bestreiten. Das Grundstück ist zu klein, und die Kokospalmen bringen nicht genug Geld. Neulich hat jemand erzählt, dass er Kaffee anbauen möchte. Vielleicht ist das ja etwas. Außerdem macht mir der Eisenbahndirektor Bernhard Sorgen. Ich glaube, ich werde ihn verklagen. Er glaubt, er kann mich beim Enteignungsverfahren wegen der Bahntrasse betrügen.

Bernhard? Der ist ein unangenehmer Kerl.

Unangenehmer Kerl! Das ist untertrieben. Er ist intrigant, cholerisch und verlogen und behandelt alle, Weiße und Schwarze gleichermaßen schlecht. Er ist eine Schande für die Kolonie, solche Leute dürften nicht in den Kolonialdienst aufgenommen werden. Und die Wutausbrüche, die Unberechenbarkeit, wenn er trinkt. Alle klagen über ihn, aber niemand traut sich, etwas gegen ihn zu unternehmen.

Nun, überall gibt es Menschen, die einem das Leben schwermachen.

Nein, lieber Eugen, in die Kolonien sollte man nur die Besten schicken. Doch was tut man, man sendet diejenigen, die es zu Hause zu nichts gebracht haben, die Hysterischen und die Schwächlinge. Und im Nu sind wir hier eine Gemeinschaft von Taugenichtsen, Alkoholikern und dem Wahnsinn Verfallenen.

Erstaunlich, nicht wahr, liebe *bibi*, dass die Tropen so aufs Gemüt schlagen. Ich habe schon diverse Formen des Tropenkollers gesehen.

Du meinst, es ist eine Krankheit?

Ja und nein, ich verwende es als Sammelbegriff für seelische Verstimmungen, übermäßige Gereiztheit und verschiedene unklare Krankheitsbilder, die ich so nur in den Tropen erlebt habe.

Dann hat Bernhard den Tropenkoller. Nun bin ich mir ganz sicher.

Eine der Deutschen in Tanga hat mich zu einer Schwimmwanderung eingeladen, ein unvergessliches Naturerlebnis, etwas, das man in keiner Reiseagentur buchen kann. Nachdem sie die kleine Gruppe von Interessierten mit alten Turnschuhen, Shorts und T-Shirts ausgestattet hat, wandern wir am Strand entlang zur Mündung des Mangroven-Creeks. Das Wasser steht uns bis zu den Knöcheln, manchmal sogar bis zum Knie, und unser Blick schweift über ein Labyrinth, aus dem wir alleine nicht mehr herausfinden würden. Auf kleinen Pfaden, umgeben von den Luftwurzeln der Mangroven, die etwas Gespenstisches, Fantastisches an sich haben, gelangen wir schließlich zu einem Flussarm, lassen uns in dreißig

Grad warmes Wasser gleiten und von der Strömung weit landeinwärts durch das verzweigte System der Kanäle treiben. Dann klettern wir wieder ans Ufer, überqueren ein Plateau und lassen uns erneut ins Wasser gleiten. Ohne Sibylles Führung würden wir weiß Gott wo ankommen, aber sie, die die Gezeiten, die Strömungen, die Pfade kennt wie ihren eigenen Garten, wird uns nach Stunden der völligen Naturversunkenheit dem trockenen Boden zurückgeben. Die Gespräche während der ganzen Unternehmung kreisen wie so oft um Afrikas Zukunft.

Die Entwicklungshilfe hat einen Konstruktionsfehler, sagt Sibylle, die über zwanzig Jahre mit der UNESCO und der deutschen GTZ, der Gesellschaft für Technische Zusammenarbeit, Projekte entwickelt hat. Die Organisationen *müssen* Geld ausgeben, und zwar viel Geld und meistens schnell. Dadurch entsteht ein Absahner-System. Ganze Bürokratien und hiesige NGOs werden von Entwicklungshilfegeldern aufrechterhalten, ohne dass das Geld bei den wirklich Armen und deren Problemen ankommt. Die Afrikaner witzeln über die »*wazungu una weze kuwa dan ganya,* die dummen Fremden«, die das System nicht durchblicken. Tansania ist ein stabiles Land ohne schlechte Nachrichten, und es saugt Geld auf wie ein Schwamm.

Wir Afrikaner müssen uns selbst beim Schopf packen und aus dem Sumpf ziehen, stimmt eine junge Tansanierin zu. Sie gehört der Fraktion junger Afrikaner an, die das Übel Afrikas darin sehen, dass der Kontinent am Almosentropf hängt. Ich kann das ganze Gejammer, dass immer die anderen, der Kolonialismus, der Neokolonialismus, der Kalte Krieg schuld wären an unserer Misere, einfach nicht mehr hören.

Ich lausche der Unterhaltung und gleichzeitig einem Reiher, der aufgeregt mit den Flügeln schlägt, weil er seinen gerade gefangenen Fisch wieder aus dem Schnabel verloren hat.

Trade not aid, sagt Sibylle, ein weiteres Schlagwort zitierend. Europa muss auf seine Handelsschranken verzichten und sich dem Fair Trade mit afrikanischen Produkten öffnen. Es gebe ein riesiges Potenzial, gerade in der biologischen Landwirtschaft.

Jede Entwicklungshilfe außer humanitäre Hilfe bei Katastrophen müsste eingestellt werden, sagt auch die junge Tansanierin. Sie hat uns Afrikaner abhängig gemacht, wir sind zu Rentiers verkommen, die wissen, dass sie nur die Hand aufhalten müssen, und schon kauft sich die Erste Welt mit Almosen von ihrem schlechten Gewissen frei.

Aber, protestiere ich und denke an Jeffrey Sachs, wir, wir haben einfach zu viel und würden wir, die reiche Welt, nur einen winzigen Teil unseres Überflusses an die Armen abgeben, wäre die extreme Armut besiegt. Es wurde bislang nur zu wenig Geld in die Hand genommen, damit die Hilfe wirklich effektiv und umfassend wirken kann.

Milliarden sind versickert und versickern bis heute, beharrt Sibylle.

Es wurde einfach zu wenig wirklich investiert, und das meiste von den wohlhabenden Schichten einfach konsumiert, sagt auch die Tansanierin. Viele Entwicklungshelfer in den 1970er Jahren hatten die Vorstellung, dass in Afrika der edle Wilde konserviert werden sollte. Afrika sollte sich ländlich entwickeln, ein Garten Eden sein. Aber ohne Industrialisierung findet keine Entwicklung statt. Das ist der Trugschluss aller Modernisierungsverweigerer und Ökofundamentalisten.

Genauso wie zur Zeit Friedas, sage ich.

Wie meinst du das?

Auch damals war Afrika eine Sache der Modernisierungsverweigerer, und auch damals ging es um die Projektionen der Europäer auf den Kontinent, um ihre Sehnsüchte.

Die Flußlandschaft zwischen diesen einförmig grünen Mangrovensümpfen ist von einer großartigen Einsamkeit und Unberührtheit. Der Schrei eines Seeadlers, das Rascheln eines durch die Wipfel flüchtenden Affen, das taktmäßige Aufschlagen der Ruder, das ist alles, was die Szenerie belebt.

Welch ein Paradies, rief Frieda aus. Sie saß ganz vorne am Bug des kleinen Fischerbootes und genoss die Fahrt. Baron von St. Paul hatte sie zu einer Tour den Sigi hinauf eingeladen. Schon länger hatte sich das Verhältnis zwischen ihnen entspannt, auch die Krankheit der Baronin hatte erheblich dazu beigetragen.

Nicht wahr, liebe *bibi*, dieser Friede, diese Harmonie. Sehen Sie dort den Reiher und die kugelförmigen Nester der gelben Webervögel?

Und dort, was ist das für ein Vogel, dieser große schwarze?, fragte Frieda.

Ein schwarzer Storch ist das. Er muss soeben aus Europa eingetroffen sein.

Ob er Nachrichten für uns hat?, scherzte Frieda.

Hoffentlich nur gute. Ich persönlich bin hier in Tanga so zufrieden, dass ich gar nicht mehr auf das Postschiff warte. Schöner und sorgenfreier kann man gar nicht leben als hier.

Bestimmt haben Sie recht. Auch ich habe mich gut eingelebt und viel Freude an der Plantagenarbeit.

Sie sind tatsächlich eine richtige Pflanzerin geworden, wie unsere besten Männer. Sie können stolz auf sich sein, *bibi*.

Ach, lieber St. Paul. Das wäre ich gerne, aber ich fürchte, ich werde die Plantage trotzdem aufgeben müssen. Sie wirft zu wenig ab. Das Grundstück ist zu klein. Ich muss jede Münze umdrehen und bald werde ich kein Geld mehr haben.

Wir haben es uns alle leichter vorgestellt, das Geldverdienen in der Kolonie, sagte St. Paul nachdenklich. Wenn ich zurückdenke, wie Ihr Bruder Albrecht und ich uns hier angekauft haben. Er sah sich schon als reichen Mann, und ich mich gar als Millionär.

Sie, lieber Baron, dürften aber keinerlei Schwierigkeiten haben, Sie haben doch viel mehr Land als ich?

Auch ich kämpfe mit den Widrigkeiten dieses Standortes. Die Suche nach einer gewinnträchtigen Anbaupflanze für die Region wird noch eine Weile in Anspruch nehmen.

Liberia-Kaffee hat vielleicht Potenzial.

Ja, das wird zurzeit gesagt. Ich glaube es aber nicht.

Wenn Sie mir einige Grundstücke in der Nachbarschaft wüssten, die ich hinzukaufen könnte. Friedas Blick hellte sich plötzlich auf. Das wäre vielleicht ein Ausweg. So würde die Farm eine überlebensfähige Größe erreichen. Ich könnte nach Deutschland reisen und Kapital auftreiben. Dann wäre alles viel leichter.

Es wird dadurch nicht einfacher, *bibi* Bülow, sagte St. Paul resignierend. Das Kolonialamt behauptet, Ostafrika tauge nicht als Siedlerkolonie, und fördert darum nur die ganz großen Plantagen der großen Gesellschaften.

Ich brauche keine Förderung, ich komme schon alleine zurecht, sagte Frieda schnell. Berlin, das Kolonialamt – ihr Verhältnis zu den Behörden war um nichts besser als das Peters', nur dass ihre Schwierigkeiten daher rührten, dass sie sich als Frau einen Männerberuf ausgesucht hatte, Plantagenbesitzerin, in Berlin wussten sie damit bestimmt gar nichts anzufangen.

Ich weiß, dass Sie nicht gut auf Berlin zu sprechen sind, und ich würde Ihnen gerne helfen, aber wie? St. Paul hatte Frieda in den letzten Monaten schätzen gelernt. Sie arbeitete hart und setzte sich mit einer sanften, aber bestimmten Art durch. Sie war beliebt, ihre Arbeiter mochten sie wegen ihrer fast mütterlichen Umsicht, und auch das koloniale Tanga profitierte von der »Frau Doktor«.

Wir alle in Tanga würden Sie nur ungern wieder verlieren, liebe *bibi*.

Danke, Ihr Kompliment weiß ich doppelt zu schätzen. Wie wäre es denn, wenn Sie und ich unsere Besitzungen zusammenlegen würden?

Dann würde uns immer noch das nötige Kapital fehlen. Wie geht es denn mit Scheich Watuma?

Ach, der Alte, ich wünschte, ich spräche so gut Suaheli wie Sie, Baron. Es ist eine Plage, und ich muss ihm alles hundertmal vorrechnen, weil er so misstrauisch ist und stets glaubt, ich wollte ihn übervorteilen.

Was zahlen Sie ihm?

Einen erklecklichen Tagelohn für all seine Sklaven, von dem er zwei Drittel zu behalten berechtigt ist. Aber er gibt seinen Leuten nicht, was ihnen zusteht. Neulich belagerten mich einige seiner Sklaven einen ganzen Tag lang und beschwerten sich. Er sei böse und hart, gebe ihnen nichts zu essen und so weiter. Sie erklärten, sie würden viel lieber als meine Sklaven weiterarbeiten.

Das kann ich mir von Herzen gut vorstellen. Die Araber sind richtige Sklavenschinder. Würden Sie sie denn freikaufen?

Wenn ich Geld hätte. Schlechter als bei Watuma hätten sie es bei mir jedenfalls nicht.

Was Ihre Klage gegen Bernhard betrifft, kann ich Ihnen leider keine allzu guten Mitteilungen machen. Der Wert Ihres Grundstückes ist gering, und die Eisenbahn ist schließlich eine kolonialpolitisch wichtige Maßnahme.

Aber die Entschädigungssumme ist lächerlich. Bernhard betrügt und belügt alle Welt, er ist ein schrecklicher Negerschinder. Sie wissen es ja selbst.

Wenn ich ihm nur etwas nachweisen könnte, seufzte St. Paul. Berlin hält seine Hand über ihn.

Er bestätigt jedenfalls alle negativen Vorurteile der Kolonialskeptiker.

Das Gespräch ging noch lange so weiter. Erst viel zu spät, um noch rechtzeitig vor der Ebbe wieder das Meer zu erreichen, kehrten sie um. Wenn der Wasserstand schon zu tief war, musste man das Boot über die Sandbänke in der Flussmündung tragen. Die untergehende Sonne färbte den Himmel in verschiedensten Rottönen. Der schönste und angenehmste Augenblick des Tropentages brach an.

Kiboko, ein Flusspferd, schrie plötzlich einer der Bootsleute. Das Wasser hinter dem Boot rauschte und tobte. Frieda blickte in das von der Dämmerung schon fast schwarze Wasser. Zwei Augen und die typischen nach oben abstehenden Nilpferdohren. Normalerweise greift das Tier kein Boot an, aber wenn es, aus irgendwelchen Gründen aggressiv geworden, im Menschen doch einmal seinen Feind erkennt, kann es sehr gefährlich werden. Da hallte ein Schuss durch die Nacht, ein Aufschlagen im Wasser, dann war es still.

Rudert, was ihr könnt, rief St. Paul den Bootsleuten zu. Doch im Wasser blieb alles ruhig. Entweder er hatte das Tier getroffen oder es war vor Schreck abgetaucht.

Was unser Kiboko heute so gegen unser friedliches Fahrzeug aufgebracht hatte, war schwer zu sagen. Vielleicht hatten wir es im Vorüberfahren unsanft aus dem Schlaf gestört.

Es ist dies fast das einzige Mal, dass ich mich in Ostafrika einer wirklichen Gefahr gegenüber gefühlt habe.

Meine Zeit in Tanga nähert sich ihrem Ende. Immer lieber ist mir die Stadt, immer besser kann ich mir vorstellen, hier zu leben. Ich gehe in eine Bank, und der Schalterangestellte scheint meine Stimmung zu erraten.

Und, wie gefällt es Ihnen bei uns in Tanga?

Es ist wunderschön, antworte ich, aber ich muss leider abreisen.

Warum? Bleiben Sie doch bei uns, wenn es Ihnen so gefällt.

Sollte ich das tun? Hätten Sie denn nichts dagegen, wenn ich mich hier niederließe?

Solange Sie mir nicht meinen Job wegnehmen, sagt er lachend und scherzend und gibt mir das Wechselgeld.

Die kleine Szene geht mir nicht mehr aus dem Sinn. Hat

Frieda jemandem eine Arbeit weggenommen, hat sie unrechtmäßig Grund und Boden erworben? Sie war um einige Jahre zu früh nach Tanga gekommen. Unmittelbar nachdem sie ihre Farm wieder aufgeben musste, erzielte man gerade hier mit der aus Mexiko importierten Sisalagave spektakuläre Erträge. Die anspruchslose Pflanze fand im Hinterland von Tanga auf dem trockenen, kargen Boden, der zuvor erfolglos mit Kaffee bepflanzt worden war, ideale Bedingungen. Bereits ein Jahr vor dem Kriegsausbruch 1914 wurden 24.750 Hektar Sisalagaven angebaut und Fasern im Wert von zehn Millionen Mark produziert. Bis 1912 stand der Export von Sisal hinter Kautschuk an zweiter Stelle, dann übernahm er die Führungsrolle bei den Kolonialprodukten. Die Firmen zahlten ihren Aktionären teilweise schwindelerregende Dividenden von fünfundzwanzig Prozent. Tanga blühte auf, wurde zur zweitwichtigsten kolonialen Hafenstadt Deutsch-Ostafrikas. Vom Aufschwung profitierten freilich hauptsächlich die Weißen, »entwickeln, um auszubeuten« war die Devise der kolonialen Wirtschaft, die auch einem der besten Bücher über die deutsche Kolonialzeit in Ostafrika, *Development for Exploitation* von Juhani Koponen, den Titel gab. Auch in britischer Protektoratszeit blieb Sisal jahrelang Tansanias Hauptexportprodukt, bis unter Nyerere die vornehmlich den Weißen gehörenden Plantagen enteignet und Kooperativen gegründet wurden. Misswirtschaft war die Folge, heute haben andere Länder wie Brasilien die Führung bei der Sisalproduktion übernommen, während aus Tansania nur noch neun Prozent der Weltproduktion stammen. Was für eine Geschichte! denke ich mir. Wer zu spät kommt …, aber eben auch: Wer zu früh kommt, den bestraft das Leben.

Auch Friedas Zeit in Tanga näherte sich ihrem Ende. Schweren Herzens musste sie einsehen, dass sie ihre Besitzungen so nicht halten konnte. Doch sie wollte nicht aufgeben, wollte sich in Berlin nach einem geeigneten Kapitalgeber umsehen, vielleicht eine Gesellschaft gründen, auf jeden Fall irgendetwas zur Rettung ihres Landes in Tanga unternehmen. Im Januar besuchte Frieda Daressalam, das mittlerweile die Hauptstadt Deutsch-Ostafrikas geworden war, sie genoss das koloniale Gesellschaftsleben zwischen der Frau des Gouverneurs und der Gattin von Kapitän Hartog. Dann fuhr sie weiter nach Sansibar, voller lebhafter Erinnerungen, vergessen geglaubter Gefühle, einer Sehnsucht, die sie schon besiegt zu haben vermeinte. Sie nahm wieder Quartier im *Hôtel d'Afrique Central,* und verbrachte einige Tage zwischen Glück und Leid. Dann erreichte sie eine Visitenkarte Eugens, dessen *Möwe* sie bereits im Hafen gesichtet hatte. Er kündigte seinen Besuch für den Abend an.

Als er dann kam, sah er sehr blass und traurig aus.

Was stimmt dich denn so traurig, Eugen, bester Freund?, rief sie ihm entgegen.

Liebe *bibi,* wie gut, dass ich dich noch einmal sehen kann, bevor du nach Hause aufbrichst.

Nun, es ist doch kein Abschied für immer. Wer weiß, bestimmt werden wir uns in Deutschland wiedersehen.

Wer weiß, antwortete Eugen hoffnungslos. Verzeih, dass ich deine gute Laune verderbe. Koch ist tot, bestimmt hast du schon davon gehört.

Ja, man hat davon gesprochen, sagte Frieda. Der achtundzwanzigjährige Arzt war von Eugen in einem Fieberanfall behandelt worden. Da sein Magen das viele Chinin nicht mehr vertragen konnte, bat er Eugen, ihm eine Chinin-Injektion unter die Haut zu geben. Eugen war skeptisch, ließ sich dann aber von Koch – er war immerhin Kollege – doch dazu überreden. Der Eingriff ging gut, aber dann, zwei Tage später, starb der junge Arzt an Genickstarre. Nun hieß es überall, der Doktor Ehrhardt sei schuld am Tod des jungen Mannes.

Koch war mein einziger wirklicher Freund an der Küste. Kanntest du ihn?

Nein, er muss tüchtig gewesen sein.

Genickstarre ist eine der qualvollsten Todesarten, die es gibt, Frieda. Sein Gesicht war so schmerzverzerrt, als ich ihn sah, dass ich es mein ganzes Leben nicht mehr vergessen werde.

Du meine Güte, wie schrecklich. Und dann noch die bösen Verleumdungen! Mein armer, armer Eugen.

Ach, die Verleumdungen. Ich gebe nichts darauf. Es ist nur so, dass ich mir selber Vorwürfe mache. Als Arzt verzeiht man sich so einen Fehler nie.

Aber Koch hat dich doch zu diesem Schritt überredet?

Dennoch, ich hatte die Verantwortung.

Eugen, komm, lass uns ein wenig an den Strand gehen. Dort können wir den Sonnenuntergang beobachten. Das wird dich ablenken, und ich möchte noch einmal durch den Sand spazieren.

Sie standen auf und gingen hinunter ans Meer. Leise rollten kleine Wellen heran und brachen sich am Strand, kleine Muscheln wurden angespült und kullerten wieder zurück ins Wasser. Schon waren die Krebse aus ihren Löchern gekrochen, wie eine Armee aus einem Roman von Jules Verne standen sie da, ihre Stielaugen in eine Richtung gereckt, und warteten, bis man in ihre Nähe kam, bevor sie flink und stets seitwärts zurück zu ihren Löchern eilten. Unwillkürlich musste Frieda lachen, obwohl ihr eigentlich eher nach Weinen zumute war. Sie war mit der Gewissheit aus Tanga abgefahren, dass dies erst der Anfang ihres wahren Lebens in Ostafrika sein werde. Sie hatte allen Arbeitern ein extra großes Feiertagsgeld ausgezahlt, sich von all jenen, die ihr lieb geworden waren, verabschiedet und den weißköpfigen Seeadler, den ihr Eugen einmal geschenkt hatte, freigelassen. Der Sesam begann gerade zu blühen, vielleicht würde sie es in der kommenden Anbausaison doch einmal mit Liberia-Kaffee versuchen. Sie hatte einen Verwalter namens Paßarge gefunden, der Erfahrung in der Landwirtschaft mitbrachte. St. Paul hatte sie zur Verabschiedung in die *boma* eingeladen und ihr versichert, dass Tanga den Verlust nicht verschmerzen könne, dass sie doch baldmöglichst zurückkehren solle, am besten mit einer Handvoll Geldgeber, dann könne man ihrer Idee einer gemeinsamen Gesellschaft vielleicht nähertreten. Frieda war stolz gewesen. Nichts von der Distanz, Ignoranz und Feindschaft, die ihr zu Beginn ihres zweiten Afrika-Aufenthalts entgegengeschlagen hatte, war geblieben. Sie hatte sich alleine durchgesetzt und alle Herzen erobert. Tanga war ihre wichtigste Lebensschule geworden.

Sehen Sie, lieber Eugen, da hinten, hinter den vielen Häusern im Palmenhain, neben dem Strand war mein erstes Haus in Sansibar.

Bestimmt war es schön. Eugen bemühte sich, seine triste Stimmung zu vergessen. Die Krankenstation, du hast mir so viel davon erzählt. Auch in Sansibar könnte ich mir ein Leben mit dir gut vorstellen, liebe *bibi*. Du als Krankenschwester und ich als Arzt, es wäre ein herrliches Leben und Arbeiten, nicht wahr?

Möglicherweise wäre es das, sagte Frieda vorsichtig. Aber nun bin ich doch Plantagenbesitzerin und Kalklieferantin in Tanga geworden.

Ach, auch das würde mir gut stehen, sagte Eugen. Ich würde mich gerne in der Kolonie niederlassen und ein Krankenhaus gründen. Es gibt so viel zu tun hier.

Aber Eugen! Und die Marine?

Die Marine ist mir herzlich egal, ich bin Arzt und nicht Soldat. Wirst du zurückkehren, liebe *bibi*?

Ganz bestimmt. Ich habe schon Pläne. Ich liebe dieses Land, ohne Afrika kann ich nicht mehr leben.

Eugen lachte, seine Gesichtszüge wiesen dieses feine Spiel

zwischen Ironie und Menschenfreundlichkeit auf, das ihn in Friedas Augen so besonders machte. Er nahm sie in den Arm und küsste sie voller Überschwang, immer wieder. Die Nacht war über Sansibar hereingebrochen.

SECHSTER TEIL

Abschied

Neben allem Schwierigen, Complicirten, Widerspruchsvollen, das mir das Leben erschwert, erlebe ich immer wieder so Schönes, dass es mir oft wie eine phantastische Dichtung erscheint. Bleibt man bei sich selbst, so fühlt man, dass das Maß von Leid und Entsagen durch ein entsprechendes Maß von Genuss völlig ausgeglichen wird. Und was ich erlebe, ist mein Erleben, kein Anderer kann es leben. Es ist mein besonderes Glück und Unglück, – Glück und Unglück anderer könnt ich gar nicht gebrauchen.

Frieda von Bülow an Lou Andreas-Salomé

1

Ich bin immer noch bis zum Rand mit Kolonialinteresse angefüllt und hoffe immer noch, für die nächsten Jahre das Feld meiner Tätigkeit hier zu finden. Was mir von hier aus nicht gelungen ist, muss bez. will ich nun noch mal in Berlin versuchen. Allerlei Pläne durchkreuzen meinen Hirnkasten und lassen keinen Platz zur Beschaulichkeit. Dafür ist das Lebensgefühl intensiv und ich fühle mich oft so glücklich, dass ich laut für mich selbst ausrufe: o Gott, wie schön ist das Leben! Ein Brief an Lou Andreas-Salomé liegt vor mir. Friedas kantige, stets leicht nach rechts geneigte Handschrift. *Tanga, d. 10. April 1894*, steht oben und darunter *Liebstes Lou-Kind*. Es muss kurz vor Friedas Abreise nach Europa gewesen sein. Wieder einmal musste sie ihr geliebtes Afrika verlassen, wieder einmal hatte sie es nicht geschafft, sich dort ein Leben aufzubauen. Wie ungleich schwieriger es damals war, noch dazu als alleinstehende Frau. Heute dürfen Frauen alles, die Beschränkungen sind anderer Natur. Über die Knüppel, die man ihr zwischen die Beine warf, klagt Frieda erstaunlich wenig. Schuld an ihrer Rückkehr war bei Weitem nicht nur das fehlende Geld, wäre sie ein Mann gewesen, sie hätte bleiben können, bis sie an Malaria gestorben oder von einem riskanten Jagdabenteuer nicht mehr zurückgekehrt wäre. Aber eine alleinstehende Pflanzerin in Afrika und dann auch noch die ehemalige Geliebte von Carl Peters, über den in Berlin seit dem Mord am Kilimandscharo die unangenehmsten Gerüchte kursierten! Man kann sich die schlaflosen Nächte des Direktors der Kolonialabteilung im Auswärtigen Amt, Paul Kayser, gut ausmalen. Und der Frauenverein, der sich seit dem Bruch mit Frieda nicht mehr als Speerspitze der Emanzipation, sondern als Handlanger eines zutiefst männlichen Abenteuers verstand und sich deshalb mit der Bereitstellung aufopferungsvoller Frauen für die Pflege kranker Kolonialhelden begnügte.

Dennoch ist Friedas Brief an Lou voller Optimismus. Wenn man bedenkt, in welchem Zustand sie aus ihrem ersten Leben in Afrika zurückgekehrt war! Damals schien sie alles verloren zu haben. Dieses Mal hingegen kehrte sie beseelt heim, wie von der Sonne und dem schönen Land genährt, geborgen in der Muttererde, in diesem Backofen von einem Kontinent.

Paris glitzerte. Die Straßenbeleuchtung ging nach und nach an, und der Widerschein der modernen Straßenlaternen tanzte auf der Seine. Auch in den Fenstern der Stadtpalais an den großzügigen Prachtboulevards sah man da und dort Lichter, in den Repräsentationsräumen der Beletagen sogar ganze Lichtermeere. Große Kristalllüster erhellten die Lebenswelt der reichen, fortschrittlichen und kulturell tonangebenden Pariser Gesellschaft. Es war ein herrlicher Frühlingsabend. Frieda, Lou und Sophie spazierten vom Louvre Richtung Tuilerien. Die Vögel zwitscherten ihren Abendgesang, Liebespärchen hielten einander verstohlen an den Händen, Equipagen mit eleganten Insassen fuhren vorbei.

Wie frisch die Luft hier ist, sagte Frieda. Wie Champagner! Sie atmete tief durch, und ein leichtes Zittern ging durch ihren Körper. Und wie schön! Paris ist einfach herrlich. All die Lichter. Ich hatte ganz vergessen, wie fortschrittlich europäische Großstädte sind.

Aber elektrisches Licht hattet ihr in Sansibar doch auch, bemerkte Sophie.

Ja, das stimmt. Und in Tanga hatten wir sogar ein Telefon in der *boma*.

Ich habe mit Bagamoyo und Pangani telefoniert. Stellt euch das vor! Zwar gibt es noch immer keine Straßen und Eisenbahnen ins Landesinnere, aber man kann – freilich mit gehörigem Aufwand – telefonieren. Die Schwarzen verehrten diesen Apparat übrigens wie eine Gottheit oder den großen Medizinmann und vergaßen darüber ihre Arbeit.

Frieda, wie bin ich froh, dass du zurück bist, sagte Sophie überglücklich. Jetzt, wo ich bei den Viktoria-Schwestern ausgeschieden bin, wäre ich ohne dich vergangen vor Einsamkeit.

Jetzt hast du mich ja wieder, Schwesterchen, und noch dazu in Paris!

Lou hakte sich bei den beiden ein und sagte: Nirgends fühle ich mich so frei, so energiegeladen, so voller Ideen und Ziele wie hier, Paris ist mein Lebenselixier. Kommt, ich zeige euch jetzt die neuen Markthallen, ganz aus Eisen und Glas, einfach fantastisch.

Die drei Freundinnen, alle nicht mehr jung, Lou verheiratet, die beiden Bülow-Schwestern schon alte Jungfern. Wie Zöglinge eines Mädchenpensionats auf der Abiturreise lustwandelten sie durch Paris, so als wäre die Zeit stehengeblieben, als würde das Leben erst noch beginnen mit all seinen Höhen und Tiefen. Vor allem Frieda genoss den Schwebezustand zwischen ihrem Dasein in Tanga und einem neuen, wieder einmal völlig ungewissen Lebensabschnitt. Ja, sie hatte Pläne, und noch hielt ihre in Afrika erworbene Sorglosigkeit an, dieses Leben von einem Tag auf den anderen, die Schwerelosigkeit des Augenblicks, die sie bei den Streifzügen durch ihre *shamba* kennen und lieben gelernt hatte, die Erfahrung, ausschließlich auf sich selbst gestellt zu sein und das Alleinsein als Bereicherung, nicht als Einsamkeit wahrzunehmen. Lou gegenüber hatte sie in einem früheren Brief eingestanden, dass sie der Gedanke an die Heimkehr in den zivilisierten Norden bedrücke, *man fühlt sich, der Heimat nahe, so viel heimatloser.* Der Vorschlag von Lou, sich in Paris zu treffen, kam ihr daher entgegen. Sie ließ Sophie anreisen, um die sie sich schon in Tanga Sorgen gemacht hatte, weil sie bei den Viktoria-Schwestern, einer Zuflucht für unverheiratete Mädchen aus besserem Hause, so unglücklich war. Seit sonst niemand mehr von der Familie am Leben war, war die Schwester ihr anvertraut. Wie um ein geliebtes Kind würde sie sich fortan um sie kümmern.

Ich werde mir ein paar Kapitalisten suchen und meine Pflanzung vergrößern, dann wird sie lebensfähig sein, sagte Frieda.

Und dann wirst du wieder weggehen? Wieder alleine in Afrika leben?, fragte Sophie ängstlich.

Warum nicht?, warf Lou ein. Frieda hat Erfahrungen gesammelt, sie kennt die Tropen, die landwirtschaftlichen Verhältnisse, und sie liebt Afrika.

Ganz genau. Albrechts *shamba* ist zu klein, nur vierzig Hektar. Mit Kokosnüssen Geld zu verdienen ist bei der Größe unmöglich. Mein Verwalter rät zu Liberia-Kaffee, der auch in feuchten, heißen Küstenregionen angeblich gut wächst. St. Pauls Grundstück grenzt an meines und ist viel größer. Wenn er es nur verkaufen wollte! Oder der Sultan von Macorora. Paßarge würde am liebsten sein Land samt allen Sklaven erwerben, dieser Spinner, er steckt voller Pläne, für die kein Geld vorhanden ist.

Frieda, nicht so schnell, da kommt ja keiner mit, der nicht selbst dort gewesen ist, sagte Sophie. Aber die Kolonialabteilung? Was sagt die zu all dem?

Im Moment wollen sie nur große Pflanzungen unterstützen. Schutz für Tausende kleine Siedler können sie nicht leisten.

»Ich habe eine Plantage in Afrika!« Lou betonte jedes einzelne Wort voller Theatralik. »Ich, eine Frau, eine alleinstehende Frau – in Afrika.« Sie ließ sich in die Sätze hineinfallen, als wären sie ein gesellschaftspolitisches Programm. Die anderen mussten lachen.

Dafür, sagte sie wieder in ihrem eigenen Tonfall, hat bestimmt keiner Verständnis. Aber sage mir, Frieda, was macht die Schriftstellerei?

Lou interessierte sich zwar auch brennend für Afrika, und auch sie schätzte Frieda vor allem als »Afrikanerin«. Aber sie wusste auch, wie schnell die Leidenschaften der Freundin von glücklichem Tatendrang in melancholische Schwermut kippen konnten, wie ungeordnet, unbeherrschbar, sogar ein wenig kindlich doch Friedas Psyche war, und sie wusste aus eigener Erfahrung um die selbstheilende Kraft des Schreibens.

Ach, Lou, ich glaube, du bist die bessere Schriftstellerin. Obwohl du ein Mensch der Tat bist, kannst du dich gut in geistige Dinge versenken. Ehrlich gesagt, habe ich selbst immer weniger Lust dazu.

So ein Blödsinn, Frieda. Das ist nur deine Angst vor der Einsamkeit, die dir das Schreiben abverlangt. Doch genau diese Einsamkeit brauchst du, du am allermeisten, du wirst schon sehen. Für unsereins ist sie ein wahrer Segen. Hast du noch keine Anfragen von Verlagen oder Zeitschriften?

Doch, *Die Frau* will einen Reisebericht. Wie lieb von Helene Lange, dass sie mich nicht vergessen hat. Ich habe einige Ideen für einen neuen Roman. Aber wer weiß schon, ob Romane über die Kolonien noch so gut gehen. Die Stimmung ist eine andere als damals in den achtziger Jahren, die Gruppe der Kolonialskeptiker wächst.

Deutschland ist die drittwichtigste Kolonialmacht der Welt, protestierte Sophie.

Ganz genau, bestätigte Lou. Und du hast dir in kurzer Zeit eine Leserschaft erobert und Erfolg gehabt mit deinen Büchern, ich wüsste nicht, warum der nun plötzlich ausbleiben sollte. Helene Langes Zeitschrift ist übrigens ganz prächtig geworden.

Ich habe sie noch gar nicht gesehen.

Ein großer Erfolg, ihr »liebstes Kind«, wie sie immer betont. Auch du wirst wieder Erfolg haben, Frieda.

Wenn's mir nur darum ginge, seufzte die Freundin. Erfolg, Erfolg, was ist das schon. Aber wenn es denn schon sein muss, dann tue ich es für die Frauen und für Deutschland.

Königgrätzerstraße 31, d. 19. Juni 1894. Geliebtes Lou-Kind …
Auch bei mir ist der Sommer ausgebrochen, Fenster und Türen stehen offen, die großen Blätter der Platanen spielen mit dem Sonnenlicht. Ich lese Friedas Briefe an Lou Andreas-Salomé, blättere vor und zurück, lese bestimmte Stellen noch einmal, vergleiche die gewonnenen Einsichten mit anderen Dokumenten, Büchern, Forschermeinungen. Ich notiere Zitate und vervollständige mein Lebensdiagramm. Grüner Stift für Frieda und Lou, roter Stift für Frieda und Peters, schwarzer Kugelschreiber für die neuralgischen Punkte in Friedas Entwicklung, blauer Kugelschreiber für den Rest. Pfeile und Querverweise zwischen den einzelnen Ebenen, Literaturangaben, handelnde Personen, eingekreiste Begriffe. Eine schwer zu durchschauende Anhäufung von Fakten und Daten, daraus abgeleitete Vermutungen, alles zu einem sinnfälligen Bild von Friedas Leben kondensiert und doch voller unauffüllbarer Lücken, voller – wenn man ehrlich ist – unlösbarer Fragen und vorläufiger Antworten. Meine Version der Geschichte bleibt eine Neuschöpfung, egal mit wie viel Wissen ich mich wappne, egal wie viele Dokumente ich noch über Frieda und ihre Zeit lese und verarbeite. Bleibt nicht jede Geschichtsschreibung immer in gewisser Weise Fiktion, eine aus der Perspektive der jeweiligen Zeit geschöpfte Erkenntnis, eine der sich wandelnden Wahrnehmungsfähigkeit abgerungene Erzählung und eine Identitätssuche für das jeweilige Hier und Jetzt?

Lou Andreas-Salomé hatte Sigmund Freud damals noch nicht kennengelernt, ihre psychoanalytische Ausbildung lag noch in weiter Ferne. Aber sie interessierte sich immer schon für Seelenzustände jeglicher Art, sie rückte den Menschen ihrer

Umgebung umso lieber zu Leibe, je mehr seelisches Leid sie hinter der jeweiligen Fassade vermutete. Mit ihrer Lebensklugheit, Wärme und Empathie beriet sie ihre Schützlinge schon vor der Begegnung mit Freud und der Psychoanalyse und machte sich dadurch als Seelendoktor unentbehrlich. Sich selbst gab sie jedoch nie preis, sie achtete penibel darauf, sich nie in dem Maße an jemanden zu binden, wie sie andere an sich zu binden wusste.

Die alte tödliche Traurigkeit, die hier fast immer der Grundton meiner Seelenstimmung ist, schrieb Frieda, nur zwei Monate nach der Ankunft in Paris, an die Freundin, *beherrscht mich wieder ganz und gar und ich zapple und wehre mich vergebens. Der leichte Sinn und das gegenstandslose Glücksgefühl sind drüben im Sonnenland geblieben.*

Also doch! Auch meine lebensvertrauende Stimmung, mit der ich wieder einmal aus Afrika zurückgekehrt bin, hält nur kurz an. Vor dem eigenen Leben kann man eben nicht davonlaufen, nicht einmal nach Afrika. Wenn ich je lange genug dortgeblieben wäre, hätte mich mein Leben dort bestimmt irgendwann gefunden und sich vor mich gestellt wie eine Wand. Dann wäre die Afrika-Romantik vielleicht verflogen, hätte sich zurückgezogen in den Norden, in duftende Nadelwälder und tief verschneite, glitzernde Winterlandschaften unter stahlblauem Himmel.

Frieda war in Afrika, das sie wegen ihrer Liebe zu Carl Peters einst für sich entdeckt hatte, ebendieser Unglück bringenden Leidenschaft entkommen. Doch nun, nachdem sie in Berlin eingetroffen war, erkrankte sie erneut daran. Auch er war wieder einmal in der Hauptstadt, versuchte, Spuren zu verwischen, Widersacher auszuschalten und durch eine neue charismatische Idee – in kürzester Zeit hatte er sich an die Spitze der Flottenbewegung gearbeitet – Aufmerksamkeit zu erringen. Und nun bröckelte die Selbstheilung, die Frieda in Tanga wie die Vorschau in ein glücklicheres Leben geschenkt worden war. Stück für Stück würde Frieda sie sich in ihrer alten Heimat erst wieder aneignen müssen.

Die Tür fiel ins Schloss, und Frieda war allein. Das war's wieder einmal, dachte sie wie gelähmt. Sie zog sich an ihren Schreibtisch zurück, hielt sich an Papier und Feder fest, ohne etwas zu schreiben, doch diese stummen Werkzeuge eines anderen Lebensinhalts waren wenigstens da, warteten geduldig und sanft auf Geschichten. Es war immer wieder das Gleiche. Er kam, versprühte seinen eiskalten Charme, redete voller Sorge von großen Dingen und zog sie ins Vertrauen.

Und dann, so dachte sie jetzt, sehe ich diesen begabten und geliebten Menschen vor mir, der sich mit seiner Raserei, seiner Menschenfeindlichkeit, seiner Selbstbezogenheit und seinem Zynismus selbst im Wege steht, und beginne seine kranke Seele zu glätten, ihn auf dies und das aufmerksam zu machen, ihm auf seinem schwierigen Lebensweg meine Freundschaft und Treue anzubieten. Er lässt es geschehen, blickt mich an, als wäre er endlich zu Haus, er umarmt mich und küsst mich. Und dann, so als würde sein Körper die Sekunde spüren, in der ich mich ihm hingeben könnte, wendet er sich wieder ab.

Frieda erkannte den Mechanismus, dieses Spiel zwischen Annäherung und Distanzierung. Sie hatte versucht, sich gleichgültig und kühl zu geben, aber er war ihr auf die Schliche gekommen, war Sieger geblieben in dem Augenblick, als er sie wieder ganz erobert hatte. Erst dann war er zurückgewichen, zuerst innerlich, als gingen plötzlich alle Türen und Fenster zu seiner Seele wieder zu, und als sie insistierte, ungläubig versuchte, sie wieder zu öffnen, nahm er den Hut und stieß sie damit zurück in ihre Einsamkeit, in den Irrtum ihrer kurzen Annäherung.

Arme Frieda. Was für eine unfaire Konstellation, welche Pein und welch einfach zu gewinnendes Machtspiel, bei dem nur einer liebt und der andere sich bloß gnädig lieben lässt. Hätte sie sich nur zurückgehalten, ihm nicht geschrieben, dass sie dieses *Getrenntsein beim Leben an einem und demselben Ort nicht gut ertragen* könne, und dann gewartet, bis er endlich kam – Vergnügungen und Verpflichtungen, sagte er durchsichtig, hätten ihn abgehalten, früher zu erscheinen –, nur um sie nach einer Stunde wieder stehenzulassen.

Und nun kämpfte sie gegen sich selbst, gegen ihre unsinnige Leidenschaft, gegen ihre Schwäche, ihre Abhängigkeit, ihre Angst vor einer inneren Leere, die nur dadurch immer wieder entstand, weil sie ihm ihr ganzes Herz hinterherwarf, ihren Geist, ihr Sehnen und Wollen, ja alle Sinne, die dann stumpf und taub gegen die sie umgebende Welt zurückblieben. Wieder einmal predigte sie sich Vernunft, aber was half das schon gegen die erste große und einzige Leidenschaft im Leben. *Was hab ich alles gethan, um diese Leidenschaft auszurotten! Alles unnütz! Bin ich um eine halbe Erdkugel von P. entfernt, so glaube ich mich gesundet und sowie ich ihn wieder nah weiß, überfällt's mich wieder wie eine schwere Krankheit.* Frieda legte die Feder beiseite, ihre Augen waren rot vom vielen Weinen. Und doch, allmählich war sie die Wiederholungen des immer gleichen Schmerzes leid, so konnte das nicht weitergehen. Sie wollte die Räume ihrer Seele mit anderen Gegenständen möblieren und sein Bild abhängen.

Draußen lockte ein vollendet schöner Sommertag. Ganz Berlin war auf den Beinen, alles strebte hinaus zum Müggelsee, in den Grunewald oder an die Spree. Der Anblick der Bäume, die sich leicht im Sommerwind wiegten, die Schäfchenwolken am Himmel, die von der Sonne beschienenen Häuserfronten, alles verkündete den fröhlichen Aufbruch in ein pralles Leben. War Tanga nur Betäubung gewesen, Warteraum für eine bedürftige Seele, Erholung vom eigenen Ich? Nein, das durfte nicht sein. Sie erinnerte sich an das Licht, die Palmen, das Lagerhaus, das sie gebaut hatte, sie fühlte wieder die Unbeschwertheit und die Liebe zu ihrem kleinen Besitz, den Menschen dort, zu ihrem Afrika. Sie nahm die einzige Fotografie zur Hand, die sie von der Bucht von Tanga besaß. Sie war vom Wasser her aufgenommen, man sah ihre *shamba*, den Palmensaum, die Fischerboote und Daus auf dem ruhigen Meer. Die Fotografie war gestochen scharf, man sah jedes Detail, jede Linie, wie bei einem Kupferstich.

Sie nahm ein neues Blatt Papier. *Allerhand Alltägliches*, schrieb sie als Überschrift oben in die Mitte. Der Artikel für *Die Frau* sollte weder das Paradiesische noch das Schreckensbild von Afrika bedienen, sondern lediglich die alltägliche Realität beschreiben. Weder die Vorstellung von einem Land, durch das *menschenfressende Wilde streifen*, noch das Bild vom Paradies, in dem Milch und Honig fließen, wären zu halten, *wenn erst Dampfer und Eisenbahnen, Post und Telegraph die romantische Ferne ins klare kühle Licht der wirklichen Nähe gerückt haben.* Die Sätze rannen Frieda wieder aus der Feder, ganz leicht und flüssig, sie schrieb, ohne abzusetzen, und merkte, wie gut es ihr tat. Mit jeder Zeile wurde sie ruhiger, mit jedem gelungenen Sprachbild zufriedener. Es war erholsam, nicht mehr über sich selbst nachdenken zu müssen, sondern Erlebtes zu einer spannenden Erzählung zusammenzufügen. Da gab es Romanstoffe zuhauf, Themen, die eine Diskussion verdienten, Menschen, die besser in eine Abenteuergeschichte passten als ins normale Leben. Alltägliches war trotz aller Beteuerungen in Afrika immer ungewöhnlich, aufregend, exotisch.

Die beiden Afrika-Bilder. Schon damals gab es sie also, und auch Frieda kämpfte, obgleich sie diese Bilder selbst mitgeprägt hatte, schon mit den Klischees zwischen Paradies und Vorplatz zur Hölle. Niemand entkommt ihnen ganz. Die damaligen Vorstellungen von der paradiesischen, ursprünglichen Schönheit des afrikanischen Kontinents ähneln dabei durchaus den heutigen Sehnsüchten, während sich die Schreckensbilder gewandelt haben, von brutalen Kolonialkriegen zu postkolonialer Selbstzerfleischung, von wilden, den Kräften der Natur hingegebenen, unberechenbaren Eingeborenen zu den Hungernden in den Flüchtlingslagern und Dürregebieten, von der Angst, als Weißer an Malaria zu sterben, hin zum Seuchenkontinent, der ganze Generationen seiner eigenen Bevölkerungen begräbt. Afrika ist bei sich selbst angekommen, und dennoch wurzeln seine Katastrophen vielfach in der kolonialen Vergangenheit.

Friedas Hoffnung, der technologische Fortschritt könnte den Schleier aus Faszination und Angst von dem Kontinent fortziehen wie die brennende Sonne den Nebel über der Dornsavanne, hat sich bis heute nicht erfüllt. Auch heute ist das Alltägliche das Letzte, was vom Kontinent der Extreme erwartet wird. Solange diese Regel eingehalten wird, bringt Afrika stets gute Einschaltquoten. Und auch Frieda gelang die selbst auferlegte Nüchternheit kaum. Sie versuchte es, beschrieb statt der Sonnenuntergänge die graue Regenzeit, statt gefährlicher Jagdabenteuer und Panoramabilder mit großer Brennweite den kolonialen Alltag mit seinen Debatten über die richtige Verwaltung, den angemessenen Umgang mit der einheimischen Bevölkerung, die großen Strapazen und kleinen Annehmlichkeiten des tropischen Lebens. Frieda zeichnete auf, was sie sah und erlebte. Wie keine andere deutsche Kolonialautorin nach ihr thematisierte sie sogar die Verbindung von Sexualität und Gewalt – freilich im sprachlichen Rahmen des viktorianischen Zeitalters und als überzeugte Kolonialistin. Dennoch gab sie in einem Brief an Ricarda Huch später einmal zu bedenken, dass ihre Afrika-Romane *zu stark »Tendenz«* seien. Fühlte sie, dass sie, was Afrika betraf, zu sehr für die Sache wirken wollte? Für Deutschland, das sie für die bessere Kolonialmacht hielt, für die Deutschen, die sie mit ihren Tugenden und Werten wie keine andere Nation dazu befähigt sah, in Güte und

Gerechtigkeit über andere Völker zu herrschen? So dachten nicht wenige. Das gewaltsame Vorgehen gegen unterworfene Völker erschien ihnen darum oft als notwendiges Übel beim Aufbau einer blühenden Kolonie, die Unterwerfung derjenigen, denen das Land eigentlich gehörte, eine zivilisatorische Maßnahme zur Mehrung von Deutschlands Ruhm und zum Besten der kolonisierten und der europäischen Zivilisation einverleibten Völker.

2

Warum ist Friedas Gründung einer Plantagengesellschaft eigentlich fehlgeschlagen? Nur wenige Jahre später wurden rund um Tanga die Pflanzer mit dem Anbau von Sisal reich. Und Frieda musste ihren Besitz aufgeben? In Friedas Briefen an Lou finde ich einige Hinweise auf ihren Kampf um den Besitz in Afrika. *Inzwischen hab ich zwei Kapitalisten gefunden,* schrieb sie der Freundin im Februar 1895, ein Dreivierteljahr nach ihrer Rückkehr. Der eine – einige Briefe später entpuppt er sich als Oskar Wolff – habe Geld in Fülle. Oskar Wolff. Einige E-Mails gehen zwischen Tanga, Berlin und irgendwelchen deutschen Kleinstädten hin und her, und ein ganzes weiteres Leben entfaltet sich in den als Dateien angehängten Dokumenten, wieder ein Mosaikstein, ein Seitenstrang zu Friedas Leben. Henning Wolff schickt Dokumente über seinen Großonkel Oskar. Er war Pulverfabrikant in Walsrode, Teilhaber und Finanzier der Deutschen Tanga-Gesellschaft, die durch Vermittlung des Berliner Rechtsanwaltes Julius Scharlach zwischen Frieda, Baron von St. Paul und eben jenem Oskar Wolff gegründet worden war.

Bin hocherfreut, liebe Baronin, daß Sie sich aus ihrer schlesischen Schreibklause extra nach Berlin begeben haben, um mich zu treffen.

Oskar Wolff war ein gutaussehender, sorgfältig gekleideter Mann, der früh hatte Verantwortung übernehmen müssen. Zehn Jahre schon leitete er das Familienunternehmen, gründlich vorbereitet durch ein Studium der Chemie in Hannover und Berlin.

Frieda beobachtete seine stolzen Gesichtszüge. Er war ein Mann mit Selbstbewusstsein, jemand, der wusste, dass das industrielle Zeitalter die Epoche seiner Gesellschaftsklasse und nicht mehr die des alten Adels war.

Für meinen kleinen Besitz in Tanga unterbreche ich gerne, sagte sie ehrlich.

Und was schreiben Sie, wenn man fragen darf?

Einen Roman. Er spielt natürlich in Ostafrika.

Hochinteressant. Wann werde ich ihn lesen können?

Er wird zuerst als Fortsetzung in der *Täglichen Rundschau* erscheinen.

Das ist gut, die kann ich mir besorgen. Sie haben, nehme ich an, Ihre eigenen Erfahrungen verarbeitet?

Ja und nein. Frieda hielt sich bedeckt. Ihre Romane galten als Schlüsselromane, und das Buch *Tropenkoller* – der Titel war ihr auf der Fahrt nach Berlin in Gedanken an das Gespräch mit Eugen, dem Marinearzt der *Möwe*, eingefallen – sparte nicht mit verdeckter Kritik an diversen kolonialen Figuren, die ihrer Aufgabe nicht gewachsen waren und von den Tropen in eine Art Wahnsinn getrieben wurden. Dieser Tropenkoller, meist verbunden mit exzessivem Alkoholgenuss und willkürlichen Gewaltausbrüchen, war unter weißen Männern in Afrika verbreitet, auch Friedas Verwalter Georg Paßarge schien mehr und mehr davon erfasst. Frieda hatte mit Schrecken verfolgt, wie seine Briefe immer nervöser wurden, von einer gewissen Art der Raserei durchdrungen waren.

Ich werde das Buch *Tropenkoller* nennen, erklärte sie Oskar Wolff, ganz in ihre Gedanken versunken. Sehen Sie, nur die wenigsten Menschen sind wirklich für das Leben in Afrika geeignet. Die allermeisten treibt das Klima und der Alkohol in den Ruin. Manchmal musste ich mich direkt schämen für meine Landsleute.

Es braucht eben Männer wie Peters, nicht wahr?, forschte Wolff.

Frieda versuchte, nicht rot zu werden. Ob ihr Gegenüber wusste, welche Gerüchte über Peters in Berlin kursierten? Die Sache mit den beiden Mordfällen am Kilimandscharo. Im März hatten die Sozialdemokraten im Reichstag behauptet, Peters habe die beiden Eingeborenen wegen irgendwelcher sexueller Verstrickungen hängen lassen. Als sie das gehört hatte, hatte es ihr einen Stich versetzt. Ihr gegenüber hatte Peters stets betont, dass Jagodjo Spionage getrieben und der Diener Mabruk gestohlen habe. Bei dem latenten Kriegszustand, dem er, Peters, in seinem Verantwortungsbereich ausgesetzt gewesen sei, seien harte Urteile leider notwendig gewesen. Durch Peters' Version der Geschichte hatte Frieda allmählich die Gerüchte aus der Zeit in Tanga, es habe sich um einen Eifersuchtsmord gehandelt, wieder vergessen. Und nun sollte es gar ein Sexualskandal sein?

Die neuen Enthüllungen hatten Frieda wilde Träume beschert, weiße und schwarze Frauen kamen darin vor, immer leidend, meist auf der Flucht. Und endlich wurde ihr zur Gewissheit, dass Peters auch damals schon, in Sansibar, seine Nächte bei schwarzen Frauen zugebracht hatte, wenn er nicht bei ihr gewesen war. Damals und auch später noch hatte sie diese Tatsachen stets vom Tisch gewischt, hatte die schwarzen Frauen nicht als Konkurrenz empfunden, sich eingeredet, dass sie bloß Teil der allgemeinen exotischen Anziehungskraft der Tropen seien, und vor der Wirklichkeit die Augen verschlossen. Erst allmählich – auch in Deutschland war sie immer wieder mit Peters' Liebeleien konfrontiert worden – verzog sich der Schleier, lernte sie, ein noch ganz viktorianisch erzogenes Mädchen mit wenig eigener sexueller Erfahrung, endlich hinzuschauen.

War sie, ging es ihr nun durch den Kopf, war sie nicht ebenfalls eine von ihnen? Heiß lief es ihr bei dem Gedanken den Rücken herunter. Hatte er sie nicht stets auch nur benützt, ausgetauscht und stehen lassen, wie er es brauchte? Und hatte er ihr dabei nicht genug wehgetan? Wie allen anderen Frauen, selbst seinen schwarzen Konkubinen? Für einen Augenblick sah sie sich auf einer Stufe mit ihnen, und sie fühlte sich der gehängten Jagodjo nah.

Wollte Peters nicht zu uns stoßen?, fragte sie Oskar Wolff schnell, um ihre fast unerträglichen Gedanken zu vertreiben.

Er lässt sich entschuldigen, er depeschierte, dass er leider unabkömmlich sei.

Wie immer. Wann hatten Sie die Gelegenheit, ihn kennenzulernen?

Vor zwei Jahren, als er bei uns – vergebens allerdings – versuchte, politisch Fuß zu fassen. Er kam mit dem Geschäftsführer der nationalliberalen Partei zu Besuch.

Auch das Mandat für den Berliner Reichstag hat er nicht bekommen. Er hat zu viele Gegner. Frieda lehnte sich zurück. Sie nahm einige Briefe aus ihrer Handtasche und reichte sie Wolff.

Wenn Sie erst einmal in Ostafrika gewesen sind, werden Sie sehen, wie anders die Realität vor Ort ist. Hier in Deutschland kann man so vieles gar nicht verstehen. Ostafrika ist bestimmt unsere schönste Kolonie. Und sie hat großes Potenzial.

Womit wir beim Thema wären. Hat Ihr Verwalter unlängst wieder geschrieben?

Paßarge? Ja, er schreibt ununterbrochen, immer voller Pläne, etwas nervös leider. Jetzt will er auch noch in die Milchwirtschaft einsteigen und die Erträge der Plantage über den Verkauf von Meierei-Produkten steigern.

Und was soll das kosten?

Er rechnet mit 6000 Mark, dazu noch das Geld für den Hausbau, den Sie schon freundlichst genehmigt haben, und alle laufenden Kosten für junge Pflanzen, Arbeiter, Maskatesel …

Das ist keine übertriebene Summe, liebe Baronin von Bülow. Aber einstweilen haben wir die Tanga-Gesellschaft ja noch nicht einmal aus der Taufe gehoben. Scharlach wird sich nur durch seinen juristischen Rat beteiligen. Und St. Paul?

Er will nicht verkaufen. Und er hält nichts von Paßarge, der früher einmal in seinen Diensten stand.

Du liebe Güte, die Welt ist klein.

Nirgends kleiner als in Ostafrika. Jeder kennt jeden und jeder weiß alles. St. Paul schrieb mir, dass er wegen seiner Stellung als Bezirksamtmann kein Land für uns ankaufen könne. Kolonialbeamten ist das seit zwei Jahren verboten.

Die deutsche Bürokratie und Verordnungswut macht auch vor Afrika nicht halt, nicht wahr?

Sie sagen es. Frieda hatte Feuer gefangen. Oskar Wolff war der richtige Mann, er hatte das kommerzielle Wissen, sie kannte Land und Leute. Das Gespräch verlief zufriedenstellend, fast freundschaftlich. Schon vor einiger Zeit hatte sie ihm geschrieben, dass sie bereit wäre, im Oktober neuerlich nach Tanga zu reisen, um alles in Augenschein zu nehmen und selbst mit St. Paul zu verhandeln, den sie ja nur allzu gut kannte. Es sei denn, hatte sie brav hinzugefügt, Sie selbst hätten Lust, die Fahrt hinüber zu machen. So gerne würde sie Tanga wiedersehen und sei es auch nur für einige Wochen oder Monate. Im Oktober wäre sie mit ihrem Roman fertig, dann könnte sie reisen – und vielleicht für immer bleiben.

Wenn Sie die Berichte gelesen haben, sagte sie nun mit Nachdruck, werden Sie sehen, wie schwierig es ist, die afrikanischen Angelegenheiten von hier aus zu führen. Im Oktober hätte ich Zeit, mich wieder an Ort und Stelle zu begeben. Ich schrieb Ihnen davon …

Verzeihen Sie, wenn ich Sie unterbreche. Es ist Ihnen natürlich unbenommen zu reisen, wohin Sie Ihre Sehnsüchte ziehen. Aber wenn ich mich schon mit erheblichen Geldmitteln an der Sache beteilige, dann möchte ich mir die Verhältnisse dort schon selber anschauen. Mein jüngerer Bruder Max wird mich begleiten.

Deshalb also war Wolff nicht auf den Passus in ihrem Brief eingegangen, dachte Frieda nun voller zerstörter Hoffnungen.

Außerdem …, Wolff dehnte das Wort genießerisch, während er in Friedas Augen forschte, außerdem kann man sich als Mann den Genuss einer Großwildjagd am Kilimandscharo eigentlich nicht entgehen lassen, oder? Stört es Sie, wenn ich eine Zigarre rauche?, fragte er und nahm sich, ohne die Antwort abzuwarten, eine dicke Zigarre aus der Jacke.

Nein, ganz im Gegenteil, ich mag den Geruch. Er erinnert mich an … Das Wort Sansibar sprach sie nicht mehr laut aus, es würde dem Gespräch ohnedies keine andere Wendung mehr geben.

Ehrlich gesagt, ich kann die Ausreise gar nicht mehr erwarten. Die Dampfer sollen mittlerweile gut ausgestattet und von erträglichem Komfort sein.

Wenn Sie nicht zur Seekrankheit neigen.

Ein Whisky und möglichst wenig daran denken. Das war schon immer meine Devise. Hilft in allen Lebenslagen, auch bei Liebeskummer.

Wolff wurde immer ausgelassener, privater, distanzloser, während Frieda leise und für immer Abschied nahm von ihrem Sehnsuchtsland, ihrem Besitz in Afrika. Er würde samt ihren Palmen, dem kleinen Vorarbeiterhäuschen, den immer wieder neuen Ausblicken auf das Meer, samt der Insel Yambe und all den schmalen Pfaden, die sie liebte und so oft mit Mohamed und Hamisi entlanggegangen war, in der Tanga-Gesellschaft aufgehen, als kleiner, unbedeutender Teil eines florierenden Unternehmens in Männerhand. Wenn es hoch kam, würde man ihr jährlich eine kleine Rendite auf ihr Konto überweisen, zu klein, um damit mehr zu machen, als die alltäglichen Kosten des Lebens ein wenig zu mildern, keineswegs genug, um es in die Hand zu nehmen und wieder einen Besitz in Afrika zu kaufen. Sie hatte alles versucht, all ihre Kraft, ja sogar ihrer Hände Arbeit gegeben, um dieses Land rentabel zu machen. Jetzt musste sie sich froh schätzen, wenn sie die Verluste nicht tragen musste. Um ihr Afrika am Leben zu erhalten, blieb ihr nun nur mehr ihre Feder.

Tabora, den 15. Januar 1896. Hochverehrtes Fräulein! Ich ziehe einen Brief mit dünner Schrift auf durchsichtigem Papier aus einer der Nachlass-Kisten. Ein Brief aus Ostafrika. Unterzeichnet mit *Gehorsamst A. Leue. Für Ihren Gruß aus Petersburg danke ich Ihnen aufs verbindlichste. Er traf mich gerade, als ich mich auf Tod und Leben mit einer hartnäckigen Malaria herumschlug, es hätte nicht viel gefehlt, dann wäre Ihr alter Freund Leue in den sumpfigen Boden von Tabora gebettet worden.* Mir geht ein Licht auf. Das muss ein Brief von August Leue sein, der als Mitglied der Deutsch-Ostafrikanischen Gesellschaft in Daressalam stationiert war, als Frieda dort ihre kleine Krankenstation aufbaute. Er war, nach längerer Dienstzeit bei der Schutztruppe, Verwaltungschef in Tabora geworden. *Ihre Novelle Tropenkoller hat mir viel Vergnügen gemacht. Bis auf den Titel, und die vielen Bibis und Banas hat sie hier allen Herren vorzüglich gefallen. Ihr sanfter Bezirksamtmann, nebst seiner überschlanken Bibi mit dem schwankenden Köpfchen, ist prachtvoll gezeichnet. Auch Jussuf ist köstlich. Wenn Ihnen der Cirkus-Direktor keinen Injurien-Prozeß aufhalst, so darf man Ihnen zu diesem schriftstellerischen Erfolg in der That gratulieren. Sie haben sehr gut beobachtet, und für alle Eigenarten, Mängel und Schwächen Ihrer lieben Mitmenschen ein scharfes Auge bewiesen. Auch in der Erklärung der kolonial-afrikanischen Eigenthümlichkeiten haben Sie Recht. – Adieu! Es bläst in der boma: »5 Uhr«, und damit tritt der feierliche Moment ein, wo ich einen Spaziergang unternehme. Ein stumpfsinniges Dasein. Dabei muss man stets bewaffnet einherschreiten, da zur Zeit ein Löwe die Welt hier unsicher macht.*

Frieda von Bülows Buch *Tropenkoller*, das übrigens auch ins Französische übersetzt wurde, erschien Anfang 1896 und führte sogleich zu einem Ehrenbeleidigungsprozess gegen die

Autorin. Eisenbahndirektor Bernhard fand sich im Straßenbaudirektor Drahn – von Leue als »Cirkus-Direktor« bezeichnet – unvorteilhaft wiedergegeben. Es folgten die üblichen Auseinandersetzungen mit Anwälten und Mittelsmännern. Auch Eugen Ehrhardt, der Marinearzt von der *Möwe*, schrieb an Frieda. Wie Leue war er jedoch begeistert über den gelungenen Streich seiner Angebeteten.

Hier, sieh nur, Johanna, auch Eugen hat die Personen im *Tropenkoller* erkannt. Frieda ging im Zimmer auf und ab, während sie den Brief ihres Verehrers entfaltete. Johanna Niemann, Schriftstellerfreundin, die Frieda einst mit Lou Andreas-Salomé bekannt gemacht hatte, war zum Tee erschienen. Eugen? Meinst du den Marinearzt, von dem du mir erzählt hast?

Ja genau, er schreibt: *Der Roman wird wohl von den betheiligten Personen mit sehr verschiedenen Gefühlen dir gegenüber gelesen werden … Drahn wird sich unangenehm wahr geschildert vorkommen.*

Was du erreichen wolltest, hast du also erreicht, nicht wahr, meine Liebe?, sagte Johanna. Auch sie war vom Charakter des neuen Buches angetan.

Warte, Johanna, bevor du mich weiter zu Drahn befragst. Hier nur noch ein paar Zeilen von Eugen, die ich dir nicht vorenthalten will. Der Arme ist unverbesserlich verliebt in mich, sagte Frieda kopfschüttelnd und las weiter vor: *Ich denke nun immer viel der schönen Tanga-Zeit, die ich mit dir verleben durfte, die schönste Zeit meines Lebens. Unter all dem Tropenkoller, Egoismus und Militarismus erschienst du mir wie ein höheres Wesen, das man verehren müsste.*

Wie entzückend, Frieda. Wieso hast du diesem edlen Menschen nie eine Chance gegeben? Er gefällt mir.

Ich weiß es selbst nicht, Johanna. Irgendetwas hat mich abgehalten und hält mich auch jetzt davon ab, mehr daraus werden zu lassen als pure Freundschaft. Er hat schon seinen

Besuch angekündigt, sagte Frieda seufzend, er hat Heimaturlaub.

In diesem Punkt verstehe ich dich nicht. Aber nun gut. Hat Drahn alias – wie heißt er in Wirklichkeit schnell noch? – Bernhard, sagte Frieda kurz – ja genau, Bernhard. Hat er nun eigentlich geklagt?

Ja, das hat er, er fordert eine Erklärung über meine dichterische Freiheit. Scharlach vertritt mich.

Ja, ja, manche Menschen ertragen es eben nicht, wenn man ihnen den Spiegel vorhält. Wie gut und gemein du diese Geschichte mit Drahns rechter Hand, dem *bwana* Musa, geschildert hast. Hat er wirklich jeden betrogen?

Ja, mich und alle anderen, vor allem auch seine Angestellten und eben Musa, den alten Schwarzen, der durch ihn sein Hab und Gut verloren hat.

Frieda, jetzt hast du die öffentliche Meinung und das Kolonialamt aber gehörig auf diese Übergriffe aufmerksam gemacht.

Hoffentlich zahle ich nun nicht drauf. Dann sind alle Einkünfte für das Buch wieder dahin.

Noch einmal nehme ich den Roman *Tropenkoller* zur Hand und lese darin. Die koloniale Gesellschaft, die Frieda beschreibt, entsprach keineswegs dem Vorbild europäischer Zivilisiertheit. Es wimmelt in diesem Buch nur so von fraglichen Gestalten, von Alkohol, Müßiggang, schlechtem Benehmen, Übergriffen gegen die Einheimischen. Frieda hielt ihren Landsleuten den Spiegel vor, nur eben als Kolonialbefürworterin, nicht als moderne Antikolonialistin, der die ganze Idee des Kolonialismus suspekt ist. *Rosen ging plötzlich das Wesen des Tropenkollers auf. »Die Herrscherherrlichkeit im Lande der Wilden steigt den Knechts- und Bedientenseelen zu Kopfe«, dachte er; »das ist's! Sie sind das Herrentum so wenig gewohnt, dass es sie um ihr armseliges bisschen Menschenverstand bringt und eine lächerliche*

Spielart des Größenwahnsinns zeitigt. Der Subalternbeamtengeist schnappt über, wenn er sich plötzlich als Bana Kubwa sieht. – Dies ist etwas ganz anderes, als die ungünstigen Einwirkungen des Klimas auf das Nervensystem, die auch die vornehmsten Naturen nicht verschonen. Was der ehrenhafte Drahn mir da so gut veranschaulicht, scheint mir eine durch klimatische und andere Komplikationen bösartig gewordene Form des Parvenütums.«

Unwillkürlich erinnere ich mich an ein Gespräch, das ich mit einer deutschstämmigen Tansanierin geführt habe, die noch immer auf jener Farm in der Nähe von Arusha lebt, die ihre Familie in der deutschen Kolonialzeit erworben hatte. Sie hat daraus mit viel Geschmack ein Landhotel gemacht, und wie viele Weiße, die ich in Tansania getroffen habe, versucht sie auf ihre Weise, mit dem Gewinn soziale Projekte zu unterstützen.

Die Weißen, die nach Tansania ziehen, leben immer noch sehr kolonial, beschrieb sie die großen sozialen Unterschiede der Menschen im Land. Am schlimmsten seien die, die sich zu Hause in Deutschland kein so luxuriöses Leben leisten könnten. Die spielten dann hier die Herren. Wie früher, da habe sich wenig geändert.

3

Meine Herren, eine andere Person, die in unserer Kolonialpolitik eine viel größere, bedeutsamere und einflussreichere Rolle spielte und in einem gewissen Sinne noch spielt, ist der Ihnen allen bekannte Dr. Peters. August Bebel, sozialdemokratischer Abgeordneter, charismatischer Redner und Speerspitze der Kolonialkritiker, hatte das Wort. Es war der 13. März 1896. Im Berliner Reichstag muss die Stimmung zum Schneiden gewesen sein. Ich stelle mir vor, wie Bebel im Frack mit seiner aufbrausenden Stimme am Rednerpult steht, Zurufe von rechts und links pariert und die Stimmung bis aufs Äußerste anheizt.

Eigentlich sollten die Abgeordneten an diesem Tag das koloniale Budget verabschieden, doch dann kam der Zentrumsabgeordnete Prinz Arnberg auf den Fall Wehlan zu sprechen. Der Kameruner Gerichtsassessor hatte aus Willkür Afrikaner gequält und ermorden lassen. Willkürherrschaft und sexuelle Übergriffe waren zu einem Dauerthema in der Kolonialdebatte geworden, zum Bumerang für die Kolonialbefürworter und zum schlagkräftigen Argument für die Gegner. Selbst für die konservativen Parteien war der Umstand, dass es keine Regelung der Rechtsprechung für die Kolonien gab, nicht länger hinnehmbar. In diesem Zusammenhang fiel an diesem 13. März auch der Name Carl Peters, diesmal warf ihn einer der konservativen Reichstagsmitglieder in die Diskussion, freilich ohne neue Erkenntnisse über die Vorgänge am Kilimandscharo zur Hand zu haben. Darauf hatte August Bebel gewartet, jetzt würde ihm endlich gelingen, was ihm seit Peters' Aufstieg zum Helden der neuen deutschen Weltpolitik so sehr am Herzen lag, nämlich diesen Kolonialverbrecher zu stürzen. *Meine Herren*, donnerte er sein *J'accuse* durch den Saal und zog, dramaturgisch gekonnt, einen Brief Peters' an den englischen Bischof Tucker aus der Tasche. Tucker, dessen Mission in Moshi am Fuße des Kilimandscharo große Bedeutung zukam, hatte von den Vorgängen erfahren und Peters wissen lassen, *mit einem Mörder wolle er nichts zu tun haben.* Peters, so Bebel weiter, habe dem Bischof daraufhin einen Rechtfertigungsbrief geschrieben, worin er erklärte, dass er, Peters, Jagodjo nach afrikanischem Gesetz geheiratet und daher das Recht gehabt habe, ihren Ehebruch mit dem Tod zu bestrafen. *Meine Herren!*, setzte nun Bebel zum Finale an, *das Wunderbare an diesem Briefe ist, dass ein Vertreter der deutschen Kultur und deutschen Zivilisation in Afrika auf einmal afrikanische Rechte für sich in Anspruch nimmt, sich auf den Boden der Barbaren stellt und sagt: Ich bin ja hier euresgleichen, ich handle so, wie ihr handelt; jetzt verlange ich dasselbe Recht zu haben wie ihr; das Mädchen hat mir gegenüber, da ich eigentlich ihr Mann war, die Ehe gebrochen, und da habe ich das Recht, den Übeltäter an den nächsten Baum zu hängen, wie ich es getan habe. Nun ist aber das folgende dabei zu beachten: In Afrika gibt es nicht einmal ein solches Gewohnheitsrecht in bezug auf Ehebrecher und Ehebrecherinnen. Wer einigermaßen afrikanische Kulturzustände kennt, weiß, dass ein Ehebruch im europäischen Sinne in Afrika von einer Frau begangen und zur Kenntnis ihres Mannes gekommen, höchstens und nichts weiter als eine Tracht Prügel zur Folge hat.*

Bebel lieferte mit dem Tucker-Brief den Beweis, der die Regierung zum Handeln zwang. Dass ein Beamter des Deutschen Reiches statt auf der Basis der deutschen Rechtsprechung nach afrikanischen Gesetzen handelte, wog bei allen Vorwürfen am schwersten. Bebel hatte richtig kalkuliert, drei Tage lang kam der Reichstag nicht mehr zur Ruhe. Die Zeitungen waren voll, die renommierte *Kölnische Zeitung* druckte am 15. März die gesamte Debatte auf ihrer Titelseite, ein Disziplinarverfahren wurde eingeleitet. Deutschland hatte seinen größten Kolonial- und Sexskandal.

Frieda – so zumindest stelle ich mir vor – verfolgte die Ereignisse wie gebannt von ihrer Wohnung in der Candrellistraße in Berlin-Lankwitz aus. Drei Monate lang bestimmte Peters wieder einmal das ganze Leben, doch diesmal hatte das Thema eine andere Dimension. Nicht sie, Frieda, musste in aller Stille gegen die Leidenschaft ihrer Seele ankämpfen, sondern alles drehte sich um ihn, die öffentlichen Debatten genauso wie die Gespräche in den Salons der Berliner Gesellschaft, ja selbst beim Tischgespräch der Münchhausens – Thankmar und Anna kümmerten sich wie immer liebevoll um Frieda und Sophie – wurden die neuesten Erkenntnisse zum Skandal diskutiert. Und das hatte neben allem Aufwühlenden und Schockierenden auch etwas Befreiendes. Endlich bekamen Friedas innerste und tiefste Ängste, ihre Ahnungen, die bis dahin nur in Träumen und im Halbschlaf zugelassene Wahrheit über den Freund, eine Stimme in der wirklichen Welt. Während immer mehr Details ans Licht kamen, verfolgte sie, wie selbst die prokolonialen, Zentrum und Nationalliberalen nahestehenden Zeitungen ihren einstigen Helden fallenließen und von seinem hohen Sockel stürzten. Da ihre tiefsten Ängste und Ahnungen nun von den anderen vertreten wurden, konnte sie noch einmal für ihn Partei ergreifen.

Es ist eine Hinrichtung, Thankmar, sagte sie. Da fehlt jedes Maß.

Die Anschuldigungen sind nicht unerheblich. Damit könnten seine Gegner siegen. Und Gegner hat dein Peters ja zur Genüge.

Alle Flottengegner im Reichstag und – ach, noch viele mehr. Aber der Vorwurf, dass Peters afrikanisches Recht angewandt hat, statt sich an die Regeln des christlichen Abendlandes zu halten, und das, vorgetragen von Männern, die das Christentum und die herrschende Sitte aus Überzeugung bekämpfen ..., Frieda schüttelte den Kopf ..., das ist doch allzu durchsichtig!

Und doch! Dies ist das schlagende Argument, sagte Thankmar mit Nachdruck. Nur als Vertreter der christlichen Zivilisation und kraft unseres überlegeneren Moralsystems können wir als Nation erfolgreich über andere Völker herrschen.

Als Peters im Zuge seiner Emin-Pascha-Expedition Dutzende, ja vielleicht sogar Hunderte Einheimische niederschoss, war er noch ein gefeierter Held, stellte Frieda fest. Auch am Kilimandscharo herrschte Kriegszustand. Ich verstehe die Logik der Argumentation nicht.

Frieda machte eine Pause, dann sprach sie mit veränderter Stimme weiter: Lieber Onkel, ich bin wahrlich kein Freund von Gewalt, aber dieser Skandal hat etwas Opportunistisches. Die leicht zu leitende Menge betet im Chor das nach, was am meisten Applaus verspricht.

Der Brief, schwenkte nun Thankmar vorsichtig in ihre Richtung, der Brief von Tucker wurde bisher nicht gefunden.

Willst du damit sagen, dass es den Brief, den Bebel verlas, in Wirklichkeit gar nicht gibt?

Zumindest konnte er bisher nicht vorgelegt werden.

Da siehst du es. Es ist und bleibt eine Intrige der Sozialdemokraten.

Die Tatsachen aber bleiben bestehen. Ich bin gespannt, was das Disziplinarverfahren ergeben wird. Ich kann gut verstehen, dass du Peters verteidigst, aber diesmal wird es für ihn nicht leicht werden.

Ach Thankmar, lieber Onkel, seufzte nun Frieda. Ich will ihn ja gar nicht verteidigen. Weiß Gott, ich kenne ihn, ich weiß um seine Rasereien, um seine Willkür. Er selbst hat die Fehler seines Temperaments mit ungewöhnlicher Offenheit immer wieder bekannt. Aber wie jetzt alle gegen ihn sind und ihn richten zu dürfen glauben, kommt mir eben doch allzu einfach vor.

Die ganze Angelegenheit mit den beiden Todesurteilen am Kilimandscharo ist schon so oft verhandelt worden, dachte Frieda, nachdem Thankmar gegangen war. Wer von diesen bleichen Reichstagsrednern, von den durch die europäische Zivilisation verfeinerten – und verweichlichten – Städtern hatte sich schon je hinausgewagt in die unzivilisierte Wildnis Afrikas? Wer weiß denn, was es heißt, in Lebensgefahr zu sein, Strapazen zu ertragen, die jeden noch so starken, moralisch integren Menschen an die Grenze seines Handelns bringen konnten? Kannte einer von denen, die Peters beschuldigten, wirkliche Angst? Todesangst angesichts einer Übermacht an Kriegern, die, das Terrain besser kennend und leise wie Katzen, jederzeit aus dem Hinterhalt zuschlagen konnten? Sollten die doch einmal versuchen, deutsche Gesetze im afrikanischen Busch zur Anwendung zu bringen! Bis ein deutscher Kolonialbeamter all die Verordnungen und Verfahren der deutschen Rechtsprechung auch nur in Gang gesetzt hatte, war er selbst schon samt seiner schlecht bewachten Station niedergemetzelt, waren seine Gegner längst wieder unsichtbar, ins Dunkel dieses unberechenbaren Kontinents zurückgewichen.

Seit Frieda ihren Afrika-Roman *Tropenkoller* fertiggestellt hatte, hatte sie sich vermehrt neuen Themen zugewandt. Ihre Freundschaft mit Lou Andreas-Salomé, die Reisen, die die beiden im Jahr zuvor nach St. Petersburg und Wien unternommen hatten, die vielen neuen Begegnungen mit Menschen wie Hugo von Hofmannsthal oder Arthur Schnitzler – all das hatte Friedas Gedanken *zurück nach Europa* gebracht. Sie war als »die Afrikanerin« unter den deutschen Schriftstellerinnen berühmt geworden, nun wollte sie ihr Thema, die Emanzipation der deutschen Frau, auch vor der heimischen Kulisse behandeln. Und in gewisser Weise begann für sie damit wieder einmal ein neues Leben. Sie war angekommen, wurde als bekannte Schriftstellerin und Frauenkämpferin gefeiert, war ein Teil der kulturellen Elite Deutschlands.

Frauen wie Lou oder die Schriftstellerin Johanna Niemann erinnerten Frieda an ihre geistigen Ursprünge. Schon damals, im Lehrerinnenseminar von Helene Lange, war Frieda davon überzeugt gewesen, dass sie die Emanzipation der Frau zu ihrem ureigensten Anliegen machen musste. Auch in Afrika hatte sie dieses Ziel nie aus den Augen verloren, ging es ihr beim Aufbau des Frauenbunds für die Krankenpflege in den Kolonien doch in erster Linie um neue Entfaltungsmöglichkeiten für deutsche Frauen. Feminismus und Kolonialismus widersprachen einander nicht, im Gegenteil, beide Bewegungen rechneten sich zu den fortschrittlichen Ideologien der Zeit und bauten darum aufeinander auf.

Und dennoch ist es erstaunlich, dass sich Frieda – ohne Afrika je wieder ganz aus den Augen zu verlieren – in ihren Büchern und Essays ausgerechnet jetzt der Frauenfrage von einer neuen Seite zuzuwenden begann. Wähnte sie sich in ihrem kolonialen Engagement doch in einer Sackgasse? Oder waren ihre Romane über Frauen in Deutschland bloß die logische Folge aus den Büchern über deutsche Frauen in den Tropen? Sie kannte die Beschränkungen, mit denen Frauen allerorten zu kämpfen hatten, aus eigenem Erleben, und sie hatte selbst genug unter den eigenen Widersprüchen zwischen Freiheitsdrang und Abhängigkeit, Wunsch nach Gleichheit und Sehnsucht nach Unterwerfung gelitten. Aber warum änderte sie ausgerechnet jetzt den Rahmen und Ort ihrer Erzählungen?

»Aber die Menschen sind etwas so Beklagenswertes und Fürchterliches«, entgegnete Siegfried; »wem erst einmal die Augen geöffnet wurden für den erbarmungslosen Kampf aller gegen alle, den muß Grauen erfassen, und er wird wünschen, lieber gar nichts mehr zu sehen.« Ich lese Friedas Erzählung *Zwei Menschen.* Die Erzählung erschien zuerst 1897 in der *Deutschen Zeitung,* ein Jahr

später im Erzählband *Wir von heute*. Frieda porträtiert darin ihre Freundin, ja dritte Lebensliebe Lou Andreas-Salomé als männermordende Egoistin. Die Kritik schrieb zunehmend begeistert über die ausgeprägte Persönlichkeit der Erzählerin, *einem Charakter voller Saft und Kraft, voll herber Frische und reicher Menschlichkeit, einem überragenden literarischen Talent, einer Dichterin von großer und wurzelhafter Eigenart*. Die Autorin pflege einen Stil voll *Lebensglut und Leuchtkraft, starke Pointen und kräftige Gegensätze*. Ein neuer literarischer Typus werde mit diesem Buch geboren, eine Art weibliche »Don Juaniade« und eine wichtige Bestandsaufnahme einer neuen, den Frauen und ihrem gesellschaftlichen Aufstieg vorbehaltenen Epoche. Peters und Lou. Fällt nur mir eine gewisse Ähnlichkeit im Charakter der beiden auf? Waren sie nicht beide Egozentriker und Verführer? Während Peters jedoch ein Machtmensch war, war das Leben für Lou ein andauerndes Ich-Experiment.

Und Frieda? Wieder einmal martern mich die Lücken in der Biografie, die offenen Fragen. Während im Laufe des Jahres 1897 das Disziplinarverfahren gegen Peters abgeschlossen und der ehemalige Reichskommissar des Kilimandscharo-Gebietes vom Gericht in erster Instanz für schuldig erklärt wurde, reiste Lou extra nach München, um einen Afrika-Vortrag ihrer damals besten Freundin Frieda von Bülow zu hören. In München lernte Lou Rainer Maria Rilke kennen. Den Sommer 1897 verbrachte Frieda mit Lou und Rilke in Wolfratshausen, damals entstand auch das berühmte Foto, das Frieda mit den Freunden in Lous Gartenlaube zeigt. Sprach man auch hier über Carl Peters? Und pflichteten die neuen Freunde Frieda bei in ihrer Verteidigung des von den einen immer noch als kolonialer Held, den anderen nur mehr als »Hänge-Peters« Verspotteten? Mag sein, dass es Differenzen gab, dass die Debatten hitzig waren, dass alle Frieda bestürmten, doch Einzelheiten aus ihrem Leben mit dem Geschmähten zum Besten zu geben. Bestimmt wurde viel über den Sinn und Wert deutscher Kolonien geredet, über den richtigen Umgang mit Naturvölkern, überhaupt über Natur und über ein segensreiches Zurück zu einer naturhaften Lebensweise – schließlich stand dieser Kreis von Künstlern den Lebensreformern nahe. Gespräche dieser Art gab es bestimmt in diesem Sommer, in dem man wohl auch barfuß durch die Isarauen spazierte. Nur eines passierte wohl nicht: Frieda wurde von ihren bald auch noch berühmten Freunden weder geschnitten noch ausgegrenzt. Der Fall Peters hatte keinerlei negative Auswirkung auf ihre wachsende Popularität im intellektuellen Leben um die Jahrhundertwende. Nicht einmal, als sie es wagte, Peters öffentlich zu verteidigen, stürzte sie in den Strudel, der den Freund hinweggerissen hatte. Keine überlieferte Zurechtweisung von Lou. Nichts. Gar nichts. Ich bin allein gelassen mit meiner Fantasie.

Frieda nahm den Brief und eilte damit überglücklich zur Gartenlaube, in der sie Lou und Rainer vermutete. Der Sommer in Wolfratshausen gaukelte Lebensleichtigkeit vor. Gäste kamen und gingen. Frieda lernte die Münchner Boheme kennen, etwa die lesbische Fotografin Sophia Goudstikker oder die Frauenanwältin Anita Augspurg. Die *ménage à trois* zwischen Frieda, Lou und Rilke schien ein geglücktes Arrangement zu sein – was sicherlich Friedas Beherrschtheit zu verdanken war. Sie litt unter dem jungen Dichter, der Herz, Geist und Sinne ihrer besten Freundin umfassend beanspruchte, aber sie litt still, rechnete sich die Vorzüge dieses Lebens als Anstandsdame der verheirateten Lou aus und beobachtete mit feinem Gespür den Lauf der Liebe und des Lebens.

Die *Deutsche Zeitung* wird meine *Goldmanniade* im November drucken, sagte sie, als sie zu den beiden trat.

Gratuliere, liebste Frieda, sagte Lou. Sie hatte gelacht, als Frieda ihr vor einem halben Jahr die Geschichte um die Heldin Helga S. geschildert hatte, die sich in das Gästebuch der

Hunfalvy-Berghütte in der Hohen Tatra als »Egoistin« einträgt. Frieda hatte der Freundin gestanden, dass ihr die Persönlichkeit der Helga so fremd sei, wie ihr der Charakter des von dieser geliebten, aber schwächlichen und grüblerischen jüdischen Journalisten Siegfried Rosenfeld – er war Lous Verehrer Paul Goldmann nachgebildet – hinlänglich bekannt schien. Seine Art, hatte sie zu Lou gesagt, liege ihr, denn sie habe allerhand davon in sich selbst. All ihre Versuche, Peters zu entkommen, all ihre Leidensfähigkeit und grüblerische Selbstkritik sei in diese Figur mit eingeflossen. Auch Goldmann war ja der schwächere, liebendere Teil der Beziehung, hatte Frieda gesagt, und Lou hatte ihr zugestimmt.

Helga S., Egoistin ... Lou schaute Rainer belustigt an. Stell dir vor, lieber Rainer, Frieda hat mich porträtiert. Als Egoistin! Und ich finde, sie hat nicht unrecht damit.

Frieda kennt dich besser als ich, meinte Rilke nachdenklich. Auch in ihrer Liebe, so leidenschaftlich sie war, war Lou die Stärkere. Rilke wusste das, und er ahnte, dass er einmal dafür bezahlen würde.

Rainer, Sie sollten sich in acht nehmen, sagte Frieda scherzhaft. Siegfried Rosenfeld, der Arme, er muss leiden unter seiner Helga.

Ich kann es mir lebhaft vorstellen, und doch lässt es mich unberührt.

Mir ergeht es nicht anders, antwortete Frieda, mehr zu sich selbst als zu den beiden. Auch sie hatte unter der Freundin zu leiden wie sonst nur unter ihm, Peters. Manchmal fühlte sie sich genauso abhängig von ihr wie von ihm. Wie er beherrschte Lou das Spiel von Nähe und Distanz, und auch sie spielte mit Vorliebe den Part, der sich lieben lässt, ohne ein Gegenüber ernstlich zu brauchen, während der andere dadurch seinen Halt verliert. Doch allmählich kannte Frieda die Mechanismen, und sie wusste um ihren Hang zu gegensätzlich gearteten Menschen.

Hier – damit legte Frieda den Brief und ihr Manuskript auf den Tisch der Gartenlaube. Ich bin gespannt, wie euch der Schluss jetzt gefällt. Mit deinem Porträt warst du zufrieden, oder?

In vielerlei Hinsicht. Dir ist die Figur sogar zu positiv geraten, man spürt die Bewunderung.

Mag sein. Ich glaube, es kommt daher, dass mir diese Heldin innerlich fremd bleiben wird, ich habe bloß meine Beobachtungen und meine Zuneigung verarbeitet. In Siegfried Rosenfeld hingegen finde ich mich wieder.

Lou saß nun still, schnell überflog sie die letzten Seiten, voller Anteilnahme und mit immer helleren, begeisterten Augen.

Diese Freiheitsliebe, sagte sie, als sie fertig war, und gleichzeitig die Sehnsucht nach Unterwerfung! Das ist dir wirklich gut gelungen! Das ist wirklich tief und wahr. Wer könnte derlei auch besser begreifen als du. Lou war berührt von der Authentizität des Gelesenen.

Noch einmal schlage ich die Erzählung *Zwei Menschen* auf. Die unmögliche Liebe zwischen der bloß an ihre eigenen Bedürfnisse denkenden Helga und dem sensiblen, grüblerischen Siegfried Rosenfeld scheitert natürlich. Er aber flüchtet sich in den Heldentod, als er einem von der Brücke in die Oder gesprungenen Kind das Leben rettet. Helga legt später einmal Siegfrieds Freund Hugo tief getroffen Rechenschaft über die Gründe des Scheiterns ihrer Liebe ab, und tatsächlich gerät dieses Geständnis zu einer Predigt über den Wandel der Geschlechterrollen: *»Weil wir zu einer Zeit leben, in der die alte Ordnung sich verschoben hat. Alles Liebesverlangen rückt das nicht zurecht. Wir sind andere, als unsere Eltern waren: andere Männer und andere Weiber, – und doch verlangen wir noch von einander die Ergänzung nach der alten Weise. Es ist etwas Unmögliches, was wir vom anderen Geschlecht wünschen, und daran kranken wir Geschöpfe einer Übergangszeit. Wie die Unterschiede, die sonst zwischen Mann und*

Weib waren, sich zweifellos verwischen, so muß das alte Ideal des gegenseitigen Verhältnisses schwinden.«

[...]

»Ja«, meint Hugo, »wir Männer sind halt Spätlinge einer überlebten Kultur, während ihr Weiber erst anfangt, Euch freier zu bewegen und Eure unverbrauchten Kräfte zu erproben. An Euch ist alles jetzt Drängen und Werden. Aber wo soll's hinaus? Entbehren können wir einander ja doch nicht.«

Sie sieht ihn lieb und ein wenig traurig an.

»Nein, wir können und wollen einander ganz gewiss nicht entbehren. Aber wir Frauen müssen verlernen, uns als Eure Kinder fühlen zu wollen, weil Ihr uns kein Vater mehr sein könnt. Es kommt eben jetzt die Zeit unserer Mündigkeit.«

Über ein Jahr war seit Bebels Coup im Reichstag vergangen, Peters hatte das Disziplinarverfahren in erster Instanz verloren, im November 1897 folgte das noch viel härtere Urteil in zweiter Instanz. Entlassung aus dem Reichsdienst und allen Ämtern, Entzug der Pension, schuldig erkannt im vollen Umfang der Anklage. Auch der Rechtsanwalt Julius Scharlach, den Frieda angefleht hatte, er möge Peters doch vertreten, hatte nichts ausrichten können.

Während sich Peters längst nach England abgesetzt hatte, entsprach Frieda der Bitte Maximilian Hardens und bezog in einem Artikel für *Die Zukunft* öffentlich für den Verurteilten Stellung. Die Zeitschrift gehörte zu den angesehensten Blättern des Kaiserreiches, in der Literaten wie Stefan Zweig, Thomas Mann, Rainer Maria Rilke und Hugo von Hofmannsthal publizierten. In *Mann über Bord* legte Frieda noch einmal ihre Überzeugung dar, wonach Peters am Kilimandscharo im Kriegszustand gewesen sei und die beiden Todesurteile also rechtmäßig, eines wegen Entweichens aus der Kettenhaft, das andere wegen nächtlichen Einbruches, gefällt habe. *Ob das richtig war oder nicht, können wohl nur diejenigen entscheiden, die selbst in ähnlicher Lage gewesen sind.* Dass dieser alte Sachverhalt nun, nachdem sich Peters an die Spitze der Flottenbewegung gestellt hatte, wieder aufgewärmt werde, lasse das Ziel vermuten, *einen so unbequem werdenden Gegner der Parteiinteressen politisch tot zu machen.* Frieda räumt aber auch schwache Stellen im Charakter des Freundes ein. *Peters selbst hatte sich freilich auch nie für einen besonders edelmüthigen oder in jedem Sinne mustergültigen Menschen ausgegeben, sondern, im Gegenteil, die Fehler seines Temperamentes mit ungewöhnlicher Offenheit zur Schau getragen und eingestanden.* Und so kommt sie zum Schluss, dass er für Deutschland vorläufig erledigt sei. *Wir haben in ihm vielleicht unseren entschlossensten und begabtesten Kolonialpolitiker verloren.*

Bist du wahnsinnig geworden, Frieda, so einen Artikel zu schreiben! Onkel Thankmar hatte Frieda zu sich und Anna zitiert. Wütend hielt er ihren Artikel in der Hand.

Harden hat mich gebeten.

Das ist kein Argument, Frieda. Du setzt deinen guten Ruf für jemanden aufs Spiel, der soeben nach den Gesetzen des Deutschen Reiches verurteilt worden ist.

Er ist jedoch zu Unrecht verurteilt.

Zu Unrecht? Thankmar schüttelte den Kopf. Auch wenn vieles davon innenpolitische Intrige ist, so ist das Urteil doch ein unserer christlichen Moral angemessenes. Denn an den Morden besteht doch kein Zweifel.

Aber es herrschte Kriegszustand, verteidigte Frieda den Freund.

Nicht für Frauen.

Sie war eine Spionin, beharrte Frieda.

Dennoch. Auch das rechtfertigt die Vorgehensweise nicht.

Onkel, sind denn alle plötzlich gegen mich?

Nein, aber gegen diesen Peters. Er schadet dem Ansehen Deutschlands und der kolonialen Sache, Frieda.

Eben das ist es ja gerade. Auch wenn er menschlich geirrt haben mag – das betone ich ja in meinem Artikel –, so hat er doch stets mit seiner ganzen Kraft für die Größe Deutschlands gekämpft.

Dies ist eine Größe, die wir uns nicht wünschen sollten, schloss Thankmar, ohne zu wissen, welche Dimension sein Satz einmal bekommen sollte. Frieda war betroffen. Bisher war Thankmar immer auf ihrer Seite gewesen, er hatte, wie viele andere auch, im Peters-Fall anfänglich bloß innenpolitische Ranküne gesehen. Schließlich war Thankmar als Diplomat im Ruhestand immer noch Teil des Auswärtigen Amtes. Er hatte sich immer entschieden auf die Seite der Kolonialbefürworter gestellt und war auch in den diversen Ausschüssen tätig gewesen. Und jetzt diese Wendung? Diese Meinungsänderung?

Er hatte ja eigentlich nicht unrecht, dachte Frieda. Auch sie selbst war gegen willkürliche Gewalt, sie hatte Peters am Tag der Urteilsverkündung geschrieben, dass sie seine Ausbrüche nicht gutheiße. *Du weißt, daß ich nicht dumm bin und daß ich dich zu gut kenne, um dich zu idealisieren. Auch weiß ich, daß du brutal sein kannst, und ich mag natürlich keine Brutalität.* Aber, so schrieb sie weiter, manchmal sei Gewalt eben mit einer bestimmten, hochstehenden Moral verbunden.

Warum sah niemand mehr die Größe dieses Mannes, seine heroische, nationale Seite? Warum galt das plötzlich alles nichts mehr? Nicht einmal für Lou, der Frieda am 9. Dezember aus einer kleinen Pension im Erzgebirge schrieb – sie hatte sich zum Schreiben in die Bergeinsamkeit zurückgezogen. *Es kann Skandal geben, aber ich konnte es nicht lassen. Vielleicht geht's vorüber. Jedenfalls hab ich die wonnigliche moralische Genugtuung, zum zweiten Mal öffentlich für seine Ehre einzutreten, während er dieses für mich nicht gewagt hat.*

Die Debatten über die richtige Kolonialpolitik nehmen kein Ende, sagte Lou, bald nachdem sie einander in die Arme gefallen und sich in Friedas sorgsam mit einigen afrikanischen Erinnerungsstücken dekoriertem Wohnzimmer niedergelassen hatten. Es war ein halbes Jahr vergangen, und endlich war die Freundin wieder einmal zu Besuch in Berlin.

Ich kann es bald nicht mehr hören, antwortete Frieda, die von Lous Leichtigkeit und Lebensmut, von ihrer Persönlichkeit so hingerissen war, dass sie mit einem Mal nur wenig Lust hatte, über Peters zu reden.

Glaubst du? Mir wird vieles erst jetzt klar, sagte die Freundin.

Was zum Beispiel?

Wie männlich dieser ganze Streit um den Kolonialismus doch ist. Du brauchst nur einmal Bebels Reden nachzulesen.

Bebel, immer wieder Bebel. Diesem – zugegeben rhetorisch brillanten Sozialistenführer – geht es in Wirklichkeit ja nur um die Verhinderung der Flottenpolitik. Reines innenpolitisches Taktieren ist das.

Frieda, nur du kennst Afrika. Aber ich muss immer an seine Worte denken. Hier ... Lou zog ein Dokument aus der Tasche. Schon vor zwei Jahren, erklärte sie, hat Bebel das geschrieben: *Meine Herren, was bedeutet denn aber in Wahrheit Ihre christliche Zivilisation in Afrika? Täuschen Sie sich doch nicht darüber, oder versuchen Sie nicht, Andere zu täuschen – denn ich kann unmöglich glauben, daß Sie sich darüber täuschen – also: was bedeutet in Wahrheit diese ganze sogenannte christliche Zivilisation in Afrika? Äußerlich Christenthum, innerlich und in Wahrheit Prügelstrafe, Weibermißhandlung, Schnapspest, Niedermetzelung mit Feuer und Schwert, mit Säbel und Flinte. Das ist Ihre Kultur. Es handelt sich um ganz gemeine materielle Interessen, ums Geschäftemachen und um nichts weiter!*

Alkoholismus und Willkür, das habe ich auch beschrieben, sagte Frieda. Das ist doch das Thema meines Buches.

Ja, das hast du auch. Aber glaubst du nicht, dass wir Frauen uns mit dem Engagement für den Kolonialismus zu Handlangern der Männer machen? Heißen wir dadurch nicht automatisch eine Unterdrückung gut, die wir – zumindest hier bei uns – überwinden wollen?

Aber die Kolonien bieten große Chancen für die weibliche Selbstverwirklichung, beharrte Frieda. Du ahnst ja gar nicht, wie frei und ungebunden man sich in Afrika fühlt. Wirklich, Lou, in Tanga war ich mir nah. Dieses Leben, zurück zu den Ursprüngen, war eine Lebensschule.

Und wie ich dich darum beneide, Frieda, wie sehr.

Oft diskutierten die beiden Frauen heftig miteinander. Nietzsche, Frauenfrage, Religion, Psychologie. Sie waren einander so unähnlich, jede so anders, wie zwei Planeten, ab und zu auf Kollisionskurs, dann wieder auseinanderstrebend, jede auf ihrer eigenen Bahn. Dennoch fanden sie einander immer wieder, hielt diese Freundschaft für den Rest von Friedas Leben, das in den Jahren nach dem Peters-Skandal ein wenig zur Ruhe kommen sollte.

4

Dornburg a. d. Saale, d. 23. Juni 1907. Mein Lou-kind. Gestern las ich in der Zeitung, dass der Vertreter der sozialdemokratischen »Münchner Post« mich als Zeugen in dem Peters-Prozess geladen habe! Also gegen P. soll ich Zeuge sein!! Es ist doch fabelhaft, wie erfinderisch das Schicksal arbeitet, um immer neue Überraschungen in diesen alten Peters-Roman zu bringen! Sooft ich geglaubt habe: nun ist es aber wirklich ganz zu Ende, denn es kann nichts mehr kommen, kommt doch wieder etwas Neues.

Dornburg, Friedas letzte Heimstatt. Hoch über der Saale thronen drei Schlösser auf Muschelkalkfelsen, eine mittelalterliche Burg, ein Renaissanceschloss und ein Rokokoschlösschen. Wie Kronen, Adlerhorste, Aufbewahrungsorte früherer Lebensentwürfe. *Es ist seltsam und fast unheimlich, daß ich mit blinder Sicherheit in die Lebenskreise zurücktappe, gegen die ich von Kind auf rebelliert habe,* schrieb Frieda in einem anderen Brief der Freundin. Damit meinte sie bestimmt nicht einfach nur das Leben in einem Schloss. Die Dornburg war zu Friedas Zeit eine Art Nobelherberge für alleinstehende adelige Damen. Die Besitzerin Frau von Spankeren, eine geborene Freiin von Wangenheim, hatte ihr Haus – und zwar die mittelalterliche Burg – mit Gleichgesinnten, die Etikette nicht störenden Menschen von ähnlicher gesellschaftlicher Stellung bevölkert und sich selbst dadurch den nötigen Lebensunterhalt verschafft. Und Frieda? Was brachte sie dazu, mit Sophie ausgerechnet hier ihre letzte Zuflucht zu suchen? Zehn Jahre waren seit dem Peters-Prozess vergangen, zehn Jahre, in denen Frieda ein geglücktes Leben geführt hatte, beruflich erfolgreich und allseits beliebt, und in denen sie endlich zu dem individuellen

Freiheitsbegriff gefunden hatte, der sie schreiben ließ: *Was ich erlebe, ist mein Erleben, kein Anderer kann es leben. Es ist mein besonderes Glück und Unglück, – Glück und Unglück anderer könnte ich gar nicht gebrauchen.*

Frieda lag auf dem Sofa ihres Zimmers, während sie dem angeregten Treiben draußen auf dem Schlossflur lauschte. Sophie, um deretwillen sie sich auf der Dornburg niedergelassen hatte, unterhielt sich ausgelassen und froh mit den Mitbewohnern dieser höheren Wohnanstalt. Immer wieder versuchte sie ihre hohe Glockenstimme aus dem Konzert der Klänge herauszuhören, aus all dieser in Tonfall und Sprache so bekannten Musik. Sophies Stimme tat ihr unendlich wohl, sie war vielleicht die einzige wirkliche Konstante in Friedas Leben. Diese heitere, für die modernen Zeiten so schlecht ausgestattete, nur unwesentlich jüngere Schwester, fast ein Kind an Friedas Seite, war in gewissem Sinne ihr Ein und Alles geworden. Bei jedem kleinen Strahlen, das sie durch die Tür hindurch zu spüren vermeinte, gab es ihr einen kleinen Stich.

Margarethe, die Eltern, die Brüder. Sie blickte in den Frühsommerregen hinaus. Thüringen, geliebt und so vermisst. Da war etwas, was sie tief berührte, ihr die Tränen in die Augen trieb und das Herz aufbrechen ließ. So viel hatte sie verloren im Leben, so sehr gelitten. Manchmal, wenn die Depression Oberhand über Friedas sonst überwiegend lebensfrohe Gelassenheit bekam, war es ihr, als wäre der Wunsch des bösen Großvaters Bülow wahr geworden, der auf dem Sterbebett einst seine Kinder und Enkel verfluchte. Meine Geschwister und ich, dachte Frieda, sind tatsächlich vom Unglück verfolgt. Auch Papa, der als Erster dahingegangen ist, der den unseligen Kreislauf – wenn auch unbewusst – in Gang gesetzt hat. Ach, wie weh ihr das alles plötzlich tat. Wer war ihr Vater? Und seine ewig unglückliche Frau? Vor einigen Jahren hatte sie das Familienarchiv geordnet und Briefe von Hugo an Clotilde gefunden, aus einer Zeit, als die Welt noch in Ordnung schien. Hugo schrieb frohen Herzens von seiner Ausreise nach Smyrna, sie selbst war damals vier. Auch Briefe von Grete an die geliebte Mama waren ihr in die Hände gefallen. Das ganze Archiv war ihr ein einziges Weinen, ein einziger Verlustschmerz. Auch jetzt musste sie wieder daran denken. Manchmal hatte Frieda den Eindruck, diese ganze Perlenkette der Verlusterfahrungen wäre schuld an ihrer unglückseligen Liebe zu Carl Peters. Liebt man so, wie man die Liebe erfahren, wie sie sich einem von Anfang an eingeprägt hat?

Sie rief nach Sophie. Ach, wie sehr hatte sie nun diese Schwester lieb, der sie zeit ihres Lebens so wenig Beachtung geschenkt hatte.

Stell dir vor! Sophie schloss die Tür hinter sich. Die Spankeren kennen Ingersleben, das alte Ingersleben. Sie haben mir schon ganz viele Geschichten erzählt, von damals, wer da alles war und wer mit wem alles verwandt ist.

Wie schön, Liebste, fühlst du dich also wohl in unserem neuen Zuhause?

Ach, Frieda, du weißt ja gar nicht, wie glücklich ich bin.

Das ist mir das Wichtigste. Wirst du dich hier auch zu Hause fühlen, wenn ich nicht mehr bin?, fragte Frieda vorsichtig.

Wieso »nicht mehr bin«, Frieda? Du bist nur ein Jahr älter und überdies stärker als ich. Was soll diese Redensart?

Der Doktor war ganz nachdenklich, als er mich letztens untersuchte. Er sagte etwas von inneren Entzündungen.

Frieda, so hör doch auf. Wir machen dich wieder gesund. Viel spazieren gehen, gut essen – die Spankeren haben übrigens einen hervorragenden Koch – und lachen, das sind die besten Arzneien.

Da hast du bestimmt recht, sagte Frieda und versuchte gelassen zu wirken. Was tut's schon, dachte sie. Ihre wahren Sorgen teilte sie mit Lou, der sie geschrieben hatte, welche kolossale Zumutung die absolute Gewissheit des Todes doch darstelle.

Sie sei sich sicher, dass dieses Leiden, welches nicht besser, sondern langsam schlimmer werde, sie in einigen Jahren ins Grab befördern werde. Sophie aber sollte nicht mehr wissen als nötig. Frieda sah ihr zu, wie sie durchs Zimmer lief und die schönen alten Gläser in der Vitrine ordnete.

So! Schaut das schön aus?

Ja, sehr schön, Sophie. Warte, gleich stehe ich auf und helfe dir.

Nein, du musst liegen bleiben, Frieda, unter keinen Umständen lasse ich dich aufstehen und helfen, bevor sich die Schmerzen nicht gelegt haben.

Aber das wird zu lange dauern.

Bitte, flehte Sophie, und Frieda sah, dass ihr die Tränen in den Augen standen. Sie hatte sich zusammengerissen, Freude und Zuversicht verbreitet, ihre eigene Angst heruntergespielt. Jetzt schluchzte sie auf und fiel der Schwester um den Hals.

Meine Frieda, bitte, bitte bleib bei mir.

So innig, in Erwartung eines nahenden Verlustes, waren die beiden schon lange nicht mehr umschlungen gewesen.

Erinnerst du dich? Sophie zog ein Taschentuch heraus und schnäuzte sich. Erinnerst du dich, wie wir immer alle drei nach Ingersleben zur Großmutter gegangen sind?

Ja, als wäre es gestern gewesen. Und an die Apfelstädt.

Und an den kleinen Rosengarten von Mama, sagte Sophie.

Ja, der Rosengarten. Weißt du eigentlich, ob sie Papa je geliebt hat?

Ja, bestimmt ... Wie meinst du das, Frieda?

Jedes Mal, wenn ich an sie denke, gibt es mir einen Stich ins Herz. Jedes Mal sehe ich sie in ihrem Rosengarten, gebeugt und still vor sich hin arbeitend. Sie war die verzweifeltste Person, der ich je begegnet bin. Und mit dieser ganzen Verzweiflung, die wohl aus ihrer Liebe zu Papa resultierte, versuchte sie uns zu lieben. Frieda sprach die Sätze mehr zu sich selbst als zu Sophie. In diesen Dingen war die Schwester so sehr Kind geblieben, Frieda wusste nicht einmal, ob sie je erwachsene Liebesgefühle verspürt, je sich einer Leidenschaft hingegeben hatte.

Sie muss ihn sehr vermisst haben, sagte Sophie.

Ja sehr, so als wäre er ihr einziger Lebensinhalt gewesen. Und das, obwohl sie unter ihm gelitten hat.

Wieso gelitten?

Erinnere dich doch! Immer war er jähzornig, immer brauste er wegen irgendetwas auf. Und was tat sie? Sie zitterte vor ihm und liebte ihn trotzdem weiter, immer weiter, auch wenn jeder dieser Ausbrüche sie beschädigte, ihr Stolz, Mut, Lebensfreude nahm. Sie wurde in seinen Händen immer weniger, immer kleiner, nicht einmal bei den Herrnhutern konnte sie wieder die werden, die sie anfänglich wohl gewesen ist. Frieda machte eine kleine Pause und sah Sophie an. Sie war einmal so heiter und lebensfroh wie du, Sophie.

Woher weißt du das alles, Frieda?

Hier. Frieda zeigte auf einen ganzen Stapel von Mappen, ungeordnete Papiere, Briefe.

Das Familienarchiv?

Ja. Ich habe versucht, es zu ordnen.

Sophie ging an den Tisch heran, überflog einige der herumliegenden Seiten, dann entdeckte sie den Artikel mit dem wieder aufgerollten Peters-Prozess. Frieda beobachtete sie aufmerksam.

Was ist das?

Ach, ich soll da aussagen. Schon wieder diese ganze Geschichte.

Tu es nicht, Frieda, du musst dich jetzt schonen und nicht schon wieder in Peters-Aufregung verfallen. Dann heilst du nie.

Wie recht sie hat, dachte Frieda. Immer wieder rissen ihre seelischen Wunden auf, wie ein Geschwür, das nicht heilen wollte.

Aber warum kommen sie immer wieder auf mich, Sophie?

Weil du berühmt bist, Frieda, sagte die Schwester nun ganz treuherzig und zufrieden, weil sie wenigstens *eine* Antwort auf die schweren Fragen dieses nachmittäglichen Gesprächs gefunden hatte.

Du bist eben immer noch »die Afrikanerin«. Schau nur, wie erfolgreich *Im Lande der Verheißung* ist. In der wievielten Auflage ist es mittlerweile?

Ich weiß es nicht, sagte Frieda. Ich habe immer öfter das Gefühl, gar keine Dichterin zu sein. Eigentlich bin ich eine »Leberin«, das heißt, alle Poesie und Romantik habe ich wohl erlebt, kann sie aber nicht darstellen.

Frieda, so rede doch nicht so ein dummes Zeug.

Frieda erinnerte sich, wie sie vor zehn Jahren den Winter in Bärenfels, einem Kurort im Erzgebirge, zugebracht und in der tief verschneiten Bergeinsamkeit ihr ganzes Afrika-Erlebnis noch ein letztes Mal durchgespielt und zu Papier gebracht hatte. Sie hatte oft ausgedehnte Wanderungen mit Schneeschuhen unternommen, verwundert über die glitzernde Pracht und ihre Fähigkeit, all die Wintereindrücke in Bilder von tropischer Wärme umsetzen zu können. Wie war sie zufrieden gewesen. Peters hatte sich in der Zeit des Skandals nach England abgesetzt, war dort in die Dienste irgendeines Minenunternehmens getreten, genau so, wie sie es immer prophezeit hatte. England nahm den deutschen Kolonialpionier, diesen deutschen Cecil Rhodes, mit offenen Armen auf, ohne sich über dessen moralische Vergehen zu entrüsten. Sie hatte ihm in ihrem Buch noch einmal ein Denkmal gesetzt, diesen Menschen der Tat noch einmal aufleben lassen. Sie hatte ihn vor allem aus der Perspektive der Deutschen vor Ort geschildert, seine Verdienste, seine überragende Persönlichkeit. Der Erfolg des Buches, so sah sie es damals, hatte ihr recht gegeben. Die Kritik, welche Genugtuung, hatte das Buch gelobt, und auch ihre Lesergemeinde hatte sich förmlich darauf gestürzt. Heute fand sie seinen literarischen Stellvertreter, Krome, teilweise zu positiv geschildert, heute mochte sie den zweiten Teil des Buches lieber, den, wo Maleen ihre Leidenschaft allmählich überwindet, sich von ihm entfernt und – ganz allein auf ihrer afrikanischen Plantage – zu innerer Freiheit findet.

Wie viele Seiten haben Frau Baronin heute zu Papier gebracht?, fragte die alte Müllerin, die Frieda jeden Tag in Bärenfels besuchte. Sie war bettlägerig und hatte niemanden, der sie pflegte.

Fünf bis sechs, ich hab vergessen zu zählen.

Und ist schon dieser Aufstand ausgebrochen? Der mit den Arabern, Sie haben es mir selber erzählt, wo dann Marleen ganz allein mit ihren Schwarzen zurückbleibt.

Der Araberaufstand. Nein, der kommt noch. Jetzt hat sie sich erst in Krome verliebt.

Wie aufregend. Haben Sie auch so etwas erlebt?

Frieda lächelte. Wenn die gute alte Müllerin nur wüsste, wie sehr, wie lebenslänglich sie sich damals verliebt hatte. Sie stellte einen Topf mit Wasser auf den Herd und fachte das Feuer neu an.

Hat der Karl das Feuer wieder ausgehen lassen. Ist ja ganz kalt im Zimmer.

Ei wo. Die Decken von der Frau Baronin sind so warm, da spür ich die Kälte gar nimmer.

Frieda legte sich Tücher zurecht und die Heilsalbe, die sie beim Dorfdoktor geholt hatte. Seit sie der Alten die Beine regelmäßig neu desinfizierte und verband, waren die offenen Wunden fast verheilt. Bald würde die Frau wieder selber Feuer machen können, und wenn die Anbauzeit im Frühjahr gekommen war, auch wieder ihren Gemüsegarten bestellen.

So, sagte sie, während sie den alten Verband abwickelte. Das sieht ja schon sehr gut aus, Frau Müller, bald haben wir Sie wieder auf den Beinen, spätestens zur Aussaat. Und dann, fuhr Frieda fort, müssen Sie mir verraten, warum Ihre Gurken und Bohnen immer so viel dicker sind als die von den Nachbarn.

Die Alte schmunzelte sichtlich vergnügt. Aber nur, weil Frau Baronin mir das Leben gerettet haben. Die Beine hätten mich sonst ins Grab bracht.

Na, na, da wär schon noch wer anders zum Helfen da gewesen, oder?

Der Karl ist zu nichts nutze, und meine Anna macht auch nur Sorgen. Ein Kind hat sie sich zu allem Überfluss andrehen lassen.

Dann werden Sie ja Großmutter! Ist das nicht schön?

Noch ein Esser mehr. Der Vater ist derweil auf und davon, und das Mädchen findet noch schwerer einen Mann.

Es wird schon, es wird schon, versuchte Frieda die Alte zu beruhigen. Sie mochte die Gespräche mit der einfachen Frau, da wurde nicht nach irgendeiner Form gefragt, das eigentliche Leben nicht hinter einer Fassade aus Konversation und sogenanntem Anstand verborgen. Da war das Leben, so wie es ist, eine Kette von Sorgen und Nöten, kleinen Freuden und dem ewigen Wechsel zwischen Wachsen und Verblühen, Gedeihen und Ernten. Sie, die an Peters einst die Stärke und den Willen zur Macht bewundert hatte, dauerte nun alles Schwache, Kleine, Zarte.

Manchmal erinnerte sie sich an ihre Patienten in Afrika, die tapferen schwarzen Kinder mit ihren Kulleraugen, die nie auch nur einen Ton des Jammers von sich gaben, an die Alten, die keine Medizin, keine *dawa* mehr gesund machen konnte, und an die jungen Frauen, vor denen sie stets eine leise Scheu empfunden hatte. Sie waren ihr überlegen, wussten um ihre Weiblichkeit, mussten sich nicht erst durch einen ganzen Erziehungskanon der Verunsicherung zu einem natürlichen Selbstbewusstsein kämpfen. Manche hatte sie gar heimlich beneidet, wenn sie mit schwingenden Hüften und kräftigen Stimmen tanzten und sangen, so als ob kein Unterschied bestünde zwischen ihren Kräften, der Mannhaftigkeit der Krieger und der machtvollen Natur, von der sie alle in Afrika bestimmt wurden. Kein Wunder, dass die deutschen Männer ihnen verfielen, Albrecht wie Carl. Als der Bruder ihr seine Leidenschaft für eine der Wäscherinnen ihrer Krankenstation gestanden hatte, war sie entsetzt gewesen. Albrecht, so dachte sie, würde sich nach einer ebenbürtigen Liebespartnerin sehnen und nicht nach vorübergehender Lust. Heute dachte sie anders. Männer wollten keine ebenbürtigen Frauen, das hatte sie das Leben hinlänglich gelehrt. Liebe und Leidenschaft. Doch machte nicht das Überwinden dieser Begierden noch glücklicher als die Leidenschaft selbst?

Mir ist das einfache Leben in seiner großen Fülle und Schönheit mehr als die Kunst und mehr als die Liebesleidenschaft, und das Überwinden der Leidenschaft scheint mir schöner und größer als die Leidenschaft selbst, die allerdings, um von einer Überwindung sprechen zu können, erst so stark wie denkbar da sein muss. Das, was Sie in meinen Büchern als ein ›Übergehen, verschwimmen in Resignation‹ bezeichnen, ist nicht so selbstverständlich und häufig. Denn sonst gäbe es keine verzweifelten, mit dem Leben zerfallenden Menschen. Aber mir ist es allemal das Wichtigste, das Ziel, das irdische Ideal. Das ist mehr christlich und buddhistisch empfunden als nietzschisch, aber es ist mir tiefster *Lebensglaube. Der arme Mensch taumelt stöhnend und jauchzend durch die purpurne Finsternis der begehrenden Leidenschaften und kommt, durch Leiden still gemacht, daraus hervor in das große, reine, klare Himmelslicht. Wenn ihm das gelingt, ist er der Sieger, und dann* lebt *er.*

Wie oft habe ich diesen Brief Friedas an die um vieles jüngere Schriftstellerin Toni Schwabe gelesen, seiner Weisheit wie seinem Irrtum nachgesonnen. Dieses »und dann lebt er« erschien mir stets fragwürdig. Hatte Frieda nicht doch zu viel

Kraft, zu viel Lebensenergie darauf verwenden müssen, ihre Lebensliebe zu besiegen? Und blieb nicht ihr Trugschluss, dass sie in ihrem Leben nur diese *eine* Leidenschaft zum männlichen Geschlecht zugelassen hat, folglich einen ganzen Teil ihres Wesens abtöten, besiegen, befrieden musste? Und dabei hatte sie Möglichkeiten, nicht nur Eugen, der Marinearzt der *Möwe*, auch der Rechtsanwalt Julius Scharlach und andere verehrten sie und hätten sich wohl auf ein Lebensabenteuer mit ihr eingelassen. Damals, im Dezember 1906, als sie den Brief an Toni Schwabe verfasste, war sie schon krank, ein halbes Jahr später war der Krebs bereits ausgebrochen. Der Körper verzeiht so vieles nicht, er zahlt mit Tücke heim, wenn man endlich glaubt, seinen Frieden mit den Leidenschaften geschlossen zu haben.

Frieda nahm einen Brief von Lou aus der Mappe ihrer Lieblingsbriefe und las die Stelle wieder, die ihr lange so viel Kopfzerbrechen bereitet hatte. *Ich war immer fest überzeugt davon, dass von deinem inneren Sein und Wesen nur ein Teil von dir gelebt würde, ein anderer, leidender und tiefer Teil nach Möglichkeit zurückgedrängt wurde. Darin hattest du ja recht, dass Lebensfreude in gewissem Sinne, Genuss und Heiterkeit am ehesten durch solches Zurückdrängen erreichbar scheint. Aber auf der anderen Seite ist es doch eine riesige Einbuße sowohl an schöpferischer Auslebung als auch an den mächtigsten Gefühlen und Ideen, die alle nur aus unseren einerlei ob frohen oder tragischen Tiefen steigen.* Die Freundin hatte ihr diese ehrlichen Worte in jenem Sommer geschrieben, in dem sie und Rilke bei Frieda zu Gast auf dem Biberberg bei Meiningen gewesen waren. Es war im Jahr 1899 gewesen. Frieda hatte sich für den Sommer in einem Bauernhaus eingemietet und ihre Freunde dort willkommen geheißen. Auch der Puck, wie Sophia Goudstikker im Bekanntenkreis genannt wurde, und einige andere waren gekommen. *Im Lande der Verheißung* war soeben erschienen, Frieda war auf dem Höhepunkt ihres Erfolgs als eine der Frauenbewegung zugehörige Autorin und von vielen umschwärmte Kritikerin.

Wie fandest du denn meine Antwort auf deinen Artikel in der *Zukunft*?, fragte Lou kämpferisch. Frieda hatte unter dem Titel *Männerurtheil über Frauendichtung* eine Stange für die weibliche Erzählkunst gebrochen, die ihre Weiblichkeit nicht versteckt und gerade dadurch sich von den Werken der männlichen Kollegen absetzt. Lou hatte daraufhin mit dem Artikel *Ketzereien gegen die moderne Frau* geantwortet. Es komme nicht darauf an, männlich oder weiblich zu schreiben, sondern einzig und allein darauf, Kunst zu produzieren.

Du hast recht damit, liebes Lou-Kind, anders kann ich es gar nicht sagen. Du bist mir einfach immer einen Schritt voraus, künstlerisch und intellektuell.

Ach, Frieda, nicht so defensiv. Du bist viel erfolgreicher als ich. Trau dich, deinen Erfolg auch zu leben.

Wenn ich nur könnte, wie du immer wieder von mir verlangst. Wenn ich das zweite Du, das du in mir zu erkennen meinst, nur finden würde, sagte Frieda schelmisch und tragisch zugleich.

Du musst dich dem Leben hingeben, Frieda, dem Leben wohlgemerkt, nicht irgendwelchen Erinnerungen an ein Leben, das es einmal für dich gegeben hat.

Das tue ich doch. Mehr denn je ist mir das Leben lieb, mehr denn je weiß ich seine Schönheiten und Gaben zu schätzen, jeden Tag als Kostbarkeit zu empfinden.

Das meine ich nicht, du Liebe, du. Aber ich sollte wohl nicht Dinge verlangen, die dir unmöglich sind, sagte Lou, die schon so oft an diese Grenze in Friedas innerem Wesen gestoßen war, ohne dass die Freundin sie auch nur in Ansätzen verstand.

Lass uns hinausgehen in den Garten, ich will mit Rainer in den Wald spazieren, die bevorstehende Russlandreise besprechen. Kommst du?

Im Frühjahr 1899 erschien in der *Neuen Deutschen Rundschau*, der Zeitschrift für Moderne Kunst und Wissenschaft, Soziologie und Politik, in der auch Thomas Mann, Gerhart Hauptmann und Hugo von Hofmannsthal gerne ihre neuen Arbeiten veröffentlichten, Friedas Novelle *Die stilisierte Frau*, eine Studie über den alternden, syphiliskranken Grafen Josef Gyrlani, ein ehemaliger Lebemann von zynischer Kälte, der sich als letzten Lebensgenuss eine wohlbehütete, sittenstrenge Jungfrau als schmucken Gegenstand in seine alte Burg holt, ohne sie je mehr zu begehren als eine ständig neu zu inszenierende Attrappe. Frieda beschreibt präzise, wie die junge, unwissend gehaltene Frau langsam zerbricht, durch ihre Erziehung gänzlich unfähig, ihre Lage zu erkennen, geschweige denn zu verändern.

Die wenigen Literaturwissenschaftler, die über Frieda von Bülow geschrieben haben, haben ihr kein gutes Zeugnis ausgestellt, haben ihr Schreiben als Trivialliteratur abgetan und seinen Wert geschmälert. Doch jedes Mal, wenn ich wieder einen ihrer Romane oder Erzählungen zur Hand nehme, gefasst darauf, mich nun durch eine schlechte Lektüre quälen zu müssen, bin ich überrascht, bald angetan und vor allem von einem Lesehunger angesteckt, der mich stets bei guten Erzählern befällt. Und so habe ich mein Urteil über Friedas Bücher, über ihr Talent und ihre Schriftstellerkarriere revidiert. Was auch immer die Germanisten sagen, die Bücher haben eine Faszination, sie prägen sich tief ein und sie erzeugen das Bedürfnis nach »mehr«. Auch Lou schrieb lobend über die Freundin. *Ich zähle sie nicht zu den Schriftstellerinnen, die sich in ihren Büchern ausgegeben haben und deren Weiblichkeit in ihnen literaturfähig wird. Ich zähle sie zu den tiefen Brunnen und blühenden Sträuchen und finde, dass sie sich deshalb recht gering schätzen muss. Mir erlaube sie dafür das Gegentheil.*

Für die »sterilisierte« Frau sollst du einen Orden von uns bekommen, schwärmte Sophia Goudstikker.

»Sterilisierte« Frau? Das ist gut, stimmte auch Ika Freudenberg zu. Dieser Graf … Wie heißt er nun eigentlich?

Josef Gyrlani.

Er ist einfach wundervoll ekelhaft. Wenn ich ihm auf der Straße begegnen würde … Die beiden radikalen Frauenrechtlerinnen waren im Anschluss an Rilke und Lou zu Besuch auf den Biberberg gekommen. Lange Sommerabende verbrachte man gemeinsam im Freien, angeregt ins Gespräch vertieft.

Aber er ist ein wirklicher Ästhet, warf der Puck nun ein.

Umso schlimmer und umso glaubwürdiger, sagte Ika. Frieda genoss diese Abende, sie war ein wenig verliebt in den Puck. Wer konnte dem sprühenden, alles herausfordernden Wesen dieser Frau schon widerstehen. Frieda beschloss, ihm, respektive ihr, Sophia Goudstikker, die kleine Erzählung zu widmen, wenn daraus je ein Buch werden würde. Das nahm sie aber als gegeben an, obwohl sich ihre Frauenbücher weitaus schlechter verkauften als ihre Afrika-Romane.

Ich habe in der Bayerischen Staatsbibliothek die Memoiren von Magdalene Prince bestellt. *Eine deutsche Frau im Inneren Deutsch-Ostafrikas.* Als ich das Buch aus meinem Abholfach entnehme und darin blättere, traue ich meinen Augen nicht. Was für ein Zufall, was für eine Kostbarkeit! Ein schönes, gut erhaltenes Exemplar, goldbedruckter Leineneinband, Fotos mit Seidenpapierschutz … und auf der linken Innenseite des Einbandes ein Exlibris-Stempel. Eine schematische Landschaftszeichnung, Toskana vielleicht, wegen der Zypressenallee. Und darüber der Name der ehemaligen Besitzerin: *Frieda Freiin von Bülow.* Ein Buch aus ihrer Bibliothek also, eines, das sie gelesen hat. Sie verfasste, wie ich später entdecke, eine Rezension über das Leben der Gattin des Schutztruppen-Hauptmanns Tom Prince für die Zeitschrift *Die Frau.* Erschienen war das Buch 1903. Doch wann wurde Friedas Bibliothek aufgelöst, wann gelangte das Buch wieder in den Handel mit antiquarischen Büchern? Und welche Hand hat ausgerechnet dieses Exemplar – gebraucht sind noch viele andere Kopien zu bekommen – mir zugespielt? Ich verhandle mit der Bibliothek, will ihr dieses Exemplar gegen ein anderes abnehmen, nur für mich hat genau dieses Buch eine Bedeutung, nur in meiner Bibliothek wäre es wirklich sinnvoll untergebracht, ein Zeichen aus einem Leben, das mir nahe gekommen ist. Anders als die vielen Briefe und Dokumente aus dem Nachlass, wäre das Buch eher wie ein Möbelstück, etwas, mit dem sich Frieda von Bülow umgab. 1903, als längst bekannte Schriftstellerin, hatte sie wieder einmal über Afrika nachgedacht, 1907 erschien sogar noch eine Erzählung über Ostafrika, *Das Portugiesenschloss*. Hat sie den Maji-Maji-Aufstand von 1905 bis 1907 in Deutsch-Ostafrika wahrgenommen, diese kollektive Erhebung der einheimischen Stämme gegen die koloniale Zwangsverwaltung, diesen brutal zurückgeschlagenen Verzweiflungskampf der durch Prügelstrafen und eine repressive »Hüttensteuer« erzürnten Menschen, die an das Zauberwasser *maji maji* glaubten, das sie angeblich für die Kugeln der Gewehre unverletzbar machte? Zu Abertausenden starben sie in den Schlachten und den durch die Politik der verbrannten Erde hervorgerufenen Hungersnöten. Dieser größte Aufstand in der deutschen Kolonialgeschichte forderte etwa hunderttausend Todesopfer. Die Katastrophe führte zu einem Umdenken in der Kolonialpolitik, die sich bis zum Ausbruch des Ersten Weltkriegs nun verstärkt für eine nachhaltige Entwicklung in Deutsch-Ostafrika einsetzte. Was wusste Frieda über den Aufstand der Herero in Deutsch-Südwest, der in die Zeit der Wiederaufnahme des Prozesses gegen Carl Peters fiel? Der Nachlass jedenfalls schweigt sich darüber aus.

Ich krame in alten Verlagsabrechnungen, versuche mir vorzustellen, wie viel Frieda mit ihren Büchern und Artikeln verdiente. Sie war ungeheuer fleißig und konnte von ihrer Arbeit als Schriftstellerin gut leben. Alles, die vielen Reisen und Übersiedlungen, die Wohnung für sich und Sophie auf der Dornburg, geräumig und gediegen, der Unterhalt für Sophie, all das zahlte Frieda aus eigener Tasche. Damit gehörte sie der ersten Frauengeneration von Erfolgsautorinnen an und der ersten Generation von Frauen überhaupt, die sich – alleine lebend – durch ihre Arbeit selbst ernährten. Ihre kleine Erbschaft war in der Tanga-Gesellschaft versickert, die, längst wieder aufgelöst, in ein neues Unternehmen von Baron St. Paul überführt worden war. Irgendwelche nicht erwähnenswerten Geldbeträge wurden Frieda zuerkannt, sie fielen nicht weiter ins Gewicht. Die Tantiemen aus den Romanen mit frauenpolitischem Hintergrund flossen spärlicher als die der Afrika-Bücher, und so schrieb Frieda regelmäßig Rezensionen. Tolstoi, Gorki, Rilke und Bismarcks Briefe ... Doch wann immer es sich anbot, schrieb sie über die Romane ihrer Freundinnen, über *Im Zwischenland* von Lou Andreas-Salomé, über die Arbeiten von Toni Schwabe, Sophie Hoechstetter, Johanna Niemann und Ricarda Huch. Ein Frauennetzwerk war da entstanden, ganz ähnlich den Dichterinnenkreisen von heute, man besuchte, schrieb und half einander, wo es nur ging, und langsam entstand das Gefühl, als Frauen auch ohne Männer auskommen zu können.

Der Peters-Prozess 1907 beschäftigt mich. Wie kommt es, dass Frieda in ihrem Brief an Lou erzählt, die Sozialdemokraten würden sie als Zeugin laden wollen? Im Nachlass finde ich einen ganzen Packen von Zeitungsausschnitten. Peters war im Sommer 1906 zu zwei Vorträgen nach München eingeladen. Den ersten veranstaltete der sogenannte Neue Verein im Hotel Vier Jahreszeiten, ein spektakuläres Großereignis, 800 Zuhörer, die Elite des bayrischen Kultur- und Gesellschaftslebens, Militärs, Beamte, Liberale, gut gekleidete Damen, Prominenz aus Wissenschaft, Kunst und Wirtschaft. Niemand wollte es versäumen, den Verstoßenen zu hören. Am nächsten Tag sprach Peters vor 3000 Studenten, Mitgliedern der Kolonialgesellschaft und Vertretern der Alldeutschen. Ein Triumph der Kolonialbefürworter, Imperialisten, Großmachtsdeutschen. Auch die Zeitungen ließen sich das Ereignis nicht entgehen, die sozialdemokratische *Münchner Post* sparte nicht mit provokanten Worten, *ein feiger Mörder ... verrücktes Gestammel ... Geisteskrankheit ...* Peters, der gerne und mit lockerer Hand Klagen gegen potenzielle und angeblich überall lauernde Feinde anstrengte, verstrickte sich denn auch mit dem Redakteur der *Münchner Post*, Martin Gruber, in ein Ehrenbeleidigungsverfahren. Der Prozess fand ein Jahr später, im Juni und Juli 1907, in München statt, und nun triumphierte Peters.

Ich krame weiter, entziffere Absender, versuche zu kombinieren. Da ist ein Schreiben von Thankmar von Münchhausen an den Vorsitzenden des Königlichen Schöffengerichts, Herrn Oberlandesgerichtsrat Mayer. Thankmars krakelige Schrift. Schon zittrig, aber voll innerer Erregung, nimmt er die Sache der Nichte mit Anstand in die Hand. *Euer Hochwohlgeboren muß ich i. S. Peters contra Gruber eine Bitte stellen. Nach den Zeitungsberichten über diesen Prozeß halte ich es für meine Ehrenpflicht als Mutterbruder der Freiin von Bülow meiner tiefen Empörung Ausdruck zu geben, daß es möglich ist, in öffentlicher Verhandlung eine schutzlose Dame bloßzustellen, deren gerade für diesen Fall maßgebende Zeuge und Verteidiger, ihr Bruder Albrecht Freiherr von Bülow i. J. 1892 am Kilimandscharo gefallen ist. Ihre einzigen männlichen Verwandten sind mein Bruder und ich, beide über 70 Jahre alt und nicht im Stande mit der Waffe in der Hand diejenigen zur Rechenschaft zu fordern, die es wagen, den Namen einer der höchsten Achtung und Anerkennung würdigen Dame urteilsloser Besprechung in Presse und Publikum preiszugeben. Sollte im Verlauf des Prozesses die Freiin von Bülow nochmals genannt werden, so bitte ich Euer Hochwohlgeboren ebenso gehorsamst wie dringend, wenigstens Ihrerseits darauf Bedacht zu nehmen, daß es mit der Rücksicht geschieht, auf die eine angesehene, alleinstehende, z. Z. schwerkranke Dame Anspruch erheben kann.* Jemand hat das Schreiben des Onkels fein säuberlich ins Reine übertragen. Ist es Friedas Handschrift? Ob sie ihn gebeten hat, für sie in der Öffentlichkeit einzustehen?

Bitte, lieber Thankmar, schreib du für mich an das Gericht. Ich hab keine Kraft dazu, weißt du, sagte Frieda zu ihrem Onkel, als er die bereits todkranke Nichte im Zuge der Ereignisse auf der Dornburg besuchte. Ein einziges Mal wollte sie die Konvention, den männlichen Schutz, zu ihren Gunsten nutzen.

Selbstverständlich, Frieda, das werde ich tun. Es ist ja doch ungeheuerlich, wie man deinen guten Namen in den Dreck zieht.

Ach, lieber Onkel, mein Name wird für immer mit Peters verbunden sein – im Guten wie im Schlechten. Weißt du, wenn Albrecht nicht so dagegen gewesen wäre, hätte er mich ja doch damals geheiratet.

Damals? In Afrika?

Ja, aber Albrecht sagte Nein. Er hatte sich gerade mit Peters überworfen. Peters hatte Probleme wegen des Küstenvertrags, und Albrecht hatte Angst, eine Verbindung mit ihm könnte zu schwierig werden für mich.

Na, da hatte er aber doch einmal recht, dein guter Bruder. Und standesgemäß wäre Peters auch nicht gewesen.

Wie sehr wäre mir das gleichgültig gewesen, vollkommen gleichgültig, stieß Frieda hervor. Standesgemäß. Ich sitze ja selbst zwischen allen Stühlen. Sie wurde nachdenklich. Ihr Leben war auch ohne eine Ehe mit Peters keineswegs standesgemäß verlaufen, weder pflegte sie die »richtige« Gesellschaft, noch lebte sie nach deren Vorstellungen und Werten.

Bin ich dir denn so, wie ich bin, alleinstehend und berufstätig, lieber, Onkel?, neckte Frieda den freundlichen, aber durchaus in konservativen Begriffen denkenden alten Herrn.

Friedachen, Friedachen, wenn deine Mutter das alles miterlebt hätte, sagte er nur seufzend und versprach, sich an das Gericht zu wenden.

Ich danke dir, geliebter Onkel, es würde mir nicht gut anstehen, selbst zu schreiben, nicht wahr?, sagte sie so schmeichelhaft und weiblich, wie sie es nur selten tat. Dabei ging es ihr weniger darum, als Frau zu den in der Presse geäußerten Gerüchten zu schweigen. Sie wollte sich nur nicht noch einmal dem Gift dieser Leidenschaft aussetzen, die selbst nach all den Jahren der tatsächlichen und innerlich streng verordneten Abstinenz, selbst nach Lous analytischen Bemühungen immer noch nicht gänzlich überwunden war. Sie fühlte, sie würde es nicht überleben, an alles erinnert zu werden, was jetzt still in einer Ecke ihres Bewusstseins vor sich hin schlummerte und nur noch selten erwachte.

Sie war so glücklich und zufrieden mit den Früchten eines anderen Lebens, einem, das sie sich aufgebaut hatte. Sie liebte, bei allen wiederkehrenden Selbstzweifeln, die Schriftstellerei wie ein nimmer versiegendes Lebenselixier, sie gab sich ihrem neuen Freundeskreis, dem anspruchsvollen geistigen und kulturellen Leben hin, wie einst ihrer Leidenschaft für Peters, sie war lebendig und wollte immer noch wirken und gestalten. Und nun wirkte sie tatsächlich, als besondere Persönlichkeit, als jemand, der durch sein reiches Leben voller Schmerzen, Fehler und daraus gezogener Schlüsse milde geworden war. Vor allem die jüngere Frauengeneration fühlte sich von ihr verstanden und in ihren eigenen Verstrickungen angenommen.

Die Sache mit der Verlobung hatte Frieda erst jetzt, für die konventionelle Gesellschaft, für Thankmar und die gierigen Zeitungen erfunden. Der Onkel hatte den Zug nach Berlin genommen.

Wie gebrechlich und langsam er geworden ist, dachte Frieda und hing dem Gedanken mit der Verlobung nach, während sie im Rosengarten des Dornburger Schlosses auf und ab ging. Jetzt empfand sie die Vorstellung, es hätte so gewesen sein können, als nicht unattraktive Korrektur des eigenen Lebenslaufs. Eine kleine Lüge, eine Genugtuung, die ihren inneren Frieden noch ein wenig verstärkte. Armer Thankmar, so greisenhaft war er geworden. Wie wohl ihre Eltern wären, wenn sie noch lebten? Bald würde sie sie wiedersehen, dachte Frieda gedankenverloren, obwohl es ihr schwerfiel, dieser Tatsache ins Auge zu blicken. Lieber überließ sie ihr Gehirn seinen Flausen und wunderte sich über seine unablässige Gedankenproduktion, die umso hektischer und abstruser zu werden schien, je weniger sie es zu steuern versuchte.

Sie mochte die Dornburg, sie liebte diesen Ort, er hatte sich in ihr Herz geprägt wie davor nur Ingersleben und Tanga. Seit ihrer Zeit auf ihrem kleinen afrikanischen Besitz wusste sie, dass ihr nichts auf der Welt mehr inneren Frieden geben konnte als die Schönheit der Natur. Der Rosengarten in Dornburg, die verschlungenen Wege hinunter an die Saale, der fantastische Ausblick in die thüringische Landschaft. Hier wollte sie die wenigen ihr noch verbliebenen Jahre verbringen, sie wollte beobachten und schreiben, geliebte Menschen um sich haben und sich dem Gleichmut hingeben, den sie in Tanga erlernt, und den sie sich in all den Jahren immer besser angeeignet hatte. Sie hatte es geschafft, ihrem Leben einen eigenen Sinn zu verleihen, etwas Besonderes aus den zweiundfünfzig Jahren zu machen, die ihr geschenkt waren. Sie hatte das herrliche Gefühl der Freiheit kennengelernt, danach gelebt und darunter gelitten. Ihr literarischer Erfolg, mehr aber noch die Sympathie und Liebe, die ihr so viele Menschen entgegenbrachten, zeigten, wie Frieda durch die Höhen und Tiefen ihres Lebens zu einem ganz eigenen Lebensentwurf gefunden und zu einer eindrucksvollen Persönlichkeit geworden war. Auch mit Lous Hilfe, die ihr einmal einen sehr denkwürdigen Brief geschrieben hatte. Diesen hatte Frieda als einen der wenigen der Freundin aufgehoben, da Lou ihre Briefe stets vernichtet wissen wollte. *Man ist nämlich nicht lebenslang nur Frau, sondern auch Mensch, und in unserem Alter beginnt man mit Recht, sich von dem emanzipieren zu wollen, was durch Erleben des Frauengeschicks das übrige Menschenthum verkürzt. Man beginnt zu ahnen, dass wieder neue Pforten sich öffnen, in neue, weite und herrliche Lande hinein, in positive Erlebnisse anderen Charakters hinein, und dass keineswegs nur Abschwächungen, Negationen, langsames Verebben und Versanden des Weiblichen diese neue Periode kennzeichnet. Was also früher bloß Askese, Reue, Zwangswirtschaft gewesen wäre, hättest Du gewaltsam Dir Dein Weibliches entrissen, das fängt mit der Zeit an, der umgekehrte Kampf zu werden: nämlich der Kampf freudiger menschlicher Genüsse und Reichthümer wider die Einseitigkeit der Jugend, jeder Jugend.*

Friedas letzter Sommer war gekommen. Ihre Krankheit war unheilbar. Vor einem Jahr hatte man ihr die Eierstöcke entfernt und verschiedene Kuren verschrieben. Man sprach von einer Zyste, die bösartig geworden sei. Heute wäre Friedas Krebserkrankung heilbar. Regelmäßige Vorsorgeuntersuchungen hätten den Tumor schon früh erkennen lassen, eine rechtzeitige Operation und anschließende Strahlen- und Chemotherapie die Ausbreitung der Metastasen verhindert.

Und doch. Sind wir nicht alle trotz medizinischen Fortschritts gefährdet, an den seelischen Grundstörungen unseres Lebens zugrunde zu gehen? Auf die eine oder andere Art und Weise? Wer hindert den Körper, Gebrechen als Ausdruck ungelöster seelischer Leiden zu entwickeln, und wer versteht es, diesem gestrengen Gebieter unseres Daseins einen langfristigen Kompromiss abzuringen? Verwunderlicherweise schien Frieda von ihren seelischen Leiden erlöst, sie hatte Frieden mit ihrem Leben geschlossen. Warum hatte ihr Körper dann kein Einsehen, wieso reagierte er so nachtragend, so lebensfeindlich auf ihren ganzen Kampf, ihre Tapferkeit, ihren Lebensmut? Wieso riss er sie mitten aus ihrem zweiten Leben, dem Leben als »Mensch«, wie Lou es bezeichnenderweise formuliert hatte?

Es war eine dieser seltenen, tropenwarmen Sommernächte, die Rosen verströmten noch ihren Duft, und die Grillen zirpten so laut wie in Afrika. Frieda hatte ihre Freundin Sophie Hoechstetter zu einer langen Afrika-Nacht im Garten überredet. Dabei brauchte man die junge Literatin, die mit der Reformpädagogin Ellen Key vor einigen Monaten zum ersten Mal auf die Dornburg gekommen war, gar nicht zu überzeugen, sie hatte nur Friedas Gesundheitszustand zuliebe einen Moment lang gezögert.

Diese hochgewachsene, edle Frau erschien Sophie als so bewundernswürdig und beseelt, dass sie nicht mehr von ihrer Seite wich, seitdem Frieda in eine Biografie oder zumindest ein Lebensbild von sich eingewilligt hatte. Sie hatte ihr daraufhin Zugang zum berühmten Familienarchiv verschafft und sich viele Stunden Zeit für ihre Fragen genommen.

Wer einmal in Afrika war, wird es nicht mehr vergessen. Mein ganzes Leben lang wäre ich gerne zurückgekehrt.

Was ist denn das Besondere an Afrika?

Dieses herrliche Gefühl der Freiheit, antwortete Frieda mit einem tiefen, befriedigten Seufzen. Wer das einmal erlebt hat, der ist lebenslänglich davon beeinflusst. Es ist, als hätte man für immer einen Samen in sich, in dem ein anderes, kraftvolles Leben steckt.

Ein Leben, naturhaft und abenteuerlich?, fragte die Jüngere neugierig.

Ja, das alles spielt eine Rolle. Es ist jedoch etwas, das sich nicht beschreiben, nur erleben lässt.

Und die Menschen, das Klima, die Gefahren?

All das gehört dazu. Afrika ohne seine Menschen wäre leer, und ohne das Klima wäre die Herausforderung nur halb so groß.

Herausforderungen hatten Sie genügend in Ihrem Leben. Nicht nur durch das Klima, oder?

Ja, bestimmt, das Leben besteht aus Herausforderungen, aus Glück und Unglück, und nur man selbst empfindet das eigene Glück auch als Glück und das Unglück als Unglück. Das kann einem niemand wegnehmen.

Meine Stimmung ist fast immer die aller glücklichste, was mir zwischen den zermürbten u. melancholischen Stadtmenschen Puck u. Ika seltsamlich auffiel. Alles erschien mir erfreulich, was sie beseufzten, u. selbst die leise Abschiedsstimmung im Zeichen von Alter u. Krankheit so fein u. schön, schrieb Frieda noch in jenem Sommer an Lou. Sie wusste, dass das Ende nicht mehr abzuwenden war, die Schmerzen im Unterleib waren wie eine Uhr, die die knapp bemessene Zeit in zunehmender Heftigkeit maß. Dann im September schrieb sie: *Neulich las ich ganz unvorbereitet in der Zeitung etwas, was mich heftig erschütterte: Peters hat sich verlobt, –! und das lässt er mich aus der Zeitung erfahren!! – Die Braut ist, (nach der Zeitung) eine Commercialratstochter aus Iserlohn, wahrscheinlich sehr reich. Sie wird wohl auch jung und reizend sein und er momentan in sie verliebt, aber dies allein würde ihn nicht zur Heirat bewogen haben. Er hat wohl sehr Geld gebraucht, viel Geld.* Und sie gestand der Freundin ihre Selbsttäuschung ein. *Gerade in den letzten Jahren war ich so glücklich! Es war eigentlich nur ein Phantasieglück, aber seine warmen Briefe mit der Anrede »liebste Frieda« und der Unterschrift »dein Carl« genügten dazu.*

Und dann kam das Ende. Im November 1908 wird Frieda von Bülow in das Krankenhaus Jena eingeliefert. Nur noch die regelmäßigen Morphiumgaben erhalten ihr kostbare Stunden von etwas, was man Leben nennen kann, der Rest sind Schmerzen, so höllisch, so qualvoll, dass sie oft den Tod herbeibitten möchte, wie den einzig verbliebenen Freund. Auch erträgt sie kaum mehr Menschen um sich. Schon gar nicht Sophie, für die sie sich verantwortlich fühlt. Nur Lou, diese nach Margarethe und Peters dritte große Liebe in Friedas Leben, hätte sie neben ihrem Bett ausgehalten, ja sie sehnte sich nach der Freundin und größten Stütze ihres Lebens. Sie vermochte ihr nur noch ganz selten, wenn das Morphium besonders gut wirkte, zu schreiben und freute sich über die Briefe aus Göttingen wie ein kleines Kind über die Heimkehr der Mutter. Allein die Freundin ließ sie im Stich, sie schrieb, dass sie es nicht übers Herz brächte, Frieda in ihrem Leiden zu sehen, dass sie gern als Mäuslein an ihrem Bette wachen würde, als kleiner Beobachter, aber nicht selbst, als fühlende, lebendige Person und inständig herbeigesehnte Freundin. Warum besuchte Lou sie nicht, warum schenkte sie der Freundin nicht den heiß ersehnten Augenblick eines letzten Wiedersehens? Je klarer sich das Ende näherte, desto inniger und leidenschaftlicher wurden Lous Briefe, die mitgesandten Küsse und Liebesbeteuerungen. Und Frieda lag einfach da wie ein Opferlamm, konnte sich nicht rühren, nichts sagen, oft nicht mal mehr denken.

Wenn sie die Kraft dazu hatte, las sie in ihren Lieblingsbriefen. Sie hatte sich die Kiste mit ihren persönlichen Papieren von Sophie ins Spital bringen lassen. So konnte sie ihr Leben an sich vorüberziehen lassen, sich von all den Menschen verabschieden, die sie liebgewonnen hatte, all die Ereignisse noch einmal durchleben, die ihrem Weg immer wieder dramatische Wendungen gebracht hatten. Sie fühlte – das war es, was Jüngere wie Sophie Hoechstetter oder Toni Schwabe so sehr bewunderten –, dass sie das Leben reich beschenkt hatte. Und damit meinte sie auch alle schweren Phasen, alle Schmerzen und alles Leid, durch das sie gegangen war, wie durch ein Meer der Gefühle, Farben und Gerüche.

Wie schmeckte darin ihre Liebe zu Peters? Nach bitteren Mandeln. Und Sansibar und Afrika? Wie Zimthonig in arabischem Tee. Und ihre durch nichts getrübte Kindheitsliebe zu

Grete, dieser Auslöser aller späteren Schmerzen wie Glücksgefühle? Grete roch wie die Jasminbüsche auf der Dornburg, deren Duft sie bis herauf in ihr Zimmer hatte riechen können, in ihrem letzten Sommer zu Hause. Der Duft hatte ihr so viel Kraft gegeben, dass sie ihren letzten Roman, den über Grete, noch beenden konnte. *Die Schwestern. Geschichte einer Mädchenjugend* hatte sie ihn genannt und sich zufrieden gesagt, dass sie das Erbe der Schwester weitergetragen habe. Wie roch das Schreiben? Es hatte keinen spezifischen Geruch, keine Farbe, aber es war zu ihrem besten Freund geworden und zu ihrem treuesten. Stets hatte sie schnell und leicht geschrieben und oft war sie dabei ihrem Leben so weit entrückt, so sehr hinübergeglitten in die verschiedensten Lebensentwürfe und Personen, dass sie darüber alles vergaß, alles ... Peters, Grete, Sophie und sogar Lou. Sie hatte sich wie der goldene Buddha gefühlt, dessen Postkarte sie einmal irgendwo gekauft hatte und die seither immer auf ihrem Schreibtisch stand. Ruhe, Gelassenheit und geistige Erleuchtung. Oh, wie wenig davon war ihr gelungen, seit sie die Gnade dieser Tugenden erkannt hatte. Das dachte sie, nachdem die Glückswelle, die ihr das Morphium geschenkt hatte, langsam abebbte. Jetzt wurde sie von einer Welle des Selbstmitleids erfasst, sie wollte so gerne noch mehr wissen, mehr leben, mehr Erkenntnisse sammeln. Warum nur, ach, warum musste sie gehen, loslassen, für immer diese wunderschöne Erde verlassen? Für einen Augenblick konnte sie die Schmerzen des Abschieds nicht unterscheiden von der neuen Welle der körperlichen Qualen, die herangerauscht kam, noch stärker als die vorangegangenen, verheerender als je zuvor. Sie stöhnte, und dicke Tränen der Wut über das zu Ende gehende Leben flossen über ihre Wangen. Wie durch Nebelschleier nahm sie die Krankenschwester wahr, die ihr Gesicht abtupfte und sie voller Sorgen ansah. Ach, und noch immer war so viel Leben in ihr.

Liebe Lou. Nun sind es schon 8 Tage das Frieda den letzten Atemzug getan und ich bin nicht früher dazu gekommen Ihnen für Ihre lieben Worte aufs herzlichste zu danken aber ich wollte Ihnen gern ausführlich schreiben und dazu war bisher keine Zeit. […] Sie hat unmenschlich gelitten und doch fast nie geklagt. – Ich habe es sehr bedauert, dass Sie nicht herkommen konnten! Ich hätte Sie gern gesprochen, denn Sie haben doch fast bis zuletzt noch mit ihr korrespondiert und wissen mehr von Friedas innerem Leben als wir alle miteinander. Anna und Onkel Thankmar waren zur Bestattung gekommen. Onkel Otto war krank. Nach einer sehr schönen Rede des Prof. Thümmel wurde der Sarg nach dem Crematorium überführt wo wir aber nicht hingingen. Wenigstens nur einige von uns.

Die Asche gedenke ich hierher bringen zu lassen und, wenn möglich hier auf dem Friedhof versenken und einen Gedenkstein setzen zu lassen. Nun möchte ich Sie noch eins fragen: Ihre Briefe, die Frieda alle sorglich aufgehoben hatte, möchte ich Ihnen zur Verfügung stellen. Bitte schreiben Sie mir, was ich damit machen soll. Für heute muss ich schließen es geht nicht mehr. Ihre Sophie

Zeittafel

12. Oktober 1857	Geburt Frieda von Bülows
1862–1866	Aufenthalt in Smyrna, Türkei
1869	Tod des Vaters
1869–1880	Übersiedlung zu den Herrnhutern, Besuch der Mädchenerziehungsanstalt in Neudietendorf, Englandaufenthalt
1880/81	Frieda und Margarethe von Bülow übersiedeln nach Berlin. Frieda besucht das Lehrerinnenseminar von Helene Lange.
2. Januar 1884	Margarete von Bülow verunglückt beim Versuch, ein ertrinkendes Kind zu retten.
1884	Carl Peters' erste Eroberungsexpedition durch Ostafrika
1885	Frieda von Bülow lernt Carl Peters kennen und gründet den »Deutschnationalen Frauenbund für die Krankenpflege in den Kolonien«.
1886–1888	Erster Aufenthalt Frieda von Bülows in Ostafrika
1888	Frieda von Bülows *Reiseskizzen und Tagebuchblätter aus Deutsch-Ostafrika* veröffentlicht. Von nun erscheint fast jedes Jahr ein neues Buch der Autorin.

1889/90	»Deutsche Emin Pascha Expedition« unter Carl Peters
28. März 1891	Mutter Clotilde von Bülow stirbt. Im gleichen Jahr erscheint Frieda von Bülows Roman *Der Konsul*.
Jahreswende 1891/92	Frieda von Bülow lernt Lou Andreas-Salomé kennen.
1891/92	Skandal am Kilimandscharo: Carl Peters lässt seine Konkubine Jagodjo und seinen Diener Mabruk hängen.
10. Juni 1892	Albrecht von Bülow stirbt als Nachfolger Carl Peters' bei einem Gefecht am Kilimandscharo.
10. Februar 1892	Cuno von Bülow begeht Selbstmord.
1893–1894	Zweiter Aufenthalt Frieda von Bülows in Ostafrika, zur Bewirtschaftung des Plantagenbesitzes in Tanga
1894	Rückkehr nach Berlin. *Allerhand Alltägliches aus Deutsch-Ostafrika* erscheint.
1895	Frieda von Bülow bringt ihren Besitz in die Deutsche Tanga-Gesellschaft ein.
1896	*Tropenkoller* erscheint. Große Kolonialausstellung in Berlin
1896/97	Peters-Skandal im Reichtag, Disziplinarverfahren und Entlassung aus dem Reichsdienst. Frieda von Bülow verteidigt Peters in der Zeitschrift *Die Zukunft*. Sie lernt Rilke und die Münchener Bohème kennen.
1899	*Die stilisierte Frau* in der *Neuen Deutschen Rundschau* veröffentlicht. *Im Land der Verheißung* erscheint.

1907	Ehrenbeleidigungsprozess Carl Peters contra Gruber
1908	Sommer: Carl Peters' Verlobung, November: Einlieferung Frieda von Bülows in die Universitätsklinik Jena
12. März 1909	Tod Frieda von Bülows. Posthum erscheint *Die Schwestern. Geschichte einer Mädchenjugend.*

Nachwort

Nun ist die Geschichte der Frieda von Bülow zu Ende, aber vielleicht hallt der ganz eigene Klang dieses Lebens noch ein wenig nach. Mit den Widersprüchen und Ambivalenzen ihrer Persönlichkeit bleibt sie, die Feministin, Kolonialistin und Nationalistin, als Kind ihrer Zeit im Gedächtnis. Durch große Verluste und Leid, aber auch Mut und Wagnis fand sie schließlich aber doch zu innerer Freiheit.

Ich hoffe, dass durch ihre Geschichte dem Bild, das wir vom späten 19. Jahrhundert, dieser ehrgeizigen Epoche, im Kopf haben, einige Farbstriche und Nuancen hinzufügt wurden. Lange hat mich nichts mehr so fasziniert, wie dem Geist dieser Zeit nachzuspüren und ihren Menschen einen von heutigen Bewertungen möglichst unverstellten Raum zu gewähren. Immer wieder hat mich die Aktualität des Themas erstaunt, die dann augenscheinlich wird, wenn man Kolonialismus und Imperialismus als Teil der großen Globalisierung begreift, deren umwälzende Kraft uns heute noch so umtreibt wie damals.

Warum ich für die Suche nach dem Lebensgefühl dieser Epoche und dem Leben einer für diese Zeit ganz typischen Frauengestalt bewusst die Form der Romanbiografie gewählt habe, will ich hier nicht ausführlich begründen. Ich möchte nur das von mir gewählte Verhältnis zwischen Fakten und Fiktion an einem kleinen Beispiel erläutern. Die Existenz des Liebesbriefes, der über dunkle Kanäle nach Deutschland gelangte und Friedas Ruf nachhaltig beschädigte, ist historisch verbürgt, selbst wenn auch die Historikerin Lora Wildenthal ihn nie gesehen, sondern nur von seiner Existenz gelesen hat. Nichts stachelt die Phantasie eines Autors nachhaltiger an als so ein Detail mit all den wissenschaftlich nicht aufklärbaren Lücken, die sich daraus für das Gesamtbild ergeben. Ich habe dem Liebesbrief indes lediglich einen kleinen dramaturgischen Schubs gegeben und dann zugesehen, wie er die Geschichte zwischen Frauenbund, Missionsgesellschaft, dem Sultan von Sansibar und der Deutsch-Ostafrikanischen Gesellschaft in Bewegung hält. Nichts wurde hinzuerfunden, nur die Fakten wie Spielbälle in die Luft geworfen, so dass sich neue Denkmöglichkeiten über die historische Zeit und die Schicksale der Menschen jenseits der bestehenden Vorurteile ergeben.

Dabei habe ich meiner schriftstellerischen Fantasie stets Zügel angelegt, sie ist gleichermaßen umstellt und inspiriert von den Dokumenten und Texten der Primär- und Sekundärliteratur, den Gesprächen mit Historikern und anderen Experten sowie den Reisen an die Orte des Geschehens. Denn *Geschichte spielt nicht nur in der Zeit, sondern auch im Raum*, wie der Historiker Karl Schlögel schreibt, und gemäß seiner Forderung, *nicht so sehr das Lesen von Texten, sondern das Hinausgehen in die Welt und die Bewegung in der Welt als die primäre und paradigmatische Form der Erkundung und Erschließung* zu wählen, reiste die Ich-Erzählerin eben nach Thüringen oder Tansania und träumte sich in den Roman hinein, den ihr die gefundenen Dokumente, Grabsteine, Kolonialbauten und Thüringischen Herrenhäuser erzählten. Bei dieser Suche stieß sie sowohl auf das ehemalige Grundstück der Frieda von Bülow in Tanga als auch auf ihren bisher verschollenen, überaus umfangreichen Nachlass, dessen Fehlen alle, die bisher über diese deutsche Tanja Blixen schrieben, beklagt haben.

Dass es auch im kolonialen Projekt um die Eroberung fremden Raumes ging, ist ebenso pikant, wie es die Kontinuität mancher längst als erledigt geglaubter Phänomene sichtbar macht. Sich mit moralischer Verve auf die Brust zu klopfen und den Kolonialismus kopfschüttelnd als eine jener schrecklichen, aber längst überwundenen deutschen Irrwege zu erkennen, greift entschieden zu kurz. Damals wie heute steht die Sehnsucht nach Afrika im Zwiespalt zwischen neugieriger Begegnung mit dem Fremden und einer Aneignung fremder Räume für eigene Zwecke.

Aus der ganzen Bibliothek an Primär- und Sekundärliteratur will ich dem interessierten Leser einige der mir wichtigsten und liebsten Werke weiterempfehlen. Da wären einmal Frieda von Bülows Romane *Tropenkoller,* Berlin 1896, den ich für ihren besten halte, und *Im Lande der Verheißung,* Leipzig 1899, sowie die *Reiseskizzen und Tagebuchblätter aus Deutsch-Ostafrika,* Berlin 1888. Lora Wildenthals *German Women for Empire 1884–1945,* Durham/London 2001, ist aufschlussreich für den Zusammenhang von Kolonialismus und Feminismus und weist weit über Frieda von Bülow hinaus.

Um sich genauer über Friedas verhängnisvolle Liebe Carl Peters zu informieren, empfiehlt sich die Biografie von Arne Perras, des Afrikakorrespondenten der *Süddeutschen Zeitung*: *Carl Peters and German Imperialism 1856–1918,* Oxford 2004. Wer dem grausamen Eroberer selber zuhören will, sollte *Die deutsche Emin-Pascha-Expedition,* München 1891, lesen und als luzide Analyse dazu Christian Geulens »The Final Frontier …« Heimat, Nation und Kolonie um 1900: Carl Peters. Erschienen in: Birthe Kundrus (Hg.): *Phantasiereiche. Zur Kulturgeschichte des deutschen Kolonialismus,* Frankfurt 2003, einem insgesamt interessanten Band zum Thema.

Aus der umfangreichen Literatur zum deutschen Kolonialismus seien darüber hinaus erwähnt: Juhani Koponen: *Development for Exploitation. German colonial policies in Mainland Tanzania, 1884–1914*, Helsinki/Hamburg 1995; Heinz Schneppen: *Sansibar und die Deutschen. Ein besonderes Verhältnis 1844–1966*, Berlin 2006; Susanne M. Zantop: *Kolonialphantasien im vorkolonialen Deutschland (1770–1870)*, Berlin 1999; Johannes Fabian: *Im Tropenfieber. Wissenschaft und Wahn in der Erforschung Zentralafrikas*, München 2001; und Martin Baer, Olaf Schröter: *Eine Kopfjagd. Deutsche in Ostafrika*, Berlin 2001. Und aus dem Bereich der Literaturwissenschaft das Werk von Sibylle Benninghoff-Lühl: *Deutsche Kolonialromane 1884–1914*, Bremen 1983.

Wer sich noch mehr über die Zeit von Frieda von Bülow lesen möchte, dem seien ans Herz gelegt: *Afrikanische Erinnerungen 1896–1943* von Oskar Wolff, Walsrode 1994; Justus Strandes *Erinnerungen an Kindheit und Jugend und an die Kaufmannszeit in Hamburg und Ostafrika 1865–1889*, Hamburg 2004; *Memoiren einer arabischen Prinzessin*, Sansibar 2004; und *Deutsch-Ostafrika. Das Land und seine Bewohner, seine politische und wirtschaftliche Entwicklung*, dargestellt von Paul Reichard, Leipzig 1891. Und schließlich noch das Urbuch zum Verständnis der Deutschen Kolonialphantasien: *Robinson der Jüngere. Ein Lesebuch für Kinder*, Braunschweig 1861, von Joachim Heinrich Campe.

Danksagung

Begonnen hat alles mit dem Anruf des Grafen Friedrich von Hatzfeldt, der mir die Geschichte der Frieda von Bülow sozusagen geschenkt hat. Einmal nur konnte ich ihn treffen, dann verstarb er, doch manchmal hatte ich das Gefühl, dass er weiter seine Finger im Spiel hat. Ihm und vielen anderen gilt mein Dank. Allen voran dem Historiker Christian Geulen und dem Soziologen Clemens Albrecht, die mein Vorhaben über die ganze Entstehungszeit hinweg mit ihrem Wissen begleitet haben. Auch den Historikern Heinz Schneppen, Lora Wildenthal und Reinhard Nachtigall sowie dem Familienarchivar Detlev von Bülow möchte ich aufrichtig danken. Johanna Hess und Waltraud von Asseburg, Toni Bernhart und Gabriele Spitzer haben mir mit dem Nachlass geholfen, ihnen und auch Dieter Manns vom Heimatmuseum in Ingersleben, Wolfgang Apelt aus dem Archiv der Evangelischen Mission in Wuppertal danke ich sehr. In Tansania seien bedankt: Shafi Adam Shafi und sein Bruder Saad, der mir Sansibar gezeigt hat, Fabian Kigadye vom Tourismusministerium in Daressalam, Klaus-Peter Kiesel, der fast alles über die Region rund um den Kilimandscharo weiß, und Sibylle Riedmiller, die mir Tanga und seine Geschichte erschlossen hat, sowie der Historiker Abdul Sheriff aus Sansibar. Ein ganz besonderer Dank geht an Nyaga Mawalla, der mir die Geschichte des Chagga-Volks aus seiner Sicht geschildert hat, sowie an Martina Gehrken-Trappe, Michael Seitz, Christian Pohl, Peter Heller, Günter Bolte, Jigal Beez, Martin Baer und Rudolf Blauth vom Freundeskreis Bagamoyo. Nicht nur für seine Chauffeurdienste, sondern auch für die viele gute Gespräche danke ich Abraham Mlaki.

Mein ganz spezieller Dank gilt Vera Nyaga, die meine Liebe zu ihrer ostafrikanischen Heimat am meisten beeinflusst hat. Und natürlich danke ich von ganzem Herzen wieder einmal meiner wunderbaren Agentin Karin Graf, meiner liebevoll-strengen Lektorin Uta Rupprecht, der ganzen engagierten Mannschaft des Verlagshauses, meinen Freunden Christine Grän und Remo Largo fürs Gegenlesen und meiner Tochter Helena, die mit wachsender Einfühlsamkeit die Höhen und Tiefen des mütterlichen Autorendaseins begleitet.

Monika Czernin
»Ich habe zu kurz gelebt«

Die Geschichte der Nora Gräfin Kinsky
www.list-taschenbuch.de
ISBN 978-3-548-60700-9

Mitten im Ersten Weltkrieg macht sich die junge Adelige Nora Gräfin Kinsky auf den Weg nach Sibirien, um Kriegsgefangenen zu helfen. Was als Aufenthalt von wenigen Wochen geplant war, wird zu einer jahrelangen Erfahrung von Krankheit, Hunger, Kälte und Terror – und zu einer Reise in ein neues Leben. In ihrer mitreißenden Romanbiographie folgt Monika Czernin den Spuren ihrer ungewöhnlichen Vorfahrin.